ANNE MARSH

Engel der Dunkelheit

Ewiger Schwur

ANNE MARSH

ENGEL DER DUNKELHEIT
EWIGER SCHWUR

Roman

Ins Deutsche übertragen
von Michaela Link

LYX
EGMONT

Die Originalausgabe erschien 2010
unter dem Titel *Bond With Me*
bei Dorchester Publishing Co., Inc., New York, NY, USA.

Deutschsprachige Erstausgabe Juni 2013 bei LYX
verlegt durch EGMONT Verlagsgesellschaften mbH,
Gertrudenstraße 30–36, 50667 Köln

1. Auflage
Redaktion: Isabella Busch
Satz: Greiner & Reichel, Köln
Printed in Germany (670421)
ISBN 978-3-8025-8901-0

www.egmont-lyx.de

Die Gefallenen

Die erste Rebellion, die den Himmel erschütterte, war unvorstellbar. Die Rebellen gehörten der Engelsklasse der Herrschaften an, Wächter und Engelskrieger der mittleren Engelschöre, deren Aufgabe es war, den Thron des Himmels zu verteidigen. Für ihn zu sterben. Und dennoch überreichten die anderen Engelschöre dem Erzengel Michael unwiderlegbare Beweise, dass die schauerlichen Morde überall im Himmel das Werk eben dieser Herrschaften waren.

Als die Morde kein Ende nahmen, wusste Michael, dass er an den Rebellen und ihren Anführern ein Exempel statuieren musste. Die Rebellen unterminierten seine Autorität, und schlimmer noch – wie seine Leutnants ihm berichteten, bezichtigten die Rebellen Michael eben jener Morde, derer sie selbst überführt worden waren. Nichts dergleichen hatte jemals das perfekte Gewebe von Michaels Himmel gestört.

Was der Erzengel daraufhin ersann, war die grausamste Strafe, die man sich nur vorstellen konnte. Er befahl, den Rebellen Seelen und Flügel zu nehmen und sie aus dem Himmel zu verbannen. Die Gefallenen wurden auf die Erde geworfen, und um sicherzugehen, dass sie ihre Lektion lernten, verfluchte Michael jeden dazu, als Dämon zu leben, halb Mann und halb Bestie, die eine Hälfte in ewigem Krieg mit der anderen. Jedes Mal, wenn dem Mann die Kontrolle über sich entglitt, würde die Bestie auftauchen, ein Raubtier mit unstillbarem Hunger auf menschliche Seelen, geboren aus dem Verlust der eigenen Seele. Michael stellte ihnen nur eine einzige Hoffnung auf

Erlösung in Aussicht: Wenn einer seine Seelenverwandte fand, die eine Frau, die ihn erlösen und ihn Liebe, Licht und Frieden lehren konnte, würde dieser Gefallene seine Flügel, seine Seele und den Himmel zurückerhalten, sobald er wahrhaft gelernt hätte, was es bedeutete zu lieben.

Dreitausend Jahre später, im Jahr 2090, war keiner von ihnen je wieder aufgestiegen, und die Gefallenen glaubten nicht mehr an das Versprechen von Seelenverwandten.

1

Für die menschlichen Bewohner von M City war das G2 ein verdammt heißer Club, ein Lokal, das man aufsuchte, wenn man gerade gutes Geld gemacht und eine Glückssträhne hatte. Man zog seine besten Tanzklamotten an, ließ aufblitzen, was man gerade an Barem hatte, und bereitete sich auf eine sehr, sehr harte Verhandlung vor. Denn nur wenige Auserwählte wurden eingelassen.

Brends Duranov, der an der Warteschlange entlangpirschte, witterte die Hoffnung, Erwartung und echte Verzweiflung der wartenden Möchtegern-Gäste. Ein Schritt über diese Plüschkordel hinweg und hinein in den Club – konnte dann nicht alles Mögliche geschehen? Die Menschen glaubten, dass seine dämonische Fähigkeit, einen Wunsch wahr werden zu lassen, jeden Preis wert war.

Brends wusste es besser.

Das heiße Interesse, der noch berauschendere Cocktail ihrer individuellen Seelen reizte den Süchtigen in ihm. Was er wollte – was er *brauchte* – stand dort in Reih und Glied und wartete nur auf ihn. Er musste bloß die Hand ausstrecken und wählen. Er brauchte sich nur eine Frau auszusuchen und ihr sein dunkles Angebot zu machen: Verbinde dich mit mir und schwöre, mir jeden meiner Wünsche zu erfüllen, im Gegenzug für eine einzige Gefälligkeit. Was sie auch haben wollte, er würde es ihr liefern. Sie brauchte ihm nur zu dienen, im Bett und auch sonst, und ihn über ihr Bündnis von ihrer Seele trinken lassen. Er würde alles an Licht und Güte in sich aufnehmen, was in ihrer Seele vorhanden war, bis sie leer und leblos war – oder wahnsinnig wurde.

Sie malten sich aus, dass sie sich selbst dienten, indem sie sich ihm unterwarfen.

Das war es, worauf diese Frauen auf der anderen Seite der schäbigen Samtkordel *wirklich* warteten. Für diese Chance waren sie gekommen, deswegen hatten sie ihre Schuhe mit den zehn Zentimeter hohen Absätzen angezogen und starrten ihn voller Verlangen an.

Er ließ den Blick über die Menge schweifen und hielt Ausschau nach einem ganz bestimmten Menschen. Sie hatte ihm während der letzten drei Nächte im Club nachgestellt. Ihr Duft – Honig und Moschus – machte ihn ebenso an wie der Gedanke an den Griff ihrer langen, geschmeidigen Finger um seinen Schwanz. Er spürte, wie er schon jetzt hart wurde.

Aber die Frau war nirgends zu sehen. Und plötzlich hatte er keinen Appetit mehr auf eine andere. Er würde sich mit keiner verbinden. Nicht heute Nacht.

Sie wollte ihn nicht.

»Chef?« Der Türsteher gleich neben dem Eingang wirkte überrascht, weil Brends nicht wie sonst zielstrebig auf den Vordereingang des G2 zugeschritten war, sondern innegehalten hatte. Das war noch nie zuvor geschehen. Die Frauen, die in der Schlange warteten, schoben sich näher heran.

Er knurrte etwas, das der Türsteher wohl als Gruß aufgefasst hatte, denn er hielt ihm die Tür auf, und er konnte hindurchgehen. Er drückte den Aufzugknopf so heftig, dass er das Messingpaneel durchstieß, und fluchte leise. Na gut, die unbekannte Frau war klug geworden und hatte das Weite gesucht. Er konnte es sich nicht leisten, denselben Fehler zweimal zu begehen.

Als er aus dem privaten Aufzug stieg und die Türen lautlos

hinter ihm zuglitten, traf ihn der Beat der Prog-Musik wie ein Schlag zwischen die Augen. Er schritt schnell auf den ruhigeren VIP-Bereich und den Ecktisch zu, der einzig für ihn reserviert war. Heute Nacht wartete dort jemand auf ihn: der Mann, der ihn gerufen hatte. Sein Herr.

Zer war zuerst und vor allem Soldat, ein hochgewachsener, breitschultriger Schatten, um den die Menschen einen großen Bogen machten. Niemand kam Zer in die Quere. Ein Band aus schwarzen, Wirbeln ähnelnden Tätowierungen zog sich um seine dicken Handgelenke, und er trug sein pechschwarzes Haar zu einem langen Pferdeschwanz zurückgebunden. Selbst in Ruhe wirkte er stets bereit zu einem ansatzlosen Schlag. Zer ließ niemals in seiner Wachsamkeit nach, entspannte sich niemals. Er glaubte nicht an Barmherzigkeit. Wahrscheinlich hatte er selbst niemals welche erfahren, wenn die Kerben und Narben auf seinem Gesicht etwas zu bedeuten hatten. Er nickte Brends zur Begrüßung knapp zu. Seine Bewegungen hatten die tödliche Anmut einer Schlange, einer Kobra, die jederzeit zum Angriff bereit war.

»Hast du die Zeitungen gelesen?« Zer warf die Frage lässig in den Raum, als seien er und Brends nur kurz voneinander getrennt gewesen und nicht für Monate. Den Gerüchten zufolge hatte Zer einen abtrünnigen Dämon verfolgt, der sich nicht in die Reservate schicken lassen wollte.

Da ein Dämon so gut wie unsterblich war, fiel es ihm mit zunehmender Lebenszeit immer schwerer, den nackten Hunger nach Gefühlen zu unterdrücken, der ihn beständig quälte. Der Mann in ihm überlebte dadurch, dass er diesen Hunger umsichtig stillte, indem er sich mit einem willigen Menschen verband, aber die in ihm eingeschlossene Bestie war ein Raubtier, das sich danach sehnte, eben jene Seele zu verschlingen, die ihm Nahrung gab. Manchmal überwältigte die Bestie den

Mann, und manchmal verwandelte der Mann sich aus eigenen Gründen.

Als Michael sie aus dem Himmel verbannt und auf der Erde ausgesetzt hatte, war er darauf bedacht gewesen, ein wenig Salz in diese Wunden zu streuen. Er hatte ihnen nicht nur die Flügel ausgerissen und eine physische Wunde zurückgelassen, die keine noch so lange Zeit heilen konnte; er hatte sie auch ihrer sanfteren Gefühle beraubt. Da sie sich wie wilde Tiere verhalten hätten, hatte er gesagt, könnten sie auch wie solche leben. Sie würden Hunger, Schmerz, Furcht und Zorn empfinden, das heftige Verlangen, zu jagen, aufzuspüren und zu reißen. Er hatte sie zu einem Leben als wilde Raubtiere verdammt – aber mit einem unausweichlichen Hunger nach *mehr*. Und bekommen konnten sie dieses »Mehr« einzig und allein indirekt. Schloss er ein Bündnis mit einem Menschen, konnte der Dämon alles fühlen, was dieser Mensch fühlte. Genauer gesagt ernährte der Dämon sich von den Emotionen des Menschen und trank sie, wie ein Vampir Blut trank. Früher oder später hatten die Menschen nichts mehr übrig. Die meisten von ihnen verloren den Verstand.

Jetzt hatten die Zeitungen der Menschen brutale Morde durch Dämonen an der östlichen Landesgrenze gemeldet, und die öffentliche Meinung wendete sich gegen sie. Man musste sich um jeden abtrünnigen Dämon kümmern, der die Verwandlung und seinen Durst nach menschlichen Seelen nicht mehr beherrschen konnte. Und zwar schnell. Keine Überraschung, dass ihr Herr die Aufgabe selbst übernommen hatte.

Eine Tänzerin schob sich gefährlich nah heran, und der süße, puderige Duft ihres Parfüms kitzelte Brends' Sinne. Sie roch gut. Gut genug, sie zu verzehren. Der Durst heute Nacht war schlimmer als der von gestern. Das Verlangen, tief von einem Menschen zu trinken und den vielfältigen Geschmack einer

Seele zu kosten, deren Helligkeit langsam, nach und nach erlosch, ließ sich fast unmöglich unterdrücken. Brends hatte jedoch Jahrhunderte damit verbracht, den Durst zu unterdrücken; er würde also auch noch eine weitere Nacht überleben.

Trotzdem, das Durstgefühl machte ihn nervös, er war angespannter als gewöhnlich und nicht in der Stimmung, mit seinem Herrn über Belanglosigkeiten zu plaudern.

Sein Herr hatte gerufen. Brends war erschienen. Jetzt sollte der verdammte Bastard endlich zur Sache kommen, damit er in sein Büro zurückkehren und nachsehen konnte, ob *sie* doch noch beschlossen hatte zu erscheinen.

Teufel noch eins, welche Pläne hatte er geschmiedet, damit sie kam! Ein kleines Lächeln umspielte seine Mundwinkel. Wenn sie ihrer Neugier nachgab – und der Instinkt sagte ihm, dass sie es tun würde –, verließ sie seinen Club nicht, bis er von den Geheimnissen, die sie vor ihm verbarg, gekostet hatte. Allerdings hatte er noch nicht beschlossen, wo er anfangen sollte. Würde er sie reizen, würde er ihren Mund quälen, ihren Hals, ihre Brüste, bis sie um mehr bettelte? Vielleicht würde er direkt zur Sache kommen, ihre cremeweißen Schenkel spreizen und ihre süße Öffnung lecken, als sei sie das Dessert und er ein Verhungernder.

Zer räusperte sich. »Als du gesagt hast, du wolltest dich hier mit mir treffen, dachte ich eigentlich, dass dazu auch Zuhören zählen würde.«

Verdammt! Er zwang sich, sich wieder auf den Mann zu konzentrieren, der ihm gegenübersaß, und er nickte kurz als Entschuldigung. Ein wissendes Glitzern trat in die Augen seines Herrn. Zer wusste, wie lange Brends ausgeharrt, sich geweigert hatte, ein neues Bündnis einzugehen. Er musste wissen, wie brennend und fordernd der Durst war, der ihn quälte.

Der Bastard genoss jede Minute mit ihm.

»Das geht jetzt schon seit Monaten so. Wir haben Menschenfrauen verloren, aber jetzt verlieren wir Brüder – und das nicht nur an den Durst. Sie ziehen aus, um zu kämpfen, und sie kehren nicht zurück. Irgendjemand ist völlig durchgeknallt und tötet unseresgleichen.« Zer legte die Finger über seiner breiten Brust zusammen und versuchte erfolglos, so auszusehen, als würde ihn die Möglichkeit, jemandem kräftig in den Arsch zu treten, nicht begeistern. Scheiße, keiner von ihnen verlor gern seine Brüder – und Brends wusste, dass sie sich auf jede nur mögliche Art und Weise für diese Tode rächen würden –, aber man überlebte nicht, wenn man seine Toten betrauerte und sich in der Vergangenheit versteckte. Man wehrte sich und kämpfte. Mit allen Mitteln. Die Freude wich aus Zers Gesicht. »Erst diese Woche hat es einen weiteren Todesfall gegeben. Wir haben es hier mit einem Abtrünnigen zu tun, der eine Vorliebe für Blut hat. Er tötet immer wieder, und wir können seine Taten nicht vertuschen.«

»Wenn der Killer einer von uns ist, der zum Abtrünnigen geworden ist, werden wir uns darum kümmern. Das haben wir immer getan. Die MVA weiß das.« Ganz zu schweigen davon, dass die MVA, die menschliche Polizeiabteilung, nicht dazu ausgerüstet war, mit einem Abtrünnigen fertigzuwerden. Nach dem letzten Versuch hatte es in der Einheit plötzlich eine Anzahl offener Stellen gegeben. Und das nicht, weil zufällig so viele Mitglieder in den Ruhestand gegangen waren. Während es Brends nicht besonders interessierte, ob die menschliche Bevölkerung zurückging, pflegte eine solche Sauerei einen mit Sicherheit in den Arsch zu beißen, wenn man sich nicht darum kümmerte.

Also würde er den Schlamassel beseitigen. Keine große Sache. Er hatte Hunderte von Abtrünnigen aufgespürt; bei dem hier würde es nicht anders sein. Es war schlechte Politik, sich in die Ermittlungen der MVA einzumischen, ohne sich seiner Tatsachen verdammt sicher zu sein. Es hatte immer negative Konsequenzen, wenn man der MVA auf die Zehen trat – sonst wäre Brends es vollauf zufrieden gewesen, die Angelegenheit dadurch zu bereinigen, dass er ein paar Kehlen aufschlitzte. Die Lösungen, die vor zweitausend Jahren funktioniert hatten, waren nach heutigen Maßstäben zu brutal, daher würde er es zuerst mit Diplomatie versuchen. Mal sehen, was er ausrichten konnte.

»Es könnte ein anderer Paranormaler sein«, meinte Zer. Die Dämonen waren nicht die einzigen paranormalen Bewohner von M City – nur die auffälligsten. Es gab Vampire, Banshees und alle möglichen anderen dunklen Kreaturen.

»Aber du glaubst es nicht.«

»Der hier tötet zum Vergnügen.« Zer trommelte mit den Fingern auf den Tisch. »Es muss ein Muster geben, aber wir erkennen es nicht.«

»Also, gehen wir alles noch einmal durch«, schlug Brends vor. »Sein erster Mord war der an einer Touristin. Wir haben immer angenommen, sie sei zur falschen Zeit am falschen Ort gewesen, nur ein weiterer Mensch, der seine Nase in Angelegenheiten gesteckt hat, die ihn nichts angingen.«

»Alte M-City-Familie, dieses zweite Opfer«, bemerkte Zer. Er zeichnete mit der Klinge ein Muster um seine Finger. Eine falsche Bewegung, und ihm würde ein Finger fehlen, aber Zer machte niemals eine falsche Bewegung. Es war gut, einen solchen Mann im Rücken zu haben, und das war der Grund, weshalb ihm so viele diese ganzen Jahrtausende über gefolgt waren. Warum sie ihm immer noch folgten. Wenn man Zer in die Augen sah, glaubte man. Man musste glauben.

»Sie kannte M City. Sie hatte einen menschlichen Ehemann.«

»Börsenheini.« Zer nickte. Das wusste er bereits. Sie wussten es beide, aber manche Muster waren nicht auf den ersten Blick erkennbar. Es half, darüber zu reden. »Stinkreich, selbst nach den meisten Maßstäben. Wenn sie nicht in ihrem Stadthaus war, hat sie sich in einer Limousine herumkutschieren lassen. Privatflugzeuge.«

Kein schlechter Schutz für einen Menschen. Nicht annähernd so gut wie das, was Brends zu bieten hatte, aber es sollte in etwa dem entsprechen. »Und dennoch hat man sie drei Meilen weit weg von ihren Bodyguards gefunden. In einem Negligé.«

Die Presse hatte bei diesem Ereignis ihren großen Tag gehabt. Das rote Negligé war sehr teuer gewesen, sehr knapp und sehr blutverschmiert. Irgendjemand hatte die Salonlöwin vom Brustbein bis zum Becken aufgeschlitzt. Leider waren zuerst Menschen am Tatort gewesen, und die Bilder waren durchgesickert, bevor die Dämonen etwas tun konnten.

»Dann zwei weitere.«

»Von denen wir wissen.«

Brends dachte nach, während er auf dem schmalen silbrigen Videoplayer, den Zer ihm hingeworfen hatte, die Folge blutiger Tatortvideos abspielte.

»Sie sind alle menschlich.«

Zer warf ihm einen Blick zu. »Offensichtlich.«

»Und alle weiblich.«

»Ja. Alter?« Zer hatte sich diese Frage anscheinend selbst schon gestellt. Mehr als einmal.

»Ziemlich verschieden – so etwa zehn bis zwölf Jahre Unterschied. Auch keine Ähnlichkeit hinsichtlich des Aussehens. Blondinen, Brünette. Teufel, der Bastard hatte sogar ein paar Rothaarige dabei.«

Die einzige offensichtliche Gemeinsamkeit war dem Bericht des Leichenbeschauers zu entnehmen: Die Frauen waren alle mit derselben Klinge ausgeweidet worden. Die Schneide war unverwechselbar gewesen.

»Was ist mit der Waffe? Können wir die identifizieren?«

Sie konnten es versuchen, aber M City war randvoll mit illegaler Schmugglerware. Ein bestimmtes Messer zu finden war nichts anderes als die berühmte Suche nach der Nadel im Heuhaufen. Wichtiger war, welche Kraft notwendig gewesen sein musste, um eine Schneide wie diese – verdammt, irgendeine Schneide – durch einen menschlichen Körper zu ziehen. Der Mörder hatte die Frauen aufgeschlitzt wie ein Jäger seine Beute, wenn er sie ausweiden will. Er hatte Knochen durchtrennt. Dann hatte er wiederholt in die Brusthöhle gestochen.

»Kranker Bastard.«

»Ja.« Brends goss bernsteinfarbene Flüssigkeit in ein Glas. »Also ist er wahrscheinlich einer von uns. Er hat die Klinge. Er hat die Kraft. Ich kümmere mich darum.«

2

Der hämmernde Beat der Clubmusik ging Mischka Baran durch Mark und Bein. Das G2 war nicht gerade für Subtilität bekannt. Eine beinahe sichtbare Welle von Lärm drang aus dem trügerisch schicken Eingang des Clubs, ein akustischer Angriff, der es unmittelbar auf ihr Gehirn abgesehen hatte.

Was spielte es für eine Rolle, wenn sie die Musik nicht mochte? Sie war nicht hier, um Spaß zu haben. Und wenn beim bloßen Gedanken, durch diese Tür zu treten, ihre Hände schwitzten und ihr Herz raste – nun ja, das war ihr Geheimnis, nicht wahr?

In der schieren Menge umherwirbelnder menschlicher Leiber, die sich im Club drängten, verschwand sie binnen Sekunden – trotz der Panik, die dazu führte, dass sie beinahe hyperventilierte. Nein, die eigentliche Überraschung war, dass das G2 genau die Art von Club war, die sie erwartet hatte. Die Gerüchte hatten nicht im Geringsten übertrieben. Die Unzahl von Tänzern drehte und wand sich, gespiegelt in den psychedelischen Paneelen an der Decke, zum Rhythmus der hämmernden Musik. Einer Art computersynthetisierter Tanzmusik. Ein DJ wirbelte ein gutes Stück über der Menge herum. Mischka stolzierte zu einer der Theken aus Glas und Chrom und beäugte den Barkeeper, der sich auf den Weg zu ihr machte.

Wahrscheinlich menschlich, befand sie. Gewiss kein Dämon, basierend auf dem, was sie bei ihren Recherchen gelernt hatte. Weder war er groß, noch wirkte er brutal genug. Stattdessen waren seine Züge fein gemeißelt, ein glatter, gerader Kiefer, der beinahe zu hübsch war, um maskulin zu sein. Ein Hingucker, sicher, aber fast sicher menschlich. Paranormale hatten eine gewisse Prägung, die zu lesen sie gelernt hatte. Ihre Gesichter ließen sie sofort an die Grausamkeit denken, die regelmäßig unter ihrer Oberfläche lag. Bei den wenigen, die sie persönlich kennengelernt hatte, war es um Mord und schwere Körperverletzung gegangen.

Richtig. Je eher sie Antworten bekam, desto eher konnte sie die Flucht ergreifen und sich davonmachen. Sie zog ihren Videoplayer und einen altmodischen, gelben Block hervor und ging die Liste durch, die sie angefertigt hatte, damit sie nicht kneifen konnte. Irgendjemand in diesem Club hatte Pelinor Arden, ihre Cousine, gesehen oder von ihr gehört, und sie brauchte diesen Jemand nur zu finden. Die Logik legte nahe, dass sie mit dem Barkeeper begann.

»Orangensaft«, bestellte sie, während der Barkeeper sie mit einer hochgezogenen Augenbraue betrachtete. Ihr Budget reichte in einem Club wie diesem gerade für einen Saft aus, und ohne ein Getränk in der Hand konnte sie jede Hoffnung, mit der Menge zu verschmelzen, gleich fahren lassen. Teufel, sie kam sich bereits overdressed vor. Ihr elegantes kleines Schwarzes endete fünf Zentimeter oberhalb ihrer Knie, aber ein diskreter Blick auf die Tänzer belehrte sie, dass es hier ungefähr fünfzehn Zentimeter zu weit über ihren Hintern reichte. Wo immer sie sich hindrehte, zeigte sich nackte Haut. Andere Frauen musterten sie, taten sie ab. Sie war keine Rivalin für das, was *sie* wollten.

Sie würde keinem gefallenen Engel einen zweiten Blick wert sein.

Ihr sollte es recht sein.

Mischka verließ sich auf die Tatsache, dass ihre Cousine – ganz im Gegensatz zu ihr selbst – niemals übersehen wurde.

Man vergaß Pell nicht, wenn man sie erst einmal kennengelernt hatte. Auf keinen Fall. Auf den ersten Blick erschien sie allerdings adrett und gewöhnlich. Glattes, schulterlanges braunes Haar, wie es jetzt das Bild auf dem Videoplayer zeigte. Die Spitzen waren ein ganz klein wenig gelockt. Der hohe, saubere Bogen ihrer Augenbrauen erweckte den Eindruck, als sähe sie Mischka direkt an. Das Foto vermochte leider nicht die Energie wiederzugeben, die in dem schlanken, straffen Körper steckte. Ja, ihre Cousine war sehr direkt. Klar. Realistisch. Und dann wurde man von ihrem mutwilligen, launischen Humor wie ein Blitz getroffen. Sie vereinnahmte einen, und dann lachte man mit ihr. Pell war witzig. Die Menschen waren gern mit ihr zusammen, weil sie Spaß an ihnen hatte. Sie hatte an jedem Spaß. Deshalb hatte Mischka schreckliche Angst, dass ihre Cousine einen Handel mit dem Teufel eingegangen war.

Als der Barkeeper das Getränk über die Theke schob, schlang sie die Finger um das kühle, hohe Glas und legte den Videoplayer auf das Trinkgeld, bevor er es einstecken konnte. »Ich suche jemanden.«

Der Saft war kalt und schmeckte künstlich süß. Sie hätte lieber direkt aus der Flasche getrunken – nachdem sie selbst den Originalverschluss geöffnet hätte. Aber das war offensichtlich nicht elegant genug für diesen Club. Ihr Pech. Trotzdem, der Saft war feucht, und ihre Kehle war trocken. Und sie hatte bereits dafür bezahlt.

In den bleichen Augen des Barkeepers blitzten Ärger und vorsichtige Ergebenheit auf, als er sich vorbeugte, um sich über die Musik verständlich zu machen. »Nein«, sagte er, bevor sie auch nur auf die Abspieltaste drücken konnte. Seine Hand rutschte von dem dünnen Stapel Banknoten, und er wollte sich abwenden. »Ich kann Ihnen nicht helfen.«

»Sie wissen ja nicht mal, was ich will«, argumentierte sie.

»Bargeld. Videoplayer. Wie aus dem Ei gepellt, aber konservativ. Nicht zu aufgedonnert.« Er deutete mit einem nonchalanten Ruck seines Daumens auf ihr Outfit. »Sie sind hinter einem von *ihnen* her und wollen Insiderinformationen. Ich kann Ihnen nicht helfen. Sobald Ihr Freund, Ihre Schwester, Ihre beste Freundin, wer auch immer« – er zuckte die Achseln – »einen Pakt mit einem dieser Teufel geschlossen hat, kann ich nichts mehr tun. Ich schenke nur die Drinks aus.«

Wirkte sie wirklich *so* fehl am Platz? »Ich muss meine Cousine finden.«

»Sicher. Das sagen sie alle. Und ich wette, Sie meinen, sie sei um sich tretend und schreiend in diesen Club geschleppt worden. Dass sie unmöglich wissen konnte, worauf sie sich einließ, weil sie nicht diese Art von Mädchen ist.«

Na ja. Aber es stimmte. Und selbst wenn es nicht gestimmt hätte, würde sie Pelinor nicht einfach im Stich lassen, nur weil sie den Fehler ihres Lebens begangen hatte.

»Haben Sie die Verwandtschaft gleich mitgebracht?« Der Barkeeper sah über ihre Schulter hinweg, und sie fragte sich, ob er einen Panikknopf drückte. »Den großen Bruder oder einen verärgerten Freund?«

Während des letzten, unvergesslichen Familienstreits vor zwei Wochen hatte ihre Cousine gebrüllt, dass sie ausgehen würde. Zurück in den Club. Und dass sie sich verdammt noch mal mit einem Dämon verbinden werde, wenn das nötig wäre, um sich die Familie vom Hals zu schaffen. Pell mochte nichts für die altmodischen Moralvorstellungen ihrer Eltern übrig haben – oder dafür, dass sie immer wieder eine Parade von Börsenmaklern und Ärzten zu ihren Sonntagsdinners einluden –, aber Mischka würde nicht zulassen, dass ihre Cousine eine solche Liebe und Unterstützung so mir nichts dir nichts wegwarf. Teufel! Sie hätte alles darum gegeben, dass ihre eigenen Eltern noch da wären, die ihr mit unmöglichen Blind Dates und peinlichen Litaneien ihrer vorgeblichen Tugenden zusetzten.

Pell wusste gar nicht, wie gut sie es hatte.

»Ich habe sie zu Hause gelassen«, sagte Mischka und legte beide Hände auf die Theke, wo der Barkeeper sie sehen konnte. »Ich bin allein. Ich schätze, die restliche Familie wird noch eine Woche brauchen, bevor sie über ihre Empörung hinweggekommen ist« – ganz zu schweigen von sinnlosen Sprüchen à la ›Wie man sich bettet, so liegt man‹ – »bevor sie hierher nachkommt. Sie könnten sich einigen Ärger ersparen, Serge.« Sie las seinen Namen von dem silbernen Namensschild ab, das er präzise an sein gut gebügeltes Gucci-Hemd gesteckt hatte. An der Uniform seiner menschlichen Tagelöhner hatte der Besitzer des Clubs nicht gespart; sie war genauso teuer und gut gepflegt wie die Clubwände. Obwohl die Wände dem Besitzer wahrscheinlich mehr bedeuteten. Dämonen neigten dazu, ihre menschlichen Nachbarn für austauschbar zu halten.

»Sehen Sie sich das Video an, mir zuliebe«, schmeichelte sie. »Sie können mir sagen, ob Sie sie gesehen haben. Mehr nicht, ich verspreche es«, fügte sie hinzu, als Serge errötete.

»Es wird Ihnen so oder so nicht gefallen, was ich sage«, brummte er, aber sie spürte, dass er schwach wurde. Er würde hinsehen, und sei es auch nur, damit sie wieder von seiner Theke verschwand, ohne eine Szene zu machen. Sie warf ihm den absichtlich neckischen Blick zu, den sie so oft bei Pelinor gesehen hatte, und er knickte ein. »In Ordnung. Geben Sie mir den Player!«

Sie schob ihm das silbrige Ding hin und sah, wie das schelmische Gesicht ihrer Cousine auf dem flachen Schirm auftauchte. Selbst auf dem Kopf stehend versprühte ihre Cousine das pure Leben. Ihre heisere Stimme plauderte angeregt mit jemandem, der nicht auf dem Schirm zu sehen war, und sie erzählte eine ihrer Lieblingsreisegeschichten. Pell habe Hummeln im Hintern, behauptete ihre Mutter immer voller Zuneigung. Man konnte das Mädchen nicht an einem Fleck festnageln; es war im nächsten Moment schon wieder unterwegs. Die junge Frau auf dem Bildschirm jedoch beschrieb einen exotischen Strand, einen besonders effektiven alkoholischen Drink und eine gefährliche Begegnung der paranormalen Art. Mischka war sich ziemlich sicher, dass ihre Tante noch nie davon gehört hatte.

Altmodische Pell.

Ihr wäre fast die Anspannung des Barkeepers entgangen. Wie elektrisiert ließ er den Videoplayer wieder auf die Theke fallen.

»Nein«, sagte er schnell. Zu schnell. »Die da kenne ich nicht.«

Die da? Wie viele Frauen kamen denn eigentlich ins G2 und bändelten hier mit Paranormalen an? Allein die Möglichkeit war für ihn nicht weiter schockierend gewesen. Er hatte nicht mal mit der Wimper gezuckt – bis er das Video gesehen hatte.

»Sie erkennen sie, Serge. Sie haben sie hier gesehen.«

Er antwortete nicht, daher beugte sie sich weiter vor. Pell hätte gewusst, wie sie diesen Mann um den Finger wickeln und wie sie die verdammte Antwort aus ihm herausflirten könnte. Zum hundertsten Mal seit Pells Verschwinden wünschte sie sich, sie könnte ihre Cousine *sein.* Dass sie die Kraft und den Mut gehabt hätte, die Regeln zurechtzubiegen. Ein wenig zu leben und herauszufinden, nur ein einziges Mal, wie es war, das ungezogene Mädchen zu sein.

Stattdessen musste sie wieder mal den Aufräumdienst übernehmen.

»Hören Sie«, seufzte er, »Sie wollen es nicht wissen, glauben Sie mir. Sie wird wahrscheinlich in ein paar Wochen oder Monaten wieder auftauchen, und dann können Sie all das hinter sich lassen. Aber wenn Sie jetzt Fragen stellen, werden Sie Antworten bekommen, die Sie vielleicht nicht hören wollen. Nichts wird mehr so sein wie zuvor.«

Sie wusste das; deswegen war sie ja auch hier. »Sagen Sie es mir«, verlangte sie, ohne den Blick von seinen Augen abzuwenden. Er würde ihr eine Antwort rundheraus verweigern oder sie ihr geben müssen, so viel stand verdammt noch mal fest. Sie würde ihn nicht so leicht vom Haken lassen.

»Na schön.« Er schob ihr den Videoplayer wieder hin, und diesmal nahm sie ihn. »Ja, ich habe sie gesehen. Sie ist mehr oder weniger Stammgast hier. Manchmal ist sie mit einem Haufen anderer Frauen gekommen. Einige von ihnen waren als Dämonen-Junkies bekannt, Frauen, die rasch mit einem von *ihnen* für eine Nacht anbändelten. Vielleicht auch zwei. Für kleine Gefälligkeiten, Sie verstehen. Nichts Großes. Vielleicht eine Beförderung dort, wo sie arbeiten, oder dergleichen.«

Davon hatte sie gehört.

»Doch die meisten von ihnen«, fuhr er fort, »waren Jungfrauen, was das betrifft. Oh, sie waren interessiert, sicher, aber sie hatten ihre Seelen noch nicht verkauft. Wir hatten eine Wette laufen«, gab er zu, »wie lange es dauern würde, bevor die Nächste sich verkaufen und wer sie sein würde.«

Entzückend. Ihre Cousine war also Handelsware.

»Pelinor?«

»Ist das ihr Name? Klasse Mädchen. Sie war mit einem von *ihnen* befreundet. Total seltsam«, sagte er nachdenklich. »So etwas habe ich noch nie gesehen, vor allem nicht hier im G2. Dieser Dämon saß da und redete mit ihr, tanzte vielleicht mit ihr. Er hat ihr Drinks spendiert.«

»Aber sie war nicht mit ihm zusammen?«

»Nein, nicht wenn Sie mit *zusammen* meinen, dass er sie um

den Verstand gebumst hat. Und er hat auch nicht ihre Seele getrunken. Jedenfalls nicht beim letzten Mal, als sie vor zwei Wochen hier war.«

»Und?«

»Und nichts. In der Nacht war viel los. Das war das letzte Mal, dass ich sie gesehen habe, und Sie haben gefragt. Ich habe weder sie noch ihn seither wiedergesehen.« Er steckte die Geldscheine ein, und der Lohn von zwei Tagen verschwand in der Tasche seiner teuren Hose. »Noch einen Drink?«

Sie drängte weiter. »Sie kennen seinen Namen?«

»Nein. Aber er ist ein Freund des Besitzers.« Er zuckte die Achseln. »Wenn Sie den Mumm haben, fragen Sie Brends Duranov, ob er Ihre Cousine gesehen hat. Die halten jedoch zusammen, und es wird ihm egal sein, wenn sein Freund sie leer getrunken hat. Hören Sie«, seufzte er, »es ist ein herber Rückschlag, ich weiß, aber lassen Sie es sich von einem gesagt sein, der Bescheid weiß: Gehen Sie nach Hause und warten Sie ab! Ihre Cousine wird wahrscheinlich heimkommen, wenn sie so weit ist. Und selbst, wenn nicht, könnten Sie nichts weiter ausrichten. Sie sind nur menschlich.« Ein ausdrucksloser, verlorener Blick trat in seine Augen. »Und die sind es nicht. Sie dürfen nie vergessen, dass *die* nicht menschlich sind.«

Erstaunlich, was Jersey mit einem weiblichen Hintern anstellte.

Brends beobachtete die Eisprinzessin, die seinen Barkeeper beschwatzte, und bewunderte die Art, wie sich ihr Kleid an ihren Körper schmiegte, während er sich fragte, ob sie sich darüber im Klaren war, welche Wirkung das Ganze auf ihr männliches Publikum hatte.

Wahrscheinlich nicht.

Mit einem Grollen in der Kehle sog er ihren Duft tief in die Lungen. Er hatte seine mysteriöse Frau gefunden, die Frau, die ihn drei Nächte hintereinander in seinen Träumen verfolgt und die er draußen vor seinem Club gewittert hatte.

Also, warum war sie hier?

Sicher, das G2 zog einige seltsame Vögel an, aber die meisten von ihnen sahen so aus, als würden sie sich amüsieren. Oder es versuchen. Sie hatte einen verdammten Saft bestellt, um Gottes willen, und dann hatte sie das Zehn-Dollar-Getränk auf der Theke stehen lassen. Als könne sie kontaminiert werden, wenn sie auch nur einen Schluck in seinem Club trank. Auf irgendeiner Ebene wusste er, dass er unvernünftig war. Vielleicht war sie nur eine weitere Menschenfrau, die sich unters gemeine Volk mischte, die hier eine Stippvisite machte, um die Dämonenware zu kosten und Geschichten für ihre Freundinnen daheim zu sammeln. Eine Mutprobe vielleicht. Oder eine kleine rebellische Geste. Er hatte den Typ schon getroffen. Dafür gesorgt, dass sie bekamen, was sie wollten – und dass sie den angemessenen Preis für ihre Vergnügung zahlten.

Sie kam ihm jedoch beinahe wie eine Hexe vor, wie die glatte, schwarze Haarmähne ihr das Gesicht umrahmte und sich geschmeidig um die starke Linie ihres Kinns teilte. Von seinem versteckten Beobachtungspunkt drei Treppen weiter oben konnte er die weiße Linie ihres Scheitels genau erkennen.

Perfekt. Jedes Haar an seinem Platz.

Sie hatte einen zielstrebigen, fast katzenhaften Gang, der sie direkt über seinen Tanzboden führte, so präzise, als wisse sie ganz genau, wo sie hinging. Was sie wollte. Es war verdammt sexy. Und es war ebenso gut möglich, befand er, dass sie keine Ahnung hatte, dass jedes männliche Wesen in ihrer Nähe dieses fest verschnürte kleine Päckchen auspacken wollte.

Oder vielleicht wusste sie es doch, und es war eine weitere Waffe in ihrem Arsenal.

Er war sich unsicher, was er erotischer fand.

Wenn sie auf ein wenig Action aus war, musste das seine Glücksnacht sein.

Oder auch nicht.

Sie ließ einen Videoplayer aufblitzen, und der Jäger in ihm wurde sogleich wachsam. Von seinem Platz aus war der Bildschirm zu weit entfernt, aber offensichtlich suchte sie jemanden. Stellte Fragen. Fragen, die seine Kundschaft verständlicherweise nervös machte. Der Barkeeper schüttelte den Kopf, aber Momente später hatte der kleine Bastard die Geldscheine eingesteckt und hielt das Gesicht dicht an ihres. Brends machte sich im Geiste eine Notiz, später in der Nacht ein kleines Gespräch mit seinem Angestellten zu führen. Ein Gespräch, das eine unerwartete Abfindung beinhalten würde, falls der dreiste kleine Bastard sich nicht umgehend auf seine Seite der Theke zurückbegab und den Job erledigte, für den Brends ihn bezahlte.

Vielleicht würde Brends *seinen* Job machen.

Er würde herausfinden, was sein neuester Gast im Schilde führte. Und dann noch etwas mehr.

3

Oh, zum Teufel! Pell, die gerade von der Damentoilette kam, blieb wie angewurzelt stehen. Sie erkannte die schlanke, elegante Gestalt, die an der Theke hockte. Sie hatte sich wohl selbst etwas vorgemacht, zu glauben, ihre Familie – und ihre Cousine – würde sie gewähren lassen, wenn sie drohte, sich mit einem gefallenen Engel zu verbinden. Sie hätte wissen sollen, dass Mischka sie nicht gehen lassen würde. Sie nicht fallen lassen würde, wenn sie glaubte, sie könne es irgendwie verhindern. So war Mischka. Sie hatte ein Leben damit verbracht, ihre kleine Cousine vor sich selbst zu retten, und im Allgemeinen – im Allgemeinen – war Pell dankbar dafür gewesen. An eine solche Liebe konnte man kein Preisschild heften.

Sie war nicht dankbar. Nicht heute Nacht. Nicht diesmal.

Mit bis zum Hals schlagendem Herzen ging Pell an den privaten Tisch zurück. Und zu ihm. Vielleicht hatte Dathan eine Idee, was sie als Nächstes tun sollte. Ihr selbst waren die Fluchtpläne gerade eben ausgegangen. Die brodelnde Menge von Tänzern würde ihre Bewegungen für den Moment tarnen, aber sie konnte sich nicht lange auf die Anonymität verlassen. Mischka war zu logisch, zu präzise.

Zu stur.

Pell würde geschnappt werden, es sei denn, sie zauberte ein Kaninchen aus dem Hut. Jetzt. Sie war perplex, dass Mischka ihre Drohung, mit einem Dämon davonzulaufen, nicht durchschaut hatte, dass sie den Plan nicht als das erkannt hatte, was er war. Manchmal war Mischka naiv. Manchmal.

Gefallene Engel waren für Pell eine Liga zu hoch. Sich auf einen Dämon einzulassen, bedeutete das Ende. Sie hatte sie immer für Seelenverwandte gehalten, da es hieß, sie seien aus dem Himmel geworfen worden, weil sie nicht so ganz perfekt gewesen seien. Nun, sie war auch nicht perfekt. Und sie war dafür bekannt, einige Regeln gebrochen zu haben. Okay. Mehr als einige. Ihre Freundschaft mit Dathan verletzte jedoch wahrscheinlich mindestens einen internationalen Vertrag. Jetzt konnte sie nur hoffen, dass ihr Freund in der Lage sein würde, sie aus ihrem gegenwärtigen Schlamassel zu retten.

Denn Mischkas unerwartete Anwesenheit im Club war nur die Spitze des Eisberges.

Sie entdeckte eine Lücke in der Menge und schlüpfte durch die Öffnung. Es war ein Fehler gewesen, sich von Dathan beschwatzen zu lassen, hierherzukommen, an einen Ort, an dem sie bekannt war. Und Mischka wusste, dass sie manchmal hier war.

Als sie zu der ledernen Bank zurückkam, auf der Dathan sich wie ein Pascha mit seinem Harem lümmelte, schickte er sofort die Groupies weg, nachdem er ihren Gesichtsausdruck bemerkt hatte. Eine junge Blondine warf ihr einen Blick zu, den Pell nicht ganz deuten konnte. Teils Rausch, teils Ärger. Pech, wenn sie eifersüchtig war, denn es würde nichts passieren. Dathan war nichts weiter als ihr Freund, kein Geliebter. Wenn er sie benutzen wollte, um unwillkommene Gesellschaft zu verscheuchen, war das für sie in Ordnung. Worte waren billig, und es scherte sie nicht, ob die Clubbesucher sie für ein Dämonenliebchen hielten. Doch Gott stehe ihr bei, wenn Mischka das sah. Oder wenn ihre Eltern davon erfuhren.

Der Begriff *Tod* würde es nicht einmal annähernd beschreiben.

»Sie ist hier«, sprudelte es aus ihr heraus, während sie sich neben ihn auf die Bank setzte. Die Hitze seines massigen Körpers war ein willkommener Trost, und sie kämpfte gegen den Drang an, sich in den Schatten dieses Umfangs und dieser Stärke zu verkriechen. Heute Nacht würde sie ein großes Mädchen sein. Wirklich. Gleich nachdem sie ihn um einen letzten Gefallen gebeten hatte.

Dathans große Hand legte sich um ihre. Sie erwartete, dass er sie von der Bank hochziehen würde, aber stattdessen drehte er ihre Hand in seiner und hüllte sie in tröstliche Wärme ein. Verankerte sie.

»Keine Panik.« Mehr sagte er nicht, aber mit der freien Hand zog er ein Handy heraus und wählte. Er sprach einige leise, kehlige Worte in einer unbekannten Sprache.

Er muss einen Plan haben. Gott sei Dank. »Hat dir niemand gesagt, dass es unhöflich ist, vor anderen eine fremde Sprache zu benutzen?« Sie sprach in einem leichten Ton, aber gleichzeitig huschte ihr Blick auf der Suche nach Mischka über den brodelnden Tanzboden.

Er fauchte ein letztes Wort ins Telefon und klappte es zu. Dunkle Augen glitten nach oben, und für einen Moment fragte sie sich, ob sie sich versehentlich zu einem Fremden gesetzt hatte. Er sah anders aus. Härter.

»Nein«, meinte er gedehnt. »Wirklich? Vielleicht solltest du in Erwägung ziehen, mir Lektionen zu geben, in – Linguistik.« Die Worte klangen beinahe schmutzig. Spielerisch. Wenn sie sich nicht solche Sorgen gemacht hätte, dass Mischka sie entdecken könnte, wäre sie versucht gewesen zu spielen. Sie neckten einander jetzt schon seit Monaten, flirteten miteinander. Es war gut, einen Freund zu haben, bei dem sie sich wohlfühlte. Und sie wussten beide, dass die Worte nur Worte waren.

»Nicht, Dathan. Nicht jetzt«, sagte sie.

Er starrte sie mit dunklen Augen an, dann entkrampfte sich

sein Gesicht, und die ungewohnte Anspannung schmolz dahin. »In Ordnung«, stimmte er zu. »Nicht spielen. Also, warum sagst du mir nicht, was los ist?«

Der feste Druck seiner Hand, die ihre streichelte, rieb die panische Anspannung weg, bis sie zur Glückseligkeit zerschmelzen wollte. Das war Dathan. So unkompliziert. Immer da. Wirklich, sie verstand nicht, warum Mischka ein solches Vorurteil gegen gefallene Engel hatte. Dathan war ihr Freund. Der ältere Bruder, den sie nie gehabt hatte. Sie verließ die Stadt, wenn das Verlangen zu groß wurde, reiste, so weit ihr Geld sie brachte, aber wann immer sie nach M City zurückkehrte, wartete er auf sie. Dathans Finger streichelten mit festen Strichen ihre Hände. Als sie eine wunde Stelle entdeckten, von der sie gar nichts gewusst hatte, pressten sie sich kenntnisreich darauf. Der Schmerz schwand, und sie unterdrückte ein wohliges Stöhnen. Gott, Dathan hätte in einem Fünf-Sterne-Wellnesshotel ein Vermögen verdienen können. Seine Hände waren pure Magie.

»Ich stecke in Schwierigkeiten«, gab sie zu.

»Tatsächlich?«, fragte er trocken und beugte seinen dunklen Schopf über ihre Hand. »Ich bin schockiert, Pell. Wie untypisch. Erzähl mir davon, und wir werden sehen, was ich tun kann.«

Dieses Haar, dachte sie, war sündig, von der Farbe der Mitternacht und der verlorenen Seelen, obwohl er es normalerweise gnadenlos aus seinem Gesicht kämmte. Dathan war weder gut aussehend noch schön, aber die kräftigen Linien seines Gesichtes hatten sie immer ein wenig animalisch angezogen. Da andere Frauen ihn anstarrten, wenn er einen Raum betrat, ging es ihnen vermutlich ähnlich.

Jetzt nahm sie sich die Zeit und ließ den Blick über die vertraute harte Linie seines Kinns und seiner Wangen gleiten.

Dathan hatte die goldenen Augen eines Tieres, und immer nahm er seine Umgebung wahr. Selbst entspannt auf dem Ledersitz ihr gegenüber, seinen unmöglich massigen Leib in diesen engen Raum gepfercht, erkannte sie die lockere Haltung des Kämpfers. Seine rechte Hand verließ kein einziges Mal seine Klinge, ein Daumen strich wieder und wieder über die scharfe Schneide. *Beschützer*, sang ihr Bauch. *Raubtier*, ergänzte ihr Verstand.

»Nun«, sagte sie und fragte sich, warum ihr dieses Geständnis so peinlich war. »Du kennst meine Familie. Und ich habe dir von meiner Cousine erzählt.«

»Von Mischka.« Er nickte. »Der Perfekten.«

»Ja«, sagte sie düster. »Nun, sie ist davon überzeugt, dass ich beschlossen habe, meine Seele an die gefallenen Engel zu verkaufen und …« Es gab wirklich keine Möglichkeit, es taktvoll auszudrücken, befand sie. Schließlich war der Mann, der ihre Hand hielt, einer von ihnen, obwohl sie wusste, dass er sie niemals ausnutzen würde. Sie waren schließlich Freunde.

»Und du würdest sie gern von der absoluten Unwahrheit dieser speziellen Annahme überzeugen?« Seine Hand bewegte sich keinen Millimeter. »Was natürlich der Grund ist, warum du die beiden letzten Wochen in meinem Gästezimmer verbracht hast und jetzt hier in meiner sehr öffentlichen Gesellschaft bist. Kluger Schachzug, Pell. Deine Cousine wird kein notariell beglaubigtes Dokument akzeptieren, wenn sie Wind davon bekommt. Was sie getan hat.« Sein Kopf fuhr hoch. »Andernfalls hättest du dir nicht die Mühe gemacht, mir das zu sagen.«

Bingo. »Mischka ist hier im Club.«

Er schüttelte den Kopf. »Genau. Ich nehme an, du würdest gern zur Hintertür hinausschlüpfen?«

»Ja.« Sie sah ihn erwartungsvoll an. »Das ist mein gegenwärtiger Plan.«

»Baby, du hast die schlechtesten Pläne, die ich je gehört habe. *Falls«*, fügte er skeptisch hinzu, »das überhaupt ein Plan genannt werden kann. Ich habe den starken Verdacht, es ist dir gerade erst eingefallen.«

Es war nichts auszusetzen an Spontanität, daher streckte sie ihm die Zunge heraus. »Du bist langweilig, Dathan.«

Der Ausdruck in seinen Augen war einer, den sie nicht recht zu deuten vermochte. »Praktisch«, konterte er. »Falls du Probleme mit deiner Cousine hast, Pell, musst du mit ihr reden. Wenn du mit mir von hier verschwindest, wird es ihr jemand erzählen, und das geht auch nur, wenn sie dich nicht entdeckt hat, als du sie entdeckt hast. Dann wird sie dir niemals glauben.«

Das war der peinliche Teil. »Ja, nun, sie könnte Gründe für ihre Sorge haben.«

»Tatsächlich.« Er musterte sie.

Sie hielt inne. Andererseits war dies Dathan, und sie waren Freunde, und sie konnte *ihm* die Wahrheit sagen. »Vielleicht habe ich behauptet, ich würde mir einen gefallenen Engel suchen.«

»Und?« Tödliche Gewalt lag in dem Wort.

»Und mehr oder weniger angedeutet, dass ich mich mit ihm verbinden würde.«

»Und warum solltest du dich mit einem von uns verbinden wollen?«, fragte er gedehnt.

Sie kämpfte gegen den Drang zu fliehen. »Sicherheit«, platzte sie heraus. »Schutz.«

»Vor wem?«

Sie schüttelte verzweifelt den Kopf. »Du wirst mir nicht glauben, Dathan. Niemand glaubt mir.«

Sie hatte sich nicht schon wieder an ihn wenden wollen, mit weiteren Beweisen für ihre Unvollkommenheit. Für die endlose Abfolge von vermasselten Dingen, aus denen ihr Leben bestand. Denn Freundschaft hatte ihre Grenzen, und diesmal … nun, diesmal war sie nicht allein nach Hause gekommen. Diesmal war ein Mann hinter ihr her gewesen.

»Dein Freund?«

Schön wär's. Es wäre so viel einfacher gewesen. Sie schüttelte den Kopf.

»Gläubiger.«

Dathan klang herablassend amüsiert. »Wie viel bist du schuldig?«

Er war immer sehr großzügig gewesen, aber Geld würde dieses spezielle Problem nicht lösen. »Ich schulde ihm gar nichts.«

Dathans Augen wurden schmal. Für einen Moment verschwand der träge Ausdruck aus seinem Gesicht, als habe jemand einen Vorhang vor ein Fenster gezogen. Er sah hart aus. Gefährlich. Ungewohnt. »Ihm? Diese Person, die dir folgt, ist ein Mann?«

»Ja.« Warum sollte Dathan das interessieren?

»Du hast deinen Freund mit nach Hause gebracht?«

»Er ist nicht mein Freund, und ich bin es leid, ›Zwanzig Fragen‹ zu spielen, Dathan.« Sie hätte selbst einen Zufluchtsort finden sollen. Sie hätte nicht mit ihm hierherkommen sollen. Es war nur so, dass Dathan eine Angewohnheit war, die sie anscheinend nicht loswerden konnte.

»Dafür sollte ich dir den Arsch versohlen.« In seinen dunklen Augen glänzte ein unbekanntes Gefühl. Er war ihr bester Freund, aber sie konnte nichts gegen die verbotene Hitzewelle angesichts der Bilder tun, die seine Drohung in ihr auslöste. Er würde es nicht tun. Sie sollte *nicht* so über ihren besten Freund denken. Aber sie konnte die Bilder nicht verbannen.

Dathan tat niemals etwas halb, sobald er sich einer Sache verschrieben hatte. Da wäre die köstliche Bloßstellung, wenn er ihr das allzu kurze Kleid hoch- und ihren Schlüpfer herabzöge.

Der erste Schlag würde eine Hitzewallung durch ihren Hintern schicken und ein Prickeln in ihrem ganzen Leib hervorrufen.

Hatten sich seine Augen verdunkelt? Gewiss konnte er die Erregung nicht riechen, die ihren Slip feucht machte. Er konnte nicht wissen, welchen Fantasien sie des Nachts nachhing. Er war ein gefallener Engel, kein Gedankenleser.

Und sie hatte nicht gehört, dass gefallene Engel sich darauf spezialisiert hätten, Fantasien zum Leben zu erwecken. *Lügnerin,* zirpte die kleine Stimme in ihrem Kopf. *Lügen haben zwar kurze Beine, aber lange …* Sie wollte nicht weiterdenken, weil sie auch so schon ganz feucht war. Vor Verlangen. Nach einem der gefallenen Engel. Und da hatte sie gedacht, ihr Abend könne unmöglich noch schlimmer werden!

»Versuch es doch«, schlug sie leichthin vor, »und ich werde es dir heimzahlen, Dathan.« Verlegen rutschte sie auf dem Ledersitz hin und her, und das glatte Material klebte an ihrer nackten Haut. War das peinlich! Sie wusste, dass Dathan sich unter ihren menschlichen Freunden eines gewissen Rufs erfreute, aber sie hatte diese Seite an ihm nie kennengelernt. Der charmante, nonchalante Gefährte war wie weggeblasen.

Er beachtete ihr Unbehagen nicht. »Wenn er nicht dein Freund ist, wer ist er dann?«

»Nur ein Typ.« Eine Beschreibung, die dem Mann, den sie kennengelernt hatte, nicht einmal ansatzweise gerecht wurde. »Ich war im Südpazifik auf Reisen und habe ihn in einem Beachclub kennengelernt. Ich war nur ein paar Tage auf dieser speziellen Insel, und ich wusste nicht, ob ich bleiben oder abreisen sollte. Er hatte von meiner Ankunft gehört, daher kam er vorbei, um sich vorzustellen.« Sie konnte die Erinnerungen an diese dunklen Augen immer noch nicht abschütteln. Der Mann war kalt gewesen, so kalt. Beinahe unheimlich in der tropischen Hitze, die sie umgab. Die meisten Einheimischen waren herrlich warm, sonnengebräunt und fröhlich, und ihre Neugier auf sie wurde im Zaum gehalten vom Respekt für die Grenzen, die sie unbewusst gezogen hatte. Eilor hatte das nicht interessiert. Er war an ihren Tisch gekommen und hatte sich ihr gegenüber hingesetzt. Sicher, er hatte ihr den obligatorischen Drink spendiert, aber da war etwas beinah Besitzergreifendes in seinen Augen gewesen. Er hatte ihr Angst gemacht. Und dann hatte er gesagt, er habe nach ihr gesucht. Irgendwie glaubte sie nicht, dass er ›an diesem Tag‹ meinte. Er hatte nach ihr gesucht, und er war auf diese Insel gekommen, um sie zu finden. Er war ihr gefolgt.

Sie hatte auf ihre Instinkte gehört und war weggelaufen.

»Und er ist dir hierher gefolgt.«

»Könnte sein.« Das war der Punkt, an dem die meisten ihrer Bekannten es mit Logik versucht hätten, mit Abraten oder mit unverhohlenem Unglauben. Wie wahrscheinlich war es schließlich, dass ihr ein x-beliebiger Fremder um den halben Globus gefolgt war?

»Wann hast du bemerkt, dass er dir gefolgt ist?«

»Als ich den Flughafen erreichte.«

»Du hast den Flughafen vor drei Wochen erreicht, Pell.« Dathans Stimme hatte einen strengen Unterton angenommen. Na schön, sie hatte die Augen vor der Wahrheit verschlossen. Nichts davon war ihr wirklich erschienen.

»Ich wollte sicher sein, bevor ich es irgendwem erzähle. Es kommt mir alles so verrückt vor.«

Drei Wochen Gänsehaut, drei Wochen, in denen sie das Gefühl gehabt hatte, ein unsichtbarer Beobachter würde sie verfolgen. Schlimmer noch, sie hatte gewusst, dass der Beobachter sie jederzeit erwischen konnte. Sie hatte nicht zu der Wohnung zurückgehen wollen, die sie sich manchmal mit ihren Freundinnen teilte. Nach Hause zu gehen, hatte ebenfalls nicht allzu gut funktioniert. Sie war angespannt gewesen. Nervös. Am Ende hatte sie Streit gesucht, damit sie fluchtartig verschwinden konnte.

Sie beäugte ihr Gegenüber. Anscheinend war sie direkt in Dathans Arme geflohen.

»Du hast mich warten lassen.«

»Wir sind Freunde«, fauchte sie. »Hast du gedacht, ich wollte dich auch damit belästigen?«

»Wir sind Freunde.« Er sah sie an, und sie konnte den Ausdruck auf seinem Gesicht nicht deuten. »Ja, meine Liebe. Und Freunde sollten wirklich ehrlich zueinander sein, meinst du nicht?«

»Sicher.« Schließlich war es nicht so, als ob sie ihn in dieser Sache angelogen hätte.

»Absolut.« Er ließ ihre Hand los und schob sie weg. Mit der anderen Hand goss er geschickt Champagner aus der Flasche ein, die in dem Kühler neben dem schlanken Tisch stand. Er schob das Glas zu ihr hinüber, und sie legte die Finger aus Gewohnheit um den Stiel. »Wie hat er ausgesehen?«

Er war groß gewesen. Dunkel. Und die Bar, in der sie einander begegnet waren, war noch dunkler gewesen. Trotzdem, er war ihr irgendwie bekannt vorgekommen. Vielleicht, weil seine rauen, brutalen Gesichtszüge sie an die gefallenen Engel erinnerten. »Wie einer von euch«, sagte sie, bevor sie sich zurückhalten konnte. Na ja, niemand hatte sie je zuvor der Diplomatie beschuldigt. *Toll gemacht, Pell! Als Nächstes kannst du behaupten, Dathan würde dir nachstellen.*

»Wie einer von uns«, wiederholte er leise. »Dann sind wir also austauschbar? Du kannst uns nicht ganz auseinanderhalten?«

Das hatte sie nicht gemeint. »Nein«, wandte sie ein. »Du weißt, dass ich weiß, wer du bist, Dathan. Ich habe es immer gewusst. Ich meinte nur, dass er etwas an sich hatte, das mich an die gefallenen Engel erinnerte.«

»Werde konkreter.«

Sie konnte es nicht. Der Mann, der ihr gefolgt war, hatte ein ähnliches Gesicht gehabt wie Dathan, nur viel finsterer. Härter. Irgendwie verzerrt.

»Na schön. Also, er hat ausgesehen wie ich, wie einer meiner Brüder, aber du kannst ihn nicht beschreiben. Hast du es nicht geschafft, ein Foto zu machen?«

Er zog fragend eine Augenbraue nach oben, und sie musste den Kopf schütteln, und eine verlegene Röte machte sich auf ihrem Gesicht breit. Nein, sie war nicht auf die Idee gekommen, ein Foto zu machen. Oder ein Video. Sie hatte nur nach Hause laufen wollen.

Ängstliches kleines Baby, verhöhnte ihr Verstand sie. *Zu feige, um für dich selbst einzutreten.*

»Nein«, brachte sie heraus. Sie hasste es, sich dumm zu fühlen. Unzulänglich.

»Hat er dir *das* angetan?« Seine Hand, stark und sicher, streichelte auf einem unbekannten Pfad über ihren nackten Oberschenkel.

Zu ihrer absoluten Verlegenheit quiekte sie seinen Namen.

Er wandte den Blick nicht von ihren Augen ab, und diese Hand – diese bösartige Hand – setzte ihren langsamen, kühnen Marsch ihren Schenkel hinauf fort. Ihren nackten Schenkel. Oh Gott. Das sexy schwarze Cocktailkleid, das ihr das Gefühl verlieh, so reif zu sein, so sehr alles unter Kontrolle zu haben, bedeutete auch, dass sie außer einem winzigen String auf sämtliche Unterwäsche verzichtet hatte.

Warum tat er das, und warum war sie so *interessiert* daran, dass er es weiterhin tat?

»Tu das nicht.« Sie wusste, dass Dathan sie nicht wollte. Er hatte in den vier Jahren ihrer Bekanntschaft jede Menge anderer Frauen gehabt, und er hatte ihr niemals Avancen gemacht. Welchen bizarren Grund er auch für sein jetziges Verhalten haben mochte, es konnte kein Verlangen sein.

»Hast du *ihm* erlaubt, das zu tun?« War das Eifersucht, die sie in seiner Stimme hörte? Für einen winzigen Augenblick, damals am Strand, hatte sie erwogen, dem Fremden zu geben, was er wollte. Sie war einsam gewesen. Und er hatte sie an jemanden erinnert, den sie nicht haben konnte.

Er drückte ihr die Oberschenkel auseinander. Sie wusste, dass sie sich dagegen wehren sollte. Gleichzeitig wollte sie es nicht. Nichts zerstörte eine reine Freundschaft schneller als Sex, und doch …

»Sag's mir«, verlangte er, und seine Finger bewegten sich zentimeterweise auf den Saum ihres Tangas zu.

»Irgendwer wird es sehen, Dathan.« Konnte er erkennen, dass sie wegen ihm feucht geworden war?

Er schüttelte langsam den Kopf. »Das ist mein.«

Seine Finger pressten sich gegen ihre Perle, rieben den durchweichten Stoff ihres Strings gegen ihre empfindliche Öffnung.

Sie hörte, wie sie seinen Namen wimmerte, und das dunkle, erregte Geflüster aus dem eigenen Mund schockierte sie.

»Du wirst dich mit *mir* verbinden, Pell«, sagte er mit dieser unbekannten, harten Stimme. »Und als Gegenleistung werde ich dich beschützen.«

Vielleicht vor dem Mann, der ihr nachstellte. Sie hatte keinen Zweifel daran, dass er es konnte.

Aber wer würde sie vor Dathan beschützen?

4

Mischka stand an der Hintertür des G2 und drückte die Schultern durch. Man hatte ihr gesagt, der Besitzer des Clubs, Brends Duranov, sei für einen Moment hinausgegangen. Perfekt – sie würde nicht über die Musik hinwegschreien müssen, um sich Gehör zu verschaffen. Sie wollte gar nicht erst darüber nachdenken, was er in der Hintergasse alles anstellen konnte.

Das obligatorische rote Neonlicht, das den Ausgang anzeigte, grinste höhnisch auf sie herab. Vergiss das Schild – Mischka war es egal, wenn die kyrillischen Schnörkel erklärten: HIER ENTLANG ZUR HÖLLE. Nichts würde sie daran hindern, Pell zu retten.

Gar nichts.

Sie stieß die Tür auf.

Die Gasse war so dunkel, wie sie es erwartet hatte. Manche Dinge veränderten sich nie, ganz gleich, wohin man ging. Vielleicht gab es ein Gesetz, demzufolge Gassen dunkel zu sein hatten, zu kleine Einschnitte zwischen Gebäuden. Etwas Licht von der Straße reichte bis hierher, aber die magischen Lichter draußen vor dem Club waren von vornherein nicht besonders hell gewesen, und so weit weg blieb vom Lichtschein kaum mehr als ein schwächliches Grau. Der Mond war auch keine große Hilfe. Er hing tief am Himmel, eine kalte, silberne Sichel, halb verdeckt vom magischen Dunst, der M City einhüllte. Alle sechs Monate oder so flog jemand mit einem Spacecruiser hinaus und versuchte, eine Kolonie auf seiner unwirtlichen Oberfläche zu gründen, aber sie schätzte, dass die Möchtegern-Siedler einen

Blick auf die harte, kalte Mondlandschaft warfen und schnurstracks zur Erde zurückkehrten. Von zwei Übeln wählte man besser das, das man schon kannte. Außerdem gab es das unausweichliche Getuschel, dass der Mond eine eigene paranormale Bevölkerung hatte, eine, die zum Überleben keinen Raumanzug benötigte. Ja, sie würde genau da bleiben, wo sie war.

»Hallo? Mr Duranov?« Sie hielt ihre Stimme bewusst tief und beruhigend und vor allem laut genug, um deutlich vernehmbar zu sein. Nervöse Männer taten manchmal Dinge, die sie später bereuten – und da ein solcher Mann zweifellos bewaffnet war, wollte sie kein Risiko eingehen. Nachdem keine Reaktion erfolgte, trat sie vorsichtig durch die Tür – und stand direkt vor einem Mordopfer.

Bitte, Gott, mach, dass es nicht Pell ist. Nicht heute Nacht.

Die Türklinke unter ihren Fingerspitzen war kalt und beruhigend solide in einer Welt, die rasend schnell zerbrach. Wenn sie geglaubt hatte, es sei unwirklich, einen Club zu betreten, der bekanntermaßen von Dämonen heimgesucht war, dann war dieser Todesfall etwas völlig anderes. *Schau hin.* Sie musste hinschauen. Sie musste es *wissen.* Aber sie wollte nicht wissen, ob sie zu spät gekommen war. Ob sie nicht rechtzeitig gekommen war, um auf Pell aufzupassen.

Sie hatte es ihrer Tante versprochen. Sie hatte es Pell versprochen.

Versprechen spielten keine Rolle, wenn Pell tot war.

Sie ließ die Türklinke los und versuchte, ihre Panik in Schach zu halten. Die Winterluft war kühl, und sie hatte ihren Mantel in der Garderobe des Clubs gelassen, weil sie nicht geplant hatte, nach draußen zu gehen.

Lass mich nicht zu spät kommen.

Die Tote lag in einer Lache aus dunkelrotem Blut auf dem

Boden, Blut, das in der beißenden Kälte unangenehm dampfte. Die Farbe bildete einen scharfen Kontrast zu der nüchternen Bluejeans und der schweren Daunenjacke. So bekleidet war die Frau nicht hierhergekommen, um ein wenig zu tanzen und etwas zu trinken.

Mischka ging vorsichtig um die Gestalt auf dem Boden herum und beäugte die Frau.

Nicht Pell. Nicht Pell. Nicht Pell. Das Blut schoss zurück in ihren Kopf. Sie fühlte sich plötzlich benommen, aber es gab nichts zum Hinsetzen, und jetzt wusste sie nicht, was sie als Nächstes tun sollte.

Mischkas Eltern waren überrascht worden.

Die Erinnerungen stürmten auf sie ein, der klebrige Kupfergeruch von Verzweiflung und Tod war allzu vertraut. Sie war zwölf gewesen, und sie hatte verschlafen, war geweckt worden, weil sie ihre Eltern unten schreien hörte. Sie war gut beraten gewesen, nicht hineinzugehen, sondern bloß durch die Küchentür zu linsen und dann wie der Teufel davonzulaufen, um Hilfe zu holen. Aber es war zu spät gewesen. Sie hatte es gewusst, bevor sie den Hof überquert hatte. Und sie hatten den Schweinehund nicht geschnappt. Sie hatte einen halben Blick auf ihn werfen können, ein unscharfes Bild in ihrer Erinnerung, das sie nie wieder loswerden würde. Die hochgewachsene, breitschultrige männliche Gestalt hatte teure Waffen eingesetzt und eine ungewöhnliche Klinge benutzt, daher hatte die MVA gefolgert, dass es nicht der typische Psychopath gewesen sein konnte. Sie wusste, dass er kalt war. Methodisch. Skrupellos. Ein Teil von ihr hatte in ebendiesem Moment in diese Küche gehen *wollen,* damit er ihrem Leben an Ort und Stelle ein Ende bereitete und sie nicht den Rest ihres Lebens damit verbringen musste, ihn hinter sich zu wissen. Darauf zu warten, dass er sie einholte.

Seine Augen hatten genügt, dass sie jahrelang schreiend aus Albträumen hochgeschreckt war. Schließlich hatte sie es nicht mehr ausgehalten und war zu einem Therapeuten gegangen. Diese dämonischen Augen glühten, bis sie hätte schwören können, dass sie in einen höllischen Brennofen blickte. Er war natürlich nicht menschlich gewesen. Sie hatte das gewusst, noch bevor er ihren stämmigen Vater hochgehoben und wie einen Sack Kartoffeln gegen die Wand geschleudert hatte. Ihre Eltern hatten keine Chance gehabt.

Ihre Tante und ihr Onkel liebten sie. Sie hatten die Verantwortung übernommen und ihr Bestes gegeben, hatten nie versucht, die Eltern zu ersetzen, die sie verloren hatte. Sie hatte sie geliebt, und sie hatten sie geliebt – aber ein Teil von ihr wartete weiterhin darauf, dass ihre Eltern wieder nach Hause kamen.

Diese tote Frau in der Gasse hinter dem G2, das waren nicht ihre Eltern, und sie war nicht Pell, aber sie war die Tochter eines anderen gewesen. Cousine. Freundin. Irgendwo dort draußen wartete jemand darauf, dass sie nach Hause kam, aber sie würde nie mehr kommen.

Sie sollte die Behörden verständigen. Das war das Richtige.

Blind suchte sie in ihrer Tasche nach ihrem Handy, den Blick starr auf die Szene vor sich gerichtet. Die Frau war aufgeschlitzt worden, von der Kehle bis zum Brustbein. Blut tränkte die braunen Strähnen ihres Haares, und ihr Gesicht war jetzt eine steife Maske des Entsetzens und der Resignation.

Die Frau hatte den Tod kommen sehen, aber sie war offenbar nicht überrascht gewesen.

Scheiße. Die Kellnerin hatte gesagt, der Besitzer des Clubs habe eine Nachricht bekommen und sei in die Gasse gestürmt. Hatte er diese Frau getötet? Er war schließlich ein Paranormaler. Sie lauschte, streckte ihre allzu menschlichen Sinne aus, aber sie hörte nur das rasselnde Geräusch ihres eigenen Atems und das schwache Klappern ihrer Zähne in der eisig kalten Luft der Gasse.

Sie klappte das Telefon auf und überprüfte den Bildschirm. Schwaches Signal, natürlich. Der Empfang konnte nicht gut sein hier zwischen den Gebäuden, daher hielt sie auf das Licht der Straße am Ende der Gasse zu.

Und stolperte über den toten Dämon.

Brends stand in den Schatten der Gasse und sah, wie seine Eisprinzessin praktisch über den Leichnam seines gefallenen Bruders stolperte – den toten Dämon, über den sie in ihrer legitimen Sorge um die menschliche Frau stolpern musste.

Wäre er besser und schneller gewesen, so wäre Hushai vielleicht nicht direkt vor dem sicheren G2 gestorben. Er war sehr, sehr nahe daran gewesen, es zu schaffen – nur wenige Meter noch bis zur Tür. So nahe, aber doch so weit.

Diese Brutalität trug alle Anzeichen ihres Serienmörders. Enthauptung war die einzige Möglichkeit, einen der Gefallenen zu töten, und Hushai war der Kopf vom Körper gerissen worden. Die Zeit war eindeutig gekommen, sich um diesen speziellen Abtrünnigen zu kümmern.

Stumm zog er ein bösartiges kleines Kurzmesser und ließ die Klinge zwischen den Fingern hindurchgleiten. Hushai würde gerächt werden. Aber was ihn noch viel mehr interessierte, war die menschliche Frau, die sein Bruder beschützen wollte und für die er gestorben war. Hushais Bündnispartnerin.

Sein Leichnam lag vor ihr, einen Arm zur Seite gestreckt, als wolle er abwehren, was die beiden so unerwartet angegriffen hatte. Selbst im Tod wirkte die Berührung des Kriegers sanft. *Beschützend.*

Brends hatte niemals an der Seite eines brutaleren oder entschlosseneren Kriegers als Hushai gekämpft. Zärtlichkeit gehörte nicht zum Vokabular dieses Mannes, auch kein poetischer Mondscheinspaziergang durch die eiskalten Straßen von M City um Mitternacht. Also hatte es einen Grund geben müssen, einen zwingenden Grund, dass der Krieger das Leben seiner Bündnispartnerin um den Preis seines eigenen Lebens beschützt hatte. Wenn sie in der Minderzahl gewesen waren, was angesichts der Schnelligkeit, mit der die Morde begangen worden waren, wahrscheinlich erschien, dann hätte der Tod der Menschenfrau Hushai die Zeit verschaffen sollen, die er gebraucht hätte, um selbst zu fliehen.

Wenn die Dämonen irgendetwas waren, dann praktisch. Kämpfer mit wilder, brutaler Intensität. Lass keinen Angriff ungestraft. Aber wenn es anders nicht geht, dann rette dein Leben und kämpfe an einem anderen Tag weiter, weil sie alle – *alle* – dem Himmel und Zer geschworen hatten, alles in ihrer Macht Stehende zu tun, um Michael zu stürzen, ganz gleich, was es auch sein mochte. Einen Kampf verloren zu geben war ein hoher persönlicher Preis, aber sie würden ihn im Interesse des Dienstes an diesem größeren Ziel zahlen.

Warum also war Hushai geblieben?

Brends fluchte leise in der alten Sprache, als die Frau sich aufrichtete und sich das lange, dunkle Haar aus dem Gesicht strich. Was war mit ihr? Das urtümliche Verlangen, zum Berserker zu werden, sich zu verwandeln und seiner Dämonengestalt die Zügel schießen zu lassen, kämpfte mit dem grundlegenderen Verlangen, die Frau zu berühren, die ihm so quälend nah war. Heißes Begehren wetteiferte mit dem metallischen Geschmack von Blut, dem psychischen Duft von Gewalt und Tod, der zur Folge hatte, dass seine innere Bestie rebellierte und die Freiheit verlangte, grenzenlos zu trinken.

Sie würde schreiend davonlaufen, wenn er seinem Dämon die Zügel schießen ließ.

Trotzdem, die Fantasien überfluteten seinen Geist, und schlimmer noch, er konnte beinah das Summen der Zustimmung seiner bestialischen Hälfte *hören.* Die Bestie war fasziniert von der Frau, genau wie der Mann. Angenehm. Diese ständige Versuchung war der schlimmste Teil der Verwandlung. Die Transformation, die über seine Haut glitt, würde pure Macht sein, und es war allzu einfach, sie freizulassen. Einzig und allein für die niedersten Vergnügungen leben. Essen. Trinken. Sex. *Blut.* Jeder Teil von ihm sehnte sich nach dieser Befriedigung, aber er konnte nicht, würde nicht nachgeben. Er war einer der Herrschaften.

Er würde der Verwandlung nicht nachgeben.

»Wissen Sie etwas darüber, das Sie mir erzählen wollen?« Die Männerstimme, die aus der Dunkelheit hinter ihr ertönte, war ein tiefes, kehliges Knurren. Mischka kämpfte gegen den Drang an, zusammenzuzucken; sie hatte keinen Zweifel, dass derjenige oder dasjenige, wer oder was in diesen Schatten auch warten mochte, sich an ihrer Nervosität laben würde. Furcht konnte man bezwingen. Musste man bezwingen, wenn man weiterleben wollte. Trotzdem, es kostete sie eine lange Minute, den Kampf zu gewinnen.

Sie würde ihn nicht sehen lassen, dass er die Oberhand hatte.

»Vielleicht sollte ich Ihnen die gleiche Frage stellen«, antwortete sie bewusst liebenswürdig. »Da Sie anscheinend als Erster hier gewesen sind. Vor mir«, fügte sie sanft hinzu, nur für den Fall, dass er nicht verstand, worauf sie hinauswollte. Und ihm ihre Anschuldigung entging.

»Ich bin *Ihnen* gefolgt.«

»Beweisen Sie es! Beweisen Sie, dass Sie nach mir hier waren und nicht der Täter sind.«

»Ich brauche nichts zu beweisen.«

Das klang selbstbewusst, als wäre ihm ihre Meinung gleichgültig, so oder so. Unter anderen Umständen – Umständen, die keine zwei Leichen hier draußen in der Gasse mit einschlossen – hätte sie eine solche Kühnheit bewundert. Das war ein Mann, der verlangte, dass die Welt sich ihm zu *seinen* Bedingungen stellte. Eine Eigenschaft, die ihr gefiel.

»Stimmt.« Sie wandte sich von der Dunkelheit ab, wo er lauerte, sah wieder auf den Leichnam hinab und nahm all ihre Entschlossenheit zusammen. Sie musste immer noch jemanden verständigen. Irgendetwas tun, jetzt, da sie nicht länger das Gefühl hatte, dass ihr eigenes Leben bedroht wurde. Sie klappte ihr Handy auf und suchte wieder nach einem Signal.

Eine feste Hand kam aus den Schatten und schloss sich sanft, aber unerbittlich um ihr Handgelenk. Starke, maskuline Finger, glatte, goldene Haut und mindestens ein halbes Dutzend Messernarben. Die verheilten Stellen waren bleicher gegen seinen natürlichen Glanz. Eine dunkle Hemdmanschette erschien, und dann glitt der übrige Mann mit tödlicher Schnelligkeit aus der Dunkelheit.

»Stecken Sie das Telefon weg!«, befahl er; er hielt es offensichtlich nicht für nötig, die Stimme zu heben. Die harten Augen und seine schiere Größe hätten ausgereicht, selbst den zähesten Mann davon zu überzeugen, sich seinem Willen zu unterwerfen. Er zog sie mühelos an seinen größeren Körper.

Und dann konnte sie ihn zum ersten Mal richtig sehen. Sie war nicht allein mit einem anderen Menschen in der Gasse. Sie war allein mit einem Dämon in der Gasse. Einem Dämon mit einem Schwert über dem Rücken.

Sie hatte gehört, dass Dämonen, die Gefallenen des Himmels, Ungeheuer der Verderbtheit seien. Dieser Mann war keine verdrehte Bestie, niedergebeugt von der Last seiner Sünden gegen die Menschheit. Er war groß und dunkel – und sehr, sehr männlich. Da war nichts Missgebildetes an ihm. Nur harte Flächen und das machtvolle Spiel von Muskeln unter dem dünnen Stoff seines Hemdes. Wenn dieser Mann das fleischgewordene Böse war, wie sahen dann die Engel des Himmels aus?

Er war sehr breitschultrig und hochgewachsen, dunkel wie die Nacht, und seine Pupillen waren lediglich Nadelspitzen aus Licht. Ein dunkler Vorhang von Haaren floss ihm locker den Rücken hinab, und es verlangte sie danach, die Hände in diese dekadente Masse zu schieben. Er hatte hohe Wangenknochen, schwarze, fast pupillenlose Augen und sah wie ein Raubtier aus, das sich von Menschen nährte, gekleidet in schwarzes Leder und Bauernstiefel. Ein langer Staubmantel umfloss ihn. Dieser Mann jagte. Verteidigte. Tötete.

»Lassen Sie mich gehen«, hörte sie sich sagen. Obwohl sie plötzlich alles andere wollte als das.

Dieses abrupte Aufflackern von Lust musste selbstmörderisch sein. Und doch vermisste sie die Wärme seiner Hand, als er sie losließ.

Er war zu hart und zu massig, und sie wusste, dass er Unheil bedeutete. Er war die Verkörperung jeglichen Vergnügens, über das sie jemals schuldbewusst fantasiert hatte, er war jemand, der stark genug war, um das Kommando zu übernehmen, bis sie kam. Sie hatte offensichtlich eine Macke, gestand sie sich ein. Die Macke, sich in die Arme des größten, stärksten, härtesten Mannes werfen zu wollen, den sie finden konnte, um ihn dann herauszufordern. Zu sehen, woraus der Bursche gemacht war und ob er das Kommando über eine Situation übernehmen konnte.

Sie sollte so etwas nicht wollen. Nicht angesichts der Toten hier in der Gasse. Ihr Interesse starb ebenfalls eines plötzlichen Todes. Sich mit einem Dämon einzulassen, war offensichtlich nicht das Klügste, was ein Mädchen tun konnte.

Brends hatte einen Job zu erledigen. Er konnte es sich nicht leisten, diese Frau zu kosten, bis er die Informationen hatte, die er brauchte, und sie war offensichtlich nicht daran interessiert, sich von ihm ausquetschen zu lassen. Aber er roch ihre Erregung. Ihr musste die sexuelle Spannung zwischen ihnen ebenfalls bewusst sein, und sein Hunger verlangte, dass er sich nahm, was er ihr bestimmt abschwatzen konnte.

Ihre Seele würde köstlich schmecken.

»Warum sind Sie hier?«

Vielleicht würde sie es ihm geradeheraus erzählen, und das Spiel wäre vorüber, bevor es auch nur begonnen hatte. Aber sie funkelte ihn nur an, und da wusste er, dass sie ihm keinen Zentimeter Boden gönnen würde. Er würde für das, was er wollte, schwer arbeiten müssen.

Ihr Blick flackerte zuerst zu der jetzt verschlossenen Tür, durch die sie in die Gasse hinausgetreten war, und dann zu dem helleren Licht am Ende der Gasse. Ja, am liebsten hätte sie einen kurzen Sprint zur Straße versucht, aber sie wusste nicht, wie schnell er ihr den Weg abschneiden konnte. Oder welche anderen Kreaturen vielleicht darauf warteten, sie zu Fall zu bringen. Zum einen lauerte eine Banshee am Ende der Gasse. Wahrscheinlich wartete sie auf einen Betrunkenen, der mal pissen musste, oder auf einen Angestellten, der sich davonstahl, um irgendetwas Illegales zu erledigen, obwohl es, um die Wahrheit zu sagen, in M City nicht mehr viel gab, was illegal war. Die Banshees waren nicht tödlich, aber sie nährten sich von Gefühlen, und Furcht war ihr bevorzugtes Getränk. Wenn eine von ihnen die Zähne in seine Eisprinzessin hier senkte, würde sie nicht sterben – aber den darauf folgenden emotionalen Absturz auch nicht gerade vergnüglich finden.

Nein, er wusste nicht, warum sie ins G2 gekommen war, warum sie ein Dämonenetablissement gewählt hatte, aber wichtiger war es herauszufinden, warum sie sich seine Gasse für ein Rendezvous mit einer Toten ausgesucht hatte. Sie hatte den toten Dämon zuerst nicht bemerkt. Nein, sie hatte nur Augen für die Frau gehabt, die neben der Tür lag, und Brends wusste nicht, warum ihr Desinteresse an seinesgleichen ein leises und tiefes Knurren in seiner Kehle hervorrief.

Vielleicht wusste sie nicht, wie seinesgleichen darauf reagierte, ignoriert zu werden.

Übergangen zu werden.

Sie schauderte, und er wurde daran erinnert, dass sie beide mitten in der Nacht draußen in M City standen und dass es bis zum Sommer noch Monate hin waren. Ihr Kleid bot keinen Schutz gegen die Kälte. Tatsächlich konnte er erkennen, dass ihre Brustwarzen unter dem dünnen Stoff steif wurden.

Trotzdem, er durfte es sich seinerseits nicht erlauben, ihr auch nur im Geringsten nachzugeben.

Sie war nicht die Mörderin, aber seine Instinkte sagten ihm, dass sie etwas Wichtiges wusste.

»Ich gehe hinein«, erklärte sie und wandte sich der geschlossenen Tür zu. »Ich bin immer noch auf der Suche nach jemandem. Und ich rufe die Polizei. Sie können nicht ignorieren, was hier passiert ist. Das ist nicht richtig. Wir müssen die Behörden verständigen.«

»Gehen Sie nicht«, knurrte er. Er war hier die Behörde – das hatte sie nur noch nicht begriffen. Sein Wort war hier Gesetz, und darüber gab es nur seinen Herrn, und Zer hatte sich seit Jahrhunderten nicht mehr über ihn hinweggesetzt.

»Ich nehme keine Befehle entgegen«, erklärte sie und griff nach der Tür.

Sie würde Befehle von ihm entgegennehmen, dachte er mit grimmiger Befriedigung. Teufel, ja. Er freute sich darauf, sie mit gespreizten Beinen und heiß unter sich im Bett zu haben.

Er würde sie so feucht machen, dass sie ihn anflehen würde, sie zu nehmen. Sie hätte nicht hierherkommen sollen. Hätte ihre hübsche kleine Nase nicht in Dämonenangelegenheiten stecken sollen. Da sie es getan hatte, musste sie auch die Konsequenzen tragen. Jeden einzelnen Zentimeter.

Sie beäugte ihn misstrauisch. »Sie wollen mich einschüchtern«, sagte sie, und ihr Tonfall war kälter als die sibirischen Ebenen. Na ja, er hatte sie nicht für dumm gehalten, nur für höllisch sexy. »Ich laufe nicht vor Ihnen davon.«

»Gute Entscheidung«, knurrte er. »Sonst würde ich mich nämlich gleich an Ihren entzückenden Hintern haften. Und nur für den Fall, dass Sie meine Art nicht kennen: Wir kriegen, was wir jagen. Sie werden nicht weiter kommen, als ich es Ihnen erlaube.« Und der Himmel mochte ihr helfen, wenn er sich verwandelte und seine Bestie herauskam. Sie fände es gar nicht gut, was er dann mit ihr anstellte.

Sie schluckte, und sein Blick folgte der sanften Bewegung ihrer Kehle. Vielleicht war sie endlich sprachlos, obwohl er schätzte, dass sie sich schnell genug wieder fangen würde.

»Wer war sie?« Er nutzte den Vorteil, den sie ihm gelassen hatte.

Sie zuckte die Achseln. »Keine Ahnung.« Ihr Blick wirkte erleichtert. Warum? »Jedenfalls nicht die Person, nach der ich gesucht habe.«

»Also, warum sind Sie hier?«

»Ich sehe keinen Nutzen darin, hier herumzustehen und Small Talk zu machen. Wir brauchen die Spurensicherung, Mr Duranov.«

Sie kannte seinen Namen. Sie hatte ihre Hausaufgaben gemacht. »Brends«, sagte er, weil er jede Absicht hatte, mit ihr ins Bett zu gehen. »Hier im Herzen des Reichs sind wir nicht so förmlich.«

»Mischka«, erwiderte sie, ohne ihm die Hand zu reichen. Als er die Augen zusammenkniff, streckte sie ihm die fragliche Gliedmaße entgegen. »Mischka Baran, Mr Duranov. Ich bin hier, weil ich eine Freundin suche. Und Ihr Personal hat mich nach draußen zu Ihnen geschickt.«

Sie wollte Informationen. Er würde mitspielen. Wieder griff er nach ihr, legte seine größeren Finger um ihre und hielt sie fest, wobei er das Gefühl der weichen, glatten Haut unter der seinen genoss. Er würde jeden Zentimeter von ihr nehmen, den er bekommen konnte.

»Eine Freundin.« Bedächtig trat Brends noch einen Schritt näher an sie heran, beschirmte ihren kleineren Körper mit seinem größeren. Es war, als wisse sie auf einer intuitiven Ebene, dass er da war und dass er auf sie aufpassen konnte – auf sie aufpassen würde. Niemand würde an ihm vorbeikommen und ihr etwas antun. Sie roch so verdammt gut, selbst wenn sie in der Gasse hinter seinem Club stand, dass er gegen den Drang ankämpfte, sein Gesicht in der weichen Stelle zwischen Hals und Schulter zu begraben und diesen süßen Duft abzulecken.

Er streifte seinen ledernen Staubmantel ab und hielt ihn ihr hin. »Sie sehen aus, als würden Sie furchtbar frieren.«

Zu seiner geheimen Freude nahm sie den Mantel und schlüpfte hinein. Sie sah winzig darin aus, aber er verspürte eine urtümliche Befriedigung darüber, sie in seinem Kleidungsstück zu sehen.

»Können wir jetzt hineingehen?«

Er überhörte ihre Frage. »Was haben Sie erwartet, wie ich Ihnen helfen soll?«

»Meine Cousine hat Ihren Club besucht«, gestand sie. »Mehr als einmal.«

Er öffnete die Tür und hielt sie ihr auf. Sie warf ihm einen schnellen Blick zu, bevor sie an ihm vorbei in die Wärme des Clubs trat.

»Ist es schwer zu akzeptieren, dass Ihre Cousine vielleicht einen Handel mit einem Dämon schließen will?«, fragte er höflich. »Viele von Ihrer Art sind recht glücklich dabei, das anzunehmen, was wir zu bieten haben. Manchmal machen sie ein gutes Geschäft dabei.«

»Das ist es nicht, was Pell will.« Sie ging durch den Raum, und jeder Mann in der Nähe drehte sich nach ihr um. Nicht, dass sie es bemerkt hätte. Sie steuerte auf den Ausgang zu. Nun gut, er war noch nicht mit ihr fertig.

»Das können Sie nicht mit Bestimmtheit wissen. Nehmen Sie einen Drink mit mir«, schlug er vor. »Wir werden über Ihre Cousine sprechen.« Unauffällig schob Brends sich vor sie. Sie blieb gerade rechtzeitig stehen, um nicht mit ihm zusammenzustoßen. Seine Libido knurrte vor Enttäuschung. Er wollte wissen, wie sie sich anfühlte, wenn sie sich gegen ihn presste.

Stattdessen zeigte er zu seiner persönlichen Sitzbank hinüber. Selbst in dem übervollen Club war sie leer, da Zer sich rar gemacht hatte. Im Allgemeinen mischte sich Brends lieber nicht unter seine Gäste, aber er spürte, dass Mischka weglaufen würde, wenn er vorschlug, nach oben in seine privaten Räume zu gehen. Sie traute ihm nicht, und das war klug.

Tatsächlich zögerte sie und neigte den Kopf zu den angeheuerten Wachmännern. Das lange Haar fiel wieder nach vorn und verbarg die eine Seite ihres Gesichtes. »Ist das eine Einladung? Oder eine Sondervorstellung?«

»Ich ziehe es vor, es als eine Einladung zu betrachten. Nehmen Sie einen Drink mit mir«, schmeichelte Brends und überraschte sich damit selbst. »Wir werden Geschichten austauschen. Sie erzählen mir, warum Sie meinen, dass ich Ihnen helfen kann, Ihre launische Cousine wiederzufinden. Vielleicht haben Sie recht. Vielleicht kann ich ja tatsächlich behilflich sein.«

Sie wirkte nicht überzeugt, aber sie gestattete ihm, sie an seinen Tisch zu geleiten. Als er die Hand unter ihren Ellbogen legte, versengte ihn die Hitze ihrer Haut, die er sogar unter dem Stoff seines Mantels spüren konnte. Er wollte die Lippen auf die zarte Falte ihres Ellbogens pressen und einen Pfad zu ihrem Handgelenk hinunterlecken. Teufel, er wollte sie auf den Tisch werfen und sie verspeisen.

»Sie werden die MVA anrufen?«

»Wegen der toten Frau?« Sein neuester Gast war unerwartet entzückend. »Ja, natürlich. Wenn Sie das wollen.« Er erwähnte bewusst nicht, *wann* er diesen Anruf tätigen würde. Sie war so naiv, dass sie nicht versuchte, ihn auf einen Zeitpunkt festzunageln, sondern nickte nur zustimmend.

Nachdem sie auf die dick gepolsterte Bank gerutscht war, schüttelte sie seinen Mantel von den Schultern und überreichte ihm das von ihrer Haut gewärmte Leder. Er nahm es entgegen, obwohl es ihm lieber gewesen wäre, sie hätte den Mantel behalten. Stattdessen kauerte sie auf der Kante der Sitzbank, bereit, bei der geringsten Provokation die Flucht zu ergreifen.

Auf eine rasche Geste hin brachte der Barkeeper eine Flasche gekühlten Perrier-Jouët. Brends öffnete die Flasche mit einer geschickten Drehung des Handgelenks und goss den strohfarbenen Champagner in zwei Sektgläser.

»Ist er menschlich?« Sie beäugte den entschwindenden Barkeeper.

»Spielt das eine Rolle?« Seltsamerweise stellte er fest, dass er nervös auf ihre Antwort wartete.

»Vielleicht.« Sie zuckte die Achseln. »Das kommt darauf an. Serviert er mir lediglich einen Drink, oder brauche ich ihn noch für etwas anderes?«

»Und wenn die Antwort ›etwas anderes‹ lautet?«

»Dann würde ich mir Sorgen machen.« Sie nippte anmutig an dem Champagner, wobei ihre Zunge hinter den winzigen Bläschen herschoss, die an die Oberfläche stiegen. »Ich will offen mit Ihnen sein, Brends. Ich mag Ihre Art nicht. Ich halte mich lieber an Menschen.«

»Engstirnig«, sagte er leichthin. Sie mochte Paranormale nicht. Dadurch würde seine Verführung eine noch größere Herausforderung sein. Eine noch größere Köstlichkeit.

»Wahrscheinlich.« Sie wirkte jedoch unbesorgt. »Aber das ist meine Entscheidung. Ich weiß gern, womit ich es zu tun habe, und Paranormale haben die Neigung, mein Leben auf unangenehme Weise zu komplizieren.«

»Aber Ihre Cousine würde dieser Einschätzung widersprechen?«

Ein seltsamer Ausdruck glitt über ihr Gesicht, als sei sie aus dem Gleichgewicht geraten. »Ja«, antwortete sie. »Vielleicht. Ehrlich gesagt, ich weiß es nicht. Bis vor einem Monat hätte ich gesagt, nein. Ich bin mit ihr aufgewachsen. Ich kannte sie oder glaubte, sie zu kennen. Ich hätte nicht gedacht, dass sie ihre Seele verkaufen würde. Man hat mir gesagt, dass sie hierhergekommen ist, und ich will sie zurückhaben. Ich will, dass Sie sie finden – und sie mir zurückgeben«, verlangte sie. Er wollte hören, dass sie in demselben köstlichen Tonfall einen weiteren Orgasmus von ihm verlangte.

Er warf ihr einen Blick zu. »Meine Spürhunde bringen nichts zurück, was sie aufstöbern«, gurrte er. »Sie töten, was sie fangen. Ich fürchte, von Ihrer Pell würde nicht mehr viel übrig bleiben, wenn sie mit ihr fertig wären.«

Wie konnte er so beiläufig über den Tod von Menschen reden? Das Bild der toten Frau in der Gasse suchte sie heim, und diesmal konnte Mischka ein Schaudern nicht unterdrücken.

»Ich will Pell zurückhaben!«, forderte sie. »Lebend.«

»Dann überzeugen Sie mich.« Er verschränkte die Hände hinterm Kopf und starrte sie an, scheinbar voll und ganz mit sich zufrieden. Er hatte sie genau da, wo er sie haben wollte, und er wusste es. Sie hatte keine Ahnung, warum er sich die Mühe machte, mit ihr zu spielen. Männer taten das nicht. Niemals. »Überzeugen Sie mich«, wiederholte er, »dass ich den Wunsch habe, Ihre Cousine lebend zurückzubringen.«

»Ich will keinen Geliebten.« Und sie wollte ihn auch nicht überzeugen, obwohl ein Teil ihrer selbst sich seltsam geschmeichelt fühlte, dass er es in Erwägung zog zu bitten.

Nicht zu bitten. Zu verlangen. »Kein Problem. Ich auch nicht.« Er ließ den Blick seiner dunklen Augen über sie gleiten, und sie musste ein Schaudern unterdrücken. Ein *Schaudern*, um Gottes willen! Er verschaffte ihr ein Gefühl, wie sie es aus ihrem Abschlussjahr an der Highschool kannte, als Rod Black, der Mannschaftskapitän des Footballteams, beschlossen hatte, dass sie die Art Mädchen war, aus dem man eine feste Freundin machte. Heiß. Beunruhigend. Sie war sich unsicher, ob sie die Herausforderung annehmen wollte, einen Mann zu zähmen, der klarmachte, dass er sie berühren und dass es ihr gefallen und sie mehr verlangen würde. Nun, sie wollte auch nicht *verlangend* sein, und am Ende war es Rod Black, der für mehr zurückgekommen war.

Trotzdem, sie hatte jahrelang Gerüchte über die Dämonen gehört. Wo so viel Rauch war, musste auch irgendein Feuer sein. In seinem Fall ein sehr heißes, lustvolles Feuer. »Ich dachte, das sei es, was Ihre Art will.«

»Geliebte?« Ein hartes Lächeln zauberte ihm männliche Falten in die Mundwinkel. »Nein. Nicht wir. Wir wollen mehr als das, *Dushka.* Wir verbinden uns mit Ihrer Art. Wir wollen Frauen, die schwören, uns mit Leib und Seele zu dienen.«

Dushka. Seele. Mehr war sie für ihn nicht, und sie durfte es nie vergessen. Seine Arroganz überraschte sie nicht. Was sie überraschte, war ihre spürbare Erregung. »Entzückend. Sie wählen sie aus wie Hühner auf dem Markt?« Die Frauen, die vor dem G2 Schlange standen, hatten auf Brends gewartet, begriff sie. Das Bild, dass er Frauen wählte wie Pasteten aus einer Vitrine, war seltsam verstörend.

»Vielleicht.« Er zuckte die Achseln. »Sie wissen doch, dass wir, als man uns mit einem Tritt in den Hintern aus dem Himmel beförderte, mehr aufgegeben haben als den Schlüssel zur Haustür des Himmels, stimmt's? Einige von uns fühlen mehr als andere, aber alles in allem sind wir nicht der gefühlvolle Typ. Es kümmert uns nicht, ob ihr uns mögt. Teufel, ihr braucht uns bloß reinzulassen, mehr nicht.«

»Rein?«

»Ins Bett.« Er zuckte die Achseln. »Oder wohin auch immer. Ich bin nicht besonders wählerisch. Wenn Sie das Verlangen haben, es auf dem Boden des Clubs zu tun, lässt sich das arrangieren.«

Ihr Körper reagierte auf die sinnlichen Bilder, die seine Worte heraufbeschworen, ihre innersten Muskeln spannten sich an und sie wurde schon wieder feucht. Schlimmer noch, er wusste, was seine Worte mit ihr gemacht hatten, er wusste, wie sie auf seinen Vorschlag reagiert hatte.

»Dachte ich mir doch, dass es Ihnen gefallen würde.« Er lächelte mit einer selbstgefälligen Befriedigung. »Sie sind eine Beobachterin, und die Beobachter fantasieren immer darüber, was passieren würde, würde der Spieß umgedreht. Sie stellen sich diese Szene immer wieder vor, *Dushka,* wenn Sie heute Nacht wieder in Ihrem Zuhause sind.«

»Für so etwas habe ich keine Zeit.« Sie stellte das Champagnerglas zurück auf den Tisch, rutschte von der Bank und stand auf. »Ich muss Pell finden, und Sie müssen die MVA wegen dieses Leichnams in Ihrer Gasse verständigen. Und ich verschwinde von hier. Sofort.«

Zum Teufel mit ihm und seinem Alphamännchengehabe. Es war nicht ihre Sache, sture Dämonen zu überzeugen, das Richtige zu tun. Sie biss sich auf die Lippen, damit ihr nicht ihre Ansicht über seine Vorgehensweise herausrutschte. Es kümmerte ihn also nicht, dass es direkt vor seinem Club einen Doppelmord gegeben hatte. Sie hatte gehört, dass Dämonen sich überhaupt um nicht viel kümmerten – anscheinend entsprach er absolut diesem Typus. Warum sollte ihre Cousine ein weiteres Opfer auf einer Liste sein, die sehr lang sein musste?

Sie ging zur Tür.

Brends gefiel dieser langbeinige Gang wirklich, aber Mischka Baran würde so nicht weggehen. Er kam hinter dem Tisch hervor, holte sie mit drei schnellen Schritten ein, packte sie am Handgelenk, drehte sie herum und drückte sie gegen die Wand.

»Rennen Sie nicht weg. Niemals!«, stieß er leicht drohend hervor. Er spürte, wie sich die Bestie in ihm regte. Der Durst, den er geleugnet hatte, verlangte, dass er ihn stillte. Mit ihr. Sie würde so verdammt gut schmecken.

Sie musterte ihn, und er schwor, dass sein Schwanz als Reaktion auf ihren Trotz nach oben schnellte. »Ich werde tun, was mir gefällt, verdammt noch mal. Und jetzt lassen Sie mich los.«

»Dushka«, grollte er, weil es nur fair erschien, sie zu warnen. »Ihr Davonlaufen bringt die Bestie in mir zum Vorschein. Dann werde ich Sie jagen. Es ist meine Natur.«

Sie öffnete den Mund, um zu protestieren, aber er kam ihr zuvor.

»Sie können nicht leugnen, dass Sie es genießen würden.« Er senkte den Kopf, presste sich an sie und grub seine Nase in ihre Halsbeuge. »Ich kann Ihre Erregung riechen. Wenn Sie mich tief und hart in sich haben wollen, nur zu – laufen Sie vor mir weg.«

Er spürte die Wärme ihrer Haut durch dieses verdammte dünne Kleid, das sie trug. Wenn sie sich bewegte, neckte ihn bleiche Haut, die aus dem allzu zahmen Ausschnitt lugte, der sie von der Kehle bis zum Brustansatz bedeckte. Kein Anflug von Sonnenbräune – seine Mischka war ein Mädchen, das sich bedeckte. Das sich versteckte.

Aber sie würde sich nicht vor ihm verstecken.

Würde sie ihm erlauben, sie zu küssen? Oder würde sie zurückweichen, würde sie sich in diese perfekte Schale zurückziehen, die sie um sich herum aufgebaut hatte?

»Mr Duranov …«, sagte sie, und er hörte die Anfänge eines Protestes, einer Sorge in ihrer Stimme. Vielleicht gefiel ihr der öffentliche Ort nicht, vielleicht machte sie sich Sorgen um eine Entdeckung, aber er machte seine eigenen Entdeckungen. Als sie nervös ihre Stellung veränderte, folgte er ihr und hielt sie weiter an die Wand gedrückt. Dieses verdammte Kleid verrutschte abermals und entblößte die bleiche Vollkommenheit ihrer Kehle.

Blut. Wahrscheinlich von der toten Frau. Der Duft war schwach, aber unverkennbar, ein Hauch von Kupfer, der ihm nur allzu vertraut war. Er war kein Vampir, aber er war ein Raubtier. Die Düfte und Gerüche eines Schlachtfeldes waren für seine Art ein Aphrodisiakum.

»Brends«, sagte er, denn er hatte seine eigenen Pläne mit ihr, und dazu war es erforderlich, dass sie einander beim Vornamen nannten. Sein Gesicht musste sie gewarnt haben, denn sie wurde reglos wie ein in die Enge getriebenes Tier und kam dann offensichtlich zu einer eigenen Entscheidung. Ihr Gesicht neigte sich dem seinen entgegen und bettelte.

Sie gehörte ihm.

Sein Haar fiel um sie beide herum wie ein sündiger Vorhang, während Brends seinen Kopf dem ihren entgegenneigte und eine Welt ausblendete, die plötzlich seltsam unbekannt geworden war. Sie stellte sich auf die Zehenspitzen und krallte sich mit unsicheren Händen an seinen breiten Schultern fest.

Er war heiß und solide und nur allzu wirklich. Sie spürte die unvertraute Beschaffenheit seines schwarzen ledernen Staubmantels unter ihren tastenden Fingerspitzen, während sie die Finger in das Haar an seinem Nacken grub. Selbst diese Haut war heiß, fest und ohne einen Anflug von Verwundbarkeit.

»Sag mir, dass ich dich berühren soll«, beschwor er sie mit leiser, fordernder Stimme. »Verlange, dass ich dir Vergnügen bereite.«

So etwas tat sie nicht. *Doch Pell hatte es getan,* flüsterte eine verräterische Stimme in ihrem Hinterkopf, die sie schnell zum Schweigen brachte. Pell hatte sich genommen, was sie wollte, und zum Teufel mit den Konsequenzen!

»Küss mich!«, befahl sie, und er fluchte, ein leises, heftiges Zischen, das seinem Mund entglitt und sie derart schockte, dass es sie fast aus dem seltsamen, abwartenden Schweigen ihres Körpers herausholte.

Dann kam sein Mund auf ihren zu und schmeckte sie, als sei sie die süßeste Frucht. Die Lippen, die sich auf die ihren pressten, waren köstlich hart und maskulin. Der scharfe Stachel seiner Zähne ließ sie aufkeuchen, und dann glitt seine Zunge in ihren Mund, drang ein, eroberte sie mit dem würzig-süßen Geschmack von Männlichkeit. Ein Wimmern entrang sich ihr. Oh, ja, wie er ihre Schlacht gewann! Sein Mund glitt über den ihren, öffnete sie für seine intime Erkundung. Sie ertappte sich dabei, dass sie sich an seine Schultern klammerte. Und sie klammerte sonst *nie*.

Als er sich zurückzog, musste sie sich dazu zwingen, ihn nicht festzuhalten. Was hatte er mit ihr gemacht? Das sah ihr überhaupt nicht ähnlich.

»Geh und überleg es dir!«, knurrte er leise und hart an ihrem Ohr. »Ruf mich zu dir, und ich werde wissen, dass du mehr von dem hier willst. Mehr von mir.«

Seine Zähne waren ein scharfer, erotischer Stachel, der an ihrem Ohrläppchen knabberte und einen köstlichen Druck auf die zarte Haut ausübte, den sie bis hinab an ihrer feuchten Öffnung spürte. Sie wollte das doch bestimmt nicht, sie wollte doch nicht mehr von ihm?

Ein harter Finger zeichnete unverblümt einen Weg von dem wild klopfenden Puls an der Halskuhle bis hinunter zwischen ihre Brüste, über ihre Taille, direkt bis zu ihrem Lustzentrum – eine erotische Linie von ihrem Mund bis zu der pulsierenden Hitze ihrer Klitoris.

»Du willst mich hier«, sagte er, »du rufst mich zurück. Du verbindest dich mit mir und nimmst, was ich dir gebe, und ich werde mir von dir nehmen, was ich will. Überleg nicht lange! Ich werde dich jedoch haben, wo auch immer, *wann auch immer* ich will.«

»Und was ich will, spielt keine Rolle? Ich verbinde mich nicht mit Dämonen, Mr Duranov.«

»Du wirst es wollen«, sagte er, und dieser verheißungsvolle Finger drückte wie eine unmissverständliche Botschaft den bedürftigen Kern heißen Fleisches, wo all ihre Begierden sich konzentrierten. »Du wirst wollen, was ich dir geben kann. Weil ich dir Pelinor geben kann.«

5

»Verpiss dich!« Nach dem Ausdruck in Mischka Barans Augen zu urteilen, meinte sie das und noch etwas mehr. Ihr Blick wanderte über ihn hinweg nach unten und dann wieder nach oben. Was immer sie sah, es war offensichtlich nicht ihre Vorstellung von einem Traummann. Ihre Hände landeten in der Mitte seiner Brust und schoben ihn kräftig von sich, um ihrer Bemerkung Nachdruck zu verleihen. »Ich bin nicht daran interessiert, Ihr Beißring zu sein, Mr Duranov.«

Anscheinend war sein Kuss Anlass dafür, dass sie ihn wieder beim Nachnamen nannte.

Er nahm die Hände von ihr – weil sich so viel von ihm daran erinnerte, wer er gewesen war, bevor er zu einem der gefallenen Engel geworden war, und der ehemalige Brends hätte sich niemals danebenbenommen. Selbst wenn er immer noch ihre Erregung roch. Doch der Dämon, der er jetzt war, machte sich im Geiste eine Notiz und plante schon den nächsten Schritt seiner Verführung. Sie mochte es leugnen, aber sie wollte ihn.

Bedächtig beugte er sich vor. Aus diesen dunklen Augen schossen Dolche. Die weichen Lippen, die er gerade geküsst hatte, pressten sich zu einer harten, eigensinnigen Linie zusammen.

Ihr Zorn war köstlich, aber nicht unerwartet.

»Bieten Sie jeder Frau, die Sie kennenlernen, an, sich mit ihr zu verbinden? Denn da draußen wartet eine ganze Schlange von Frauen auf Sie, Mr Duranov, und dort sollten Sie suchen.

Gehen Sie mit Ihrem Angebot nach draußen zu diesen Frauen. Ich kaufe nichts.«

»Nein.« Er rückte näher an sie heran. Sie rührte sich keinen Millimeter, würde nicht nachgeben, auch wenn er mit seinem maskulinen Körper ihren kleineren, femininen dermaßen bedrängte. Die Bestie in ihm knurrte vor Vergnügen. Nur um sie weiter zu verärgern, fügte er hinzu: »Du kaufst nichts. Aber ich.«

»Und Sie meinen, das sei notwendig, damit …« Sie verzog die Lippen, und er wollte in diesen hochmütigen Ausdruck beißen, wollte ihre Reaktion auf den grellen Biss des Wonneschmerzes in sich hineintrinken. Sie war so verdammt *gut*. »… Sie mich bumsen können.« Die Obszönität, die ihr über die Lippen kam, schoss direkt in seinen Schwanz. Das verdammte Ding wurde steif und lang und machte nur allzu klar, was sein Körper wollte.

Sie.

»Ja.« Er beugte sich vor, kam ihr bewusst zu nah. Sie warf ihm einen kühlen Blick zu, bewegte sich aber nach wie vor nicht. Sie war stark, und das gefiel ihm. »Das meine ich. Willst du wissen, warum?«

»Sagen Sie's mir!« Dieser gelassene Blick senkte sich langsam auf sein Gesicht herab, musterte ihn. Hielt sie für einen Moment bei seinem Mund inne, oder war das nur seine überhitzte Fantasie?

Sein Lachen tönte wie ein Gebell. »Du brauchst mich. Du hast gesehen, was dieser Killer tun kann. Du hast seinen Weg gekreuzt, und er wird dich wie einen alten Fisch ausweiden, Baby, und das auch nur, wenn er guter Laune ist. Er ist größer, böser und stärker als du, und er ist verrückter als der durchschnittliche Irrenhausinsasse. Du bist nicht dumm. Das wissen wir beide. Es wäre nicht klug zuzulassen, dass er sich auf deine

Fährte setzt, also wirst du alles tun, was notwendig ist, um ihn dir vom Leib zu halten.«

»Stimmt. Ich bin nicht dumm.« Ihr kühler Blick sezierte ihn ein zweites Mal. »Ich sehe keinen Anlass dafür, dass dieser Killer sich mich als Nächste vornehmen wird, und doch glauben Sie anscheinend, dass ich meine Tugend gegen einen kleinen Leibwächterdienst Ihrerseits eintauschen werde.«

Tugend war ein so köstlich altmodisches Wort. »Es wird mehr als ein kleiner Dienst meinerseits sein, Schätzchen. Das da draußen ist ein höllischer Killer. Er hat einen dreitausend Jahre alten Krieger ermordet, ohne jemanden von uns auf sich aufmerksam zu machen. Er ist wahrscheinlich ein Abtrünniger, ein Dämon, der eine Grenze überschritten hat, Schätzchen, und der sich keine Sorgen um die Konsequenzen seiner Taten macht. Ein Abtrünniger stillt seinen Seelendurst – und er tötet. Für gewöhnlich in dieser Reihenfolge. Aber ja, vielleicht macht er bei dir eine Ausnahme. Oder vielleicht stehst du nur als Nächste auf seiner Liste.« Beides konnte wahr sein.

»Was Ihren Preis eine Spur zu hoch erscheinen lässt, meinen Sie nicht?« Sie lächelte süß. »Wenn ihn diesmal Ihre Sicherheitsvorkehrungen nicht aufgehalten haben, woher weiß ich dann, dass er sich mir nicht bei einem späteren, privateren Date vorstellt – und nachdem ich Sie zweifellos deutlich besser kennengelernt habe, als ich will?«

Sie würde wollen. Dafür würde er sorgen.

»Sie sollten mir freiwillig helfen«, meinte sie. »Wenn dieser Killer wirklich ein Abtrünniger ist, sind Sie für ihn verantwortlich.«

Obwohl sie den größten Teil ihres Lebens in M City verbracht hatte, wusste seine Gefährtin offensichtlich sehr wenig über seine Art. Oder sie gab sich absichtlich Illusionen hin. Oder sie wollte ihn ködern.

»Warum sollte ich dir helfen wollen?« Er zuckte die Achseln. »Es ist nichts für mich drin.«

»Moralische Verpflichtungen einmal beiseitegelassen?« Sie wartete tatsächlich darauf, dass er nickte, bevor sie fortfuhr: »Nun, ich würde meinen, dass es eine Frage öffentlichen Ansehens ist. Wenn sich herumspricht, dass es Ihnen nichts ausmacht, ihre menschliche Kundschaft die Suppe auslöffeln zu lassen, was geschieht dann mit Ihrem Geschäft hier?«

»Nicht viel«, entgegnete er trocken.

Zum ersten Mal wirkte sie erschüttert. Die winzige Falte zwischen ihren Augenbrauen war der erste Anflug von Unvollkommenheit. In ein oder zwei Jahrzehnten hätte sie die köstlichste Falte dort. Er würde ihr helfen, beschloss er, denn je eher sie begriff, dass er ein egoistischer Bastard war, der nur für sich selbst eintrat, desto eher konnte sie sich damit abfinden, einen Deal mit ihm zu machen. »Es ist mir egal, was irgendwer denkt.«

»Und so werden Sie dieses Bündnis von mir fordern? Da draußen läuft ein Killer frei herum, und alles, was Sie wollen, ist Sex?«

»Ich werde dafür sorgen, dass alle deine Fantasien wahr werden. Jede einzelne, wenn du mir gibst, was ich will.«

Er hatte nie erlebt, dass ihm ein Vergnügen nicht gefallen hätte oder dass er es nicht erkunden wollte. Teufel, der einzige Vorteil, den es hatte, sich mit der menschlichen Art abzugeben, war ihre ziemlich üppige Fantasie. Verklemmte Bande, aber verdammt. Die Fantasien, die sie hegten, machten sie reif für seine Art. Pflückreif. Unterdrückte Bastarde. Er ließ keine Entschuldigungen gelten. Er nahm, was er wollte. Er gab ihnen, was *sie* wollten. Für einen hohen Preis.

»Das möchte ich bezweifeln. Sie wissen rein gar nichts über meine Fantasien.«

Sie hatte nicht geleugnet, Fantasien zu haben. Interessant. Zu viele Frauen glaubten offenbar, sie müssten sich für ihre Fantasien schämen.

»Was weißt du über das Bündnis?«, fragte er.

»Nicht viel.« Sie zuckte die Achseln. Der Jerseystoff ihres Kleides klebte an ihrem Schlüsselbein; der köstliche Duft dieser vom Stoff gewärmten Haut kitzelte seine Sinne. »Ich fürchte, ich habe nicht besonders gut aufgepasst, da ich nie ein Interesse daran hatte, meine Seele zu verkaufen. Oder« – sie schürzte die Lippen – »sie für eine kleine vorübergehende Verwendung zu vermieten. Ich mag mich, wie ich bin.«

»Du hättest zuhören sollen. Du hättest etwas lernen können.«

»Sie werden es mir jetzt bestimmt sagen.«

»Ja, das werde ich. Sind dir die Markierungen an den Handgelenken der toten Frau aufgefallen?« Sie waren Mischka nicht aufgefallen. Da war zu viel Blut gewesen. »Diese Markierungen deuten darauf hin, dass sie mit einem von uns verbunden war. Insbesondere mit Hushai.«

»Und er wäre …?«

»… der andere Leichnam in meiner Gasse.« Brends' Tonfall war unbeschwert, aber der Ausdruck in seinen Augen verhieß, dass jemand für diesen Tod büßen würde. Hushai hatte ihm etwas bedeutet. Viel.

Sie verstand, was er empfand; wenn es Pell gewesen wäre, die dort auf dem Boden gelegen hätte, wüsste sie nicht, ob sie darauf gewartet hätte, dass die MVA den Schuldigen der Gerechtigkeit zuführte. Es wäre verführerisch gewesen, das Gesetz in die eigenen Hände zu nehmen. »Geht ihr häufig ein Bündnis ein?«

Er musterte sie neugierig. »Du passt wirklich nicht auf, oder?«

»Ich passe auf. Ich bin einfach nicht an diesem speziellen Lebensstil interessiert, Brends. Ich bin nicht nah genug herangekommen, um eine Tätowierung an Ihrem Freund zu entdecken.«

»Verdammt.« Er beäugte sie. »Das ist kalt.«

»Ihr seid nicht menschlich.« Und sie hatte aus erster Hand gesehen, was Paranormale tun konnten. Auch Tiere hatten eine Art von Gefühlen, aber nur ein Narr ging so nahe heran, dass er gebissen werden konnte.

»Genau. Nun, diese Markierungen sagen dir, wer ein Bündnis eingegangen ist und wer nicht. Blanke Handgelenke bedeuten, dass der Mann noch zu haben ist.«

Sie konnte sich ungefähr vorstellen, worauf das Ganze hinauslief. »Also steht es ihm frei, dieses Bündnis einzugehen?«

»Ja, nur wenn er es will. Es gibt sehr viele Leute, die hoffen, uns zu überzeugen, so viel steht fest. Männer und Frauen, obwohl die meisten von uns weibliche Bündnispartner bevorzugen.«

»Wie funktioniert das?« Sie bemühte sich darum, ihren Tonfall leicht zu halten, beiläufig und neugierig. »Wer fragt wen?«

»Es ist kein Heiratsantrag.« Er musterte sie. »Es ist nichts Romantisches daran. Jeder kann fragen, aber wir sind selten einverstanden. Wir sind wählerisch, Schätzchen, und wir müssen *euch* wollen. Du kannst deinem neu gefundenen Dämonenfreund sagen, was du willst, aber er bestimmt die Zeit, die du dienen wirst, und dann besiegelt ihr den Deal. Wir sind nicht billig.«

Richtig. Sie hatte erkannt, dass Brends Duranov in einer anderen Liga spielte als sie, aber das war Lichtjahre von dem entfernt, was sie sich hätte vorstellen können. »Großartig.« Sie zuckte die Achseln. »Also bevorzugt ihr Bastarde euren Sex pervers und eure Frauen frisch. Was passiert, wenn die Flitterwochen vorbei sind?«

Brends lächelte. Langsam.

Sie formulierte ihren Gedanken neu. »Wenn ihr Dämonen eure kleine Affäre gehabt habt, wenn ihr euch an der Seele eurer Bündnispartnerin satt getrunken habt – was dann? Ihr legt euch sogleich ins Zeug und erweist den Gefallen? Und dann geht jeder fröhlich seiner Wege?«

Er schüttelte den Kopf, und sie wusste, dass sie den Haken entdeckt hatte. »Das ist der Grund, warum wir die Bedingungen im Vorhinein vereinbaren. Der Mensch in dem Bündnis dient uns über die Zeitspanne, auf die wir uns geeinigt haben. Je größer der Gefallen, desto länger die Zeit.«

»Wie lang?« Sie betrachtete ihn. »Schätzen Sie mal.«

»Ist unterschiedlich. Aber die jüngsten Bündnispartnerinnen, von denen ich weiß? Alles zwischen zwei Wochen bis zu Jahrzehnten. Einmal gab es sogar ein Bündnis, das nie gebrochen werden konnte.«

»Also, was könnte einen solchen Preis wert sein?« Ihr fiel nichts ein.

»Jeder Gefallen, den du willst, Mischka. Denk darüber nach. Keinerlei Kompromisse. Keine Grenzen. Wenn du es benennen kannst, kann ich es dir beschaffen. Die meisten Leute lassen sich eine solche Chance nicht entgehen.«

Teufel, nein. Nur dass ein Teil von ihr nicht *aufhören* konnte, über Brends' Angebot nachzudenken. Der sexuelle Teil. So etwas täte sie nicht einfach bloß, um Pell zu finden – und sie könnte es keinesfalls vor sich selbst rechtfertigen. Sie schüttelte den Kopf, aber sie musste Brends ebenso wenig überzeugt haben wie sich selbst.

»Dämonen sind gefallene Engel, Brends. Ihr verführt. Das ist es, was ihr tut. Ihr verfolgt uns, weil wir Menschen sind und weil sich alles um die Versuchung dreht. Also glaubt ihr zu wissen, was wir wollen. Was wir brauchen.«

»Und wir geben es euch.« Ja, sie war dumm, überhaupt darüber nachzudenken. Erotische Anziehungskraft war keine Entschuldigung für Dummheit.

»Nein.« Ihre Seele an einen gefallenen Engel zu verkaufen, war ungefähr so falsch, wie es nur sein konnte. Ihre Cousine davor zu retten, einen solchen Fehler zu begehen, war richtig. Außerdem liebte sie ihre ungebärdige, rebellische Cousine – insgeheim hatte sie wie sie *sein* wollen. Konnte sie wirklich jemals loslassen und genießen, was das Leben ihr an Freuden bereitstellte? »Es ist kein Geschenk. Es hat einen Preis, Brends. Alles hat immer einen Preis.«

»Sei vorsichtig, wenn du wieder in meine Nähe kommst, Schätzchen, denn ich habe dich an der Angel, bevor du dich auch nur umschaust. Das kann ich dir versprechen.«

Abkürzungen funktionierten niemals. Das wusste sie. Der Abstecher mochte sich als faszinierend erweisen, aber sie brachten einen niemals dorthin, wo man hinmusste. Nicht rechtzeitig.

Sie verbannte die erotischen Fantasien mit aller Macht aus ihrem Kopf. Brends war lediglich eine Ablenkung, die sie sich nicht leisten konnte.

Er legte ihr einen Finger auf den Mund und fragte sich, ob sie ihn beißen würde. Wusste sie, was es für ihn bedeuten würde, wenn sie ihn bluten ließe? Vielleicht wusste sie es – kluges Mädchen –, denn sie riss den Kopf zurück.

»Überleg es dir, *Dushka«*, knurrte er ihr ins Ohr. »Du überlegst dir, was ich dir geben kann. Was du von mir nehmen kannst.«

»Genau.« Sie schob ihn wieder zurück, aber diesmal steckte

in der Hand zwischen ihnen eine nette kleine Halbautomatik. Die schnittigste kleine ASP, die er seit Langem gesehen hatte. Seine Türsteher wurden seinen Erwartungen offensichtlich nicht gerecht, wenn sie die übersehen hatten. Er war verdammt nah daran, unsterblich zu sein, aber aus solcher Nähe konnte sie ihr Ziel nicht verfehlen. Konnte ihn sogar töten, wenn sie auf die Kehle zielte und genug Salven abfeuerte, um ihm den verdammten Kopf abzuschießen. Buchstäblich. Seine Bestie summte halb vor Anerkennung. Dieses Bündnis wäre stark – stark genug, um zu überleben, und stark genug, um wegzurennen. Das gefiel der Bestie.

»Sie hören mir jetzt zu, Mr Duranov«, sagte sie, »und Sie hören mir genau zu. Ich bin nicht hier, um Ihre Bündnispartnerin zu werden. Ich bin hier, um meine Cousine zu finden und sie zu der Familie zurückzubringen, der sie davongelaufen ist. Ich bin stur, ich gebe nicht auf, und ich bin verdammt gut darin, Leute zu finden. Vielleicht glauben Sie, dass Sie der Einzige sind, der sie aufspüren kann. Vielleicht haben Sie recht. Aber ich werde alles geben, was ich habe, und ich glaube, dass ich Erfolg haben werde. Sie können nichts tun oder sagen, was mich daran hindern wird, diesen Versuch zu unternehmen. Pelinor Arden gehört mir. Nicht Ihnen. Und sie kommt mit mir zurück.«

Das unversöhnliche Metall strich einen tödlichen Pfad seine Brust hinauf und über sein Kinn hinweg. Wusste sie, was für ein köstlicher Reiz ihre Stärke für seine Art war? Vielleicht konnte er mit ihr er selbst sein. Vielleicht war sie stark genug, um zu überleben. Mit der freien Hand zog sie seinen Kopf herunter, und er ließ sie gewähren. Ihr Atem war ein erotischer Kitzel in seinem Ohr, der direkt zu seinem schier bersten wollenden Schwanz hinabschoss. »Also, überlegen Sie es sich, Mr Duranov, denn mehr *nehme* ich nicht.«

Als sie diesmal gegen seine Brust stieß, ließ er sie los.

Er verzichtete sogar darauf, das letzte Wort zu haben. Er konnte Nachsicht mit ihr üben. Er hatte den Samen gepflanzt, und die Idee würde keimen. Er hatte menschliche Frauen verführt, noch bevor sie überhaupt geboren worden war, daher hatte Mischka Baran keine Chance. Er würde sie eingewickelt haben, bevor sie es sich versah.

Er hatte keine Ahnung, wie viel von diesem selbstgerechten Zorn echt war und wie viel eine bewusste Vorstellung, dazu gedacht, sie aus diesem Club zu bringen, bevor er beschloss, sie dort festzuhalten. Weil sie beide wussten, dass er es konnte.

Dass er es tun würde, wenn er es wirklich wollte.

Während er sie dabei beobachtete, wie sie mit langen Schritten seinen Club verließ, gab er einem seiner Spürhunde das Zeichen, ihr zu folgen. Brends würde Mischka Barans Geheimnisse erfahren. Jedes einzelne davon.

Brends ging zurück auf die Gasse hinaus – weil Mischka Baran in einem Punkt recht hatte.

Er konnte die Leichen nicht lassen, wo sie waren.

Zu Mischkas Pech war sie es offensichtlich gewohnt, recht zu haben. Oder selbstgerecht zu sein. Brends wollte ihr dieses gezierte, sorgfältige Lächeln vom Gesicht küssen, wollte diesen vollen Lippen schmeicheln, damit sie sich entspannten, sich für ihn öffneten. Er konnte den heißen, süßen Geschmack dieses Mundes nicht abschütteln.

Geschäft. Er musste sich aufs Geschäft konzentrieren. Zer würde Fragen stellen.

Teufel, er hatte Fragen. Jede Menge Fragen, aber keine konkreten Antworten.

Es war kälter geworden, als er nach draußen trat. Die Dunkelheit dagegen war schon nicht mehr gar so undurchdringlich.

Das magische Licht am Ende der Gasse war ein hellerer Nebel. Die Morgendämmerung kam, und sie kam schnell.

Zer hockte neben der toten Menschenfrau und durchsuchte methodisch ihre Taschen. Der Ausweis, den er Brends hinwarf, besagte, dass sie eine gewisse Ming John war. Brends steckte die Karte ein und nahm sich vor, später die Adresse zu überprüfen.

Er untersuchte die tote Frau. Ihre Verletzungen erinnerten ihn an – aber nein, das war unmöglich. Himmlische Engel kamen nicht hier herunter, um zu jagen. Trotzdem, die Verletzungen am Körper der Frau zeugten von keinerlei Verteidigung ihrerseits. Was immer – wer immer – die Frau gepackt hatte, hatte das zu schnell getan, als dass sie sich hätte wehren können. Oder sie hatte zu große Angst gehabt. So oder so, sie war mausetot, und er steckte bis zum Hals in der Scheiße. Auf keinen Fall würden sie diesen Mord vertuschen können. Die Dämonen mochten M City besitzen, aber er wusste nur allzu gut, dass sie Informationen ebenso wenig zurückhalten konnten wie ein Sieb das Wasser. Dieser Mord würde ruchbar werden.

»Das Überwachungsvideo, das du haben wolltest.« Zer stand auf und reichte Brends den schmalen Stick. »Überprüf es.«

Brends steckte den Stick in seinen Videoplayer und sah sich die Aufnahme auf dem kleinen Bildschirm an. Zuerst die körnigen Umrisse der Gasse im nächtlichen Schatten. Die Kamera vollführte einen methodischen Schwenk, der nichts Ungewöhnliches ergab. Nicht mal einen streunenden Hund.

Er übersprang mehrere Einstellungen, bis Hushai und seine Partnerin rasch die Gasse heraufkamen. Die Frau schmiegte sich an ihn, und der Bruder wirkte grimmig. Seine Bauernstiefel schlugen einen schweren Rhythmus auf dem Pflaster. Als sie etwas zu ihm sagte, das zu leise für das Überwachungsvideo gewesen war, zögerte Hushai.

Hushai neigte den Kopf zu ihr herab, um die Worte zu verstehen, und da explodierte die Welt.

Der Abtrünnige kam aus den Schatten gestürzt, fiel direkt vom Himmel. Hushai hatte die Schatten ringsum beobachtet, nicht den Himmel. Ein Fehler, der ihn einen hohen Preis gekostet hatte. Keiner von ihnen würde diesen Fehler wieder begehen; Brends nahm sich vor, sein Team davon in Kenntnis zu setzen und die Nachricht zu verbreiten.

Auf dem kleinen Bildschirm war der Abtrünnige eine massige, hohe Gestalt. Da sein Rücken im Schatten lag, konnte Brends nicht erkennen, wie der Bastard so schnell herabgekommen war oder von wo. Er würde seine Spürhunde aussenden, die nach einer Verbindung suchen sollten, aber er glaubte nicht, dass sie eine finden würden.

Er sah abermals hin. Dem Bastard waren zwei Flügel gewachsen.

Brends hielt das Video an und sah zu Zer hinüber. »Wir müssen gegen Michael vorgehen. Sofort.«

»Du meinst, der Bastard hat seine Flügel von Michael? Er tötet gewiss so, wie Michael es getan hat.« Vor dreitausend Jahren hatte jemand einen sehr blutigen Pfad durch den Himmel geschlagen und wahllos Engel niedergemetzelt. Michael hatte die Herrschaften der Morde bezichtigt, aber die Herrschaften hatten geglaubt, dass Michael selbst dafür verantwortlich war. »Wir waren beide dort. Keiner von uns hat sich vorstellen können, was passiert ist. Wir sind es nicht gewesen.«

Brends sah Zer an. »Irgendjemand ist es gewesen. Und Michael war nie schnell mit einem Urteil bei der Hand, also muss wer immer, was immer ihn von unserer Schuld überzeugt hat, seine Sache verdammt gut vorgebracht haben.«

Wenn dieser Killer vom Himmel geschickt war, bestand jetzt die Gelegenheit, um mit absoluter Sicherheit zu beweisen, dass im Himmel tatsächlich ein Killer auf freiem Fuß war. Eine Gelegenheit zu beweisen, dass Brends' Herr und seine Kameraden von den Herrschaften des Verbrechens nicht schuldig waren, dessen man sie beschuldigt hatte – weil jemand anders diese Verbrechen begangen hatte. Jemand wie Michael. »Was sonst könnte es sein?«

Zer strich sich nachdenklich übers Kinn, als stünde er nicht in einer Nebengasse in M City bis zu den Knöcheln im Blut. Als sei er noch immer der verdammte Prinz des Himmels mit einem Hofstaat an Engeln, die ihm den königlichen Arsch küssten. Die Zeit zum Nachdenken war vorüber. Es war Zeit zu handeln.

»Spiel den Rest des Videos ab«, sagte er.

Der Kampf war brutal. Schnell. Zu schnell. Hushai war ein niederträchtiger, auf der Straße abgehärteter Kämpfer. Ihr Abtrünniger schlug ihm mühelos den Kopf ab.

Nach diesem Mord drehte der Abtrünnige sich zu den Überwachungskameras um. Eilor. Brends hatte das ehemalige Mitglied der Herrschaften nicht gut gekannt, aber der Bastard summte leise vor sich hin, während er die Klinge sauber wischte. Die ganze Szene hatte höchstens zwanzig Sekunden gedauert. Brends erkannte ihn fast nicht wieder, aber das war nicht unerwartet. Es gab Tausende von Gefallenen, und einige hatten sich jahrtausendelang versteckt. Außerdem verzerrte der Seelendurst einen Mann. Verzerrte sein Gesicht, seine Züge, brannte den Mann weg und ersetzte ihn durch die Bestie.

Wie das wölfische Gesicht des Killers nur allzu deutlich bewies.

Auf dem Video ging die Tür zum Club auf, und Mischka Baran trat hinaus in die Gasse.

Was zum Teufel …?

Der Abtrünnige zog sich in die Schatten zurück, hielt inne.

Das Summen endete abrupt, und das interessierte Aufflackern in den Augen des Mannes war unverkennbar. Er hielt einen eigenen Videoplayer in der Hand, und Bilder blitzten schnell über den kleinen Bildschirm.

»Der Sicherheitsdienst soll das Video abspielen«, sagte Brends. »In Zeitlupe. Sie sollen herausfinden, was der Bastard sich angesehen hat.« Der Abtrünnige hielt mit einem Daumendruck ein Bild an, und Mischka Barans Gesicht blickte aus dem kleinen Bildschirm in seiner Hand herauf.

Das hatte er nicht erwartet.

Der Abtrünnige wusste, wer Mischka Baran war.

In dem Video ging Mischka Baran zu den Leichen. Der Abtrünnige folgte ihr mit dem Blick, und eine Hand ging zu seinem Messer. Er hatte daran gedacht, die Klinge zu benutzen – Teufel, ja, er hatte daran gedacht.

Also, warum hatte er Mischka Baran nicht getötet?

Mit dem nächsten Bild bekam er seine Antwort. Brends sah sich selbst am gegenüberliegenden Ende der Gasse erscheinen. Der Blick des Abtrünnigen ging zwischen ihnen beiden hin und her, und ein träges Lächeln, beängstigend in seiner Wildheit, huschte über sein dunkles Gesicht.

Dann schoss der Abtrünnige aufwärts, und das Video endete.

»Gib die Beschreibung heraus. Ich will, dass jeder Dämon von hier bis Sibirien Eilors Foto innerhalb der nächsten Stunde vor sich hat!«, ordnete Zer an.

Brends nickte. Sich mit ihm auf seinem Gebiet anzulegen, war ein tödlicher Fehler. Dieser Abtrünnige würde für sein Eindringen zahlen.

Er würde später eine Möglichkeit finden, mit der übernatürlichen Stärke des Abtrünnigen umzugehen. Und mit den Flügeln. Wenn er ehrlich war, wusste er nicht, ob er den Abtrünnigen erledigen *konnte.* Aber er würde einen Weg finden.

Er musste. Der Bastard jagte auf Brends' Territorium und hatte einen Bruder getötet. Niemand tat das und überlebte. Niemand!

»Ich kriege ihn«, schwor er.

»Und dann?«, hakte Zer nach.

Informationen würden nützlich sein. Zunächst. »Wir werden miteinander plaudern«, räumte er ein. »Ich würde gern mehr über seine Flügel erfahren. Woher sie gekommen sind, wer sie ihm gegeben hat.«

Zer nickte knapp. »Häng es nicht an die große Glocke.«

Es gefiel Brends nicht, Befehle entgegenzunehmen. Teufel, er war nie gut darin gewesen. Andererseits hatte er nicht vor, deswegen ein Stadtteilfest zu veranstalten. »Weil?«

»Weil ich es gesagt habe«, antwortete Zer mit dem Hauch einer Drohung. »Und weil *du*, als ich das letzte Mal nachgeschaut habe, auf *mich* eingeschworen warst.«

Brends beäugte seinen Herrn kalt. »Also wirst du mir jetzt sagen, wie ich meinen Job zu erledigen habe? Du willst diesen Abtrünnigen selbst zur Strecke bringen, *Herr?«*

»Nein.« Zer blieb unerbittlich. In einem Kampf Mann gegen Mann wären sie gleich stark, aber sie wussten beide, dass Brends nicht die Hand gegen Zer erheben würde. Weil er auf den Mann eingeschworen war. »Du nimmst dir den vor. Na schön. Aber auch ich habe einen Job zu erledigen. Liaisons mit Menschen werden nicht leichter, Brends, wenn einer meiner Brüder herumläuft und öffentlich einen anderen jagt. Die Menschen haben Regeln, was Gewalt betrifft.«

»Regeln, die wir ignorieren.«

»Aber wir reiben es ihnen nicht unter die Nase. Ein Mindestmaß an Diskretion, Brends, das ist alles, was ich verlange.«

Verdammte Scheiße, musste er Menschen jetzt mit Glacéhandschuhen anfassen? Sicher, Dämonen waren niemals willkommen gewesen. Sicher, auf M City, das Herz des Reichs der Paranormalen, war ein ganzes Arsenal von Atomraketen gerichtet. Und es gab einen Haufen schießwütiger menschlicher Politiker, die, wenn sie nicht damit beschäftigt waren, ihren Wahlkreisen das Blaue vom Himmel zu versprechen, nur allzu gern auf den Knopf drücken würden, um ihre Position mit Nachdruck zu unterstreichen.

Menschen schlugen ihre Zeitungen auf, schalteten ihre Fernseher ein und sahen ein Rudel blutdürstiger Monster. Was, überlegte Brends, nicht allzu weit von der Wahrheit entfernt war. Seelendurst machte das mit einem Mann. Den meisten gelang es, ihn zu kontrollieren. Oder ihn für sich kontrollieren zu lassen. Dazu dienten die Reservate. Trotzdem, Raffinesse lag nicht direkt in Brends' Natur. Und doch, ganz gleich wie rau er Menschen erscheinen mochte, er konnte ihnen niemals das volle Ausmaß der Bestie zeigen, die in ihm lebte. Denn wenn die Menschen die Wahrheit begreifen würden, würden sie links und rechts Knöpfe drücken, mehr als bereit, die Hälfte ihres Planeten in die Luft zu jagen, wenn sie die Ausgestoßenen des Himmels dabei mitnehmen könnten.

Sein Blick flackerte. »Also den Abtrünnigen schnellstmöglich zur Strecke bringen. Ich kapier schon. Ich werde mich darum kümmern.«

Leider hatte der Seelendurst immer mehr der ursprünglichen Dämonenkrieger in vernunftlose Bestien verwandelt, die von Blutgier und primitivem Instinkt geleitet wurden. Sie töteten entweder, um diesen Durst zu stillen, oder ihre vernünftigeren Brüder sperrten sie in den Reservaten ein, die Brends gegründet hatte. Brends hatte riesige Gebiete der russischen Steppe erworben, wo die Raubtiere in Rudeln umherstreifen, wo sie jagen und heulen konnten. Wo die Bestie frei umherwandern konnte und der Mann wusste, dass er keine Unschuldigen in Stücke reißen würde. Er hatte Reservate in Sibirien errichtet. Zwei in den afrikanischen Savannen. Und weitere in Grönland und in der amerikanischen Wüste. Menschliches Militär besetzte die Wachtürme an den Grenzen. Die hohen, mit Draht gekrönten Mauern waren mit der neuesten Sensortechnologie ausgestattet, und wer sie berührte, fand den Tod. Alles dazu geschaffen, damit die Bestien nicht entkommen konnten.

»Keine zivilen Opfer. Keine offensichtliche Sachbeschädigung. Jage ihn, unbedingt. Bring ihn in die Reservate oder töte ihn. Es ist mir egal, wofür du dich entscheidest. Aber tu es, ohne die gesamte menschliche Welt auf deine Taten aufmerksam zu machen, Brends. Keine Kollateralschäden.«

Er tötete nicht wahllos – nur wenn die Situation es rechtfertigte. »Na schön. Keine Kollateralschäden, aber« – er betrachtete das Video – »ich werde die Frau brauchen.«

»Die Tote?«

»Nein. Die da.« Sein Daumen liebkoste das erstarrte Bild von Mischka Baran. »Unser Abtrünniger hat sie entdeckt; er hat ihr Bild auf seinem Videoplayer. Wenn ich nicht danebenliege, wird er sie als Nächste jagen.«

»Du siehst deine Pflicht darin, sie zu beschützen?«

»Nein.« Zum Teufel, nein. Das Einzige, was er beschützte, war sein Herr. Und seine Brüder. Der Rest der Welt konnte zur Hölle fahren. Schließlich waren die gefallenen Engel bereits zur Hölle verurteilt worden. Und es hatte sich als nicht so schlimm erwiesen, wie Michael gehofft hatte. »Sie ist der Köder.«

6

Eilor war lediglich ein Werkzeug.

Vor einem Jahrhundert hatte Cuthah dem Dämon seine Flügel zurückgegeben – vorübergehend –, und Eilor konzentrierte sein obsessives Verlangen nach Gewalt als Gegenleistung auf die Frauen, die Cuthah ihm bezeichnete. So hatten beide etwas davon.

Eilors Morde interessierten Cuthah nicht. Das waren Kriegsopfer, und während die Toten auch grausame Erinnerungen an gewisse Kosten waren, so waren sie am Ende nur ein Mittel zum Zweck. Kalte, rohe Macht. Die Macht, den Himmel neu zu formen. Vier Ränge von Engelswächtern waren alles, was noch zwischen ihm und dem letzten Thron stand. Die Gefallenen auszustoßen, war ein Geniestreich gewesen. Ihre Art, die Herrschaften, waren grimmige Kämpfer gewesen. Jetzt jedoch musste er dafür sorgen, dass sie dort blieben, wo sie waren.

Raus aus der Gleichung.

Ohnmächtig.

Schon bald würde Michael keine Fragen mehr stellen. Drei Jahrtausende hatte der Mann gewartet und sich gefragt, warum keins seiner geliebten Mitglieder der Herrschaften in den Armen seiner Seelenverwandten Erlösung gefunden – oder auch nur gesucht – hatte. Und in der Zwischenzeit schwand die Zahl der Seelenverwandten mit jedem verstreichenden Jahr. Wenn diese beiden tot waren, würden vielleicht nicht mehr als ein Dutzend noch übrig sein. Und Cuthan würde sicherer sein, als er es sich jemals erträumt hatte.

Weil Michael sein Wort immer hielt. Und er hatte geschworen, dass die Gefallenen niemals in den Himmel zurückkehren würden, bis sie ihre Seelenverwandten gefunden hatten.

Natürlich verstand Eilor dieses größere Bild nicht. Immerhin war er bloß ein Werkzeug, was bedeutete, dass er manchmal einen Fehler beging. Einen großen Fehler.

Zum Beispiel hatte Eilor keine Ahnung, dass Cuthah, der Stellvertreter des Erzengels Michael, schon kurz nach dem Fall mögliche Seelenverwandte identifiziert hatte. Und wären die Gefallenen nicht daran interessiert, von dieser kleinen Tatsache zu wissen? Natürlich hatte Cuthah nicht die Absicht, dieses Wissen mit ihnen zu teilen. Die Information war zu wertvoll.

Ein weiterer interessanter kleiner Leckerbissen, den Cuthah seit dem Fall in Erfahrung gebracht hatte, war, wie man diese potenziellen Gefährtinnen fand. Schierer, roher Sex würde es irgendwann bringen, aber Cuthah war nie besonders an der Organisation einer städteweiten Orgie interessiert gewesen. Stattdessen hatte er Ahnenforschung betrieben. Nun gut, die Arbeit war langwierig und ziemlich mühsam. Cuthah war jetzt seit Jahrhunderten damit beschäftigt. Grund war nicht die Möglichkeit, einen Fehler zu begehen und die falschen Frauen zu identifizieren – schließlich waren menschliche Frauen entbehrlich, und ein paar zusätzlich hier und da zu töten, machte nicht wirklich einen Unterschied. Nein, der Grund für die sorgfältige Recherche, also das Verfolgen der weiblichen Wesen, deren Vorfahren einem bestimmten biblischen Stamm angehörten, war der, dass er es sich nicht leisten konnte, auch nur *eine* potenzielle Seelenverwandte zu übersehen. Bis er sie alle eliminiert hatte, bestand für die Gefallenen immer noch die Chance einer Rückkehr in den Himmel.

Dieser Stamm hatte fast ausschließlich Frauen hervorgebracht, und ein weibliches Kind nach dem anderen war geboren worden. Glücklicherweise bedeutete diese Art von genetischem Erbe, dass der Stamm schnell ausgestorben war, zumindest hinsichtlich der Namen und Geburtsrechte. Weniger glücklich war der Umstand, dass einige dieser Frauen weitergelebt, Männer anderer Stämme geheiratet und ihre kontaminierte DNS weit verbreitet hatten. Ein genetisches Durcheinander von gigantischen Ausmaßen.

Alle potenziellen Seelenverwandten, die er bisher entdeckt hatte, entstammten diesen Ahnenreihen. Er hatte Jahre damit verbracht, öffentliche Unterlagen zu durchforsten, bis der unerwartete Segen des Internets gekommen war. Das Internet mit seinen Genealogieseiten und Fanclubs war wie ein riesiges Büfett, bei dem man essen konnte, so viel man mochte. Er hatte eine Frau nach der anderen aufgespürt und selbst oder durch Lakaien wie Eilor eliminiert.

Leider musste Eilor sich mehr Mühe geben. Sonst würde Cuthah sich nach einem anderen Helfer umsehen müssen. Eilor hatte eine Seelenverwandte getötet – aber zwei waren ihm entgangen. Inakzeptabel.

»Zwei«, wiederholte Cuthah, weil er dieses Gespräch bereits einmal geführt hatte. Er hielt seine Stimme ton- und emotionslos. Allein die Tatsachen zählten jetzt, und Tatsache war, dass Eilor es vollkommen falsch angepackt hatte.

»Ich habe eine erwischt«, bemerkte Eilor. »Ming John.« Auch er glaubte, dass Tatsachen Tatsachen waren.

»Und zwei hast du verpasst. Pelinor Arden und Mischka Baran.«

»Ich finde sie.« Eilor *würde* sie finden. Es gab nicht allzu viele Orte, an denen ein Mensch sich vor *seinesgleichen* verstecken konnte, selbst im Herzen des Dämonenreichs. Früher oder später würde er sie holen. Und er würde sie töten. Es war alles wirklich ziemlich einfach.

Trotzdem war es jedoch köstliche Ironie, dass die gefallenen Engel, die auf der Erde herumliefen, keinen Schimmer hatten, dass Michael ihnen tatsächlich eine Hintertür offen gelassen hatte, eine Chance auf Erlösung. Cuthah tat alles in seinen Kräften Stehende, damit es so blieb – und die Tür sich für immer verschloss.

Auf Eilors gegenwärtiger Liste standen drei weitere Namen. Eine erledigt. Fünf, die noch bewältigt werden mussten. Wenn Zweifel an der Abstammung bestanden, befahl Cuthah trotzdem den Mord. Wenn einige unschuldige Frauen zufällig am falschen Ende einer Klinge landeten, nun gut, dann waren sie halt Märtyrerinnen für das größere Wohl. Cuthah hatte keinen Zweifel daran, dass sie belohnt werden würden. Nur nicht von ihm. Nicht jetzt.

Er starrte auf den blutenden Abtrünnigen. Leider war eine Bestrafung Eilors offenbar sinnlos. Er schien dabei aufzublühen und sie als eine Art Vergünstigung anzusehen.

Wirklich, das erschwerte seine Arbeit beträchtlich.

Cuthah schnippte lässig mit einem Finger, öffnete eine weitere dünne Linie in der Haut des Abtrünnigen und beobachtete ihn genauer. Als er das Aufflackern von Schmerz in den Augen des anderen bemerkte, beschloss er, dass es erst mal genug war. Endlich. Eilor blutete aus den Wunden, die Cuthah ihm zugefügt hatte. Die Bänder von Schmerz, die die Aura des Abtrünnigen färbten, waren köstlich, aber – er senkte den Blick – er würde den Fußboden auswechseln lassen müssen. Diesmal war es eine ziemlich schmutzige Sache geworden.

Die kleine Menschenfrau, die Eilor sich irgendwo geschnappt hatte, wirkte entsetzt. Sie hatte begonnen zu schreien – zu laut, und daher war Eilor gezwungen gewesen, sie früher zu schlagen, als er wollte –, und das Geschrei war endlich zu einem verängstigten Wimmern geworden. Wirklich, sie glaubte anscheinend, dass jemand ihr zu Hilfe kommen würde. Ihre Naivität war entzückend.

Trotzdem, vielleicht war es Zeit, Eilors Gewalttätigkeit zu zügeln. Sonst würde sie irgendwann selbst Michael auffallen und er vielleicht anfangen, Fragen zu stellen.

»Also, nur damit wir uns einig sind …«, wiederholte Cuthah gelassen, weil man bei Abtrünnigen nie deutlich genug sein konnte. Sie neigten dazu, auf eigene Faust loszuziehen – ein weiterer Nachteil, wenn man die Arbeit von Verrückten erledigen ließ. Diese ganze entzückende Brutalität ging Hand in Hand mit einer kindlichen Vorhersagbarkeit hinsichtlich Ablenkungen. »Du gehst nach M City zurück und machst dich auf die Suche nach diesen beiden Frauen, die dir entwischt sind. Finde sie, Eilor!« Er hob mahnend einen Finger. »Oder ich werde sehr böse sein. Wieder einmal. Ich muss auch Michael beschwichtigen, es sei denn, du möchtest, dass der Erzengel seine unwillkommene Nase in unser kleines Geschäft steckt. Was er nicht weiß, schadet uns nicht, aber stell dir vor, wohin sein Interesse führen würde.«

Die Menschenfrau wimmerte. Schon wieder. Wirklich, sie wurde allzu ermüdend. Sie alle lebten ein so behütetes Leben, dass sie beim ersten Anzeichen von Gewalt zusammenbrachen. Die hier war vielleicht mit einem der Gefallenen verwandt. Oder auch nicht. Cuthah interessierte es nicht besonders. Sie war noch jung, und das bedeutete, dass Eilor sie mühelos gebrochen hatte. Außerdem hatte sie das köstlichste Schmerzempfinden.

Er sah zu, wie Eilor ihre Hand ergriff und ihr sanft den Unterarm verdrehte. Blut strömte über die bleiche Haut. »Wunderschön«, sagte Cuthah geistesabwesend. »Ein Jammer, dass ich euch jetzt wirklich verlassen muss. Und dass ich es heute so eilig habe. Vielleicht ein andermal? Nein?« Er kicherte, als sie zusammenzuckte, außerstande, die verräterische Geste zu unterdrücken.

Eilor drückte einen Kuss auf das rohe Fleisch.

»Nun, dann werden wir hier Schluss machen, und du kannst losziehen.« Eilors armes Schoßtier warf ihm zitternd einen dankbaren Blick zu in der irrigen Annahme, Cuthah würde sie *nach Hause* schicken. Als würde er das tun. Eilor hatte für seinen neuesten Schatz eine dauerhaftere Lösung im Sinn.

Auf der anderen Seite des Raums bebte Eilor förmlich. Der Abtrünnige betete seinen Peiniger an, was ihn kontrollierbar machte. Eilor verstand etwas von Bestrafung – nur zog er es vor, derjenige zu sein, der die Strafe *ausführte.* Eilors kleine Menschenfrau war ein Appetithäppchen. Eine Erinnerung an das, was er haben konnte, wenn er Cuthah zufriedenstellte.

»Bald«, sagte Eilor hungrig. Sein Blick war starr auf die bebende Gestalt des Mädchens gerichtet. »Bald habe ich die letzten Frauen von deiner Liste.«

»Sehr gut.« Mit einer sanften, schmerzhaften Berührung seiner langen Finger ergriff Cuthah das Handgelenk des Mädchens. Eilor verstand Gewalt und nur Gewalt, daher musste Cuthah seinen Standpunkt in Eilors Sprache verdeutlichen. Seine Zunge schnellte hervor und kostete das Blut, das seine Oberlippe benetzte.

Eilor beobachtete ihn neidisch.

Wenn Eilor die beiden letzten Frauen fand, würden sie für all diese Demütigungen zahlen.

»Vielleicht«, sagte Cuthah nachdenklich, und Eilor wusste bis ins Mark, dass der beiläufige Tonfall die reine Verstellung war, »solltest du, wenn du diese Frauen findest, eine von ihnen aufsparen. Bring sie hierher.«

Cuthah war fast all die Jahre ein Betrüger gewesen, und niemand, nicht einmal dieser selbstgerechte Michael, hatte diesen Verrat entdeckt.

»Schön«, sagte Eilor und verlieh seiner Stimme mit Bedacht einen Unterton von Verdrossenheit. Sollte Cuthah doch denken, dass er wütend war. Eingeschüchtert. Unterwürfig und grollend. Er war nicht so dumm, wie sein Herr anscheinend dachte.

Den nächsten Teil der Prozedur hatte er am liebsten. Sein Herr machte sich mit einer brutalen Wildheit, wie Eilor sie nie aufbringen konnte, über die Menschenfrau her. Sein Körper zerteilte sie wie ein Messer die Butter. Rau und schnell. Es war gewiss schnell, was Eilor nur bedauern konnte. Das Mädchen wimmerte zuerst und kreischte dann. Ein Mal. Viel schmutziger, als Eilor es gefiel, aber dann wiederum ging es wirklich um Cuthahs Vergnügen. Es ging darum, Eilor eine Lektion zu erteilen. Er wusste das. Er konnte entweder eine Frau wie diese haben, oder er konnte ihren Platz einnehmen. Die Regeln in Cuthahs Welt waren ziemlich simpel. Versagen oder Erfolg haben. Etwas dazwischen gab es nicht.

»Beide Frauen. Zwei Wochen«, sagte Cuthah und stieß sich von dem Leichnam ab. »Bring eine hierher.«

»Und die andere?«

»Töte sie. Es ist mir egal, welche. Sorge nur dafür, dass du mir tatsächlich eine bringst.« Sein Herr schritt zur Tür. »Und mach diese Schweinerei weg. Sofort. Sonst hast du die Dämonen am Hals.«

7

Also war er ein kaltherziger Bastard. Soll heißen, kaltherzig und selbstsüchtig. Brends trat vom Tisch weg, klappte sein Handy auf und tippte die vertrauten Zahlen ein. Er hatte das Gesicht auf Mischkas Video erkannt.

Mischkas entschwundene Cousine war Dathans neueste Bumspartnerin.

Die vertraute Stimme knurrte eine angespannte Begrüßung durch die Leitung.

»Ich brauche deine Hilfe«, fauchte Brends ins Telefon.

»Aber gern.« Der Mann am anderen Ende der Leitung zögerte nicht.

»Du hast eine Begleiterin. Einen Menschen.«

»Ja. Pell.« Dathans Tonfall verriet nichts, aber Brends' Wissen nach waren die beiden jetzt seit Monaten Freunde. Er hatte keine Ahnung, welches Spiel der andere Dämon spielte, aber es war jedenfalls schwer zu ergründen. Er hatte die Begierde gerochen, die der Mann verströmte, und er konnte nicht verstehen, warum Dathan bisher nichts deswegen unternommen hatte.

»Pells Cousine ist gerade hier aufgetaucht. Sie sucht nach ihr.«

»Weiß ich.« Befriedigung erfüllte Dathans Stimme. Anscheinend hatte Mischka mit ihrem kleinen Manöver Dathan direkt in die Hände gespielt.

»Du weißt, wo sie ist?«

»Hier bei mir.« Noch mehr Befriedigung. Maskuline Befriedigung. Ja, Dathan hatte Pell endlich genau da, wo er sie haben wollte. Keine unbefriedigte Lust mehr für diesen Dämon. »Gibt's ein Problem?«

»Nicht, wenn du deine Pell weit von M City entfernt hältst«, sagte Brends.

Eine kurze Pause, und dann fragte Dathan: »Magst du mir den Grund dafür sagen? Könnte mir meinen Job erleichtern. Sie ist sowieso schon durch den Wind, weil Mischka ihr auf den Fersen ist. Sie wird ohne großes Drängen weglaufen. Und ich sorge dafür, dass sie in die richtige Richtung läuft. Sie fühlt sich verfolgt.«

Das stimmte wahrscheinlich. »Bring sie weg von hier. Sag ihr, dass ihr Verdacht wahrscheinlich zutrifft, und bring sie aufs Land.«

»Geht klar.« Eine Pause. »Für wie lange?«

»Ich werde dir Bescheid geben, wenn die Luft wieder rein ist. Aber wahrscheinlich für einige Wochen.«

»Du weißt, wer ihrer Fährte folgt?«

»Ja. Eilor.« Er sagte dem anderen Mann die Wahrheit, denn er ging nicht davon aus, dass Pell für Dathan bloß eine x-beliebige menschliche Seele war. Nicht mehr. Da braute sich Ärger zusammen, Ärger, dem er sich später stellen würde. Teufel, er hatte sich noch nie zuvor darum Sorgen gemacht. »Du weißt doch von all den Menschenfrauen, die jemand in und um M City herum abgeschlachtet hat?« Als der andere unverständlich grunzte, sprach er weiter. »Das ist Eilor, und er hat noch eine erwischt. Außerdem hat er Hushai getötet.« Schnell ging er für Dathan die Details durch. »Ich schicke dir das Video, das wir haben. Wirf einen Blick darauf und sag mir, was du denkst.« Mit einem kurzen Piepton bestätigte sein Handy das Hochladen des Files auf eine sichere Seite.

Mehrere lange Augenblicke herrschte Schweigen in der Leitung, dann sagte Dathan: »Keiner von uns sollte einen solchen Mord begehen.«

»Es sei denn, er ist ein Abtrünniger.«

Die Worte hingen zwischen ihnen in der Luft. »Was bedeutet, dass ich den Killer schnell aufspüren muss. Bevor er einen Menschen zu viel tötet. Bevor er einen weiteren Bruder erwischt.«

»Verdammt!«, fluchte Dathan ärgerlich. »Warum jetzt, Brends? Warum nimmt er sich so lange menschliche Frauen vor und geht dann zu einem von unserer Art über? Er muss wissen, dass wir ihn aufs Korn nehmen. Die Abtrünnigen sind wahnsinnig, Brends, aber sie sind nicht dumm. Das ist sein Todesurteil. Er wird von Glück sagen können, wenn man ihn in die Reservate schickt.«

»Ja. Es bedeutet, dass wir zwei der Unseren verloren haben. Einen an die Klinge und einen an den Durst. Schaff Pell aus der Stadt!«

»Zu ihrem Schutz.«

»Das auch.«

Am anderen Ende der Leitung herrschte Schweigen, dann: »Stimmt. Gib mir eine Stunde. Höchstens zwei. Wir werden unterwegs sein, und du kannst tun, was du mit der Cousine geplant hast.«

Perfekt. Dathan würde Pell wegbringen. Diese Spur würde Mischka ablenken, würde ihre Motivation hochhalten. Und sie hätte bloß Brends, an den sie sich um Hilfe wenden konnte. Zuckerrohr oder Peitsche. Simpel. Sie würde wütend sein, wenn sie begriff, dass er sie manipuliert hatte. Aber sie würde bekommen, was sie wollte.

Und er würde bekommen, was er wollte. Einen sauberen Schuss auf den Killer. Es wäre einfacher, sie davon zu überzeugen, ihm zu helfen, aber er würde gründlich vorsorgen. Nur für den Fall des Falles.

Denn er bekam immer, was er wollte.

Immer.

Und er wollte Mischka Baran.

Verschwinde aus der Stadt oder stell dich einem mordlustigen Wahnsinnigen.

Keine schwierige Entscheidung für Pell.

Überreste aus der Sowjetzeit zierten noch immer die Stadt, halb vergraben unter den Ruinen der zu hohen Wohnhäuser, die eine zu schnell wachsende menschliche Bevölkerung beherbergen sollten. Auf verfallenden Kirchen mit Kuppeln, deren Anstrich zu einem bloßen Echo von Farbe verblasst war, ragten alternde Türmchen in das beinah ewige Zwielicht des Himmels. Einige kühnere Architekten hatten hohe Gebäude aus Stahl und Glas errichtet, Gebäude, die sich über diese kleineren, massigeren Überreste der Vergangenheit erhoben. Greifbare Erinnerungen, sagte sie sich, dass die Menschen aufgestiegen waren – und die Paranormalen abgestiegen. Als die Paranormalen das erste Mal an die Öffentlichkeit gegangen waren, hatten die Zeitungen gemeldet, dass einer der Gründe, warum sie so lange im Verborgenen hatten bleiben können, das gewaltige unterirdische Netzwerk der Metrotunnel sei.

Fast zwei Jahrzehnte lang hatten die Menschen sich geweigert, die neu entdeckten Paranormalen als gleichberechtigt zu akzeptieren. Einige Paranormale hatten sich weiterhin unter der Erde versteckt, die Tunnel bewohnt und waren zu den gefürchteten Wesen geworden, die in der Nacht auftauchten. Andere, wie die Dämonen, hatten sich darangemacht, die Werkzeuge der Macht zu erwerben. Geld. Beziehungen. Immobilien. Jetzt gehörte die Stadt *ihnen*, und Menschen kamen zu ihnen.

Während der Großen Kriege des 21. Jahrhunderts hatten die Paranormalen ihre menschlichen Nachbarn beobachtet, sich aber nicht eingemischt. Kluge Bastarde. Ein großer Teil des Landes zwischen M City und Petersburg war zerstört worden. Dort lebten immer noch Menschen, immer noch versteckten sich Paranormale auf ihren Landsitzen, aber der größte Teil dieses Gebiets war jetzt ein wildes Niemandsland. Wenn man nicht mit natürlichen oder mechanischen Mitteln daran vorbeifliegen konnte, sah man zu, dass man diesen nicht ganz leeren Raum so schnell wie möglich hinter sich brachte. Oder man starb dort draußen. Niemand – ob Mensch oder Paranormaler –, der dort draußen lebte, war zivilisiert. Und die meisten waren kaum noch bei Verstand. Schlimmer waren die paar Flecken völligen Ödlands, wo eine der Nuklearfabriken, mit denen die Sowjets experimentiert hatten, ihre schützenden Mauern durchbrochen und eine tödliche Ladung toxischer Stoffe in die Landschaft freigesetzt hatte. Den Gerüchten zufolge benutzten die Dämonen diese Orte als eine Art Reservat für ihre Abtrünnigen.

Nein, die Stadt zu verlassen, war kein Thema. Das Thema war ihr Reisegefährte.

Pell beäugte den Dämon, der neben ihr auf und ab ging. Dathan war groß genug. Stark genug. Und er hatte absolut klargemacht, dass er sie wollte. Dass er jede Gelegenheit nutzen würde, die sie ihm gab, sie zum Sex zu überreden. Aber er hörte auf, wenn sie Stopp sagte.

Ein Teil ihrer selbst wünschte, sie könnte es sich leisten, Ja zu sagen.

Er beugte den dunklen Kopf zu ihr herab. Er war zu herb, zu dunkel, um auf klassische Weise gut auszusehen, aber sein Gesicht zog sie an. Und sein Körper? Nun, es war ihr gelungen, nicht mit den Händen über diesen ganzen großen, muskulösen Leib zu streichen.

Mit knapper Not.

»Du willst weglaufen, Pell«, schmeichelte er mit leiser Stimme.

Nein, in Wahrheit wollte sie mit ihm ins Bett gehen und mindestens eine Woche lang dort bleiben. Aber sie wollte auch nicht sterben. Was bedeutete, dass sie vor dem, was – oder wer – ihr auch immer auf den Fersen war, davonlaufen musste. Die Furcht, die sie durchfuhr, war ein vertrauter, bebender Nervenkitzel. »Wohin gehen wir?«, flüsterte sie.

»Weg von hier.« Die Augen ihres Gefährten verdunkelten sich, glühten beinahe in der fast vollkommenen Dunkelheit. »Wir werden aufs Land gehen.«

Direkt ins Herz des Dämonenterritoriums.

»Und dort droht mir keine Gefahr?« Sie legte den Kopf in den Nacken und sah zu ihrem Gefährten auf.

»Ich werde dich beschützen. Aber ich erwarte eine Gegenleistung.« Seine Stimme, seltsam förmlich, rollte aus der Dunkelheit heran.

So viel zum Thema Freundschaft. »Ich soll dich bezahlen?«

»Nein, Pell«, sagte er, und seine Stimme war tief und belegt vor Begierde. »Ich will, dass du mir vertraust. Und ich will, dass du mir deine Seele gibst.«

8

Mischka Barans Wohnung war eine Überraschung.

Eine sehr interessante Überraschung.

Ihr Wohnviertel war genau das, was Brends erwartet hatte – eine Handvoll menschlicher Verweigerer, die im Gegensatz zu den meisten ihrer Art nicht in die Vorstädte gezogen waren. Einige ihrer Art taten noch immer lieber so, als habe sich nichts verändert.

Mit viel Einschüchterung und ein wenig Bargeld war es ziemlich einfach, den Hausmeister dazu zu bewegen, ihn in Mischkas Wohnung zu lassen. Die Dämonen mischten sich häufiger in menschliche Angelegenheiten ein, als sie zugaben. Einige geschmierte Hände hier, ein wenig Computer-Voodoo dort, und sie bekamen, was sie brauchten. Mischka Barans Wohnung lag in einem Dinosaurier von einem Gebäude. Sie hatte dieses Flair von alternder Witwe, der die feine Lebensart abhandengekommen war. Er hätte gewettet, dass die Heizungskosten horrend waren und es nur hin und wieder heißes Wasser gab. Also, was hatte sie hierhergezogen? Er hatte bereits ihr Bankkonto gehackt. Mischka Baran kam gut über die Runden und hätte in einem der neueren, modernen Hochhäuser leben können. Doch sie hatte es vorgezogen, hier zu wohnen.

Als sie durch die Tür traten, korrigierte er seine Einschätzung.

Geschmackvoll. Elegant. Und unerwartet sinnlich.

Ihre Wohnung erstreckte sich über ein ganzes Stockwerk des antiquierten Gebäudes und war die Art von Wohnung, die man eher erbte als kaufte. Vielleicht stammte sie aus altem Geldadel, dachte er, obwohl menschliche Definitionen von *alt* nach seinen Maßstäben immer noch kindisch jung waren. Er nahm sich vor, ihre Ahnenreihe zu überprüfen.

Eine Reihe Fenster zeigte kühn auf den Fluss hinaus. Zwei Stunden noch bis zur richtigen Dämmerung, aber schon jetzt war das Licht zu einem weichen Grau verblasst. M City lebte in einem fast ständigen Zwielicht, aber zu dieser Zeit des Jahres war das Wasser noch grauer und stumpfer als gewöhnlich. Der Frühling nahte, aber die Luft hatte sich noch nicht aufgewärmt, und M City war nach wie vor eine kalte, feindselige Landschaft, wo man auch hinschaute. Sie würden noch mindestens einen weiteren Monat erfrorene Trinker aus dem Fluss fischen. Doch von hier oben sah man diese unangenehmen kleinen Details nicht.

Von hier oben war M City geradezu hübsch. Man konnte nicht einmal den Club erkennen.

Zuerst konnten seine Jungs nicht viel entdecken. Drei Minuten bestätigten, dass Mischka genauso ordentlich, genauso diszipliniert war, wie er vermutet hatte. Da war kein schmutziges Geschirr in der Spüle, und selbst die Gewürzsoßen im Kühlschrank waren methodisch in sauberen Reihen angeordnet. Er gab sich nicht die Mühe nachzuschauen, aber er hätte gewettet, dass keine von ihnen das Haltbarkeitsdatum überschritten hatte.

»Hier gibt es nicht viel zu sehen«, beklagte sich Nael. Angesichts der beruhigenden weißen Töne der Wohnung musste Brends ihm im Geiste recht geben. Doch während er suchte, begriff er, dass der cremefarbene Stoff ein sinnliches Festmahl war, das für alle Augen sichtbar versteckt war. Üppig. Jedes Kissen auf dem allzu weißen Sofa war aus einem anderen weichen Stoff gefertigt. Sie saß auf Kaschmir und Samt, umringt von sinnlichem Luxus, getarnt von raumgestalterischer Eleganz. Es gab keine Haustiere. Nur eine geschmackvolle Handvoll Fotos in Silberrahmen. Sie selbst. Ein älteres Paar. Die verdammte Cousine, die der Grund für diesen ganzen Schlamassel war. Aber hier entdeckte er Dinge, die dazu führten, dass sich seine Eingeweide erwartungsvoll verkrampften.

Er glaubte nicht, dass Mischka Baran in Betrügereien verstrickt war, aber er wollte eine Bestätigung dafür. Wichtiger noch, ihm wäre jeder Schmutz recht – und er würde ihn benutzen –, den er über sie ausgraben konnte. Elektronische Dateien, die er an diesem Morgen gehackt hatte, hatten lediglich eine anständige Summe Geldes, die sie auf einem sicheren Sparkonto liegen hatte, offenbart, außerdem pünktlich bezahlte Rechnungen und einen guten Vorrat an Büchern. Langweilige, gut besprochene, gut aufgenommene Titel.

Nichts, was sich für eine Erpressung geeignet hätte.

Nichts, das ihm einen Hinweis auf die wahren Farben seiner Eisprinzessin gab. Er wusste nur, dass dieses friedliche Weiß und diese Cremefarbe trügerisch waren. Die Eisprinzessin hatte Tiefen, die auszuloten er jede Absicht hatte.

Während Jorah sich Regal für Regal durch das Wohnzimmer arbeitete, machte Nael sich über den Wandschrank im Flur her. Der Dämon gab einen beständigen Kommentar über den wenig aufregenden Inhalt besagten Schrankes ab, bis Brends ihm schließlich sagte, er solle verdammt noch mal den Mund halten. Sie hatten ihre Alarmanlage außer Kraft gesetzt, aber es war unsinnig, Aufmerksamkeit auf das zu lenken, was sie taten.

Liebe Güte, sie hatte wahrscheinlich nette, normale menschliche Nachbarn, von denen einige selbst zu dieser Tageszeit wahrscheinlich zu Hause waren.

Im Badezimmer gab es eine Sammlung von Schaumbädern,

die ihn interessierte, aber jetzt war nicht die Zeit, Fantasien nachzuhängen. Stattdessen zwang er sich, die Schubladen zu untersuchen und dann deren Unterseiten. Er zog eine nach der anderen heraus. Nichts.

Am Ende übernahm er das Schlafzimmer. Er wollte die Jungs nicht dort drin haben. Sie hatte einen Schrank voller Kleider wie das Jersey-Teil, das sie in dieser ersten Nacht im G2 getragen hatte. Alle Schuhe standen sauber in Reih und Glied in Schuhregalen. Kein Gegenstand war nicht an seinem Platz. Verdammt, lebte sie tatsächlich hier? Sie war der feuchte Traum eines Maklers; die Wohnung war perfekt, wie aus dem Bilderbuch, und wartete nur auf eine Begehung. Als er zu den Wäscheschubladen in ihrer Kommode kam, entdeckte er jedoch endlich ihr erstes Laster. Schlicht, kühn und teuer glitten die exquisiten Stoffe durch seine Finger. Nicht ein weißer BH in dem ganzen Schrank. Selbst der blasseste BH war aus köstlicher, pfirsichfarbener Seide. Unter all den Sachen lag die Waffe, mit der sie ihn bedroht hatte, eine Gebrauchsanweisung und die verdammte Quittung. Er wusste nicht, ob er sich besser oder schlechter fühlen sollte, dass sie unbewaffnet zur Arbeit ging – oder dass sie es anscheinend erwogen hatte, die Waffe zurückzugeben und ihm praktisch im selben Atemzug den Kopf wegzupusten.

Jorah kam an der Tür vorbeigeschlendert, einen Laptop in den Händen. »Sollen wir eine Kopie der Festplatte machen?«

»Ja.« Die würde er sich später ansehen.

»Wir könnten ihr ein kleines Geschenk hinterlassen, damit sie weiß, dass wir hier waren.«

»Nicht!«, befahl er. Nein. Mischka Baran hatte den Test bestanden. Er glaubte nicht, dass sie persönlich etwas mit diesen Morden zu tun hatte, abgesehen davon, dass sie das Pech gehabt hatte, die Aufmerksamkeit eines Killers auf sich zu lenken.

Damit blieb ihm als einzige Möglichkeit, damit sie zu ihm kam, die Erpressung.

Ihr sinnlicher Duft nach Zimt und Sahne lag über dem ganzen verdammten Raum. Man konnte ihm unmöglich entrinnen, und bei jedem Atemzug erhielt sein Schwanz eine instinktive Erinnerung an die Frau. Sie führte kein Tagebuch, aber das hatte er auch nicht erwartet. Es gab eine Sammlung von Klebezetteln, die jedem durchschnittlichen Büro Ehre gemacht hätte, aber wiederum nichts Belastendes. Oder auch nur entfernt Peinliches, es sei denn, es war heutzutage ein Verbrechen, übermenschlich gut organisiert zu sein.

In dem Nachttisch neben dem cremefarbenen Bett stieß er endlich auf eine Goldader. Keine Kondome. Kein Gleitmittel. Mischka Baran schlief entweder allein, ging ungeheuerliche Risiken ein oder erwartete, dass ihre Begleiter selbst mitbrachten, was sie benötigten. Sie hatte sich jedoch nicht einmal die Mühe gemacht, die Bücher zu verstecken. In dem Stapel zerlesener Taschenbücher steckte einiges an ziemlich esoterischer viktorianischer Erotik, das man in der Abteilung für Sammlerstücke finden würde. Wenn man Glück hatte. Und nur wenn man wusste, wonach man suchen musste. Er lächelte teuflisch. Wie überaus interessant.

Er schlug das erste Buch auf und blätterte in den Seiten, bis er eine unanständige Fantasie über Unterwerfung und Beherrschung fand. Schnell steckte er sich das Buch, mit einem besonders anstößigen Fetzen Seidenunterwäsche als Lesezeichen, in die Tasche. Er würde es ihr zurückgeben, und sie würde wissen, dass er in ihrem Schlafzimmer gewesen war. Dass er wusste, was sie gelesen hatte. Und sie würde die Einladung als das erkennen, was sie war.

Eilor beobachtete, wie das Dämonenteam Mischka Barans Wohnung verließ. Blöde Schlampe.

Sie hatte *sie* gewählt.

Vielleicht sollte er etwas abwarten, bevor er sie tötete. Er hatte bei ihrer ersten Begegnung gezögert. Es war nicht genug Zeit gewesen, die Klinge zu säubern, mit der er sie hatte ausweiden wollen. Außerdem wollte er den Mord nicht überstürzen, wollte den Tod genießen. Tatsächlich, warum sich jetzt beeilen? Er hatte ihre Witterung aufgenommen, und er hatte bisher noch nie eine Spur verloren. Wie viel besser wäre es, wenn er sie töten konnte und mit ihr den Dämon, wer immer er war, den sie um ihren bösen kleinen Finger gewickelt hatte?

Zwei zum Preis von einem. Das gefiel ihm.

Ja, er und dieser Brends Duranov würden zweifelsohne ein mitternächtliches Treffen haben. Er müsste die beiden nur allein erwischen. Besser noch, er konnte das Mädchen dazu benutzen, den Mann anzulocken. Schließlich hatte es bei Hushai auch wunderbar funktioniert.

Langsam faltete er die gewaltigen Flügel, bis sie in der schwarzen Tätowierung verschwanden, die sich über seinen Rücken zog. Man hatte ihm seine Flügel zurückgegeben, damit er seine Rolle in Cuthahs großem Werk spielen konnte.

Er durfte nicht scheitern. Er würde nicht scheitern.

Brends Duranov brauchte einen gründlichen Ego-Check. Oder sie musste ihm die Bedeutung des Wörtchens *Nein* noch einmal ganz langsam erklären. Offensichtlich hatte er Mischkas Worte am vergangenen Abend dahingehend interpretiert, dass sie bedeuteten: »Versuch's später noch mal.«

Erster Hinweis hätte der teure Stadtwagen sein sollen, der geschmeidig vor dem Teesalon stoppte, in dem sie arbeitete. Für gewöhnlich bestand ihre Kundschaft aus ausländischen

Touristen, die mit Bussen kamen. Der elegante Wagen war hier ebenso fehl am Platz, wie sie es am vergangenen Abend im G2 gewesen war.

Nichtsdestoweniger kam der Wagen vor ihrem Salon zum Stehen; der Fahrer war anscheinend genauso arrogant wie sein Arbeitgeber, da er unbekümmert im Parkverbot hielt. Mischkas Augen wurden schmal, als Brends ausstieg, flankiert von zwei Bodyguards.

Verdammt. Fluchen war ein gutes Gefühl, daher tat sie es noch einmal. Laut. Das Paar, das den Teesalon verließ, musterte sie und beschleunigte seinen Schritt. Offensichtlich würden sie nicht wiederkommen.

Sie brachte es nicht fertig, sich darum Sorgen zu machen.

Sie schlug das Reservierungsbuch zu. Oh nein, das tat er nicht.

Sie schaute mit so viel Nonchalance auf, wie sie heucheln konnte, und musterte ihn, wie er durch die Tür stolziert kam, als gehöre ihm das Lokal. Genauso massig, wie sie ihn in Erinnerung hatte. Genauso glühend heiß. Seine breiten Schultern strapazierten die Nähte eines verblichenen schwarzen T-Shirts, während er sich mit katzenhafter Anmut in seinem langen ledernen Staubmantel bewegte. Sein dunkles Haar streifte den Kragen und schwang frei in einem schwarzen Vorhang, der zu sagen schien: *Komm und nimm mich!* und in ihr den Wunsch weckte, seinen Kopf zu packen und für einen Kuss stillzuhalten.

Der kleinen Welle hitziger, geflüsterter Worte nach zu urteilen, die sie hinter sich hörte, waren noch mehrere andere Frauen im Raum genauso daran interessiert, ihr Mal auf Brends Duranov zu hinterlassen. Noch eine Minute, und er würde sich nicht mehr retten können.

Sie teilte nicht.

Und er war nicht der Mann, der sich mit einer einzigen Frau zufriedengab.

»Ich habe gestern Abend gesagt, was ich zu sagen hatte«, stellte sie fest. Er kam noch einen Schritt auf sie zu, und sie hob abwehrend die Hand. »Also: Rückzug, großer Junge.«

Er blieb aber nicht stehen, daher kam sie um die Theke herum und hoffte, dass das Möbelstück ausreichen würde, ihn auf Distanz zu halten. Für den Augenblick.

Er legte beide Hände auf das glatte Holz, und sein Blick bohrte sich in ihre Augen. »Nichts, Liebling«, sagte er mit der leisen, sexy Stimme, die sie an Schlafzimmer denken ließ, »wird mich fernhalten. Das verspreche ich dir, *Dushka,* und ich halte meine Versprechen immer.«

Seine Augen flackerten und erinnerten sie daran, dass er nicht menschlich war, selbst wenn er männlich war. Er kämpfte gegen irgendetwas, gegen irgendetwas in ihm, das herauswollte. Sie wusste nicht so recht, ob sie in der Nähe sein wollte, wenn es herauskam – was auch immer es war.

»Bravo!«, sagte sie. »Betrachte deine Verpflichtungen hiermit als erledigt.« Sie deutete mit ihrer schlanken Hand ungeduldig auf den Ausgang. »Die Tür wartet.«

»Ich soll also gehen.«

»Wir begreifen wirklich schnell heute Abend.« Sie verdrehte die Augen. »Allerdings. Gehen Sie. Ich hatte ein klein wenig Zeit für mich, zum Nachdenken, und bevor Sie auf der Bildfläche erschienen sind. Ich hatte keine Angst um meine unsterbliche Seele. Mein vorheriges Angebot steht. Verpiss dich! Ich werde Pell ganz allein finden.«

»Gerade im Augenblick möchte ich einen Tee.«

Machte er Witze? Aus dem Augenwinkel erspähte sie ihren Chef, der auf sie zukam. Zeit, den Abgang des Wunderknaben zu beschleunigen. »Nein, möchten Sie nicht.«

»Weis mir einen Platz zu«, wiederholte er, »und wir werden darüber sprechen, was ich heute Nacht will.«

»Nein.« Das täte sie nicht.

Anscheinend hatte das, was in den Stunden seither geschehen war, ihn auch nicht in eine liebenswürdigere Stimmung versetzt. »Nein«, knurrte er aus tiefster Brust, während er ihr den Ausgang versperrte. Mehr als zwei Meter harte, heiße Männlichkeit stand zwischen ihr und dem Weg nach draußen.

Wenn sie die Wochen seit Pells Verschwinden nicht damit verbracht hätte, sich um ihre Cousine zu sorgen, hätte sie vielleicht in Betracht gezogen, die Möglichkeiten zu erkunden. Pech für Brends. Es war sein Verlust, soweit es sie betraf.

»Ich muss mit dir reden«, sagte er und versuchte offensichtlich, vernünftig zu klingen. Er lehnte sich gegen die Tür, sodass es ihr absolut unmöglich war, ohne sein Einverständnis irgendwohin zu gehen.

»Sie haben geredet. Ich habe zugehört. Und dann wollten Sie mich kaufen, mit Haut und Haaren«, zischte sie. Warum hatte sie sich zuvor zurückgehalten? Es tat so *gut,* ihm zu sagen, was genau sie empfand. Und schließlich war es seine Schuld. Zum Teufel mit Reife! Ein glühend heißer Kuss in seinem Club, und er glaubte, er könne nach Belieben mit ihr umspringen?

»Er sucht dich«, sagte er kryptisch.

»Wer?«, fragte sie.

»Der Abtrünnige«, antwortete er. »Eilor. Der Verantwortliche für die Leichen, die du gefunden hast. Ming John. Mein Bruder Hushai.«

Ihr Boss erreichte die Theke, und sie überlegte, welche Vorteile eine Kündigung hätte. Auf der Stelle. Ihr Chef erkannte Brends nicht nur, er ließ sich sogar zu einem Ausmaß an Unterwürfigkeit herab, das sie nicht für möglich gehalten hätte.

»Mr Duranov.« Der Manager strahlte. »Es ist mir eine Ehre.

Wir haben einen wunderbaren Tisch gleich vorn am Fenster. Kommen Sie, Sie können sofort dort Platz nehmen. Falls Ms Baran …« Er hielt inne, weil er offensichtlich nicht genau wusste, was zwischen ihnen beiden los war.

Brends, der Bastard, warf glatt ein: »Ich möchte, dass Ms Baran sich zu mir setzt.«

Glücklich, das Beziehungsdilemma so leicht gelöst zu haben, beförderte der Chef sie zu dem Tisch und überließ Mischka ihrem Schicksal.

Es ging um Bleiben oder Gehen – und sie war nicht naiv. Wenn sie ging, würden sie und ihr Chef einen sehr unangenehmen Plausch haben. Allerdings konnte ihr Bankkonto die plötzliche Arbeitslosigkeit verkraften. Warum also ging sie nicht sofort zur Tür hinaus?

Weil du ihn interessant findest, rief ihr die kleine, verräterische Stimme ins Gedächtnis zurück. *Oh, und du willst es wirklich, wirklich gern mit ihm treiben.*

»Setz dich, Mischka.« Brends klopfte auf den Stuhl neben ihm, und ihr missfiel sofort der Ausdruck auf seinem Gesicht. Oh, er hatte bei ihrem Boss seinen Willen durchgesetzt, und jetzt … nun, jetzt glaubte er tatsächlich, er hätte etwas mit ihr. Sie konnte es ihm vom Gesicht ablesen.

»Ich habe Ihnen gestern Nacht meine Antwort gegeben, Mr Duranov.«

Er schüttelte den Kopf. »Brends«, sagte er. »Das haben wir gestern geklärt.«

»Bloß, weil Sie mich letzte Nacht begrapscht haben, bedeutet das noch lange nicht, dass wir uns jetzt beim Vornamen nennen.« Verdammt. Hatte der Kellner das gehört? Sein knallrotes Gesicht führte sie zu der offensichtlichen Schlussfolgerung, dass er es gehört hatte. Eine Kündigung erschien immer sinnvoller.

»Ich muss dich von hier wegbringen. Bevor Eilor auftaucht. Du glaubst, der Club und das, was Ming John zugestoßen ist, war schlimm?« Eine harte Schulter zuckte nach oben. »Nichts im Vergleich zu dem, was geschehen wird, wenn er dich jetzt in die Hände bekommt.«

»Hmmm. Genau.« Sie sah zu ihm auf. »Es war ein langer Tag, Brends – ein sehr, sehr langer Tag. Ich habe in zwanzig Minuten Schluss, und ich werde nach Hause gehen. Ihr mörderischer Abtrünniger hat keine Ahnung, wer ich bin, und keinen Grund, etwas von mir zu wollen.«

»Dort bist du nicht sicher. Nicht mehr lange.«

Sie schloss erschöpft die Augen und öffnete sie dann wieder. »Ich habe heute Abend kein Interesse an Ihren Spielchen.«

»Schätzchen«, sagte er, und seine Hand glitt über ihren Arm und umfasste ihr Handgelenk besitzergreifend, »du musst mir zuhören.«

Als er sich zu ihr vorbeugte, stockte ihr angesichts des dunklen Versprechens in seinen Augen der Atem. Er setzte vorsätzlich seinen größeren, härteren Körper gegen sie ein und drängte sie rückwärts vom Tisch weg, bis sich ihr die harte Kante des Stuhls durch die dünne Wolle ihres Rocks in die Schenkel schnitt. »Das ist kein Spiel«, warnte er. »Ming Johns Killer, Pells Stalker.« Brends deutete auf die Fenster, um seine Worte zu unterstreichen. »Er hat dich beobachtet.«

»Das können Sie nicht mit Bestimmtheit wissen«, bemerkte sie, obwohl sie spürte, wie ihr das Blut in den Ohren rauschte.

»Doch, ich weiß es.« Brends stützte einen Unterarm auf den weiß gedeckten Tisch und blickte zu ihr herüber, und in seinen Augen brannte Feuer. »Wir haben eine Aufzeichnung der Morde in der Gasse. Eilor hat einen Videoplayer mit deinem Bild.«

Das war unmöglich. Sichtlich ungeduldig las Brends ihr den

unausgesprochenen Unglauben vom Gesicht ab. »Wenn du hier sitzen«, fuhr er fort, »und darauf warten willst, dass er dich erwischt, ist das eine gefährliche Entscheidung. Du weißt es. Ich weiß es. Ich kann dich beschützen.«

»Für einen Preis.« Einen Preis, den sie nicht zahlen würde, das hatte sie ihm absolut klargemacht.

Er zuckte die Achseln. »Nichts auf dieser Welt ist kostenlos, *Dushka.* Hör auf, mich hinzuhalten, und ich fange an, dir zu helfen.«

»Hatte er auch Pells Foto?« Allein bei der Erinnerung an die Szene in der Gasse hatte Mischka alle Mühe, ihren Morgen-Bagel im Magen zu behalten und ihn nicht über den Fußboden zu verteilen.

»Ja«, sagte er, lehnte sich zurück und verschränkte die massigen Arme vor der Brust. »Also, was willst du tun?«

Was konnte sie tun? Brends war ein Furcht einflößender Bastard, und er war nicht einmal *menschlich.* Sie traute ihm nicht. Oder ihrer Libido. Er war zu sehr ans Befehlen gewöhnt – und daran, dass andere seine Befehle befolgten. Wenn sie ihm nachgab, wie viel an Unabhängigkeit bliebe ihr dann noch?

»Sie suchen diesen Killer, wenn Sie ihn wollen. Ich will nur Pell«, sagte sie schließlich.

»Wir finden sie, und wir finden den Killer. Und vertrau mir, Schätzchen, ich werde sie finden.«

»Rechtzeitig? Und unversehrt?«

»Wenn du mir hilfst.« Seine Augen versprachen, dass sie wesentlich mehr tun würde als helfen. »Verbinde dich mit mir, und ich werde dir helfen. Ich werde dich beschützen.«

»Ich brauche keinen Beschützer.«

»Doch, brauchst du. Deine Pell ist auf dem Weg hinaus aus der Stadt. Ich gebe dir diese eine Information kostenlos. Du würdest außerhalb von M City keinen Tag überstehen, und es wäre unverantwortlich von mir, es dich versuchen zu lassen.« Er bedachte sie mit einem langsamen, heißen Lächeln.

Er beugte sich vor, strich mit der Hand durch ihr Haar und hielt ihren Kopf still für seinen Kuss.

Trotz der sichtlichen Anspannung, die in seinem Körper heftig pulsierte, war der Kuss sanft. Seine Lippen legten sich auf ihre. Verweilten dort. Warteten. Verlangten stumm Zutritt.

»Lass mich herein, *Dushka«*, knurrte er, als sie zögerte. Sein Daumen zeichnete den weichen Saum ihrer Lippen nach, und sie öffnete sich unter seiner Berührung, und die Spitze ihrer Zunge schnellte hervor, um ihn zu lecken. Er verkniff sich einen Fluch, seine Atmung wurde rauer, als er einen Arm um sie schlang und sie an seinen erhitzten Leib drückte.

»Schließ ein Bündnis mit mir.«

»Ein Bündnis?«, keuchte sie. Ihr Körper verriet sie, denn er schmolz in einem Willkommen dahin.

Er schob sanft das Knie zwischen ihre Oberschenkel. Drängte sie, sie zu spreizen.

»Schließ ein Bündnis mit mir«, versprach er, »und ich werde dich beschützen.« Sein Blick bohrte sich in ihre Augen. »Warum nicht nehmen, was du willst, Baby?«

»Weil«, sagte sie leicht verzweifelt, während sie Raum zwischen sich und ihn brachte und nach den richtigen Worten suchte. Sie hätte es nicht nötig haben sollen, ihn davon zu überzeugen, dass sie recht hatte. Weil sie recht *hatte.* Man lief einfach nicht herum und nahm sich das Vergnügen. Nicht so wie er. Und nicht einmal dann – dieser geheime Teil von ihr gestand es ein –, wenn man es wirklich wollte. Einen gefallenen Engel davon zu überzeugen, sich zu benehmen, war eine Sisyphosarbeit. »Weil man das nicht macht, Brends. Es ist nicht richtig.«

»Warum nicht?«, wiederholte er. Als er sie diesmal ansah, nahmen seine Augen eine Farbe von geschmolzenem Gold an, die dicke, reiche Farbe von Sex. »Ein wenig Vergnügen wird niemandem schaden. Warum also es dir verwehren, wenn du es willst?« *Mich willst* hing zwischen ihnen in der Luft.

»Ich habe Verpflichtungen.« Pelinor war irgendwo dort draußen, und Mischka konnte sich keine Ablenkungen leisten. »Ich muss meine Cousine finden, Brends.«

Er schüttelte den Kopf. »Sie ist ein großes Mädchen. Warum solltest du nach ihr suchen müssen? Vielleicht will sie gar nicht gefunden werden. Vielleicht hat sie beschlossen, selbst ein wenig Vergnügen zu entdecken.« *Im Gegensatz zu dir.* Sie hörte die Worte, auch wenn er sie nicht aussprach. Der Mann, der sich neben ihr lümmelte, war der Inbegriff sinnlicher Dekadenz. Und doch wusste sie, dass er schneller eine Waffe ziehen konnte als jedes Mitglied der MVA. Er würde auch nicht zögern, sie zu gebrauchen.

Aber sie musste diese Hände betrachten und sich fragen, wie sie sich anfühlen würden, wenn sie über ihren Arm strichen. Wenn sie einen erotischen Pfad von der nackten Haut ihres Unterarms den Knochen entlang zu intimeren, versteckten Orten zeichneten.

»Du willst es«, erklärte er selbstbewusst. »Du bist es leid, unwissend durchs Leben zu gehen.«

»Was weiß ich nicht?« Sie war eine Frau. Sie hatte Fantasien. Sie war stark genug, diszipliniert genug, diese Fantasien auf ihren Geist zu beschränken, wo sie hingehörten. Sie würde sie *nicht* mit diesem gefallenen Engel teilen. Außerdem hatte er, seit er gefallen war, offensichtlich Fehler gemacht. Falsche Entscheidungen getroffen.

Sie beging solche Fehler nicht.

Niemals.

Und dennoch konnte sie nicht aufhören, an die Fantasien zu denken. An *ihn* zu denken.

»Du bist ein braves Mädchen«, sagte er, und bei diesen tiefen, heißen, gedehnten Worten musste sie ans Schlafzimmer denken, verdammt sollte er sein! »Du bist wahrscheinlich immer ein braves Mädchen gewesen – aber du willst unartig sein, Mischka. Du willst herausfinden, wie es ist, selbst wenn dein Wunsch, Pell zu retten, noch stärker ist. Was, wenn es eine Möglichkeit gäbe, wie du dir beide Wünsche erfüllen könntest?«

Sie schüttelte energisch den Kopf. »Nein!«

»Nein, du bist im Herzen kein unartiges Mädchen, oder nein, es ist dir inzwischen gleichgültig, was mit deiner Cousine passiert?«

Er musste fragen? Offensichtlich hatte der Engelssturz ihn jeglichen Gefühls für Ehre und moralischen Anstand beraubt. Wie sie ihn so anschaute, sah sie einhundert Prozent unartigen Jungen, ganz heiß, sexy und hart.

»Für Pell da zu sein, ist das Rechte.«

»Stimmt.« Er nickte weise. »Und du tust immer, was recht ist. Braves Mädchen.«

»Ja.« Er musste sie nicht so zimperlich klingen lassen. Das Rechte zu tun, war, nun, *recht.* Sie hätte es nicht nötig haben sollen, solche Entscheidungen zu rechtfertigen. Nicht vor seinesgleichen. *Er* dagegen schwelgte offensichtlich in seinen falschen Entscheidungen.

»Weil sie deine Cousine ist«, vermutete er.

»Sie gehört zur Familie.«

»Und die Familie kümmert sich um ihre Schäfchen.« Die dunklen Augen betrachteten sie forschend. »Es ist ein hübsches Gefühl, Baby. Sehr *richtig.* Ich bin mir sicher, dass du es befriedigend findest.« Sein Tonfall ließ einige Zweifel durchhören.

»Das Rechte zu tun? Ja. Das werde ich.« Sie würde ihre Zweifel nicht durchscheinen lassen. »Irgendjemand muss auf Pelinor aufpassen, muss dafür sorgen, dass ihr nichts geschieht.«

»Und du hast dich selbst erwählt. Ich persönlich würde es ihr überlassen, ihre eigenen Entscheidungen zu treffen. Ihre eigenen Fehler zu begehen. Aber Skrupellosigkeit ist eine Eigenschaft, die dir fehlt, *Dushka.*« Bei ihm klang es wie ein Charakterfehler. »Du müsstest mal aus deinem makellosen Elfenbeinturm herauskommen und *skrupellos* sein.«

»Sie glauben nicht, dass ich gemein sein kann?« Sie konnte es, oder etwa nicht?

Auf der anderen Seite des Raums drehte eine Frau den Kopf, sichtlich fasziniert von Brends Duranov. Mischka kämpfte gegen einen unerwarteten Drang, die Krallen gegen sie auszufahren.

»Nein, *Dushka,* unmöglich. Du magst es gern schön ordentlich. Den Regeln folgen, das tust du. Du tust anderen nicht weh. Du wirfst sie nicht weg, wenn sie zu einer Belastung werden, wenn sie dir nicht helfen können, dort hinzukommen, wo du hinmusst.«

»Das würde Ihnen gefallen. Ein weiteres Stück menschlichen Futters für Ihre Dämonenfreunde.« Ihr gefiel der bittere Tonfall in ihrer Stimme nicht. Sie tat gern das Rechte. Nicht wahr?

»Nein. Nicht besonders.« Er lächelte, ein finsteres, bösartiges Lächeln, und sie war zu klug, um ihm zu trauen. »Aber wir haben meine Vorlieben bereits aufgelistet. Ich mache gern Fehler. Oder« – er zuckte die Achseln – »ich bin glücklich, mich mit schlichter und einfacher Sünde zu begnügen. Hast du jedoch einmal darüber nachgedacht, dass du dir eine wertvolle Gelegenheit entgehen lässt?«

Sie kämpfte gegen den Drang, ihn zu schlagen. Denn ihn zu schlagen, wäre ein Fehler. Dann würde er wissen, dass sie ein

Tier sein konnte, genau wie er. Bewusst verschränkte sie ihre Finger auf dem Schoß. »Ich will Pelinor finden. Und ich will, dass Sie mir helfen.«

»Du kennst meinen Preis.«

»Es geht nicht um einen persönlichen Gefallen. Es geht darum, das Rechte zu tun. Auch für Sie.«

»Da bin ich mir nicht so sicher.« Er zuckte die Achseln. »Und es ist persönlich. Es ist das, was *du* willst. Wenn du zur Rettung von jemandem eilen willst, der dich nicht darum gebeten hat, deine hochheilige Nase in seine Angelegenheiten zu stecken, werde ich dich nicht daran hindern. Aber ich werde dir auch nicht helfen. Es sei denn, du sorgst dafür, dass es sich für mich lohnt.« Sein Lächeln, als es kam, war langsam und heiß. »Dass es sich sehr für mich lohnt.«

»Sie wissen nicht, wo sie ist.«

»Weißt du es?«, konterte er.

»Ich will lediglich unsere Informationen zusammenlegen. Unsere Ressourcen teilen.«

»Nein, was du willst, ist Folgendes: Du willst meinen Status als Gefallener ausnutzen. Diese ganzen speziellen Fähigkeiten, die Michael meiner Art gegeben hat. Du willst mich wie einen Jagdhund benutzen, um deine launische Cousine aufzuspüren. Ich habe nichts dagegen, Baby, aber ich arbeite nicht für umsonst. Zahlst du meinen Preis, werden wir deine Cousine finden. Weigerst du dich, kannst du deiner eigenen Wege gehen. Das ist meine Welt. Das sind meine Regeln.« Er senkte seinen Mund auf den ihren zu einem brennenden Kuss.

»Spielchen«, sagte sie – und knabberte leicht an seiner Unterlippe. Sein Kopf bewegte sich nicht, selbst als ihre Zähne seine Haut durchstießen und das leuchtende Blut über die zerrissene Unterlippe perlte. »Ich werde dafür sorgen, dass die linke Seite zur rechten passt«, drohte sie.

»Versprechungen«, schnurrte er. »Bedeutet das, du kommst mit mir?«

»Nein.«

»Du hast dein Buch zu Hause vergessen, Baby.«

Der warme Ausdruck in seinen Augen warnte sie. Was immer er gleich offenbaren würde, sie würde nicht wollen, dass der ganze Teesalon es sah – und die meisten der weiblichen Gäste im Raum verrenkten sich bereits den Hals und versuchten mitzubekommen, was an ihrem Tisch geschah.

Er schob das Buch über den Tisch, während ihr Boss mit einem großen Teetablett herbeigeeilt kam. »Mit herzlichem Gruß des Hauses«, sagte er und trat hastig den Rückzug an.

Sie schlang die Finger um den Band. Er war in ihrer Wohnung gewesen. Das war *ihr* Buch. Sie weigerte sich stur, den Titel zu lesen. Sie wusste, was er gefunden hatte, was sie in der Hand hielt. »Gehen Sie weg. Ich will Sie nicht hier haben.«

»Du willst immerzu«, sagte er selbstbewusst, »aber du musst anfangen, Logik einzusetzen, Baby. Vergiss die Gefühle. Sie werden dir nur in die Quere kommen.«

»Und Sie sind so absolut cool!«, fauchte sie. Sie setzte Logik ein, und logisch gesprochen war der Versuch, mit Brends einen Handel abzuschließen, nun, es war so ziemlich dasselbe wie ein Pakt mit dem Teufel. Als sie sich erheben wollte, schoss seine Hand hervor und hielt sie am Handgelenk fest.

»Setz dich!«, befahl er kühl mit einer Stimme, die kälter war als das eisige Wasser der Moskwa. Jetzt ging es ans Eingemachte.

»Sie wollen, dass ich gefeuert werde?« Obwohl es, wenn man bedachte, wie ihr Boss ihrem unerwünschten Gefährten in den Hintern kroch, wahrscheinlich eine gute Maßname war, um ihren Job zu *behalten,* wenn sie sitzen blieb.

»Nein.« Er fuhr sich mit der Hand durchs Haar. »Aber ich

will, dass du mir zuhörst.« Er ließ ihr Handgelenk los. »Wir haben gestern Nacht auf dem falschen Fuß angefangen.«

»Was Sie nicht sagen.« Sie starrte ihn an. »Also wollen Sie mich *nicht* bis zur Bewusstlosigkeit bumsen und mir meine Seele für einen noch nicht näher benannten Gefallen abkaufen. Was für eine Erleichterung, und ich weiß es zu schätzen, dass Sie diesen ganzen weiten Weg in das menschliche Territorium gemacht haben, um mir das zu sagen. Und jetzt gehen Sie bitte.«

Er warf ihr einen Blick zu. Die Frau zwei Tische weiter sah aus, als würde sie auf ihrem Stuhl kommen. Entzückend. »Dieses Angebot steht noch. Ich habe meine Meinung nicht geändert, dass ich dich will, und ich meine immer noch, dass wir einander helfen können.«

»Ich bin nicht überzeugt.« Sie lehnte sich auf ihrem Stuhl zurück und sah zu, wie er mit starken, selbstbewussten Händen Tee einschenkte. Er schob das Glas in einen Halter und reichte es ihr. »Du siehst so aus, als könntest du es brauchen. Hör mal, ich weiß, dass die letzten paar Tage ein Schock für dich waren.«

»Meinen Sie? Zuerst läuft meine Cousine mit einem Dämon davon, und dann machen Sie mir das Leben kompliziert. Ich würde sagen, das sind genug Zutaten für einen echten Schocker.«

Er akzeptierte den Tiefschlag mit einem schiefen Nicken. »Ja. Du bist also sauer. Ich kapier schon. Aber ich glaube immer noch, dass du übersiehst, was ich für dich tun kann. Hör mal, gib mir einen Nachmittag. Was kannst du denn schon groß verlieren?«

Meine Seele.

9

Was um alles in der Welt war in sie gefahren? Zwei Stunden später konnte Mischka immer noch nicht glauben, dass sie sich bereit erklärt hatte, ihm einen Nachmittag zuzugestehen. Sie konnte nicht ernsthaft eine funktionierende Partnerschaft mit einem gefallenen Engel in Erwägung ziehen, oder? Denn sie wussten beide, dass er lediglich Zeit schinden wollte, bis er sie entweder verführt hatte oder zu einer leichteren Beute übergegangen war.

Er hatte vorgeschlagen, Ming Johns Wohnung aufzusuchen, eine logische Idee. Wenn der Mörder es bewusst auf Ming John abgesehen hatte – und nachdem sie Brends' Überwachungsvideo und die Bilder gesehen hatte, die sein Technikerteam von dem Videoplayer des Killers heruntergezogen hatte, war sie geneigt, ihm zuzustimmen –, dann mussten sie den Grund dafür herausfinden.

Denn Pell stand ebenfalls auf dieser Liste. Ganz zu schweigen von Mischka selbst.

Ming Johns Wohnung wurde von einer besonders grimmigen, ein Meter fünfzig großen Babuschka bewacht, die offensichtlich das Gefühl hatte, dass es schlecht fürs Geschäft wäre, einen von ihnen einzulassen, bevor sie ein Führungszeugnis und eine Kaution hinterlegt hatten. Ganz zu schweigen von ihrer unsterblichen Seele. Sie warf immer wieder verstohlene Blicke auf Brends und bekreuzigte sich, sodass der Rosenkranz, der über ihre zugeknöpfte Strickjacke fiel, melodisch klimperte.

»Sie vielleicht«, sagte die Vermieterin und zeigte auf Mischka. Sie schlug ein weiteres nicht so verstohlenes Kreuzzeichen. »Er, glaube ich, nicht. Er sieht nicht so vertrauenswürdig aus. Ist nichts für ein nettes Mädchen wie Sie. Sie sollten sich was Besseres suchen.« Sie beäugte Brends argwöhnisch.

Etwas Besseres? Sie musterte Brends, um zu sehen, wie er diese entmutigende Zurückweisung seines Charmes aufnahm, aber er grinste bloß.

Wegen der Kälte drückten sich Mischkas Brustwarzen durch den dünnen Stoff ihres Kleides. Erotische Hitze überkam ihn. Sie würde so gut schmecken. Er musste sie nur verführen.

»Du würdest niemals etwas Besseres finden als mich, und wir wissen es beide.« Er verschränkte die Arme vor der Brust und warf der Vermieterin ein weiteres träges Lächeln zu.

»Lassen Sie das«, zischte sie zurück.

Es war jedoch an der Zeit, die Nettigkeiten zu beenden und zur Sache zu kommen. Glücklicherweise hatte Ming Johns Vermieterin, wie er vermutet hatte, die herrlich flexible Moral der ständig Mittellosen, die ihre stolze Weigerung, sich mit Dämonen abzugeben, schnell vergessen ließ. Sie steckte fröhlich das Bargeld ein, das Brends ihr hinhielt, und machte keine große Sache daraus. Der Winter war lang, und sie erhielt weitere Heizkostenabrechnungen, bevor der Sommer kam. Da das Mädchen tot war – Gott schenke ihrer Seele Ruhe –, hatte es keinen Sinn, unpraktisch zu sein. Sie würde Informationen verkaufen, wenn das die Miete des letzten Monats abdeckte. Und wer würde das Zimmer jetzt mieten wollen? Der unendliche Redefluss reichte Brends' Ansicht nach aus, einen Mann in den Wahnsinn zu treiben.

»Meine letzte Mieterin, ermordet – meinen Sie, das würde mögliche Mieter abschrecken? Ich meine es jedenfalls«, erklärte sie, während sie den Schlüssel im Schloss drehte. »Sie werden sich fragen, ob sie die Nächsten sind. Und warum auch nicht? Und noch dazu ein so nettes Mädchen«, fügte sie hinzu. »Amerikanerin. Hat keiner Menschenseele etwas zuleide getan und war so hilfreich. Immer wollte sie ihr Russisch üben, üben, üben. Sie sind einer von denen, nicht wahr?« Sie richtete den Blick auf Brends, und er begriff, dass die alte Frau weder so närrisch noch so blind war, wie er angenommen hatte. »Sagen Sie es mir, da es den Anschein hat, als wäre der Mörder einer von Ihrer Art gewesen.«

Mischka griff ein. Vielleicht hatte sie Angst, dass er der alten Frau die Wahrheit sagen würde.

»Er war es nicht«, erklärte sie entschieden. »Meinen Sie, ich würde ihn herbringen, wenn ich ihn für einen Killer hielte?«

Die alte Frau nickte verständnisvoll. »Genau, Liebes. Er hat dieses Mädchen nicht getötet. Das bedeutet nicht, dass er nicht andere getötet hat, oder?«

Da Mischka nach diesem rhetorischen Volltreffer offensichtlich die Worte fehlten, griff Brends ruhig ein, denn schließlich hatte die alte Frau recht. Er hatte mehr als seinen Anteil an Morden begangen. »Da hat sie dich, Darling«, bemerkte er sanft und trat an der alten Frau vorbei. Als er die Hand um den Türknauf und die knorrigen Finger legte, dachte er für einen Moment, sie würde es darauf ankommen lassen. Dann zog sie die Finger zurück.

»In Ordnung«, räumte sie ein. »Sie können weitermachen. Sie rufen mich an, wenn Sie fertig sind, und dann schließe ich ab. Oh«, fügte sie hinzu, als ihr noch etwas einfiel, »und sie hatte gerade angefangen, sich mit jemandem zu treffen. Großer Bursche«, sagte die Vermieterin und sah neugierig zwischen Brends und Mischka hin und her. »So groß wie Ihr Bursche da. Hatte keine Ahnung, dass sie hier irgendwo ein Nest haben.«

Brends wartete, bis die Vermieterin vom Treppenabsatz verschwunden war, bevor er die Tür zuschlug. Und obendrein abschloss.

Im Gegensatz zu Mischkas Wohnung war Ming Johns Zimmer typisch. Einfach eine weitere Wohnung in M City, die nichts Ungewöhnliches an sich hatte.

»Die Vermieterin hat gesagt, sie sei eine Austauschstudentin gewesen.« Mischka sortierte methodisch die willkürlich verstreuten Papierstapel auf der Theke der winzigen Küchenzeile. »Sie hat Englischunterricht erteilt.«

Die Wohnung war möbliert vermietet worden. Sie roch schwach nach Moder und alten, heißen Platten und Büchern. In eine Ecke war ein eisernes Bett gequetscht worden, das gleichzeitig als Sofa diente. Irgendjemand, vermutlich Ming, hatte einen farbenprächtigen Quilt daraufgelegt und eine Reihe kleiner, harter Kissen. Der Schrank hing voll mit amerikanischer Kleidung von der Stange. Überall waren Bücher und Zeitschriften aufgestapelt, in denen sie unbekannte russische Worte eingekreist hatte. Ein Lexikon mit Eselsohren lag auf dem Boden mitten im Raum. Ming John war jung gewesen. Unbekümmert.

Also, warum war sie zur Zielscheibe geworden? Warum Mischkas Cousine?

Oberflächlich betrachtet hatten die beiden Frauen wenig gemeinsam, bis auf eine Vorliebe für Dämonenclubs.

»Was hat sie zu etwas Besonderem gemacht?« Ungeduldig klopfte er mit dem Finger auf seinen Oberschenkel. »Das ist Zeitverschwendung. Es würde schneller gehen, wenn wir nach unserem Abtrünnigen suchen und ihn einkassieren würden, wenn er seinen nächsten Schritt unternimmt.«

»Schneller für wen?« Sie ignorierte ihn, während sie die Schubladen einer kleinen Kommode öffnete und schloss und den Inhalt von oben bis unten durchstöberte. Regelmäßig hielt sie inne und drehte ein Stück Papier um, das zwischen den Stapeln von Wäsche und billiger Baumwolle steckte. Anscheinend hatte Ming John die üblichen menschlichen Charakterzüge besessen, einschließlich des Irrglaubens, dass es kein sichereres Versteck für persönliche Geheimnisse gab als die Wäscheschublade.

»Mich. Uns.« Er gestikulierte ungeduldig.

»Hmmm.« Sie nahm seine Bemerkung geistesabwesend zur Kenntnis, faltete sorgfältig ein zerknittertes Stück Papier auseinander und las. Als sie sich ein Lächeln verkniff und das Papier wieder auf seine ursprünglichen Ausmaße zusammenfaltete, runzelte Brends die Stirn.

»Persönlich«, formte sie mit den Lippen. Scheiße, diese ganze Sache war persönlich. Und dann kehrte sie zu ihrem ursprünglichen Gesprächsthema zurück, als hätten sie sich nie davon abgewandt. »Schneller für Sie vielleicht, aber wenn Sie den Abtrünnigen draußen lassen, wird er töten, während Sie darauf warten, dass er in Ihre Falle tappt.«

Wahrscheinlich. Aber das wären menschliche Opfer, was akzeptabel wäre. Er öffnete den Mund, doch sie kam ihm zuvor. »Und ja, es spielt eine Rolle. Sie können nicht einfach weiter Menschen töten, Brends, selbst wenn Sie der Ansicht sind, dass wir auf Ihrer kosmischen Richterskala keine großen Werte erreichen. Auch wir zählen.«

Genau. Offensichtlich zählte es für sie. »In Ordnung«, sagte er zu seiner eigenen Überraschung. »Also, was erwartest du, hier zu finden? Eine Notiz vom Killer, der seinen Modus Operandi erklärt und seine nächsten Schritte umreißt?«

Sie warf ihm einen Blick zu, den zu interpretieren er kein Problem hatte.

»Suchen Sie weiter.«

Genau. Wenn es ihr so viel bedeutete, würde er diesen belanglosen Haufen menschlicher Hinterlassenschaften durchsuchen. Zumindest musste jemand die persönlichen Gegenstände einpacken, um sie Ming Johns Familie zurückzuschicken. Dieser Jemand konnte geradeso gut er sein.

Er klappte sein Handy auf. Zwanzig Minuten später hatten sie einen Stapel Pappkartons zur Verfügung. Mischka sah ihn an. »Was ist?« Er musterte sie. »Du willst ihre Sachen ordnen? Na schön. Wir werden sie auch einpacken – irgendjemand muss sie nach Hause schicken.«

»Mein Gott«, sagte sie und sah ihn an, als sei ihm ein zweiter Kopf gewachsen. »Der große, böse Dämon zeigt Herz.«

Eigentlich nicht. Er würde schneller hier wegkommen, wenn Mischka nicht ständig alles wieder von vorn durchsuchte. Und es würde alles vereinfachen, wenn sie nicht behaupten konnte, dass sie etwas übersehen haben mussten. Wenn Mischka Baran ihm wegen dieser Geste etwas gewogener wäre, nun gut, das wäre ein zusätzlicher Pluspunkt, nicht wahr?

Zwei Stunden und zehn Kartons später hielt er eine billige Bibel in Händen und nahm sich vor, Mischka Baran in sein Team von Spürhunden aufzunehmen. Die Bibel war eine Standardausgabe und stammte aus einem Hotelzimmer. Doch eingeklemmt zwischen den hauchdünnen Seiten war ein Blatt mit Ausdrucken einer Genealogie-Website. Einige Telefonnummern waren an den Rand gekritzelt.

»Genealogie?« Mischka beugte sich vor, um die Ausdrucke zu lesen.

»Ja. Sie könnte nach längst verschollenen Verwandten gesucht haben. Jedoch hatte sie offensichtlich die Angewohnheit, Genealogieforen zu lesen.« Die Ausdrucke datierten über einen Zeitraum von sechs Monaten, und Ming John hatte offenbar regelmäßig Beiträge verfasst.

»Oder auch nicht.« Mischka kaute nachdenklich an ihrer Unterlippe. »Sie ist hierhergekommen, um ihr Russisch aufzupolieren, nicht, um nach längst verschollenen Tanten und Onkeln zu suchen.«

»Das hat sie zumindest behauptet.« Er öffnete ihren Reisepass und untersuchte das Bild. Es war kaum daumennagelgroß. Als er auf das Foto drückte, erschien über dem Pass ein kleines 3-D-Bild, das sich traurig an Ort und Stelle drehte. Übrig gebliebene Pixel, die keine Rolle mehr spielten. Ming John würde nie mehr nach Hause kommen.

Mischka ging schnell die Papiere durch. »Sehen Sie sich das an!«

Er beugte sich vor, wobei er den Geruch ihres Haares genoss. Sie warf ihm einen Blick zu, sagte jedoch nichts. Eins zu null für ihn, entschied er. Sie deutete auf einen der Namen, den Ming John gefunden hatte. Pelinor.

»Pell war mit Ming John verwandt«, sagte er.

Mischka schüttelte den Kopf. »Meines Wissens nach nicht. Zumindest nicht nah. Diese Ahnentafeln weisen nicht auf eine nahe Verbindung hin, nur auf eine entfernte Verwandtschaft.«

Am unteren Rand dieses Familienstammbaums standen noch andere Namen. Pell. Mischka. Und mindestens zwanzig weitere. Alle weiblich. Alle über den gesamten Globus verstreut, wenn man sich an die Namen halten konnte. Also, was verband sie miteinander?

»Kommt Ihnen irgendeiner davon bekannt vor?«

Er verneinte, obwohl er das Gefühl hatte, als sollte er einen kennen.

»Besteht irgendwie die Möglichkeit, dass sie Stammgäste in Ihrem Club sind?«

»Du meinst, wir suchen einen Fanatiker, einen Dämonenhasser?«

»Immerhin eine Möglichkeit.« Sie legte die Seiten sorgfältig hin und strich die Ränder glatt. »Unmengen von Leuten hassen Dämonen.«

»Die Wurzel alles Bösen? Ein Schandfleck, der vom Antlitz der Erde zu wischen ist?« Teufel, er hatte die halbe Zeit die gleichen Gedanken. Er hatte bloß noch nicht jemanden mit dieser Überzeugung ausgeweidet. An der Sache hier war etwas mehr dran.

Sie schüttelte den Kopf, aber in diesem Fall wusste er nicht genau, ob ihr *Nein* tatsächlich eine Ablehnung bedeutete. »Einige Leute hassen Dämonen wirklich, Brends. Wenn Ming John« – sie zögerte – »sich mit einem verbündet hat, ist das vielleicht der Grund, warum sie ins Fadenkreuz geraten ist.«

»Vielleicht. Aber ich glaube, so einfach ist es nicht. Frauen sind nicht die Einzigen, die sich an uns verkaufen, Schätzchen. Die Männer deiner Spezies sind genauso an dem interessiert, was wir zu bieten haben. Also, wie kommt es, dass auf dieser Liste keine männlichen Namen stehen?«

»Guter Hinweis.« Sie tippte sich mit einem Bleistift gegen die Zähne, bis er ihn ihr leicht aus der Hand schlug.

»Er hatte auch dein Bild. Vielleicht besteht da noch eine andere Verbindung. Ich glaube, es wird Zeit, ein wenig im Internet zu stöbern.«

Natürlich landeten sie in ihrer Wohnung. Mischka war überrascht, dass sie es nicht hatte kommen sehen. Brends war ein Meister der Verführung, und das köstliche Gefühl im Magen – und weiter unten –, dass sie schwach werden würde, warnte sie, dass sie Wachs in seinen talentierten Händen sein würde, sobald er wirklich loslegte.

Die Frage war: Machte es ihr wirklich etwas aus?

Sie hatte gewiss nicht beabsichtigt, den Nachmittag mit ihm zu verbringen – oder ihm das Abendessen zu machen. Aber genau das hatte sie getan. Als er jedoch Kerzen haben wollte, hatte sie stattdessen die Deckenbeleuchtung eingeschaltet. Komplett. Jetzt speisten sie in dem grellen weißen Licht. Keine romantische Beleuchtung für ihn.

Sie hatte nachgegeben, als er zu ihrer kleinen Weinsammlung hinübergegangen war und kennerisch mit dem Finger über die Flaschen gestrichen hatte. Da sie einen guten Wein zum Abendessen genauso zu schätzen wusste wie jeder andere, war sie eingeknickt. Es hatte keinen Sinn, sich selbst zu bestrafen.

»Nehmen Sie einen Weißen.« Er würde perfekt zu der Pasta in Muschelsoße passen, die sie zubereitet hatte.

Seine Lippen zuckten zu einem Lächeln in die Höhe, als er bedächtig eine Flasche Rotwein aus dem Regal zog. Sie hob eine Augenbraue.

»Alles hier« – er wedelte mit der Hand zum Wohnzimmer hinüber, auf dessen Einrichtung sie Monate verwendet hatte – »ist weiß. Cremefarben. Trügerisch farblos.«

Sie mochte ihre Wohnung. Sie war friedlich. Sie war ihr sicherer Hafen, in den sie sich zurückzog.

»Ich mag Weiß.«

»Ich weiß. Es ist ruhig.« Mühelos zog er den Korken aus der Flasche, die er ausgewählt hatte. »Sehr entspannend. Aber gerade eine Spur« – er zog eine Augenbraue hoch – »zu berechenbar, meinst du nicht auch?«

»Ich mag also Weiß«, wiederholte sie. »Heben Sie sich Ihre Psychoanalyse für jemanden auf, der sich dafür interessiert.«

Eine Stunde später, und nachdem sie ihren Teller beiseitegeschoben hatte, rollte sie sich auf der Couch zusammen, ließ die Finger über die Tastatur ihres Laptops fliegen und rief die Genealogiesites auf, die Ming John besucht hatte. Sie hatte die Ausdrucke bereits säuberlich vor sich gestapelt, sortiert nach Seite und dann nach Datum.

»Du wirst dir noch den Rücken brechen«, bemerkte er. Ausgestreckt auf dem passenden cremefarbenen Sofa, ein Glas Wein lässig in der massigen Hand, erleuchtete eine seltsame Wärme Brends' Augen. Er sah harmlos sexy aus, leicht schläfrig, aber sie wusste es besser. Gäbe sie ihm auch nur einen Zentimeter nach, würde er sofort über sie herfallen. Aus irgendeinem Grund war sie jetzt die Herausforderung der Woche.

»Für mich ist es bequem«, gab sie zurück, obwohl er eigentlich recht hatte. Wenn sie zu lange so dalag, würde ihr Rücken ihr morgen dafür die Rechnung präsentieren.

»So eine lässige Haltung hätte ich dir gar nicht zugetraut.« Diese warmen Augen musterten sie abermals.

Sie zuckte die Achseln. Pech für ihn. »Sehen Sie sich das an.«

Er beugte sich vor und zeichnete mit der Hand die Zeilen auf der Seite nach. Sein Körper war wunderbar warm. Wie lange war es her, seit sie mit jemandem auf dem Sofa gesessen hatte?

Sie räusperte sich. »Anscheinend haben einige dieser Frauen ganz, ganz weit unten am Stammbaum einige gemeinsame Vorfahren.«

Bei der nächsten Suche machte ihr Magen Anstalten zu rebellieren. Zehn Namen waren auf der ersten Seite. Drei dieser Frauen waren tot. Zeitungsfotos blitzten auf ihrem Laptop auf. Ermordet.

»Er tut das schon seit Jahrzehnten«, sagte Brends angesichts der Daten grimmig.

»Also müssen wir Pell finden«, erwiderte sie verzweifelt.

Er hielt ihrem Blick stand. »Oder wir warten.«

»Worauf? Auf die nächste Leiche?«

»Ja.« Er streckte eine Hand aus und tippte auf eine Taste, um die Suche noch einmal ablaufen zu lassen. »Etwas in der Art.«

»Nein«, widersprach sie heftig. »Das können Sie nicht, Brends. Sie lassen meine Cousine nicht vor einem wahnsinnigen Dämon baumeln wie ein Stück rohes Hähnchenfleisch an einer Schnur.«

»Wir sind keine Piranhas, Schätzchen.«

»Nein, ihr seid kalte Bastarde«, sagte sie verbittert. »Wahrscheinlich der Grund, warum man euch überhaupt aus dem Himmel rausgeworfen hat.«

»Ich halte mich nicht an die Regeln«, sagte er, und angesichts dieses kalten Ausdrucks in seinen Augen hielt sie jäh inne. Er meinte jedes Wort ernst. »Ich breche sie. Frag Michael.«

»Michael?«

»Erzengel des Himmels, der mir mächtig auf die Nerven gegangen ist. Er war zu dem Schluss gekommen, dass er bei mir mal eingreifen musste, dass ich eine Lektion brauchte, was passiert, wenn die Wächter des Himmels nicht spuren. Ich war da entschieden anderer Meinung.« Der bösartige, harte Tonfall in seiner Stimme sagte ihr deutlicher als Worte, wie er seine abweichende Meinung formuliert hatte. Heftig.

Der Ausdruck auf ihrem Gesicht sprach wahrscheinlich Bände. Verdammt. Sie konnte nicht in der zweiten Reihe parken, ohne über ihre Schulter nach einem Verkehrspolizisten Ausschau zu halten. Also so eine Art kosmisches »dummes Arschloch«? Das war ganz und gar nicht ihre Liga. Doch ein Teil von ihr bewunderte einen solchen Schneid. Der andere Teil war damit beschäftigt, sich zu überlegen, dass es nicht der weiseste Schritt war, sich ein Sofa mit der himmlischen Entsprechung eines verurteilten Straftäters zu teilen.

»Sie sind gegangen.« Er sah sie an, und Scheiße, da fiel es ihr wieder ein. »Gefallen, meine ich.« Na, wenn das nicht der

Fauxpas des Jahrhunderts war! Er mochte sich von der Heerschar des Himmels getrennt haben, aber es war keine freundschaftliche Trennung gewesen, und er hatte diese spezielle Schlacht nicht gewonnen.

»Das ist nach Strich und Faden in die Hose gegangen«, knurrte er. »Bemitleide mich nicht, *Dushka.* Ich würde es wieder tun.«

Verdammt. Sie bemitleidete ihn nicht. Sie *beneidete* ihn. Er hatte alle Regeln gebrochen, dann die Bestrafung auf sich genommen und sie ebenfalls zu seiner Sache gemacht. Sie öffnete den Mund, um ihm das zu sagen, und schloss ihn dann wieder. Warum sollte er ihr glauben?

»Warum?«, fragte sie stattdessen.

Er griff nach ihrer Hand, und sie überließ sie ihm und genoss den Kontrast zwischen seiner dunkleren Haut und ihrer blasseren Färbung. Seine mächtigen, warmen Finger schlangen sich um ihre, verschluckten sie und umgaben sie mit Hitze und maskuliner Stärke.

»Vielleicht breche ich einfach gern die Regeln.« Sie zog, aber er wollte sie nicht loslassen. »Du hast einen unartigen Jungen gesucht, Mischka«, knurrte er. »Es sollte dich nicht überraschen, dass du einen gefunden hast.«

Er war nicht einfach ein unartiger Junge, oder? *Dumm,* schalt sie sich. Er war kein renovierungsbedürftiges Haus, das sie vielleicht erwerben wollte, und sie war nicht auf dem freien Markt. Nicht so richtig. Er hatte vollkommen klargemacht, dass er ihr erst helfen würde, wenn sie seinen Preis bezahlte.

»Sie hatten einen Grund«, sagte sie und wusste es plötzlich genau. Er war zu diszipliniert, zu *irgendetwas,* um den Himmel aus einer Laune heraus verworfen zu haben. Und er war nicht der einzige Engel, der gefallen war. Tausende von ihnen waren hinausgeworfen worden, wenn sie sich richtig an ihre Stunden in der Sonntagsschule erinnerte. Also hatte es einen verdammt guten Grund geben müssen.

»Anarchie, Baby«, sagte er leichthin. »Wir haben einen Kampf gesucht, und wir haben ihn verloren.« Der harte Ausdruck in seinen Augen besagte jedoch, dass er diese Niederlage nicht leicht verkraftet hatte. »Verlierer werden mit einem Tritt in den Arsch aus dem Himmel befördert. Das steht im Gesetzbuch.«

»Ihr habt ein Gesetzbuch?«

Seine Finger glitten über ihre, fanden Druckpunkte, von deren Existenz sie nichts gewusst hatte. Massierten sie. Sie spürte, wie sie dahinschmolz, und dabei hatte sie geschworen, dass sie Widerstand leisten würde.

»Nicht mehr«, antwortete er.

Sex, entschied Brends tugendhaft. Er würde Mischka all den luxuriösen, hemmungslosen Sex geben, mit dem sie fertigwerden konnte. Sie war so angespannt, dass es *ihm* wehtat. Vielleicht würde er sie darum betteln lassen. Für einen langen, köstlichen Augenblick schwenkte sein Geist wild vom Kurs ab und erwog die Möglichkeit einer nackten Mischka Baran, feucht und gespreizt – nur für ihn. Er konnte ihre rosige, sahnige Haut von oben bis unten ablecken. Konnte all die Stellen kosten, die sie so sorgfältig vor der Welt versteckt hielt.

Genau.

Wohl kaum.

Seine Begleiterin legte die Arme um sich. Sie trug eine pfirsichfarbene Strickjacke mit Knöpfen, die ihn völlig ablenkten. Als ginge sie davon aus, dass er ihr das verdammte Ding vom Leib reißen würde, wenn sie sich nicht daran festhielt. Was würde sie dazu bringen, loszulassen?

»Hören Sie auf, mich anzustarren«, sagte sie. »Das ist ein

Arbeitsessen. Keine Einladung zum Sex.« So war seine Frau: ungehobelt wie ein Kantholz.

Er bot ihr jede Gefälligkeit an, die sie wollte – was konnte sie denn *noch* mehr wollen? Offensichtlich wollte sie mehr von ihm als wirklich heißen Sex und ein bequemes Quidproquo.

»Ich gehe nicht mit Fremden ins Bett.«

Diese Vorsicht mochte begründet sein. Sie traute ihm nicht – und das sollte sie auch nicht.

»Nach allem, was wir durchgemacht haben, Schätzchen, kannst du mich da noch als Fremden betrachten? Was willst du denn noch alles wissen?« Wenn sie Details wollte, konnte er Details liefern.

Ihr Seufzer war nicht ermutigend. »Ich kann Ihnen keine Liste geben, Brends. So funktioniert das nicht. Schminken Sie sich das ab. Sie wollen ein Dildo mit Beinen sein? Nein, danke.«

»Du willst glücklich bis ans Ende deiner Tage sein?« Er knurrte. Das war eine Premiere, dachte er. Bisher hatte er den Frauen in seinem Leben immer genügt. Keine von ihnen hatte je infrage gestellt, was er zu bieten hatte.

»Nein.« Sie schüttelte den Kopf, und dabei glitt ihr dieses ungebärdige Haar über die Wange. »Nicht glücklich bis ans Ende meiner Tage, aber etwas dazwischen, Brends. Sex ist nicht genug.«

»Du hast es nie versucht.« Er sprach das Offensichtliche aus. Sie wusste nicht, was ihr entging.

»Ich bin keine Jungfrau mehr.«

Er hatte die Jungfrauenfantasien, die einige seiner dunkleren Brüder so sehr genossen, nie verstanden. Jetzt tat er es. Der Erste zu sein, der Einzige. Ihr dadurch unauslöschlich seinen Stempel aufzuprägen. Ja, das würde ihm gefallen.

»Na schön.« Der Anfall von Besitzgier kam unerwartet, daher ignorierte er ihn. Oder versuchte es zumindest. »Aber du hattest niemals heißen, ungehemmten Sex.« Er musterte sie selbstbewusst.

»Also bin ich wählerisch.« Sie zuckte die Achseln. »Ich hüpfe nicht mit dem erstbesten Mann ins Bett, der mir begegnet, wenn es mich juckt und ich mich kratzen möchte. Ich will den Mann kennen, mit dem ich schlafe, Brends, und Sie kenne ich nicht.«

»Erzähl mir von deinem ersten Mal.« Bewusst lenkte er das Gespräch auf den Sex zurück. Damit fühlte er sich wohl. Er verstand dieses Verlangen nach Gefühlen nicht, das sie immer wieder ins Gespräch brachte. Entweder wollte sie ihn oder sie wollte ihn nicht. So einfach war das.

Sie schüttelte den Kopf. Teufel, er war es leid, dass sie ihn die ganze Zeit zurückwies. Er wollte, dass sie stöhnte: *Ja, ja* und *gib mir mehr*. Warum also blieb er in ihrer Nähe? *Weil,* flüsterte diese kleine Stimme, die er nicht recht abschütteln konnte, *du weißt, dass der Abtrünnige sie früher oder später finden wird.* Manchmal, wenn man jagte, verfolgte man auch – und manchmal kauerte man sich hin und wartete darauf, dass die Beute zu einem kam. Das jetzt war ein Augenblick des Hinkauerns und Abwartens. Er wusste es genau.

Weil sie dich fasziniert, flüsterte eine andere, unbekannte Stimme.

»Hier geht es nicht um mich, Brends. Hier geht es um Sie. Sie wollen, dass ich mich Ihnen öffne, dass ich Sie in meinen Kopf lasse.« *Ins Bett,* ergänzte sein Kopf, aber diesmal hielt er den Mund. »Doch zuerst müssen Sie *mich* in *Ihren* lassen. Ich weiß nicht, wer Sie sind.«

Das willst du auch nicht wissen, dachte er. Laut aber sagte er: »Da gibt es nichts zu wissen.« Bevor sie protestieren konnte, fügte er glatt hinzu: »Obwohl ich glaube, du solltest ihn erwägen. Den Teil mit dem echt heißen Sex.«

»Wirklich?« Sie beäugte ihn. »Danke für den Hinweis. Wär ich nicht drauf gekommen.«

Er lächelte langsam. »Natürlich würde das bedeuten, ein *sehr* unartiges Mädchen zu sein, nicht wahr, Mischka?«

Sie schüttelte den Kopf. »Ich habe es Ihnen gesagt: Pell kommt an erster Stelle. Ich lasse sie nicht im Stich, Brends. Ich muss wissen, dass ihr nichts zustoßen kann. Dass nichts über ihren Kopf hinweg geschieht. Sie nimmt sich nie die Zeit zum Nachdenken.«

Nachdenken war das Letzte, was Dathan heute Nacht für Pell auf dem Plan stehen hatte, daher war es sinnlos, diesen Punkt weiterzuverfolgen. »Das Problem, wie ich es sehe«, sagte er und beugte sich vor, »ist, dass *du* nicht weißt, *wie* man unartig ist.«

»Nein.« War das ein Anflug von Sehnsucht, den er da in ihrer Stimme hörte? »Nein, das weiß ich nicht.«

Seine Eisprinzessin nahm ihm eindeutig den Wind aus den Segeln. Sie klappte den Laptop etwas nachdrücklicher zu als nötig, daher vermutete er, dass sie ihn hinauszuwerfen gedachte. Trotzdem, sie hatte ihm gerade einen köstlichen Hinweis darauf geliefert, wer sie war.

Seine Mischka wollte verzweifelt alle Vorsicht in den Wind schießen und ein unartiges Mädchen sein. Aber entweder konnte sie es nicht oder sie sträubte sich noch dagegen.

Er setzte auf Letzteres.

Sein Gute-Nacht-Kuss durchfuhr sie heiß bis hinab zu den Zehen. »Träum von mir, *Dushka.*« Brends hob den Kopf und sah für einen langen, heißen Moment auf sie herab. Sie fühlte sich versucht, seinen Kopf zu sich herabzuziehen.

»Träumen Sie von mir«, gab sie zurück.

Sein träges, heißes Lächeln war nicht fair. »Abgemacht«, sagte er. »Wir können morgen unsere Träume vergleichen.«

Während Mischka zusah, wie sich die Tür hinter ihrem Dämon schloss, musste sie sich fragen, wann genau er zu *ihrem* Dämon geworden war – und warum sie sich versucht fühlte, ihm nachzulaufen.

Nur eine Nacht. Eine Nacht glühend heißer, verantwortungsloser, unmöglicher Wonne.

Betonung auf *verantwortungslos*.

Sie konnte nicht. Pell war dort draußen und wartete nur darauf, gefunden zu werden, und Mischka hatte ein vollauf zufriedenstellendes Leben. Allein. Außerdem war der unartige Junge ein Dämon. Auf keinen Fall würde sie mit einem Paranormalen gehen, und ihm ihre Seele zu verkaufen, war eindeutig tabu.

Er hatte die Straße wahrscheinlich noch nicht erreicht, steckte wahrscheinlich immer noch in ihrem antiquierten Lift fest, als ihr das Buch einfiel, das er ihr zuvor zurückgegeben hatte. Sie zog es zu sich heran. Sie hätte wütend sein sollen, dass er uneingeladen in ihre Wohnung gekommen war. Stattdessen war sie neugierig. Er hatte ihre viktorianischen Erotika gefunden, ein Lieblingsbuch, das sie im Nachttisch aufbewahrte.

Er hatte das Buch offensichtlich durchgeblättert. Hinweise. Er gab ihr Hinweise, einen nach dem anderen. Wenn sie wollte, konnte sie die Punkte miteinander verbinden. Herausfinden, worüber *er* fantasierte.

Die dünne Seide ihres Lieblingshöschens lag als Lesezeichen für eine Seite in dem Buch. Fast konnte sie sich vorstellen, dass die Seide noch warm war. Er hatte sie in der Hand gehalten. Hatte die Seide berührt, die ihre Haut berührt hatte.

Sie erkannte die Botschaft.

Seite dreiundfünfzig.

Falls sie es wagte.

10

»Ein Badehaus? Du bringst mich in ein Badehaus?« Pell funkelte Dathan an, als hätte er ihr gerade vorgeschlagen, dass sie zusammen mit ihm zu einem Hundeschlachten mit anschließendem Verzehr von gegrillten Wiener Würstchen gehen sollte.

Natürlich hatte sie wahrscheinlich noch nie zuvor ein Badehaus besucht. Hatte es nie gewagt. Die Gerüchte übertrafen einander an Kühnheit. Manche Leute sagten, Badehäuser seien Zutrittsstellen zu anderen Reichen, Highways zu Unterwelten, und man wisse nie, was einem dort so alles begegnete. Diese Gerüchte waren zweifellos übertrieben, aber dennoch verband sich mit dem Begriff ein seltsames Gefühl von exotischer, erotischer Erregung. Das Badehaus war ein seltsamer Palast des Vergnügens: eine heiße, feuchte Welt, in der die hauptsächliche Ware der Sex war. Alles war möglich in den Dampfbädern und Tauchbecken. Trotz ihres prahlerischen Gehabes war seine Pell seltsam naiv.

Er strich ihr mit einem Daumen besitzergreifend über den Mund. Kämpfte gegen den Drang, sie an die Wand zu drücken und ihren Mund mit seiner Zunge zu erobern.

Vielleicht nach ihrem Hausbesuch bei seinen Brüdern.

Oder, Teufel noch eins, währenddessen, wenn sie dazu bereit war. Er gestattete sich, in dieser Fantasie zu schwelgen, während er die Tür zur Sauna mit der Schulter aufdrückte und durch den schmalen Gang schritt, der hinter der Theke verschwand. Er streifte das Hemd ab und warf es zu Boden. Dem Durcheinander nach zu urteilen, waren sie die Letzten.

»Ich denke nicht …«, setzte sie an und brach dann ab. Blieb wie angewurzelt stehen.

Ohne sich umzuschauen, griff er hinter sich und legte die Finger um die zarten Knochen ihres Handgelenkes. Sie war so klein, seine Menschenfrau. Er hatte das unbehagliche Gefühl, dass diese Nacht das deutlicher machen würde, als ihm lieb war.

»Gut«, sagte er und drängte sie sanft zu dem hellen Schatten der offenen Tür. Dampf wogte in einer dicken, nassen Wolke heraus. »Denke nicht. Handle.« Wenn es nur eine geistige Beschwörung gegeben hätte, die er bei ihr anwenden könnte – in den schätzungsweise drei Sekunden, die ihnen blieben, bevor sie einen wirklich guten Blick auf nackte Dämonen werfen konnte –, hätte er sie benutzt.

Stattdessen zog er sie wortlos weiter.

»Ich gehe da nicht rein. Wirklich, Dathan.« Offenbar verspürte sie das Bedürfnis, gegen ein paar Dinge zu protestieren. Energisch. Sich in gemischter Gesellschaft bis auf die Unterwäsche auszuziehen, war offensichtlich eins davon. Er fragte sich, wie viele der Geschichten, die sie ihm von ihren Reisen erzählt hatte, lediglich Geschichten waren. Eindeutig konnten die meisten nicht autobiografisch gewesen sein. Er ignorierte das Gefühl der Freude, das ihn bei diesem Gedanken überkam.

»Wie du willst.« Er griff an den Taillenbund seiner Hose und zog sich die Jeans von den muskulösen Oberschenkeln.

»Meine Dame?« Bei der winzigen, schrillen Stimme direkt hinter ihrem Ohr bekam sie einen Schreianfall. Verdammt, es würde eine lange Nacht werden.

Die Stimme gehörte einem Dämon.

Einem ausgewachsenen, klitzekleinen Dämon. Der als eine Art Haushälterin fungierte und Dathans Kleidung ordentlich auf Bügel hängte. Klein und rothäutig, schien die halb dampfartige Kreatur sich im einen Moment zu verfestigen und im nächsten dann wieder zu verflüchtigen. Es war widerlich. Konnte er nicht still halten? Offenbar nicht.

»Darf ich Ihnen beim Ausziehen behilflich sein? Vielleicht möchten Sie ein Handtuch?«

Verdammt, ja, sie wollte eines. Sie schnappte sich das große, teure Baumwolltuch aus den winzigen Händen des Dämons – es war ein Wunder, dass das Gewicht des Stoffes ihn nicht zu Boden gezerrt hatte – und hüllte sich darin ein. Unter den Stoffbahnen verborgen, zappelte sie sich aus ihrer Jogginghose und suchte dann nach einer Stelle, wo sie sie ablegen konnte.

Der Dämon bückte sich schwungvoll und zupfte ihr den lästigen Stoff aus der Hand.

»Was bist du?«, fragte sie. Sollte sie eine Garderobenmarke für ihre Kleidung verlangen? Oder drohte ihr eine weitaus größere Gefahr als die Aussicht auf einen langen, nassen Spaziergang zurück zu ihrer Wohnung, ohne Kleidung und Schuhe?

»Dies sind die Privaträume«, erklärte Dathan. »In den Räumen für die Öffentlichkeit würde Barq seinen Zauber einsetzen. Nicht wahr?« Er musterte den kleinen Dämon streng, der vor Freude zirpte. Für einen Moment verschwand er, und an seiner Stelle stand ein gut aussehender, aber unauffälliger Mann in der üblichen Kleidung der Angestellten des Bads da. Dann verschwand die Illusion, und der kleine Dämon zischte wieder fröhlich durch den Raum. »Er bevorzugt seine natürliche Gestalt.«

»Was mache ich hier?« Sie fühlte sich hier völlig fehl am Platz.

»Ganz einfach.« Seine dunklen Augen lachten sie an. »Zieh dich aus. Warmer Dampf. Heißes Wasser. Kaltes Wasser. Mehr

Dampf. Ich garantiere, dass du am Ende halb gekocht und köstlich erschlafft sein wirst.«

»Du weißt genau, dass keiner der Dämonen, die wir treffen, Menschen frisst?«, fragte sie argwöhnisch.

»Ja.« Er verdrehte die Augen. »Dazu haben wir einen zu feinen Gaumen.«

Der Badedämon zupfte jetzt an ihrem T-Shirt, daher erlaubte sie der kleinen Kreatur, ihr die Baumwolle über den Kopf zu ziehen, während sie ihr Handtuch fest umklammert hielt. »Miss«, sagte das Geschöpf fröhlich summend, während es ihre arme, malträtierte Kleidung in perfekte Falten legte, um die sie das Marinekorps beneidet hätte.

Dathan schlüpfte unbekümmert aus seinen Boxershorts.

Und machte sich nicht die Mühe, mit seinem Handtuch mehr zu tun, als es sich über den Arm zu legen. Er hätte für Unterwäsche von Calvin Klein werben können. Der Bauch zeigte ganz sexy Falten und Hügel. Doch sein Rücken – sie schluckte. Harte, weiße Linien, dicke wie dünne, einige aufgeworfen und andere glatt, zeichneten eine grausame Straßenkarte auf seine goldene Haut. Als hätte sie ihm jemand vom Rücken gerissen. Seine Flügel hatten einst dort gesessen, begriff sie.

»Gewöhn dich daran«, sagte er, wandte sich ab und schritt zu der Tür auf der anderen Seite des Raums hinüber, aus der Dampf herausquoll. Irgendwie wusste sie, dass er sie dazu herausforderte, mehr zu tun, als nur ihre Kleider abzulegen und die Sauna zu betreten; nein, er verlangte, dass sie völlig seine Welt betrat.

»Vertrau mir«, fügte Dathan hinzu und streckte die Hand nach ihr aus. »Verbünde dich heute Nacht mit mir.«

Das Seltsame war, dass sie ihm tatsächlich vertraute. Sie war diejenige, der man nicht trauen sollte, diejenige, die immer weglief. »Ja«, antwortete sie und ergriff die ausgestreckte Hand.

Er zog die niedrige Tür auf. Dampf blähte sich zu einer dicken, weißen Wolke. Seltsam parfümiert, aber nicht unangenehm, befand sie. »Atme jetzt tief ein«, befahl Dathan. Er strich mit den Fingern einen kleinen, sinnlichen Walzer über die Adern an ihrem Handgelenk. Besänftigend und erregend. »Und hinein mit dir, Liebling.«

»Du bist gleich hinter mir?«

»Gleich hinter dir, Liebes, auf jedem Schritt des Weges.«

Sie schaffte es. Holte tief Luft und trat durch die abgedunkelte Tür.

»Sie ist rosa.« Die tiefe, schnarrende Stimme klang wie Schmirgelpapier auf Holz und kam aus dem dampferfüllten Raum. »Hast du uns eine neue Spielgefährtin mitgebracht, Dathan?« Der gefallene Engel streckte die Arme hinter den Kopf und lehnte sich gegen die feuchte Wand, während er die beiden Neuankömmlinge anstarrte, und sein hartes, bellendes Gelächter übertönte ihren gestotterten Einspruch. »Eine Schüchterne, Dathan. Du hast uns eine Schüchterne mitgebracht. Das wird eine lange Nacht werden.«

»Wovon zum Teufel redet der?«, zischte Pell und rammte Dathan den Ellbogen in die Seite. Er ächzte, wirkte jedoch unbesorgt, zog lediglich sein Handtuch tiefer über die Hüften. *Waschbrettbauch,* dachte sie. Obwohl sie bezweifelte, dass seiner aus dem Fitnessstudio stammte. Mit einem zweiten Ächzen hievte er sie auf eine der niedrigen Bänke, die den Raum säumten.

»Entspann dich«, sagte er. »Vkhin ist ein Freund.«

Ah ja. Er hatte gut reden. Er war nicht derjenige, der von einem verdammten Dämon als potenzieller Snack beäugt wurde. Der Mann auf der anderen Seite des Raumes musste weit über zwei Meter groß sein. Sie rechnete sich keine Chancen aus, wenn sie kämpfen musste. In einem so kleinen Raum würde Kraft die Oberhand behalten.

»Ein fröhliches kleines Ding ist sie, nicht wahr?« Vkhin rutschte hin und her. Durch die dicke Wolke nassen Dampfes erhaschte sie einen Blick auf finstere Gesichtszüge. Ein Hollywoodproduzent hätte seine helle Freude an den hohen Wangenknochen und den dunklen Augen gehabt; der gefallene Engel hätte jeden Tag seiner Karriere als gequälter Held verbracht. Auf seinem Gesicht stand geschrieben, dass er zur Hölle und wieder zurück gegangen war. Gefurcht war es mit Narben, die so alt waren, dass sie lediglich noch schwach silbrig erschienen. Seine Augen warnten sie jedoch, dass er die Unterwelt nie völlig verlassen hatte. Er hatte sie mit hergebracht, tief vergraben in seiner Psyche.

»Stellen Sie mich auf die Probe«, warnte sie, »und Sie werden herausfinden, wie fröhlich ich bin.«

»Was ist los mit ihr?« Eine zweite Stimme kam näher.

Sie riss die Augen auf. »Gleich zwei davon? Ich dachte, es ginge dir um romantische Atmosphäre, Dathan.«

Ein wissendes Lächeln umspielte seinen Mund, und er hob ihre Hand. Die vertraute Geste kostete sie ihr Gleichgewicht. Statt wie üblich ihre Handfläche besänftigend zu streicheln, um ihr die Anspannung zu nehmen, saugte er einen Finger in die heiße, nasse Höhle seines Mundes. Sein scharfer Biss sandte einen hellen Puls der Wonne direkt in ihr Innerstes. Eine träge Erschlaffung machte sich in der sinnlichen Hitze des Badehauses in ihr breit. Sie wusste nicht genau, ob es sie noch länger scherte, was für perverse Gewohnheiten Dathan hatte.

»Warum sind sie hier?« Es gefiel ihr immer noch nicht.

»Nael und Vkhin? Unseretwegen.« Er beobachtete sie mit dunklen Augen, und diesmal erkannte sie endlich den bedächtigen, hitzigen Raubtierblick. Sie konnte sich bei ihm nicht sicher fühlen, begriff sie. Das war nicht einfach der Freund, den sie schon so lange kannte. Dieser Mann war mehr. Gefährlicher. Heißer. Zu viel.

»Ich bin immer noch Dathan«, sagte er, weil er die Panik in ihren Augen richtig interpretierte. »Du kennst mich, Pell. Du vertraust mir. Vertrau mir auch jetzt. Nael und Vkhin werden dich nicht anrühren, es sei denn, du willst es.«

»Du hast gesagt, *du* wolltest dich mit mir verbünden.«

»Ja.« Er ließ ihr Gesicht nicht aus den Augen. »Das will ich. Und wir werden es auch tun, gleich jetzt.«

»Also, warum sind sie hier?« Sie nahm an keinem Dreier oder Vierer teil, und schon gar nicht an einer Orgie.

»Zeugen«, antwortete er widerstrebend.

Zum Teufel, nein! Auf keinen Fall. Sie stieß sich von dem polierten Holzsitz hoch, aber eine große Hand umklammerte ihre Schulter. »Oh nein.« Sie stand auch nicht auf Beobachter. »Ich habe auch nichts für Spanner übrig, Dathan.«

»Woher weißt du das?«

Ein großer Schweißtropfen rollte ihr über die Wange. Sie würde hier keine Schönheitspreise gewinnen. Eine dunkle Hand kam aus dem Dampf und hielt ihr ein dickes Handtuch hin. Dankbar nahm sie es entgegen und drückte sich den Stoff auf die Stirn.

»Woher weißt du das?«, wiederholte er, als sie nicht antwortete. Diese Stimme war sündhaft, eine sinnliche Verlockung, über sämtliche verbotenen fleischlichen Akte nachzudenken, von denen sie je gelesen hatte.

Fantasiert hatte.

»Du überlegst, Pell«, versprach Dathan. »Du überlegst, was dir die größte Wonne bereiten wird, und ich werde sie dir verschaffen. Alles, was du willst. Absolut alles.«

Sanft strich er mit dem Handtuch über ihre Kehle und zeichnete den glatten Umriss ihres Körpers nach. Lang und süß und heiß. Er hatte sie als Freund berührt. Jetzt berührte er sie zum ersten Mal als Liebhaber.

»Erzähl mir von deinen Fantasien.« Die Worte waren ein schwüles Geflüster in der üppigen Dunkelheit. Ihre Wimpern flatterten, während sie über sein Angebot nachdachte.

»Was bringt dich auf die Idee, dass ich Fantasien habe?« Der Ton war schläfrig, eine sinnliche Frage, aber sie wusste, dass die plötzliche Anspannung in ihrem nackten Körper ihr Interesse verriet.

Zuerst war ihr unbehaglich zumute. Nach langen Momenten, in denen er mit köstlichen, festen Bewegungen über ihre Haut strich, nichts weiter, entspannte sie sich. Es wurde nichts von ihr erwartet. Sie konnte es nicht vermasseln. Wie er einfach ihren Körper genoss, war eine Freude, die sie sich nicht hätte vorstellen können, der schlichte Akt, sich ihm zu öffnen, intimer, als sie es in ihren kühnsten Träumen für möglich gehalten hätte. Wo sie sich anfangs verwundbar gefühlt hatte, fühlte sie sich jetzt geschätzt, eingehüllt in einen Kokon aus Schatten und Wärme und köstlicher Lethargie.

Die gepolsterte Bank unter ihr war alles, was sie verankerte und verhinderte, dass sie in die sanfte Wonne davonflog. Das Baumwollhandtuch war ein zu heißes Gewicht, und die exquisite Kühle, als er ihr den unerwünschten Stoff abnahm, war ihr viel lieber.

Sein geflüstertes »Darf ich?« versprach dunklere, süßere Wonnen.

Dathans feste Hände glitten an ihren Schultern empor, dann noch weiter hinauf. Das erotische Kratzen seiner Nägel auf ihrer Kopfhaut fand Wonnepunkte, von deren Existenz sie bisher nichts gewusst hatte. Erregung war ein langsamer Puls der Vorfreude, deren Mittelpunkt in ihrem erhitzten Lustzentrum lag. Sie verstand nicht, warum er der eine Liebhaber war, der sie so erregen konnte. Sie hatte ihn weggestoßen. Sie hatte Angst gehabt, dass er sie nicht wirklich wollte, nicht würde wollen können. Sie hatte immer noch furchtbare Angst, dass sie ihren Freund verlieren würde, dass der auf dunkle Weise sinnliche Liebhaber den Mann ersetzen würde, der immer da gewesen war. »Kein Zurück mehr möglich, Baby«, sagte er, und sie wusste, dass ihr Schauder der Erregung diesen dunklen, beobachtenden Augen nicht entging. Er wusste, was ihr gefiel. Er konnte nicht so tun, als würde das hier nicht geschehen. Warum also nicht den Augenblick willkommen heißen? Es war nicht länger ihre Entscheidung. Das Vergnügen setzte zu einem verstohlenen Marsch durch ihren Körper an. Ja, warum es nicht genießen? Warum nicht genießen, was er bieten konnte?

Sie streckte sich langsam und genüsslich, und ihre Muskeln, ihre Sehnen und ihre Haut schmolzen unter seinen kundigen Fingern dahin, die auf jeden Zentimeter ihres Rückens und Halses drückten und diese Teile ihres Körpers umschmeichelten und dadurch zum Leben erwecken wollten.

Seine Hände teilten sanft ihre Schenkel. Für einen Moment kämpfte sie gegen ein Aufblitzen von Verletzlichkeit. Er konnte sie sehen, alles an ihr sehen. »Pscht, Liebes.« Sein Haar streifte die verwundbare Haut ihres Halses. Unter dem scharfen Prickeln sinnlichen Bewusstseins regte sie sich erneut langsam und spürte, wie jeder Zentimeter ihres Körpers zum Leben erwachte.

Für ihn.

Feucht.

Erblühend.

Dathan hatte Pell endlich vor sich gespreizt liegen, und keine erotische Fantasie hätte ihn auf die süße Offenbarung ihres nackten Körpers und ihrer noch nackteren Seele vorbereiten können. Drei lange Jahre hatte er darauf gewartet, sie so zu sehen. Er würde nichts überstürzen. Das war für sie. Das Vergnügen würde sie an ihn binden, und dann … dann konnte er den dunkleren, süßeren Fantasien nachgehen, die ihn so lange gepeinigt hatten.

Drei Jahre lang hatte er in einer Wüste gelebt. Drei gottverdammte Jahre hatte sie ihm *das* verwehrt. Er kämpfte gegen den Drang, gegen seine Bestie, die sie tief in sinnliche Wonnen stürzen wollte, so tief, dass sie nach ihm jaulen, dass sie für ihn dahinschmelzen würde. Er wollte es ganz langsam tun. Er würde sie nicht so weit bringen, dass sie vor ihm davonlief. Er würde sie nicht verlieren, nicht jetzt. Er würde sie an sich ziehen, würde mit jeder erotischen Fähigkeit schmeicheln, die er jemals gemeistert hatte.

Alles für sie.

Nichts hätte ihn auf die Gier vorbereiten können, die er empfand, den Schock der Wonne, als sie nackt und fügsam vor ihm lag. Er würde dieses erste Mal nicht vergessen, daher würde er dafür sorgen, dass sie es auch nicht vergessen konnte.

Er konnte gerade eben ihre Seele spüren und gestattete sich einen kleinen, köstlichen Schluck, weil er sich nicht mehr völlig zurückhalten konnte. Er hatte zu lange auf sie gewartet, wollte sie zu sehr.

Er hatte versucht, andere Frauen zu benutzen, aber jedes Mal, jedes einzelne Mal, hatte er gewusst, dass die Frau in seinen Armen, die ihm ihre Seele anbot, nicht Pell war. Nach jeder Begegnung mit ihr war es für ihn vorbei gewesen. Sie zu finden war so gewesen, als hätte er die verlorene Hälfte seiner selbst gefunden. Und ihr Verlust würde schmerzhafter sein, als es der Verlust seiner Flügel jemals sein konnte.

Also würde er es nicht verderben.

Ein Teil von ihm konnte immer noch nicht glauben, dass er sie hier hatte, so nah. Ausgestreckt, nackt. Feucht. Dieses üppige, heiße Fleisch nur Zentimeter von seinen Fingern entfernt.

Er senkte den Kopf und leckte ihr sanft, heiß, liebkosend mit der Zunge über die feuchte Haut. Erkundete. Kostete die Haut ihres Halses. Lernte den Geschmack und die Beschaffenheit der Frau kennen, die seine Geliebte sein würde. Die Freundin kannte er intim; jetzt war der Liebhaber an der Reihe. Seine Finger strichen sachte über die Haut, die er gekostet hatte, beschwichtigten, verankerten sie in seinem Vergnügen.

»Du bist wunderschön.« Mit Worten war er nie besonders gut gewesen. Aber für sie hätte er Gedichte geschrieben, wenn er dazu in der Lage gewesen wäre. Es gab keine Worte, die den Anblick dieser Frau in seinen Armen beschreiben konnten.

»Nicht so richtig. Nicht …« Sie keuchte auf, als seine Zunge eine besonders empfindliche Stelle hinter ihrem Schulterblatt entdeckte. »Nicht wie die Frauen, die dir im Club nachstellen.«

»Viel schöner.« Gott, es war die Wahrheit. »Mir ist noch nie eine Frau wie du begegnet.«

Er hieß den kleinen Stich der Eifersucht willkommen, den Stempel der Besitzergreifung seitens dieser Frau, die ihm so lange ausgewichen war. Er würde *ihr* gehören, gerade so, wie jetzt jeder Zentimeter von ihr ihm gehörte. Oder ihm gehören würde. Sobald sie das Bündnis geschlossen hatten.

Sein Schwanz war dick, härter als je zuvor. Schon jetzt weinte Flüssigkeit aus seiner pflaumenfarbenen Spitze. Gott, er wollte sie!

Und sie wollte ihn.

Er trank das winzige Stöhnen in sich hinein, das sie ihm schenkte, als sie sich unter ihm dehnte, auf der Suche nach engerem Kontakt.

»Halt dich fest!«, befahl er. »Lass nicht los.« Bedächtig legte er ihre Hände um die Kante der gepolsterten Massagebank.

»Oder?« Der Unterton sinnlicher Herausforderung in ihrer Stimme ließ seinen Schwanz noch steifer werden.

»Oder du wirst kriegen, was auf dich zukommt, Baby.« Bewusst sprach er diese Wort leise knurrend und sah, wie eine köstliche Röte der Erregung ihre Haut noch rosiger färbte. Der kurze, scharfe Schlag auf ihren Hintern ließ ein kirschrotes Mal zurück, das verblasste, noch während sie stöhnte. Oh ja. Das gefiel ihr. Ihr gefiel seine besitzergreifende Art.

»Nicht vergessen«, hauchte er. »Du wirst mir gehören. Du wirst tun, was ich dir sage, wenn wir im Bett sind. Du wirst es genießen. Stell dir vor, wie viele Male ich dich kommen lassen werde. Zuerst nehme ich dich nur mit den Fingern, sodass ich jede Zuckung spüren kann. Dann mit dem Mund. Ich will dich schmecken. Dich essen.«

»Oh mein Gott, Dathan.« Das verlangende Wimmern war wieder in ihrer Stimme, und ihr Körper wand sich unter seinem. Streckte sich nach dem aus, was er ihr geben wollte.

»Willst du jetzt für mich kommen, Baby? Musst du kommen?«

Ihr Atem war ein raues Keuchen. Ihre Finger krallten sich um die Kante der Bank. Hielten sich fest. Er wollte, dass diese Finger sich um seinen Schwanz legten, ihn zu sich zogen. Aber ihr Vergnügen kam an erster Stelle. Das würde immer so sein.

»Ja«, zischte sie. »Ja, Dathan. Ja zu allem. Tu etwas. Lass mich jetzt kommen.«

Seine Finger glitten über ihre heiße, feuchte Spalte. Glitten durch ihre Säfte.

Sie wimmerte.

Mit einem Finger schlüpfte er in sie hinein, spürte, wie sich das erhitzte Fleisch verzweifelt um seinen Finger krampfte, ihn melkte. Oh ja, sie war heiß. Er ließ die anderen Finger neckend über das Fleisch ringsherum tanzen. Streichelte. Liebkoste in einem diabolischen Rhythmus.

Bewusst ließ er seinen schweren Schwanz über die Ritze ihres Pos gleiten.

»Das ist es«, stöhnte er. »Reite meine Finger. Nimm mich.«

Als sie kam und seine Finger melkte, kam ein Stück von ihm mit ihr, und seine Seele zuckte in der Wonne ihres Orgasmus.

»Das war ein Mal.« Primitive Befriedigung erfüllte seine Stimme. Sie war zu benommen vor Wonne, um sich darum zu scheren. »Machen wir zwei Mal daraus.«

Er glitt an ihrem Körper hinab, und sie begrub das Gesicht im mittlerweile warm gewordenen Leder, dämpfte das Stöhnen, das sie nicht zurückhalten konnte.

»Ich will dich hören, Liebling. Die Jungs hier sollen dich hören.«

Gott. Ihr Publikum. Sie hatte die beiden Männer vollkommen vergessen. Die nächste Welle von Wonne spülte jedoch jegliche Verlegenheit davon, denn sein Mund fand ihren Hintern. Ein dunkler Speer unaussprechlicher Wonne durchfuhr sie, als seine Lippen einen bösartigen Pfad zeichneten und seine Finger ihnen folgten.

»Nicht loslassen.« Ein scharfer, sinnlicher Klaps auf ihren Hintern folgte seinen Worten. Sie umklammerte die Bank fester, die Wonne rollte sich in ihr zusammen und füllte sie aus. »Halt dich fest, Baby, denn ich komme.«

Dann bedeckte sein Mund ihre empfindsamste Stelle, und jeglicher Gedanke an Vernunft löste sich in Luft auf.

Die Welt um sie herum verengte sich zu einem Tunnel aus erhitzten Gefühlen. Die weiche Maserung des Leders. Der Geruch ihrer Erregung und seiner.

»Du bist so feucht, Baby«, stöhnte er in ihren Leib hinein. »Du bist so feucht.« Männliche Befriedigung erfüllte seine Stimme, und dann zog er seine Zunge durch ihre Falten, kostete sie, wie er es versprochen hatte. Unter dieser unbeschreiblichen Wonne zuckten ihre Muskeln. Seine Daumen spreizten sie. Nicht genug. Zu viel. Er aß sie wie ein Verhungernder, flüsterte seine Lobeshymnen zwischen jedem köstlichen, heißen Strich seiner Zunge über ihre vollgesogene Perle.

Das Vergnügen steigerte sich unkontrollierbar.

»Sag mir, dass du mich willst«, knurrte er. Seine Zunge verließ sie für einen Moment, sodass sie die Bank loslassen und ihn zu sich zurückzerren wollte, damit er beendete, was er begonnen hatte. »Sag es.«

»Dathan«, keuchte sie und wand sich an ihm. »Oh Gott, ich will dich!«

»Jetzt sag mir, was du von mir willst«, forderte er. »Sag, welchen Gefallen ich dir tun soll, Pell!«

Sie konnte nicht weiter denken als bis zu der Wonne, die er ihr bereitete. Schließlich stieß sie hervor: »Schutz. Du sollst mich beschützen, Dathan.«

»Und?«, drängte er, während diese boshaften Hände ihr Fleisch streichelten. Sie bloßlegten.

»Ich gehöre ganz dir«, flüsterte sie.

»Mit Leib und Seele«, versprach er. »Verbünde dich mit mir, Pelinor Arden.«

»Ja«, stöhnte sie an seinem Mund. »Gott, ja, Dathan.«

Er bohrte sich in ihren Geist, während er seinen Schwanz in ihren Körper gleiten ließ.

Sie klammerte sich verzweifelt um ihn, umfasste seinen Schwanz in einem samtweichen Griff, und die sexy kleinen Wimmerlaute, die sie in sein Ohr flüsterte, machten ihn schier wahnsinnig. Trieben ihn über den Rand. Und Gott, das Gefühl des Willkommenseins. Von Heimkehr. Nichts hatte ihn darauf vorbereitet.

Ihr Geist öffnete sich ihm, als er in ihre Gedanken hineinglitt. Jetzt hatte er sie wirklich und wahrhaftig ganz. Ihre Gefühle überwältigten ihn, stillten diesen schrecklichen Durst. Teufel, seine Bestie schnurrte beinahe bei dem Geschmack ihrer Lust. Hitze. Die intime Verbindung mit ihm. Oh ja. Sie wusste, wer sie hielt, wessen Körper in ihren eindrang.

Ihre Hüften hoben sich, kamen ihm entgegen, und er vergaß die sinnlichen Fähigkeiten, auf deren Beherrschung er Jahrhunderte verwandt hatte. Er hatte so lange gewartet, und jetzt wollte er sie ganz.

»Pell«, hauchte er, als sie zusammen kamen. Dunkle Wonne schoss von seinen Eiern hoch, als er abspritzte. Er wusste, in welchem Augenblick sie seine Anwesenheit in ihr spürte, in ihrem *Geist.* Sie riss die Augen auf. Weit. Nicht angstvoll – sie hatte keine Angst. Verzweifelte Erleichterung durchströmte ihn. Vielleicht, nur vielleicht, konnte sie ihn akzeptieren. Konnte ihn ganz akzeptieren. Die Haut in seinem Nacken zuckte, als besäße sie ein eigenes Leben, sein ganzer Körper bereitete sich darauf vor, sein Innerstes nach außen zu kehren.

Alles für sie. Nur für sie.

»Dathan?« Ihre Seele flüsterte zu seiner.

»Ja«, hauchte er.

Das Bündnis schnappte zu, und die dicken Wirbel dunkler Tinte schlangen sich um ihre Handgelenke.

11

M City in der frühen Morgendämmerung sah nicht wesentlich anders aus als die städtischen Zentren, die Pell in den Vereinigten Staaten von Nordamerika bereist hatte. Die Veränderung des Lichts verbarg die Wahrheit.

Verbarg den Aufruhr, den sie in der letzten Nacht durchlebt hatte. Sie war nicht mehr dieselbe Frau, die in das Badehaus gegangen war. Und er war nicht mehr derselbe Mann. Dathan. Sie warf ihm einen Seitenblick zu und beschloss, ihr Glück nicht auf die Probe zu stellen. *Irgendetwas* war in der Dunkelheit geschehen. Irgendetwas, dachte sie, das vielleicht nicht umkehrbar war, ganz gleich, was die Legenden über Bündnisse behaupteten.

Aber sie bekam, was sie wollte. Dathan hatte geschworen, sie zu beschützen.

Weder der Dämon noch der Mann würden sie enttäuschen.

Das spürte, das wusste Pell jetzt in ihrem Herzen.

Als sein Handy klingelte, klappte Brends es unverzüglich auf. Zeit, den nächsten Teil seines Planes in Angriff zu nehmen.

Wie erwartet war Dathans Stimme am anderen Ende der Leitung. »Es ist geschehen.«

»Unter Zeugen?« Ohne Zeugen würde es kein Bündnis geben, und er brauchte dieses Bündnis.

»Ja. Wir sind jetzt auf dem Weg hinaus aus der Stadt.«

Brends konnte nicht anders – er musste sich für einen kurzen Augenblick vorstellen, wie es wäre, wenn er derjenige gewesen wäre, der mit einer neuen Bündnispartnerin im Schlepptau aus der Stadt fuhr. Die schwindelerregende Ekstase, sich endlich mit einer Seele zu verbinden. Der Durst eine gesättigte, träge Bestie, die am Rand des Bewusstseins umherstreifte, die ihre Krallen aber für den Moment eingezogen hatte. Er hatte andere Seelen gehabt, aber keine würde vermutlich dem nahekommen, was es bedeuten würde, Mischka zu haben. Der tiefe, warme Ton in Dathans Stimme übermittelte deutlicher als Worte, dass der Bruder seine jüngste Wahl nicht bereute.

Wie lange war es her, seit Brends wirklich eine Seele gekostet hatte? In jenen ersten Dekaden nach dem Sturz hatte er wild getrunken – getrieben von Verzweiflung und dem unvorstellbaren Gefühl, vom Himmel abgeschnitten zu sein sowie von allem, was hell und gut war. Ein Mann gewöhnte sich jedoch daran. Gewöhnte sich daran oder verlor den Verstand – langsam oder schnell – und traf dann die notwendigen Entscheidungen.

Zers private Residenz war ein alter Palast in M City auf einem alten Boulevard mit dem übersinnlichen Gestank nach alten Verbrechen. Der Stein selbst roch nach Laster und Elend. Zer mochte die jahrhundertealten Glasscheiben durch kugelsicheres Material ersetzt haben, aber die dunklen Hölzer und dicken Teppiche waren dekadent, ein bewusstes Naserümpfen über die früheren Besitzer, die über die kurze Spanne von zwei Jahrhunderten ein beträchtliches Vermögen vergeudet hatten und gezwungen waren zu verkaufen, lange bevor die Sowjets die weltlichen Güter ihrer gescheiterten Mitbrüder konfisziert hatten.

Zer hatte die Sowjets nicht einmal die Nasenspitze in seine private Zitadelle stecken lassen. Selbst jetzt noch war die Bar ausgestattet mit antikem Kristall und importierten Flaschen. Brends sah sein eigenes dunkles Gesicht, als er den Raum durchquerte. Verdammt. Er brauchte einen Drink. Er bekam

Dathan nicht aus dem Kopf, und das sah ihm gar nicht ähnlich. Pell. Das war der Name des Mädchens. Pell hatte Dathan von innen nach außen gekehrt, und es machte Dathan anscheinend nichts aus.

Wie konnte eine einzige menschliche Frau einen gefallenen Engel so sehr verändern?

Und warum hatte Dathan nicht gegen ihren Einfluss angekämpft?

Wie dem auch sein mochte, so lange Dathan am Leben blieb, konnte Pell Arden sich auf ein längeres Leben freuen, als sie von Rechts wegen zu erwarten hatte, denn die Bündnispartnerinnen lebten genauso lange wie ihr jeweiliger Partner.

Das leise Geräusch von Schritten auf dem teuren Teppich riss Brends aus seinen Gedanken. Nael trat vor ihrem Herrn ein und durchsuchte mit kalten Augen den Raum auf potenzielle Gefahren. Die letzten fünf Jahrhunderte hatte er sich zu Zers Bodyguard gemacht. Er mochte den Sinn für Humor eines Burschenschaftlers besitzen – obwohl es schon länger keine Burschenschaftler mehr gab –, aber seine Kriegerehre war unerschütterlich. Genau wie seine Loyalität. Er würde sein Leben für ihren Herrn hingeben, und Brends respektierte das.

Zer betrat den Raum dicht hinter Nael, ohne darauf zu warten, dass der andere Mann seine Inspektion beendete, und warf Waffen auf einen ledernen Clubsessel. Dunkel. Gefährlich. Brends musterte das Gesicht seines Herrn, erkannte jedoch keine offensichtlichen Anzeichen von Ärger. »Keine weiteren Todesfälle«, bestätigte Zer. »Noch nicht. Hat dein Spürhund Witterung von dem Abtrünnigen aufgenommen?«

»Teils, teils.« Er nippte an dem Armadale, den er aus dem Getränkeschrank geholt hatte, und genoss das geschmeidige, eiskalte Brennen des Getränks. »Wir haben Spuren draußen vor ihrer Wohnung entdeckt. Einem Spürhund sind in der ersten Nacht Bewegungen aufgefallen, aber daraus ist weiter nichts geworden. Der Killer ist da draußen, Zer – ich garantiere es. Er wird herauskommen, wenn wir den richtigen Lockvogel finden.«

»Das Mädchen.«

Mischka. Verdammt! Sie hatte einen Namen, auch wenn es Brends selbst widerstrebte, Gebrauch davon zu machen. Die Sache sollte nicht persönlicher werden, als es sein musste. »Ja. Der Abtrünnige will sie, will ihre Cousine. Er wird zu ihnen kommen, und wir werden warten.«

Zer nickte und goss sich zwei Fingerbreit Wodka in ein geeistes Glas. Kippte ihn herunter, ohne auch nur mit der Wimper zu zucken. Zäher Hund. »Die Cousine ist jetzt von der Bildfläche verschwunden?«

»Dathan ist letzte Nacht ein Bündnis mit ihr eingegangen. Er bringt sie jetzt aus der Stadt. Ich werde einen Spürhund auf sie ansetzen, falls der Abtrünnige wieder seine Zielscheiben wechselt, aber meiner Meinung nach sollten sie unbelästigt bleiben. Unser Abtrünniger hat eine echte Schwäche für die andere.«

Nael mischte sich träge mit einer eigenen Einschätzung ein. »Dathan ist ein echtes Bündnis mit ihr eingegangen.« Die amüsierte Erregung in seinen Augen war offensichtlich. »Sie hat alle richtigen Worte an allen richtigen Stellen gesagt. Heißes kleines Stück. Ein Jammer, dass sie nicht in der Stimmung war zu teilen.«

Manchmal waren die neu verbündeten Frauen bereit, ihre Zeugen ebenso zu nehmen wie ihre Bündnispartner. Brends hatte nur an einer einzigen Orgie teilgenommen, aber er war sich fast sicher, dass Dathan so etwas gestern Nacht nicht zugelassen hätte, selbst wenn seine neue Bündnispartnerin dazu bereit gewesen *wäre*. Es hatte Dathan schlimm erwischt.

Irgendetwas war mit diesem Bruder los. Es musste um mehr

gehen als echt – wenn man Naels Gesicht glauben durfte – heißen Sex.

Zer fasste es in Worte: »Ihr meint, es könnte etwas mehr sein? Diese Sache zwischen Dathan und seiner neuen Bündnispartnerin?«

»Sex«, sagte Brends. Er legte einen Fuß auf den Tisch. »Sie sollten es mal versuchen.«

»Und das von einem Mann, der immer noch darauf wartet, eine jahrzehntelange Dürre zu beenden.«

Er ließ die Flüssigkeit in seinem Glas sanft kreisen. »Also bin ich wählerischer als unser Nael.«

Nael stieß einen Schwall von Flüchen aus. »Vielleicht suche ich nach meiner Seelenverwandten; ich wette, du würdest gern deine finden. Ich weiß, dass ich mein Bestes tue, um meine aufzuspüren.« Seine dunklen Augen glühten in träger Sinnlichkeit auf, und seine Lider sanken herab.

»Schon gut«, schnaubte Brends. »Gutenachtgeschichten für kleine Kinder. Wenn es Seelenverwandte tatsächlich gäbe, meinst du nicht, dass irgendwer inzwischen eine dieser Frauen gefunden hätte? Wir sind seit ein wenig mehr als drei Jahrtausenden hier unten. Und die Zahl der Seelenverwandten? Liegt immer noch bei null. Obwohl es nicht« – er beäugte Nael – »an Versuchen deinerseits gemangelt hat. Als ich das letzte Mal nachgesehen habe, bist du von Bett zu Bett gehüpft, als wolltest du *persönlich* jede einzelne Frau in der Stadt überprüfen.«

Er hatte vor mehr als einem Jahrtausend aufgehört, an die Legende von den Seelenverwandten zu glauben. Er hatte damals keine Seelenverwandte gehabt, und er hatte auch jetzt ganz gewiss keine. Geschweige denn, dass eine von ihnen ihn erlösen, ihm die Schlüssel zum Himmel und zu seinen verlorenen Flügeln überreichen könnte.

»Frevlerischer Bastard. Nur weil niemand eine gefunden hat«, murrte Nael, »könnte das trotzdem bedeuten, dass es bloß noch nicht geschehen ist. Vielleicht werden die anderen eine Seelenverwandte finden. Vielleicht wirst du deine finden.«

Brends hatte die Hoffnung vor langer Zeit aufgegeben. Es würde in der Zukunft seiner Brüder keine Seelenverwandte geben; die eine perfekte Frau war nur ein Mythos. Ein weiteres Beispiel für Michaels Perversion und ein weiterer Grund, warum Brends einzig und allein jetzt noch bedauerte, dass es ihm nicht gelungen war, den anderen zu töten, als er die Gelegenheit dazu gehabt hatte.

Nein, es verging keine Nacht, in der Michaels perfektes, goldenes Antlitz nicht in seinen Träumen tanzte und Brends verhöhnte, während er sein Kurzmesser durch die dicken Membranen von Brends' Flügeln stieß, so beiläufig, als säge er ein tagealtes Brot entzwei – und würde ihm nicht eine Qual zufügen, die ihm die Eingeweide zerriss. Die Schreie seiner Schwester bei seinem Sturz verfolgten ihn in seinen Träumen, Schreie, die urplötzlich aufhörten, und zwar lange, bevor der Abstand zwischen ihnen so groß gewesen wäre, dass er sie aufgrund der Entfernung nicht mehr hätte vernehmen können. Michael hatte sie erwischt. Michael hatte seine Hände auf ihren bleichen, goldenen Leib gelegt.

Verdammt, ja, er hätte den Bastard jetzt am liebsten ausgeweidet.

Aber eine andere menschliche Frau zu bumsen, würde ihm nicht helfen, diesen speziellen Krieg zu gewinnen.

Falls er deshalb ein zynischer Bastard wurde, dann sollte es eben so sein.

»Wir müssen wissen, wo Mischka Baran sich aufhält. Jederzeit.« Zer durchdachte die Dinge offensichtlich bis ins Letzte. »Am besten schließt einer von uns mit ihr ein Bündnis – es wäre leichter, sie über eine derartige Verbindung aufzuspüren.« Er stellte sein leeres Glas zurück auf die Theke. »Willst du es machen, Brends, oder soll ich es tun?«

Brends kämpfte gegen die unerwartete Woge eines Gefühls von Besitzergreifung an. Auf keinen Fall würde er irgendeinen seiner Mitbrüder an Mischka Baran heranlassen. Er hatte im Laufe der Jahrhunderte alle möglichen Frauen mit ihnen geteilt, aber Mischka würde er nicht teilen. Er wusste nicht genau, warum sie so anders war, Teufel, vielleicht lag es an der Familie, wenn man bedachte, wie Dathan auf ihre verdammte Cousine reagiert hatte. Was immer es war, er würde nicht teilen. Nicht in diesem Leben.

»Sie gehört ganz mir«, knurrte er und machte sich nicht die Mühe, seine Gefühle zu verbergen.

»Worauf steht sie?« Zer lümmelte sich in dem ledernen Clubsessel, die Arme weit ausgebreitet. Brends, der sich vorstellte, wie dieser massige, harte Körper Mischka bedeckte, wusste, dass seine Augen funkelten. Er spürte, wie die Bestie sich regte, wie sie um ihre Befreiung kämpfte. Die Bestie wollte ihr Revier abstecken, wollte Zer etwas dafür antun, dass er auch nur im selben Satz an *Mischka Baran* und *Sex* dachte.

»Auf jeden Fall nicht auf Gruppensex. Verdammt, sie kann unsere Art nicht ausstehen. Sie ist nur ins G2 gekommen, weil ihre Cousine zuerst dorthin gegangen ist, und Mischka ist wie ein Hund mit einem Knochen. Sie gibt nicht auf, wenn sie etwas will. Ich muss sie einige Tage lang bearbeiten, um sie in die richtige Stimmung zu bringen.«

Für eine Verführung. Die Worte hingen unausgesprochen in der Luft zwischen ihnen.

»Kriegst du das auch ganz bestimmt hin?«

»Meine Güte, Zer. Ich bin ein verdammter gefallener Engel.« Betonung auf *verdammt.* »Natürlich kann ich das. Mir wäre es nur lieber, es richtig zu machen. Es ist nicht nötig, brutal zu ihr zu werden. Sie ist interessiert, kämpft aber gegen das Gefühl an. Ich gebe ihr nur ein oder zwei Tage Zeit, um sich mit der Idee anzufreunden.«

»Du kannst unmöglich ihr erster Liebhaber sein.« Zer tat die Idee ab. »Und sie ist in den Club gekommen, also würde ich sagen, sie hat eine gewisse Vorstellung davon, was sie erwartet.«

Was konnte eine menschliche Frau wirklich darüber wissen, was es bedeutete, einen Dämonenliebhaber zu nehmen, bis sie es getan hatte? Und sobald sie ihn akzeptiert hatte, war es zu spät, um ihre Meinung noch zu ändern. Er sollte es einfach schnell tun. Er sollte sich keine Sorgen darum machen, ihre verdammten *Gefühle* zu verletzen. Teufel. Er würde nicht wie Dathan enden, total nobel drei beschissene Jahre lang, während die Frau, die er wollte, so tat, als sei Freundschaft mehr als genug für sie, herzlichen Dank auch.

Auf gar keinen Fall!

Zer seufzte. »Bums sie, Mann, wenn sie nur irgendeine Frau ist. Nimm sie.«

Das war sie eben nicht. Das Problem war: Brends wusste nicht, zu was sie das machte. Und *anders* bedeutete seiner Meinung nach nicht zwangsläufig *gut.* »Ich werde mich darum kümmern«, fauchte er. »Ich werde sie in die Gärten einladen. Wenn ich sie das nächste Mal frage, wird sie nicht ablehnen, das garantiere ich.«

»Heute Nacht«, konterte Zer, aber Brends war bereits draußen. »Gute Jagd«, brüllte er und lachte über Brends' obszöne Geste in seine Richtung.

Zer, der sich in seinen Sessel gelümmelt hatte, richtete sich auf. »Verdammt. Den Bruder hat es schlimm erwischt.«

»Ja.« Nael wirkte nachdenklich – völlig untypisch für ihn.

»Wenn ich es nicht besser wüsste, würde ich denken, dass er etwas für diese Menschenfrau *empfindet.* Die Frage ist, warum?«

Zer zuckte die Achseln. »Seine menschliche Frau ist verdammt schwierig. Stur und sexy wie der Teufel. Warum sollte er sie nicht wollen?«

»Würdest du sie wollen?«

»Sicher.« Zer zog seine mächtigen Schultern hoch. »Aber ich glaube nicht, dass Brends in der Stimmung ist zu teilen.«

»Nein«, sagte Nael, lehnte sich zurück und verschränkte die Arme vor der Brust. »Das glaube ich auch. Also, warum reagiert er so stark auf diese Frau? Besteht die Möglichkeit, dass sie seine Seelenverwandte ist?«

Zer starrte ihn an. »Das sind Märchen, Nael. Müssen es sein. Dreitausend Jahre, und man sollte denken, wir hätten zumindest eine Frau gefunden, die als Seelenverwandte gelten könnte.«

Lange Zeit war kein anderes Geräusch im Raum zu hören als das leise Klicken von Eiswürfeln, während beide Männer überlegten, wie ihre Chancen standen.

»Warum haben wir keine gefunden?«, fragte Nael.

»Vielleicht existieren sie nicht.«

»Michael hat geschworen, dass es welche gäbe.«

»Und Michael ist ein verlogener Bastard. Das wissen wir, Nael. Er hat uns wegen seiner eigenen Scheiße aus dem Himmel geworfen. Er hat uns die Schuld an dem in die Schuhe geschoben, was er selbst getan hat.«

»Vielleicht.« Nael schwieg für einen Moment. »Vielleicht.«

12

Dathans Finger glitten tief in Pell hinein, und sie ritt ihn, ritt ihn heftig. In ihm entfaltete sich dieses dunkle, unbekannte, überraschende Vergnügen. Er konnte sie glücklich machen, er konnte *genug* für sie sein. Zum ersten Mal seit Jahrtausenden verspürte er ein Gefühl von Heimkehr.

Sie musste ihn behalten wollen.

»Mehr.« Seine Finger bewegten sich schneller. »Ich werde dir mehr geben.«

Er senkte den Kopf und umfing ihren Mund in einem heißen, tiefen Kuss. Schlicht. Direkt. Er genoss ihren honigsüßen Geschmack. Das war die Pell, nach der es ihn so viele Jahre verlangt hatte. Er konnte das Wunder immer noch nicht fassen, das sie zu ihm gebracht hatte.

Als die kurzen Tageslichtstunden verblassten, hatten sie für die Nacht in einem Gebäude haltgemacht, das einst die Sommerdatscha eines russischen Edelmannes gewesen war. Alter und Vernachlässigung hatten aus dem kiesbedeckten Innenhof eine Wildnis gemacht, wo Unkraut wucherte, das ihn in einen herrlichen Teppich aus gelbem Labkraut und dunkelblauen, stachligen Disteln verwandelte. Er hatte sie gegen ihren lachenden Protest über die Schwelle getragen und den schwarzen Jeep allein in diesem Blumenmeer zurückgelassen.

Sie waren nicht am ersten Salon vorbeigekommen. Das Tagesbett, umgeben von mottenzerfressenen Vorhängen, war das perfekte Fleckchen für ein nachmittägliches Schäferstündchen. Auch wenn die Glasscheiben in den Türen zur Veranda des kleinen Sommerhauses schon längst verschwunden waren, die verwilderten Gärten erstreckten sich immer noch weit ins Land hinaus. Unbekannte Gefühle, Gefühle, die er in Jahrtausenden nicht verspürt hatte, drohten, ihn zu überwältigen.

Dathan hielt seine Feuerwaffe und die Klingen in Reichweite. Es hatte kein Anzeichen einer Verfolgung gegeben, aber so nah an den Reservaten war die Stille nicht immer freundlicher Natur. Nur Narren – tote Narren – waren selbstgefällig. Hier stand jetzt zu viel auf dem Spiel, da durften sie nicht sorglos sein. Er ließ den Blick über die länger werdenden spätnachmittäglichen Schatten schweifen, aber da war nichts, was seine Instinkte auf den Plan rief. Nichts Ungewöhnliches.

Abgesehen von der Frau in seinen Armen.

Er legte sich auf sie und drang geschmeidig und tief in sie ein. Er schwelgte in ihrer Reaktion. Das leise Stöhnen, ihre Nägel, die sich in seine Schultern gruben. »Oh mein Gott, Dathan!«

»Sag es mir, Baby«, schmeichelte er. »Zeig mir, wie du dich fühlst.«

Noch tiefer drang er ein und suchte die Position, bei der sie schneller keuchte, die Hüften heftiger bewegte. »Genau so, Dathan«, stöhnte sie, »aber mehr.«

Wenn sie mehr wollte, würde er ihr mehr geben. Seine Finger glitten über die sanfte Wölbung ihres Hinterns und teilten die üppigen Kurven. Während er ihr Gesicht beobachtete, die dunklen Wimpern, die sich flatternd schlossen, während sie sich auf seine Berührung konzentrierte, fuhr er mit den Fingern in einem boshaften Kreis rund um die kleine Öffnung. »Öffne dich für mich, Pell. Ganz, Baby.«

Neckend streichelte er ihren Po. Drückte den Finger tief hinein.

Mit einem Wonneschrei zuckte sie in seinem Arm, und er kam zusammen mit ihr, verlor seine Seele in ihrer.

Plötzlich, explosionsartig, spürte er auf seinem Rücken einen brennenden Juckreiz. So sehr er Pell für immer festhalten wollte – die Qualen waren allzu groß, um etwas anderes tun zu können, als aus dem Bett zu springen.

»Dathan?« Ihre geliebte, schläfrige Stimme folgte ihm. Sie schwankte am Rand des Schlafes, verwirrt von seinem jähen Rückzug. Er rannte ins Badezimmer und schlug die Tür hinter sich zu. Es fühlte sich an, als würde etwas Lebendiges unter seiner Haut umherkriechen und sich mit aller Gewalt einen Weg hinausnagen wollen. Der Juckreiz war fast unerträglich. Was zum Teufel war da los?

Er legte einen Schalter um und war angenehm überrascht, dass das Licht anging. Irgendjemand hatte es versäumt, die Stromleitung zum Sommerhaus zu kappen. Das Badezimmer war eine toskanische Fantasie, die Wände mit kühlem Terrakotta gekachelt. Große Kerzenständer zierten den Rand einer Badewanne mit Klauenfüßen. Ihm wären bestimmt Ideen hinsichtlich dieser Kerzenständer und Pell gekommen, wenn nur die Haut auf seinem Rücken nicht gedroht hätte zu explodieren.

Er streifte sich das Hemd über den Kopf. Er hatte sich vorhin nicht die Zeit genommen, es auszuziehen. Pell durfte seine Haut nicht berühren, nicht, wenn er sich mit irgendetwas angesteckt hatte. Verdammt. Er war fast unsterblich. Ein kleiner Ausschlag sollte keine Wirkung auf ihn haben. Was bedeutete, dass es ein wirklich, wirklich großer Ausschlag sein musste. Also sollte er großen Abstand zu Pell halten.

Pell. Seine andere Hälfte. Die Frau, die er liebte. Wenn diese Sache vorüber war, würde er einen Weg finden, sie dazu zu bringen, dass sie bei ihm blieb. Auf keinen Fall konnte er sie aufgeben. Irgendwie, irgendwo war er wieder gefallen. Sogar verfallen. In tiefe Liebe zu ihr.

Er sog die Luft in seine Lungen, dann wandte er den Rücken dem Spiegel zu. Er musste es wissen. *Feigling,* lachte sein Verstand. *Riesengroßer, Furcht einflößender, dreitausend Jahre alter Krieger, und du hast Angst davor, dir deinen Rücken anzusehen?*

Aber Himmel noch mal! Sein Rücken war ein schwarzes Chaos. Während er ihn betrachtete, wanden sich die Linien hin und her, sortierten sich. Zu einer Tätowierung, die aussah wie große, gefiederte Flügel. Was zum Teufel geschah mit ihm?

»Dathan?«, ertönte Pells schläfrige Stimme von der Badezimmertür. Sie hatte sich in einen der Vorhänge gewickelt. Der Stoff verrutschte und entblößte die süße Wölbung einer halbnackten Brust, während er sie erschüttert anstarrte.

»Leg dich wieder hin«, sagte er rau. Was immer mit ihm nicht stimmte, er würde sie da raushalten. Pell würde nichts geschehen.

Sie hörte nicht auf ihn. Du liebe Güte, sie hatte nie auf ihn gehört. »Dathan, alles in Ordnung mit dir? Was ist mit deinem Rücken?« Diese vertrauten Augen waren voller unvertrauter Sorge. Sie streckte die Hand aus, und bevor er sie daran hindern konnte, berührte sie die entflammte Haut auf seinem Rücken.

»Meine Güte, tu das nicht«, stöhnte er. Er konnte ihr nicht wehtun.

Etwas fuhr bei ihrer Berührung durch seine Haut. Nicht seine Bestie, aber der gleiche, machtvolle Rausch.

Flügel. Er hatte Flügel.

»Oh mein Gott, Dathan.« Sie starrte ihn an. »Du bist wieder ein verdammter Engel!«

13

Es war ganz einfach gewesen, eine weitere Frau auf seiner Liste zu finden.

Noch einfacher war es gewesen, ihr tagsüber durch die verlassenen Straßen von M City zu folgen. Am Ende hatte Mischka Baran Eilor direkt zu ihrem dämonischen Liebhaber geführt. Versteckt unter einem kunstvoll geschnitzten, steinernen Überstand hatte Eilor eine perfekte Aussicht.

»Ich weiß nicht so recht, ob das richtig ist.« Trotz ihrer Zweifel berührte die Frau den Arm des Mannes und strich über die bleiche Seide seines Hemdsärmels. Der Stoff klebte und schlug Falten unter ihren Fingerspitzen und gab Eilor genau die Information, die er brauchte.

Das Paar hatte kein Bündnis geschlossen. Noch nicht.

Der Dämon senkte den dunklen Kopf, und seine Stimme klang schmeichelnd.

Verführer.

Genau wie Eilors eigene Saraiah seufzte diese Frau und drehte das Gesicht dem gefallenen Engel zu, der sie in den Armen hielt und ihr den Himmel auf Erden versprach. Diesmal jedoch käme Eilor rechtzeitig, um die Frau aus dieser heimtückischen Umarmung zu ziehen. Er würde ihre Treulosigkeit bestrafen und sich an den Dämonen rächen, die seine Frau gestohlen und ihn darüber hinaus zu der Hölle der Reservate verurteilt hatten.

Es war perfekt. Gott hatte ihn auserwählt, das Mittel seiner Rache zu sein.

Die Frau, die er beobachtete, nickte. »Na schön«, sagte sie. »Ich werde heute Abend kommen. Zu den Gärten im G2.«

Der Dämon hob den Kopf und musterte die Straßenseite, wo Eilor Wache hielt. Er wich weiter in die tröstlichen Schatten zurück; er wusste, dass der Dämon ihn nicht wittern würde. Ihn nicht entdecken würde, Jäger, der er war. Es hatte Vorteile, Eilors speziellem Herrn zu dienen.

Als das Paar sich trennte, leistete die Frau keinen Widerstand gegen den schnellen, harten Kuss des Dämons. Ja, sie war genauso schwach und sündig, wie Saraiah es gewesen war. Sie verdiente die Bestrafung.

Und er würde dafür sorgen, dass sie sie erhielt.

Wer immer Mischkas Kostüm entworfen hatte, er hatte nicht das Winterwetter von M City im Sinn gehabt. »Das wird schon gehen«, hatte die Verkäuferin bekräftigt, als Mischka stattdessen nach etwas aus Synthetikpelz gefragt hatte. Nach etwas *Wärmerem.* »Sie wollen doch auffallen, oder? Damit geht das gut. Außerdem sind diese Dämonenlokale beheizt.«

Sie wollte tatsächlich auffallen.

Außerdem hielt die Verkäuferin ihre American Express Card mit eisernem Griff umklammert, also gab Mischka nach. Was der Grund dafür war, warum sie schon wieder im G2 stand, aber diesmal in einem weißen ledernen Korsettkleid, das gut dreißig Zentimeter über ihren Knien endete – oder anders ausgedrückt: bloß ein paar Zentimeter unter ihrem Hintern. Die Schnürbänder vorn am Korsett waren mehr als nur Dekoration – sie hoben ihre Brüste an und präsentierten sie. Das kurze Kleid hatte eine lange Schleppe, die sich geschmeidig hinter ihr herzog, spektakulär dekoriert mit Federn und Steinen, dazu Meter um Meter Seidentüll. Zum Glück hielt dieser ganze zusätzliche Stoff die Rückseiten ihrer Beine warm.

Das G2 hatte anscheinend mehr Ebenen als ein Videospiel. Vor zwei Abenden hatte sie die Haupträume gesehen. Trotz des pulsierenden Lebens darin hatte die Einrichtung aus Glas und Stahl nicht weiter ungewöhnlich gewirkt. Teuer, ja, selbst mit der freizügigen Tapete, die Clubgäste kurz vor einer Orgie zeigte, aber nicht untypisch. Heute Abend jedoch musste sie ihre Einschätzung des G2 neu überdenken.

Man hatte sie in andere Räumlichkeiten geführt, wenn man es denn überhaupt so bezeichnen konnte. Sie stand in einem Garten, der halb in den höhlenartigen Tiefen des Clubs und halb draußen angelegt worden war, auf einer schwer duftenden, üppigen Fläche von exotischem Grün, die eine exquisite Gruppe von Lustpavillons in der Mitte umgab. Die Musik des heutigen Abends war eine willkommene Erholung von dem schrillen, nervenaufreibenden Lärm der vergangenen Nacht, düstere Klänge, unter denen ihr Körper in einer ungewohnten Wonne geradezu summte. So fremdartig und exotisch war der kehlige Gesang, dass sie die ganze Nacht hätte lauschen können.

Trotzdem, selbst in den künstlichen Gärten konnte sie immer noch erkennen, dass sie in M City war. Und dass Winter war. Es war keine großartige Idee, halb nackt herumzutänzeln. Obwohl ihr die Stiefel gefielen. Das Kunstleder glatt, teuer und schwarz wie die Sünde, reichte ihr die Waden hinauf und bis über die Knie, rahmte die bleiche, nackte Haut ihrer Schenkel ein. Noch besser war der Keilabsatz – statt spindeldürrer Stilettos. Sie mochte damit vielleicht nicht das nicht existente Herz eines Dämons durchbohren, aber sie würde rennen können wie der Teufel, falls nötig.

Immer einen Plan für den Notfall parat haben.

Umringt von einer Schar Schönheiten aus M City brauchte Mischka kein Genie zu sein, um sich zusammenzureimen, dass

Brends sich unter menschlichen Frauen jede aussuchen konnte. Jede dieser Frauen wäre glücklich gewesen, sich mit ihm zusammenzutun und ihn genau das machen zu lassen, was er wollte. Warum also hatte er nicht eine von ihnen erwählt?

Aber er hatte heute Abend *sie* eingeladen. Sie hatte mit nichts zu erkennen gegeben, dass sie seine Gesellschaft suchte, noch hatte sie ihn darum gebeten, sich mit ihr zu verbünden. Verdammt, den Gerüchten auf der Straße nach zu urteilen, war er ein wählerischer Bastard, ein Dämon, der sich seit Jahrzehnten mit niemandem mehr verbündet hatte. Natürlich konnten die Mädchen sich geirrt haben. Vielleicht suchte er sich grundsätzlich keine Frauen aus der Schlange vor seinem Club aus – aber da war dieser Ausdruck in seinen Augen gewesen.

Fast so, als wisse er, was ihr gefiel, was ihr geheimes, nicht so unschuldiges Vergnügen war.

Und seine Augen hatten versprochen, dass er liefern würde.

Informationen, nicht Orgasmen.

Er war ein Hinweis. Mehr nicht, sagte sie sich energisch. Es war ein kluger Schachzug von ihr gewesen, seine beiläufige Einladung in die Gärten anzunehmen. Ming John war sehr, sehr tot, und im Moment sah es so aus, als sei Brends Mischkas einzige Hoffnung, Pelinors Spur aufzunehmen.

Doch nichts von alledem erklärte das heiße, hellwache Prickeln in ihrem Magen. Brends sah nicht sonderlich gut aus. Seine Züge waren zu dunkel, zu herb. Aber er erregte Aufmerksamkeit und wirkte, als würde er etwas von Gefahr verstehen. Er würde das Kommando übernehmen, ob sie es wollte oder nicht. Und in diesem Fall würde ihr nichts anderes übrig bleiben, als sich festzuhalten und einen höllisch langen, heißen Ritt zu genießen. Denn er hatte sie so angesehen, als wolle er sie verspeisen. Zum Frühstück. Im Bett.

Sie hatte eine Regel, rief sie sich ins Gedächtnis. Eine gute Regel. Keinen Sex mit Paranormalen, ganz gleich, wie heiß der Betreffende zu sein schien.

Die Frage lautete also: Warum war sie hierhergekommen, als er gerufen hatte? Gefahr. Logik. Verlangen. Es gab wirklich keine einfache Methode, diese drei Dinge ins Gleichgewicht zu bringen. Sie war immer noch nicht davon überzeugt, dass sie es mit Brends versuchen *sollte.* Sie wusste lediglich, dass sie es *wollte.* Sie wollte *ihn.* Also war sie heute Abend hierhergekommen, auf der Suche nach einer Gelegenheit, loszulassen – gerade ein klein wenig, nicht zu viel – und zu fallen.

Seite dreiundfünfzig.

Warum konnte sie nicht Pell retten und gleichzeitig ihren Dämon genießen?

Eilor zog es vor, bei Nacht zu arbeiten, zog es vor, aus den Schatten zu schlüpfen und sich wieder dorthin zurückzuziehen. Das Element der Überraschung machte das Entsetzen der Frauen um so vieles größer. Sie hatten es nicht kommen sehen. In den verbleibenden Sekunden ihres Lebens konnte er die Fragen in ihren Augen erkennen: *Warum ich? Was habe ich getan? Wäre ich im Haus geblieben, wäre mir dann nichts geschehen?* Sie wären niemals vor ihm sicher gewesen. Sie würden niemals vor ihm sicher sein. Aber er liebte es, sie in Panik zu sehen, während sie sich fragten, ob sie etwas, *irgendetwas,* hätten tun können, um ihren eigenen Tod zu verhindern.

Natürlich nicht. Er brauchte jedoch ihre Angst, und das Spiel mit ihrer Unsicherheit verstärkte dieses Gefühl nur noch. *Wenn du nur ein klein wenig später nach Hause gegangen wärest,* hauchte er zum Beispiel in ihr zitterndes Ohr, *hättest du mich nicht getroffen. Du hast einen Fehler begangen, nicht wahr? Denn ich bin hier. Genau wie du.*

Er wusste bereits, dass dieser Teil des G2 keine weiteren Verstecke bot.

Er hatte diesen Ort eigens ausgesucht.

Jetzt, in den Stunden der Dämmerung, hatten die Schatten gerade erst angefangen, zu echter Dunkelheit zu verbluten. Dieser Ort war schmal genug, um sich ungesehen zu verschanzen, aber nicht zu weit vom innersten Kern des gottlosen Gartens entfernt, in den die Dämonen Menschen lockten. *Er* war stärker als ihre Versuchungen. Er besuchte diese Gärten nur, um zu jagen.

Die letzte Jagd war zutiefst befriedigend gewesen. Vielleicht hatte der Dämon in seinem eigenen Territorium keinen Ärger erwartet.

Vielleicht war der Dämon zu beschäftigt mit der Planung gewesen, wie er seinen Schwanz am besten in seine Partnerin stecken konnte.

So oder so, das Überraschungselement war natürlich wie vorgesehen auf Eilors Seite gewesen. Der Duft der Frau hatte den anderen Mann ebenfalls abgelenkt. Als Eilor in der Gasse auf der Rückseite des G2 hinter die beiden getreten war, hatte der Dämon einen tätowierten Unterarm gegen eine Mauer gestützt und sich vorgebeugt, um seiner menschlichen Partnerin einen harten Kuss auf die Lippen zu drücken. Ein schneller Schlag ins Genick, um den Mann zu betäuben, und danach war es so einfach gewesen. Brich dem Mann die Unterarme, lass die dicken Handgelenke knacken wie Zweige. Zwei weitere schnelle Streiche mit der Klinge auf die Kniesehne des Mannes, dann war er bewegungsunfähig, während die Schneide glatt durch seinen Hals fuhr und dabei mühelos Haut und Knochen durchtrennte.

Danach war es beinah enttäuschend gewesen, die Frau umzubringen, ihr die Klinge in den Leib zu rammen. Trotzdem, als er auf die Frau in seinen Armen hinabgeschaut hatte, hatte er den Augenblick als das erkannt, was er war.

Es war wunderbar gewesen.

Er hatte begonnen zu töten, damit die Dämonen ihre Seelenverwandten nicht finden konnten. Aber jetzt lebte er für den wundervollen Kitzel, die schwachen Frauen zu leeren und ihnen dann ein Messer ins Herz zu bohren. Er ahmte mit dem langsamen Hineinstoßen und wieder Herausziehen der Klinge den Geschlechtsakt nach, während der Körper zuckte. Er stach anfangs niemals zu tief zu – gerade tief genug, dass es wehtat, dass der Schmerz die Frau lähmte, während er nach Art eines Liebhabers die Arme um den Körper schlang.

Für den Moment war es akzeptabel, dass er auf Cuthahs Befehle hin tötete. Cuthah war nicht nur großzügig mit Geld, seine Forderungen, dass Eilor tötete, waren außerdem eine köstliche Dreingabe. Doch manchmal fragte er sich, was geschehen würde, wenn er nicht länger verstecken müsste, wer oder was er war. Wenn er offen töten könnte und Cuthah sich den Dämonen zu erkennen gäbe.

Gott, die Erinnerungen waren köstlich. Das Zucken der Klinge in seinen Händen, als Knorpel barsten und er die Rippen auseinanderdrückte, einen Austrittspunkt mitten in der Brust des Miststücks erzeugte. Das feuchte Knacken einer Rippe. Sie war still gewesen, zu schockiert, um etwas anderes zu tun, als zu wimmern, während Atem und Seele sich aus dem Gefängnis ihres Leibes freikämpften. Dann hatte er den Leichnam auf den Boden geworfen, seine Klinge herausgezogen und das dunkle Blut gesehen, das auf der gezackten Schneide perlte. Es hatte die glatte Oberfläche glitschig gemacht. Ming Johns Tod hatte seinen Durst gestillt.

Die Besten starben langsam. Zu schnell, und es verdarb ihm das Vergnügen.

Weil er Durst hatte, schlang er einen Arm um die Taille einer Menschenfrau, die durch die Gärten schlenderte. Sie war nicht Mischka Baran, aber sie konnte seinem Durst die Schärfe nehmen. Ungeachtet ihrer Gegenwehr schlug er ihr eine Hand über den Mund und zerrte sie tiefer in die Schatten. Sie würde für den Moment genügen.

Dann konnte er es für heute Nacht vielleicht langsamer angehen lassen. Während er die Unbekannte in seinen Armen ausweidete, malte er sich träumerisch aus, wie er die Klinge zwischen Mischka Barans Rippen gleiten ließ und nach oben zog. Leise vor sich hin summend befreite er mit der linken Hand seinen Schwanz und befriedigte sich eigenhändig im Rhythmus seiner Klinge.

Die künstliche Grotte erregte Mischkas Aufmerksamkeit als Erstes.

Die verdammten Dämonen hatten sexy Fantasien. Sie hatten den Club in ein Freiluftwunderland verwandelt. Hier auf Brends zu warten, fiel nicht schwer.

Mischka bemerkte die Geräusche nicht einmal, bis sie sich unter den Überhang der Grotte hindurchduckte. Kühle Luft schlug ihr ins Gesicht, und der höllische Lärm der Gärten hörte abrupt auf, wie abgeschnitten. Zuerst dachte sie, sie hätte ein Paar gestört, das sich ein wenig Sex gönnte. Der vertraute Geruch von Samen mischte sich mit dem von anderen, ekelhafteren Flüssigkeiten. Als sie jedoch Anstalten machte, aus der Grotte zurückzuweichen, erstarrte sie jäh.

Das war kein Schäferstündchen. Das war ein Albtraum.

Eine dunkle, geflügelte Gestalt beugte sich über den Körper der Frau auf dem Boden. Da war so viel Blut. Es war schlimmer als die Szene hinter dem G2. Dort war das verspritzte Blut in der kalten Nachtluft erstarrt und zu einer grässlichen Halskette gefroren. Hier, in dem üppigen, halb beheizten Inneren des Clubs, sprudelte es ungehindert hervor, befleckte das teure, schwarze Cocktailkleid der Frau und bildete einen schauerlichen Fleck auf ihrem bleichen Fleisch.

Während Mischka hinschaute, zog der Abtrünnige das Messer aus der Frau, wobei die splitternden Knochen Übelkeit erregend knirschten, und bevor sie sich bremsen oder hastig zurückziehen konnte, hielt sie inne. Sie hatte so etwas schon früher gesehen.

Der Mann riss den Blick hoch. Bedächtig richtete er sich auf und musterte sie von Kopf bis Fuß. »Hübsches Kleid«, sagte er mit einer leisen, kratzenden Stimme, während er kalt den Blick über ihr kunstvoll gearbeitetes Kleid aus Korsett und Spitze wandern ließ.

Sie erkannte diese Augen. Diese Stimme. *Eilor.*

Langsam griff sie nach der Handfeuerwaffe, die sie in ein Oberschenkelhalfter gesteckt hatte, und hoffte, dass der Paranormale ihr gegenüber nicht erkennen konnte, dass ihre Handflächen glitschig von Schweiß waren. Bedächtig hob sie den Lauf der ASP, bis er direkt auf sein Herz gerichtet war. Ein tödlicher Schuss. Er musste es sein. Selbst für seine Art.

»Keine Bewegung«, sagte sie gelassener, als sie sich fühlte.

»Warum?« Er machte noch einen Schritt auf sie zu. Obwohl er so hochgewachsen und breitschultrig war wie ein männliches Model, roch er modrig. Wie etwas Ungewaschenes und Feuchtes, das für eine sehr lange Zeit in der Dunkelheit gegärt hatte.

»Weil«, sagte sie und segnete im Stillen die Tatsache, dass die ASP keinen Sicherheitsbügel hatte, der sie daran gehindert hätte, den Bastard abzuknallen, sobald sie es wollte, »ich dir andernfalls in den Arsch schießen werde. Genau jetzt. Genau hier in diesem Garten.«

»Das wirst du nicht tun, *Bébé.*«

Alle Instinkte in ihr kreischten ihr zu, dass er der Paranormale direkt aus ihren schlimmsten Albträumen war. »Letzte Chance«, warnte sie. »Hände hoch.« Vielleicht wäre er töricht genug, sich zu weigern. Vielleicht würde sie Glück haben, denn sie wollte ihn mit Blei vollpumpen.

Sie musste es tun.

Sein Blick zuckte von ihren Schenkeln hoch, und er schüttelte den Kopf. »Tu es nicht. Ich habe auf dich gewartet.«

Sein ausdrucksloser Tonfall verstörte sie mehr als alles andere. War es ihm so gleichgültig, dass sie in seinen Mord hineingeplatzt war? Er war entweder ein echter Verrückter oder er wusste etwas, das sie nicht wusste. Beide Möglichkeiten machten sie nervös, als hätte sie etwas übersehen. Sie hasste es, sich unfähig zu fühlen. Sie hatte das Kommando – über ihr Leben und über ihr Geschäft –, und es gefiel ihr so. Sie brauchte es so.

Es war Zahltag. Der Paranormale ihr gegenüber beging den Fehler, noch einen Schritt auf sie zu zu machen. Noch ein weiterer Schritt, und er könnte sie berühren. Genau jetzt konnte sie ihn erschießen.

Mischka zielte und drückte ab.

Die Kugel traf den Paranormalen mitten in die Brust, aber kein dunkelrotes Blut ergoss sich, sondern – nichts. Das Ungeheuer stand einfach da und hatte nach wie vor dieses arrogante Lächeln auf den Lippen.

Verdammt! Sie hasste Paranormale, hasste sie wirklich.

Sie wich zurück und verfluchte dabei die Stiefel und den kunstvollen Stoff ihres Kleids. Wenn sie stolperte, wäre er binnen eines Herzschlages über ihr.

»Lauf, kleiner Mensch!«, keuchte er.

Weglaufen schien die sicherste Möglichkeit zu sein, aber diese dunklen, glühenden Augen hielten sie fest, der trügerisch menschliche Blick musterte gnadenlos ihr Gesicht. Er erkannte sie wieder. Die dunklen Züge seines Gesichtes leuchteten in unheiligem Interesse auf. Gott, ja – er erkannte sie. Er sog scharf die Luft ein, dann stürzte er sich auf sie.

Sie würde ihm nicht weglaufen.

Er schlug schnell und tief zu, sodass sie durch die Luft flog. Tüll schwebte wie Schneeflocken in einem Schneesturm um sie herum. Sämtliche ihrer Albträume waren zum Leben erwacht und beugten sich über sie, in der Hand ein blutiges Messer.

Sie trat nutzlos gegen seine Brust. Der verdammte Bastard war gebaut wie eine Ziegelsteinmauer und wog doppelt so viel wie sie. Schmerz explodierte in ihr, als sein widerwärtiger Gestank über sie hinwegflutete. Der Geruch des Todes.

Sie öffnete den Mund und wollte schreien.

Seine Hand um ihre Kehle unterband den Schrei.

»Interessant.« Seine Stimme klang immer noch wie zerstoßener Kies, als habe jemand seine Kehle zerquetscht, den Stimmapparat verdreht und ihn dann im letzten Moment losgelassen. Beunruhigender jedoch war der neue Tonfall. Zufrieden. Hämisch. Gott, er wusste, dass er diesmal gewonnen hatte.

Dunkle Flügel streckten sich raschelnd. Er setzte sich rittlings auf ihre Taille und drückte sie zu Boden. Zähneknirschend versuchte Mischka erneut, sich freizukämpfen, aber er hielt sie mühelos fest.

Als die tödliche Spitze seiner Klinge unter ihre Korsettschnüre glitt, gaben sie nach, und das scharfe Reißgeräusch war obszön laut. Mischkas Brüste quollen aus ihrem Kleid.

Er beugte sich vor und legte mehr von seinem Gewicht auf sie.

»Mischka Baran.« Sein dunkles Gesicht presste sich gegen ihre Kehle, während er die Zunge über die zurückweichende Stelle gleiten ließ. Gott – war er ein Vampir? Die schwere, nasse Berührung seiner Zunge verursachte ihr Übelkeit. »Ich habe deine Cousine kennengelernt, nicht wahr, *Bébé?* Und sie ist ebenfalls vor mir davongelaufen.« Er hob den Kopf und leckte die letzten Blutstropfen von der Klinge. »Ich wollte mir dich für den Schluss aufsparen, und doch bist jetzt du hier.«

Seine freie Hand schoss hervor und hielt ihre Kehle umfasst. Der tödliche Druck seiner Finger sorgte dafür, dass Punkte vor ihren Augen tanzten. Er würde sie erwürgen, und sie konnte nichts dagegen unternehmen.

Verzweifelt streckte sie die Finger aus, griff nach ihrer Waffe, die sie fallen gelassen hatte.

»Du hättest dich weiter verstecken sollen, kleiner Mensch.«

Verdammt, er hatte recht, aber sie hatte genug davon gehabt, sich zu fürchten. Genug von dem dunklen Gesicht, das über ihr feixte. Sie würde alles Nötige tun, um ihn aufzuhalten, auch wenn sie einen Pakt mit dem Teufel schließen musste. Verzweifelt bohrte sie ihm die Finger in die Augen und riss an dem empfindlichen Fleisch. Er wog mehr als sie, konnte jedoch trotzdem verletzt werden, nicht wahr? *Wenn du jetzt aufgibst, dann stirbst du.* Wild und gemein fluchend bäumte er sich auf, und sie wälzte sich zur Seite.

Mit der anderen Hand hob sie die Waffe, auch wenn der erste Schuss nichts eingebracht hatte. Sie würde nicht kampflos aufgeben.

»Oh, die Jagd auf dich wird Spaß machen. Ich werde zu dir zurückkommen, *Bébé.*« Er kicherte – dann wirbelte er herum und rief etwas in einer unbekannten Sprache. Kehlig und beinahe slawisch klingend, befand sie. Ein hartes Klicken war zu vernehmen, wie ein aufgezogenes Kinderspielzeug, das jemand losgelassen hatte, und dann schoss er einfach empor und verschwand außer Sicht.

Mit einem zornigen Gebrüll jagte Brends in ihr kleines Stück Garten. Sein langer schwarzer Staubmantel umfloss ihn, während seine Stiefel mit den Stahlkappen lautlos über den Boden glitten. Die Beine zum Kampf gespreizt, hielt er seine Waffen bereit.

Zu spät.

Die Beine knickten unter ihr ein, und sie fiel zu Boden.

14

Brends stürmte hinter dem Abtrünnigen her, aber der Bastard hatte einen Vorsprung und dazu einen starken Selbsterhaltungstrieb. Er fuhr steil in die Höhe und verschwand in der schwarzen Decke des Himmels von M City. Der Abtrünnige war riesig, in Leder gehüllt, das zäh wie Haut war und von dem der größte Teil des Metalls, das Brends in seine Richtung schießen konnte, abprallen würde. Schlimmer jedoch waren die Flügel. Die verschafften ihm einen gewaltigen Vorteil.

Der Abtrünnige verschoss trotzdem zwei seiner eigenen Klingen, und der schwere Stahl fuhr summend und gefährlich nah an Mischkas Körper auf dem Boden vorbei – eine laute und deutliche Botschaft an Brends. Der Abtrünnige hatte Mischka aufs Korn genommen, und das jetzt war nur das Appetithäppchen. Der wilde Zorn seiner Bestie ließ die Verwandlung über Brends' Gesicht flackern, während er darum kämpfte, die Kontrolle zurückzugewinnen.

Sein eigenes Team würde dem Abtrünnigen folgen, obwohl er nicht optimistisch war. Im Moment hatte er die Aufgabe, seinen kleinen Menschen zu beschützen. Ob sie ihn wollte oder nicht. Sie wussten beide, dass sie keine Befehle entgegennahm, aber sie hatte gleichermaßen klargemacht, dass sie auch nicht sterben wollte – und Brends hatte seine eigenen Anweisungen sehr deutlich gegeben.

Niemand kam ohne Brends' Einverständnis an Mischka Baran heran.

Rasch ging er neben ihr in die Hocke. Der Abtrünnige hatte

ihr zwar ein wenig zugesetzt, aber sie war im Wesentlichen unversehrt. Brends hatte die Absicht, dafür zu sorgen, dass das auch so blieb.

»Weißt du«, knurrte er, während er nach ihrem Arm griff und ihn drehte, um einen besonders unangenehmen Kratzer in der Ellbogenbeuge zu untersuchen, »du steckst bis über beide Ohren in der Sache drin. Wenn es nicht vorher schon so war, dann hat dieser Killer jetzt eine Klinge mit deinem Namen darauf.«

»Verständigen Sie die Behörden, Brends.« Sie wandte ihm das bleiche Gesicht zu, aber sie verlor immer noch nicht die Fassung. »Verständigen Sie sofort die Behörden! Hier geht es nicht nur um Sie und mich und um irgendeine Schlacht, die wir Ihrer Meinung nach schlagen.«

»Das haben wir bereits diskutiert.«

»Brends …«, warnte sie.

»Sie können uns nicht helfen.«

Sie musste die schlichte, unverhüllte Wahrheit akzeptieren: Ihre Art war hier in M City zweitklassig. Die einzige Macht, die sie besaßen, stammte aus dem Verkauf ihrer Seelen. Er würde niemals den Fehler begehen, Mischka Barans Intelligenz zu unterschätzen. Sie musste es mittlerweile begriffen haben: Ohne ihn würde sie Pelinor Arden nicht finden. »Ich habe es dir ein Mal gesagt. Ich sage es dir jetzt wieder: Die Behörden zählen hier nicht, nur wir.«

»Sie.« Ihr Blick durchbohrte sein Gesicht. Er konnte beinahe mitverfolgen, wie sie die Berechnung anstellte, wie sie in diesem netten kleinen geistigen Hauptbuch Soll und Haben gegeneinander aufrechnete. Offensichtlich wog der Umstand, dass er ein Paranormaler war, immer noch schwer auf der Sollseite, aber wegen der Ereignisse von eben würde sich die Waagschale vielleicht auf die andere Seite senken.

Zu seinen Gunsten.

Die Quetschungen an ihrer Kehle färbten sich bereits purpurrot, und er schluckte seinen Zorn herunter. Sie in die Arme zu nehmen, wie es seinem Wunsch entsprach, würde ihn die Oberhand kosten, und es stand jetzt zu viel auf dem Spiel. Zu viel, was er zu verlieren hatte.

»Wir«, stimmte er ihr zu und beugte sich dichter zu ihr herab. Sie zuckte zusammen, wich aber nicht zurück. Gut.

Und dann jagte sie ihm eine gewaltige Angst ein, als sie das Nachbeben ihres Schreckens überkam. Teufel, sie kämpfte gegen die Tränen an. Wollte nicht weinen. »Ah, Baby.« Er hätte sich lieber wieder Michael gestellt und verloren, als sie weinen zu sehen. Stattdessen schlang er die Arme um sie.

»Sie sind an so etwas gewöhnt«, warf sie ihm vor. »In Ihrer Welt töten Sie einander ständig.« Er ließ nicht durchblicken, wie sehr ihn ihre Worte schmerzten. Schließlich entsprachen sie der Wahrheit. »Da, wo ich herkomme, tun die Leute so etwas nicht, Brends.« Ihre Stimme klang alles andere als sicher.

Er gab der Versuchung nach, vergrub das Gesicht in ihrem Haar und verlor sich in ihrem Duft.

Eilor, ein kaltblütiger Killer, wusste, wo sie war. Trotzdem, sie war hier, und sie lebte.

Erleichterung überkam sie, ein Aufwallen von Adrenalin, und sie keuchte in kurzen, kräftigen Atemzügen. Sie *lebte.* Sie wurde von *Paranormalen* gejagt. Genau wie ihre Cousine.

»Atme«, forderte er sie schmeichelnd auf. »Atme mit mir, Baby.«

Sie sog Luft in die Lungen. Sie wollte nicht wieder so leben, versunken in lähmender Angst. Wollte sich nicht vor ihrem eigenen Schatten erschrecken. Wenn sie sich mit Brends verbündete, hätte sie das nicht mehr nötig. Sie müsste sich nur darum sorgen, was *er* mit ihr anstellen konnte.

Sie hatte fallen wollen. Doch jetzt merkte sie, dass es schwer war, die kühle Logik ihres Verstandes über dem heftigen, kompromisslosen Getöse ihres Herzens zu hören. Von Angesicht zu Angesicht mit dem, was sie geplant hatte, musste sie endlich die Wahrheit akzeptieren. Sie hatte ein Leben lang darum gekämpft, unartig zu sein, aber sie war nicht dumm. Und jeder Instinkt in ihr schrie ihr zu, dass der Mann, den sie hier aufsuchen wollte, ein Raubtier war. Aber in Brends steckte auch etwas Gutes. Irgendwo.

»Lass mich herein«, sagte er schmeichelnd mit einer Stimme wie dunkle Schokolade. Es war, als könne er ihr Schwanken spüren.

Seine Zähne knabberten an der weicheren Haut ihres Halses, was seine Worte unterstrich. Sie wehrte sich mit aller Kraft gegen die Wonne, dagegen, die Kontrolle zu verlieren, aber das erotische Piksen seiner Zähne sandte den glühenden Stachel einer Mischung aus Schmerz und Wonne an ihr Lustzentrum. Machtspielchen hatte sie niemals erregend gefunden, sie hatte jedem Liebhaber die Tür gewiesen, der sie beherrschen wollte. Also, warum war sie noch hier?

»Weil«, sagte er, und sie fragte sich, ob Dämonen doch Gedanken lesen konnten, »weil du immer all das tun wolltest, was du nicht tun solltest, was du mit diesen anderen Liebhabern nicht tun konntest. Du willst unartig sein, *Dushka,* und ich bin stark genug, dass du es sein kannst.«

Sie schüttelte den Kopf, aber seine großen Hände griffen in ihr Haar und hielten ihren Kopf still für diesen Kuss, der an ihrer Unterlippe zuckte. »Ich möchte keinen Dom, Brends.«

»Vielleicht doch.« Seine Augen verdunkelten sich. »Lass mich herein«, versprach er, »und ich werde es wahr machen. Ich werde dir alles geben, was du willst, *Dushka.* Ohne Fragen. Ohne Erklärungen. Sag mir, was du willst, oder lass mich raten.« Seine außerweltlichen Augen glühten vor Leidenschaft. Sie war überrascht, dass sie seine verdammten Gärten nicht in Brand steckten. »Ich bin gut im Raten, *Dushka.«*

Er fuhr mit den rauen Fingerspitzen über die bloße Haut ihres Arms und beugte sich vor. Das Haar, das sie gelöst hatte, fiel ihr wie ein Vorhang um die Schultern und schottete sie in einer dunklen, dekadenten Welt der Wonnen ab. Der würzige Duft von Männlichkeit und Sex umgab sie.

»Ich werde dir auch Pell zurückbringen«, versprach er.

»Für einen nicht unerheblichen Preis«, sagte sie, verzweifelt darauf bedacht, seinen erotischen Zauber abzuschütteln. Ihr Lustzentrum schwamm, begierig auf diesen Mann.

»Alles hat seinen Preis, *Dushka«,* flüsterte er an ihrem Ohr. »Aber ich werde dir sagen, worin meiner besteht. Keine Überraschungen. Du bezahlst ihn, und wir sind fertig. Gib mir so viel Zeit mit dir, bis wir Pell gefunden haben. Bis du ihr wieder gegenüberstehst. Ein Monat höchstens, das verspreche ich dir, und mehr nicht.«

Dreißig Tage, in denen sie Befehle von einem Alphamännchen entgegennehmen musste, das nicht zögern würde, ihr zu sagen, was sie zu tun hatte. Das ihr Befehle erteilen und erwarten würde, dass sie sie ausführte. Sie folgte nicht blind, nicht mehr. Ihre Klitoris pulsierte vor Verlangen und erinnerte sie daran, dass sie *das* brauchte. Sie brauchte ihn. Sie würde Pelinor nicht allein finden, nicht rechtzeitig. Brends dagegen konnte sie direkt zu ihrer verschwundenen Cousine führen. Bevor der Killer sie zuerst erreichte und sie bloß noch einen Leichnam vorfinden würde, den sie begraben konnte.

Und plötzlich wusste sie genau, dass er ihr nicht wehtun würde. Er würde sie beherrschen, ja. Würde jeden Zentimeter von ihr intim berühren, ja.

Aber er würde ihr nicht wehtun.

Nicht mit Absicht.

Gewiss konnte sie sich selbst gegen unbeabsichtigten Schmerz schützen?

Sie wünschte sich verzweifelt, sie würde sich nicht so sehr zu ihm hingezogen fühlen. Wenn sie das Bündnis geschmiedet hatten, konnte er ihre Gedanken lesen. Er würde in der Lage sein, sich mit ihr zu verbinden. Mit ihr zu kommunizieren.

»Und?« Ihre Stimme klang trocken. Als schnüre sich ihr die Kehle zu.

»Wenn der Killer dich suchen sollte« – er musterte sie eingehend – »würde ich es wissen. Ich wäre gleich da.«

»Sie wollen mich als Köder benutzen.«

Zu seiner Ehrenrettung gab er es unverblümt zu, obwohl sie vermutete, dass es nur seiner Sache half. »Ja.«

Vielleicht könnte sie dabei helfen, der Sache ein Ende zu setzen. Und es war richtig, ihr ein Ende zu setzen. Bevor sie ihre Entscheidung noch einmal überdenken konnte, sprach sie es aus. »Ja. Schließ das Bündnis mit mir, Brends.« Wilde Befriedigung erhellte seine Augen, und sie hatte keine Zeit mehr für Bedenken, denn er senkte sogleich den Kopf und blendete die Gärten um sie herum aus.

15

Brends nahm sie sofort in die Arme. Er würde es nicht auf dem Boden tun. Er war kein Tier, selbst wenn Michael eines aus ihm hatte machen wollen. Sein Durst nach dieser Frau beherrschte ihn *nicht*.

Mischka zu beschützen war bloß ein gutes Geschäft. Und wenn die sexuelle Anziehungskraft zwischen ihnen Bestand hatte und sie dadurch weiterhin aus dem Gleichgewicht geriet, sollte es ihm nur recht sein. Er würde sie beschützen, weil Mischka Baran ihn direkt zu dem Serienkiller führen würde, durch dessen Morde die Dämonen verleumdet wurden und sich gefährlichen öffentlichen Zorn zuzogen. Sie war der Köder in ihrer Falle. Mehr nicht. Das Bündnis würde es ihm am besten ermöglichen, sie zu beschützen – und er hätte eine mentale Verbindung zu ihr, die er einsetzen konnte, um sie zum Gehorsam zu zwingen.

Dennoch überraschte ihn nach wie vor die Intensität, die ihr Kuss gehabt hatte.

Wenn er zu viel Zeit in ihren Armen verbrachte, würde er all die logischen Gründe vergessen, die er dafür hatte, die Sache mit ihr weiterzuverfolgen, und sich in dem sinnlichen Entzücken über ihren Körper und ihre Seele verlieren.

Er sollte frohlocken, und er tat es auch, redete er sich ein. Sie hatte angenommen, und das war es, was er wollte. Was er brauchte. Sie war genau wie die anderen Menschenfrauen, die draußen vor seinem Club Schlange standen und einem Dämonen gefallen wollten. Sie hatte sich lediglich länger und besser widersetzt als die meisten – aber am Ende war sie bereit gewesen, ihre Seele zu verkaufen. Jetzt musste er sie nur noch irgendwohin bringen, wo er sie ungehindert berühren konnte, bevor sie ihre Meinung änderte.

Das Verlangen, das seinen Körper durchflutete, rang mit seinem Durst, sie zu kosten. Sie zu berühren.

Als er die Tür des Clubs mit der Schulter aufdrückte, rührte sich niemand von seinem Wachdienst. Die Blicke der Männer folgten ihm, während er sie bedächtig durch den überfüllten Club trug. Niemand im G2 würde an diesem Abend bezweifeln, dass sie sein war. Er drückte seinen Mund auf die bleiche Haut ihrer Handgelenke und gab ihr einen kleinen, heißen Kuss. Ihr Puls zuckte und schlug einen harten Trommelwirbel gegen seine Lippen.

Zer folgte ihm. »Weiß sie es?« Sein Herr sah ihm fest in die Augen.

»Weiß sie *was*?« Mischka stemmte sich gegen seine Brust, aber er ließ ihr köstliches Gewicht ebenso wenig los wie die weibliche Wärme in seinen Armen. Er würde erst loslassen, wenn es sein musste.

»Bündnisse verlangen Zeugen, *Dushka.*« Brends erreichte die Aufzüge und tippte mit einer Hand seinen Privatcode ein. Sie würde sich vielleicht sperren. Manchmal waren die Menschen, die in die Clubs kamen, nicht bereit, die erdhafte Natur der Dämonen zu akzeptieren. Manchmal machten sie, wenn der Handel schwarz auf weiß niedergeschrieben war, einen Rückzieher und rannten weg. Bis sie vor seinen ausgewählten Zeugen ihr Einverständnis erklärte, konnte sie immer noch gehen.

Wobei er sie bis ans Ende der Welt verfolgen würde.

»Und seine Rolle bei alledem?« Sie wies mit dem Kinn zu Zer hinüber, der ihnen in die Aufzugkabine folgte und sich schlaff und träge gegen die Chrom- und Glaswand des Liftes lehnte.

»Er ist der Zeuge«, knurrte Brends, als die Türen sich geschmeidig zu seinem privaten Büro öffneten. Er hatte um der Wirkung willen bewusst den großen Teakholzschreibtisch und die schwarzen Ledersofas ausgesucht. Gäste in seiner persönlichen Domäne würden so nicht vergessen, wer hier das Sagen hatte. Konnten nicht vergessen, dass Brends ein sinnlicher Herrscher dieser Domäne war.

Sie bekam große Augen, und ihr stockte der Atem, während sie sich im Büro umschaute. Dann kehrte ihr Blick zu dem Sofa zurück, das ihr am nächsten war.

»Ein Zeuge wovon?« Sie formulierte ihre Worte als Frage, aber sie wusste es bereits. Das konnte er sehen. Die Röte breitete sich über ihre Wangen aus, bis hinunter zu ihrem Hals. Doch statt zu protestieren, zeigte sie nur schockiertes Interesse, das seine Libido einen Gang hochschnellen ließ.

»Macht dich das feucht, Baby? Er ist hier, um uns zu beobachten. Um dich zu beobachten«, knurrte er an ihrer Kehle, während er der köstlichen Röte mit dem Mund folgte. Sie schmeckte so gut. Durch die zarten Anfänge ihres Bündnisses konnte er sie spüren. Hell und würzig, das süße, feuchte Willkommen ihres Körpers, gemischt mit dem Zimt- und Schokoduft ihrer Seele. Wärme. Hitze. Ein Willkommen, dessen Existenz er völlig vergessen hatte.

»Er wird uns beobachten?«, wiederholte sie, ließ dabei jedoch sein Gesicht keine Sekunde aus den Augen. Ihre Schenkel pressten sich zusammen, und er schwor, dass der Duft von Zimt und Schokolade stärker wurde. Einladender.

»Ja.« Er wartete.

Wiederum überraschte sie ihn. Allerdings hätte er mittlerweile wissen sollen, dass Mischka Baran die Gabe hatte, ihn zu überraschen. Und dass sie niemals, niemals, vor einer Herausforderung zurückschreckte.

»In Ordnung«, sagte sie, trat auf ihn zu und schlang ihm die Arme um den Hals.

»Küss mich!«, befahl Mischka, damit sie nicht an Ming John oder Pelinor denken musste oder daran, was der Abtrünnige in den Gärten des G2 versucht hatte. Sie hatte für heute Nacht genug nachgedacht. In diesem Moment würde sie tun, was ihr Körper verlangte. Mit einem kleinen Grinsen zog sie seinen Kopf zu ihrem herunter. Er würde sie küssen, und sie würde es genießen. Er fluchte, ein leises, heftiges Zischen, das seinem Mund entschlüpfte und sie beinahe aus der seltsamen, abwartenden Stille ihres begierigen Körpers herausholte.

Er legte ihr eine Hand um den Nacken und hielt sie still für seinen Kuss. Seine Zunge stieß zwischen ihre Lippen und streichelte und leckte ihren Mund, als fasziniere er ihn. Als fasziniere *sie* ihn.

Sie wusste genau, in welchem Augenblick Brends aufhörte, sich zurückzuhalten.

Sein Kuss war eine heiße Offenbarung.

Er neigte den Kopf und schob ihr Kinn nach oben. Seine Finger lagen fest auf ihrem Kiefer und öffneten ihren Mund, sodass seine Zunge hineinschlüpfen konnte. Seine Hände waren köstlich warm und beruhigend solide nach der schattigen Kühle der Höhle. Sie ließ ihre Hände an seinen Armen emporwandern und genoss das Gefühl dieser harten Muskeln.

Er roch so verdammt gut. Nach freier Natur und Hitze und einem würzigen Moschus, der zu Brends und zwar zu Brends ganz allein gehörte. Seine Hand krallte sich in ihr Haar, zog an der langen Mähne ihren Kopf für seinen tieferen Kuss weiter nach hinten. Seine Zunge streichelte ihren Gaumen, presste sich gegen ihre eigene Zunge. Tiefe, langsame Berührungen, unter denen sie immer feuchter wurde. Voller.

Sie teilten ihr genau mit, was er wollte.

Mit einem kehligen Stöhnen hob er sie mühelos auf die Kante des massiven Schreibtischs, der den Raum beherrschte.

Sie drehte den Spieß um.

Auf seinem Schreibtisch angekommen, schlang Mischka die Beine um seine Hüften. Der verderbte kleine Schlitz in ihrem Cocktailkleid offenbarte den duftigen Stoff um ihre Taille. Der Tanga, den sie trug, sandte einen weiteren heißen Blitz des Begehrens durch seinen Körper. Ein *Leder*tanga. Oh ja. Seine zukünftige Bündnispartnerin hatte einen unartigen Zug.

»Leg dein Bein hier hin.« Er klopfte auf die glatte Oberfläche des Schreibtisches neben ihrer Hüfte. Ohne den Blick von seinen Augen abzuwenden, schob sie ihren Fuß samt Stiefel neben sich. Hitze brandete durch ihn hindurch, als sich ihre Wade wegen des dicken Stiefelabsatzes auf anmutige Weise bog und sie sich für ihn öffnete. Er konnte sie beinahe schmecken. Die wunderschöne Wölbung ihres Schenkels erweckte in ihm eine angespannte Erwartung.

Ihre Finger glitten träge an dem Leder hinauf. Beider Finger trafen sich, verschränkten sich auf dem Reißverschluss. Das sanfte Kratzen von Metall erfüllte den Raum. Als er den Stiefel auszog, rutschte sie mit durchgebogenem Rücken auf dem Schreibtisch zurück. Beobachtete ihn mit hitzigen, wachsamen Augen.

Während er seine großen Hände ihre Beine hinaufwandern ließ, kostete er das wundervolle Beben ihrer Muskeln und den süßen, heißen Duft ihres Willkommens aus. »Brends«, stöhnte sie und zuckte rastlos auf seinem Schreibtisch hin und her.

»Ja«, knurrte er, legte ihr beide Hände um die Hüften und

zog sie näher an den Rand. Näher zu sich. Der zweite Stiefel folgte dem ersten, und er massierte mit langsamen, kreisenden Bewegungen ihre Haut. Sie erschauerte.

Ihre Finger, die über die herben Ebenen seiner Wangenknochen strichen und sein Gesicht zu ihrem herabzogen, trieben ihn in den Wahnsinn. Er begrub den Mund dicht an ihrem Puls und sog ihren Duft tief in seine Lungen. Seine Frau.

Eine köstliche Nässe befeuchtete ihren Tanga.

Bedächtig streichelte er Mischkas heißes, feuchtes Lustzentrum durch das Leder. Sie schauderte. Er wollte ihr so viel heißen, schmutzigen, luxuriösen, hemmungslosen Sex geben, wie sie verkraften konnte.

Er würde seine Eisprinzessin erwecken, und verdammt sollte er sein, wenn es ihm nicht gelang.

Mischka erkannte eine Herausforderung, wenn sie vor ihr stand. Zer war hier, um verdammt sicherzustellen, dass sie seinem Jungen nicht wehtat. Also schön. Er wollte eine Show, er wollte Garantien – sie würde dafür sorgen, dass er die heutige Nacht nicht vergessen konnte.

Der feuchte Schmerz zwischen ihren Schenkeln garantierte, dass sie selbst sie nicht vergessen würde. Sie war noch nie zuvor so erregt gewesen, und Zers Blick unter halb geschlossenen Lidern hervor ließ diese Flammen nur umso höher schlagen. Denn jedes Mal, wenn Zer sie anschaute, sah sie die besitzergreifende Hitze in Brends dunklen Augen. Brends' wollte sie. Und er wollte sie ganz.

Wenn er also Spielchen spielen würde, würde sie mitspielen. Und sie würde spielen, um zu gewinnen. Langsam strich sie mit einer Hand über ihre Taille und ließ die Finger durch das feuchten Tal zwischen ihren Brüsten nach oben gleiten. Zwei dunkle Augenpaare folgten jeder leichten Bewegung, und das sichere Wissen um ihre Macht, um die Anziehungskraft, die sie auf die Männer hatte, ließ sie noch feuchter werden.

Brends atmete langsam ein, und seine Augen loderten auf. Oh, er wusste es. Er wusste, was er mit ihr machte.

Sie zog die Fingerspitzen über ihr Schlüsselbein und kostete das Gefühl aus, mit dem ihr Körper zum Leben erwachte. Sie schob sich näher an den großen Mann heran, schaute über seine Schulter und spießte Zer mit Blicken auf. »Du willst zusehen, großer Junge? Dann sieh zu. Aber im Moment gehört Brends ganz mir.«

Absichtlich streifte sie ihm den schweren ledernen Staubmantel ab. Seine breiten Schultern dehnten sich, als sie mit den Fingerspitzen über das muskulöse Fleisch strich. Sie wollte die Lippen auf diese ganze glatte, heiße Haut pressen, aber zuerst wollte sie ihn nackt haben. Die Lederriemen der Langschwerter, die seine Brust überkreuzten, hinderten sie daran.

»Runter damit.« Sie hakte einen Finger unter das anstößige Leder und zerrte daran. Hinter ihnen sog Zer scharf die Luft ein, aber seine Anwesenheit spielte jetzt keine Rolle mehr für sie. All ihre Sinne waren auf den Mann gerichtet, den sie langsam enthüllte. Brends zögerte, schnallte dann jedoch seine Waffen ab und legte sie vorsichtig zur Seite. In Reichweite. Teufel, selbst mit Zer, der ihm Rückendeckung gab, fühlte er sich nicht sicher. Sie hätte gekränkt sein sollen. Stattdessen war sie geschmeichelt.

Vielleicht hatte er sie doch nicht unterschätzt.

Sie vergrub ihre Finger in seinem langen, glatten, schweren Haar und warf das Lederband achtlos beiseite.

»Du spielst mit der Bestie, Baby.« Seine Worte waren ein urtümliches Versprechen. Seine Augen glühten für einen Moment, und sie zögerte. Er war nicht menschlich. Aber sie hatte ihr Wort gegeben. Und irgendwie glaubte sie nicht, dass sie ihn jetzt so einfach aufhalten konnte. Ein sechster Sinn warnte sie, dass er nicht weiter in ihren Leib eindringen würde, aber das Bündnis, das sie zwischen sich aufbauten, würde nichtsdestoweniger weiterbestehen.

Er hatte sie gewarnt.

Und sie wollte ihn nach wie vor.

Er rammte die Beine in den Boden und griff nach ihr.

Jetzt gab es kein Zurück mehr, für keinen von ihnen.

Mischka Baran war ein Geschenk, das Brends nicht verdiente, aber es war eines, das er auspackte. Ihre selbstbewussten blauen Augen, glasig vor Leidenschaft, waren der verdammt heißeste Anblick, den er je genossen hatte, und sein Schwanz wurde härter, als er es für möglich gehalten hätte.

Das Bündnis war ein Vorwand, das gestand er sich offen ein, um ihre köstliche Person in die Hände zu bekommen. Um ihr einen Grund zu liefern, ihm zu vertrauen.

Er legte seine Hände an ihr unartiges Cocktailkleid, wo Eilors Klinge die Schnüre durchschnitten hatte. Sie hatte sich für ihn so gekleidet. Hatte es angezogen, weil sie wissen musste, dass es ihm gefallen würde. Die Konzession an ihre Weiblichkeit machte ihn noch heißer. Die ruinierten Seiten teilten sich unter einem köstlichen Geflüster von zartem Stoff, und er strich mit den Händen über die zierlichen Linien ihrer Rippen und umfasste ihre Brüste.

Diese Brustwarzen, die ihn die ganze Nacht über geneckt hatten, wurden hart.

»Ich will diese festen kleinen Nippel ablecken«, flüsterte er. Ihre Augen schlossen sich flatternd, und das süßeste kleine Wimmern entrang sich ihren Lippen.

»Tu es«, keuchte sie. Oh ja, das würde er. Er würde ihr etwas Gutes bieten. Etwas wirklich Gutes.

»Rau oder sanft, Mischka?« Für den Moment, bis zu ihrem Bündnis, würde er ihr die Illusion von Kontrolle geben. Er neigte den Kopf, leckte ihre Brustwarzen und rollte die süßen, kleinen Früchte in seinem Mund. Sie schmeckte so verdammt gut.

Als er mit seinen Händen die weiche Haut umfasste, schlossen sich ihre Beine um seine Taille, und dieser ganze verdammte Stoff bauschte sich um sie herum, als wären sie Engel auf Wolken. Was er nicht war. Nie wieder sein würde.

Unbarmherzig befreite er sie von diesem störenden Stoff und zerrte das unanständige Fetzchen herunter, das als Slip dienen sollte. Er hob das Korsett an.

Sie fror jetzt nicht mehr. Nein, sie war ganz heiße, feuchte Sahne.

Er strich mit seiner großen Hand über den Bogen ihres Rückgrats, und sie presste sich in seine Liebkosung hinein. Streckte sich vor ihm aus. Seine Bestie knurrte, verlangte ihre Freiheit. Der Durst war ein unmögliches Fieber, das ihn dazu drängte, mehr zu nehmen als ihren Körper. Schon jetzt konnte er *sie* spüren, die feurige, süße Seele, die Mischka Baran war, das Zögern, das sie dazu getrieben hatte, sich von ihm fernzuhalten, dieses kleine bisschen von sich selbst zu bewahren, losgelöst von der Wonne, die er ihrem Körper aufdrängte.

Wenn sie Bündnispartner geworden waren, würde er ihren Geist berühren können, wann immer er wollte. Sie würde – könnte – nichts verbergen. Er würde jede Berührung spüren, die er ihr gab, würde wissen, was sie heiß machte, würde wissen, ob sie auch nur einen Zentimeter von sich selbst vor ihm zurückhielt.

Verdammt wollte er sein, wenn er ihr jetzt erlaubte, etwas vor ihm zu verbergen! Sie würde ihm zeigen, was genau sie empfand.

Er strich mit der Zunge über den samtenen Bogen ihres Halses und kostete den süßen, weiblichen Geschmack. Feuchte Haut. Das drängende Schlagen des Pulses in der verletzbaren Beuge. Sie war nervös. Und erregt. Sein. Er kostete sie, flüsterte Komplimente, Lob. Die sanfte Beschaffenheit ihrer Haut, ihr warmer Duft faszinierten ihn.

Brends' würziger, männlicher Duft reizte sie, aber sie konnte die heiße, dunkle Anwesenheit des anderen Mannes im Raum nicht ganz ausblenden. Zer war so still. Nur seine dunklen, brennenden Augen bewegten sich. Er war nicht diskret. Nein, er starrte sie an, nahm unverhohlen in sich auf, was sich vor ihm abspielte. Für ihn abspielte.

Als Brends den Kopf auf ihre andere Brust senkte, lehnte Zer mit der angeborenen Reglosigkeit eines Raubtiers an der Wand, die Arme vor der Brust verschränkt. Was würde geschehen, wenn sie den Mut verlor und wegrannte?

Er würde sie daran hindern.

Sie wusste es bis ins Mark. Wenn Brends beschloss, sie zu nehmen, würde Zer dafür sorgen, dass sein Bruder bekam, was er wollte. Als er sich rührte, wurde das kleine Geräusch beinahe verschluckt von dem heißen Geflüster von Haut auf Haut – Brends' Hände, die ihre nackte Haut streichelten.

Brends erstarrte. Besitzergreifendes Knurren. Etwas Unbekanntes, Bestialisches huschte über sein Gesicht. Dunkel. Hart. Wild. War das die innere Bestie, vor der man sie gewarnt hatte?

»Mein«, grollte er. Die männliche Befriedigung war nicht zu übersehen. »Macht es dich an«, flüsterte er ihr ins Ohr, während er einen heißen, feuchten Pfad um die fragile Wölbung leckte, »wenn du weißt, dass Zer dich beobachtet?«

»Er beobachtet uns beide.« War das ihre Stimme, die so atemlos klang, so begierig?

»Nein«, widersprach Brends. »Er beobachtet dich. Beobachtet, wie du dich für mich öffnest. Riecht heiße Erregung und weiß, warum.«

Seine Finger strichen über ihre Kehle, glitten in das schweißnasse Tal zwischen ihren Brüsten. Umkreisten jede, neckten die Knospen.

»Brends …« Das Wort blieb ihr in der Kehle stecken. Sie brauchte das, sie brauchte ihn.

»Was immer du willst, Baby«, versprach er. »Ich bin hier, um dir zu geben, was immer du brauchst.«

Seine Finger kreisten, bewegten sich tiefer auf ihr nasses, pulsierendes Lustzentrum zu. Und dann hielten diese Finger boshaft inne, vollführten kleine, neckende Bewegungen auf der weichen Wölbung der Haut direkt unterhalb ihres Nabels.

»Vielleicht ist es das, was du brauchst«, sagte er. Er trat näher und ließ sich auf die Knie nieder. Seine breiten Schultern spreizten sie unmöglich weit. Entblößten sie seinem Blick. Und Zers Blick. Oh Gott! Als sie zögerte, zeichneten diese massigen Hände weiter ein sinnliches Muster auf ihre Schenkel.

»Öffne dich für mich«, drängte er. »Ist es nicht das, was du willst, Liebes?«

Sie schaute auf, benommen von der Wonne, die ihre Nerven befeuerte. Zers Blick war hart und heiß, grimmig in seiner Intensität. Er sah ihr fest in die Augen, dann senkte er sie absichtlich.

Er betrachtete sie.

Errötend spürte sie, dass sie noch feuchter wurde. Brends' Daumen streichelten ihre geschwollenen Schamlippen, teilten sie. Ein brutaler Schock von Wonne, und sie vernahm ihren eigenen klagenden Aufschrei. Sie bog den Rücken durch und schob sich zurück, suchte nach einem Anker in dem Strom überwältigender Ekstase. Sie wollte sich gerade auf der Oberfläche des Schreibtisches abstützen, als Zer vortrat.

»Gib mir deine Hände«, befahl er. Er stellte sich hinter sie, verschränkte seine Finger mit ihren und stützte sie. Sie schwebte praktisch zwischen den beiden riesigen Männern – ihnen ganz und gar ausgeliefert.

Brends senkte den Kopf, und ihr stockte der Atem. Die boshafte Hitze seiner Zunge durchstach ihr schmerzendes Lustzentrum.

Wer hätte gedacht, dass dermaßen harte Lippen so verdammt sanft sein konnten? Als seine Zunge in ihre durchnässten Falten eintauchte, brach sie zuckend auseinander. Zers Finger packten die ihren fester, verankerten sie, während sein wildes Knurren in ihren Ohren widerhallte.

Die Frau, die gespreizt vor ihm lag, war atemberaubend erotisch.

Und sie war sein.

All dieses wilde Verlangen, das seine Eisprinzessin hinter ihrer perfekten Fassade verborgen hatte, war *sein.* Er verspürte einen grimmigen Drang, sie so weit zu bringen, dass sie erneut die Kontrolle verlor. Brends hatte in seinem langen Leben noch niemals etwas so Erotisches gesehen wie Mischka Baran, die in seinen Armen zusammenbrach, dazu dieses köstliche kleine Keuchen und das Durchatmen, als sie kam.

Er würde sie dazu bringen, wieder zu kommen. Und diesmal, beschloss er, würde sie für ihn schreien. Laut schreien. Er hatte seit Jahrzehnten keine Frau mehr gehabt, und der üppige Geschmack von ihr auf seiner Zunge trieb ihn lediglich dazu an, noch mehr zu wollen. Und er konnte mehr haben.

Sie ritt die Welle des Orgasmus ab, an Zer gelehnt. Der Mann achtete darauf, nicht mehr von ihr zu berühren als ihre

Hände. Wenn er jedoch die Kontrolle über sich verlor, konnte er ihr immer noch jeden einzelnen Finger brechen. Ihr Kopf ruhte an der dunklen Brust des Mannes.

Ihr benommener Blick konzentrierte sich auf Brends. Wachsam, aber erregt. Und der Anflug von boshafter Schelmerei war immer noch in ihren Augen.

Gut.

Bedächtig öffnete er sie. Ihr Fleisch war schmelzend heiß um seine Finger. »Du fühlst dich gut an, Baby.« Mit zwei Fingern streichelte er die kleine Öffnung, spreizte sie weiter.

Er drang langsam in sie ein. Bedächtig. Ihre feuchte Mitte umfing ihn mit erotischen Zuckungen.

Er war von niemandem der Traumgeliebte. Das wusste er, und sie wusste es ebenfalls. Er war ein Dämon, eine Bestie, die man aus dem Himmel geworfen hatte, und dreitausend Jahre waren nicht genug Zeit gewesen, um sich seinen Weg wieder hinein zu verdienen. Na schön. Aber sie fürchtete ihn nicht, und das war heißer als die Hölle selbst. Er hatte das Gefühl, dass die Frau in seinen Armen ihm das geben würde, was sie von ihm bekam. Oh, sie würde ihm erlauben, ihre sexuellen Grenzen auszuloten, und sie würde es genießen. Aber schließlich würde sie zurückweichen.

Ihre Muskeln krampften sich um seinen Finger zusammen. Sie kam. Also, verdammt, warum konnte er es nicht genießen? Er würde sie beschützen, und Zer würde seinen Killer bekommen. Alle profitierten.

Ja. Bevor er es sich anders überlegen konnte, stand er in einer einzigen fließenden Bewegung auf und ließ seinen dicken Schwanz in sie hineingleiten.

»Wähle«, knurrte er, während er sie mit langen, langsamen, geilen Stößen streichelte. Er spürte, wie er die Kontrolle verlor. Wie er die Disziplin verlor, deren Aufbau ihn dreitausend Jahre gekostet hatte. Die Eisprinzessin war nicht die Einzige, die schmolz.

Sie blickte mit benommenen Augen zu ihm auf, und ihre Lippen teilten sich. »Was soll ich wählen?«

Wähle mich, dachte er. Er spürte, wie das frische Bündnis zwischen ihnen stärker wurde, wie es dehnbarer wurde, wie es an seinen Platz sprang und strahlend zum Leben erwachte. »Du wirst dich mit mir verbünden.« Er ließ es wie eine Feststellung klingen, keine Frage.

»Ja«, antwortete sie. Ihre Finger verkrampften sich um Zers Finger, und ihr Körper schmolz weiter um Brends herum. »Ja zu allem. *Du* verbündest dich mit *mir*, Brends.« Sie sagte die Worte, als bäte sie ihn, sie zu bumsen. »Jetzt.«

Ihre Hüften zuckten gegen seine, und ihre Muskeln drückten fest und köstlich drängend seinen Schwanz.

Ekstase schoss durch ihn hindurch, und er senkte den Kopf auf ihre Schulter und biss zu. Die Haut riss auf, und er schmeckte Blut. Ihr Blut. Er sog ihre Essenz tief in sich ein. Kostete den wilden, unbekannten Geschmack seiner süßen Frau.

»Mein«, knurrte er. Sein Mund glitt über die kleine Wunde, umgab sie mit einer erotischen feuchten Hitze. Markierte sie. Ihr sexy Aufkeuchen schoss direkt in seinen Schwanz. Es tat weh, aber sie hatte das kleine Brennen von Schmerz genossen. Interessant. Er merkte es sich für die Zukunft. Es gab andere, exotischere Spiele, die er ihr zeigen konnte.

»Sag, was du von mir willst!«, forderte er sie barsch auf. Er leckte über den kleinen Biss. Es schmeckte so verdammt gut.

Sie befeuchtete sich die Lippen, zögerte jedoch nicht. »Pelinor«, sagte sie. »Ich will, dass du Pelinor Arden für mich findest.«

»Und du schwörst, dass du an mich gebunden bist, dass du mir dienst und alles tust, was ich von dir verlange.«

Sie zögerte. Seine Arme spannten sich an. Seine Finger fanden ihre pulsierende Klitoris. Kreisten.

Ihr stockte der Atem. »Ja.« Sie sog Luft in ihre Lungen. Seine Finger drückten. »Brends«, heulte sie. »Jetzt, verdammt noch mal.«

»Abgemacht.« Ihr Duft war überall um ihn her. War auf ihm. Zer strich mit seinen Händen über ihre, schob sie zu Brends' Brust. »Bezeugt.« Das gutturale Stöhnen entriss sich fast der Kehle seines Herrn. Ungebundenes Haar fiel um ihre Gesichter, und er legte eine harte Hand auf die glatte Haut ihrer Handgelenke. Sein Kuss verbrannte Brends' Stirn.

Besitzergreifend schob Brends seinen dicken Schwanz tiefer in sie hinein. Berauscht von dem Gefühl dieser Frau gab er einen fordernden Rhythmus vor, aber ihre Hüften hoben und senkten sich und kamen bereits den seinen entgegen. Als er kam, war das ein Gefühl, als flöge er. Flöge auseinander, während er sich verzweifelt in sie hinein ergoss. Im verzweifelten Verlangen nach ihr.

Die dunklen Male um seine Handgelenke erwachten brennend zum Leben. Ein sexy Gleitgefühl, wie unsichtbare Finger, die über die wahnsinnige Länge seines Schwanzes strichen. Für seine frische Bündnispartnerin musste es genauso gewesen sein. Sie kreischte, drückte sich verzweifelt hoch, um seinem nächsten Stoß entgegenzukommen. Stellte die Verbindung her. Kam in einem besinnungslosen Höhepunkt und schrie seinen Namen laut heraus.

16

Mischka sah auf ihre Armbanduhr, während Brends sie eilig durch die Tür ihrer Wohnung und hinunter zu den wartenden Autos bugsierte. Keine zwölf Stunden, nachdem sie ihre Seele verkauft hatte, schnippte er mit den Fingern, als sei sie ein gut abgerichteter Hund.

Er sollte wirklich mal über seine Haltung nachdenken, verdammt!

Schließlich war es nicht so, als hätte er ihre Cousine bereits aufgespürt. Also wartete eine ganze Menge Arbeit auf ihn, und sie sah keine Notwendigkeit, sich auf die andere Seite zu wälzen und sich tot zu stellen, bis er seinen Teil des Handels abgeschlossen hatte.

Diese infernalische Attraktion, die sie verspürte, war reiner Sex, mehr nicht. Es hatte *nichts* zu bedeuten, dass sie ihn immerzu ansehen musste.

Lügnerin.

Gestern Nacht hatte sie gegen sämtliche Regeln verstoßen – und noch gegen ein paar mehr –, und sie hatte es genossen.

Der Wagen am Straßenrand war ein eleganter schwarzer SUV, der seinen beträchtlichen Preis geradezu herausschrie. Ökologische Bedenken waren ihm offensichtlich völlig gleichgültig, obwohl er sich vielleicht mal ein paar Gedanken dazu machen sollte. Immerhin war er, nach allem, was sie so gehört hatte, unsterblich. Schließlich würde er noch hier sein, wenn *ihre* Art aufhörte, ein Loch in die Ozonschicht zu schlagen.

Was sollte es also, wenn sie törichterweise erwartet hatte,

dass am Morgen nach dem heißesten Sex ihres Lebens alles anders sein würde? Sie konnte die Bestie in ihm durch diese seltsame zarte mentale Verbindung *spüren,* diese Verbindung, die durch ihr Bündnis entstanden war. Das Bündnis, bei dem sie sich nach wie vor nicht wohlfühlte. Obwohl dieses Rinnsal von Gefühlen ihre neue Beziehung weniger seelenlos erscheinen ließ, weniger opportunistisch, musste sie zugeben, überwältigt zu sein. Der Mann, der neben ihr einherschritt, war ihr plötzlich ein Unbekannter. Überwältigend sinnlich. Und sehr, sehr fremd. Dass sie in der Sache mit drinsteckte, war über ihren Kopf hinweg geschehen, und sie wussten es beide. Sie hatte nie flüchtigen Sex gehabt, und letztlich war an der Nacht, die sie in Brends' Armen verbracht hatte, rein gar nichts Flüchtiges gewesen. Sie waren ein Bündnis eingegangen, das sie bis auf den Grund ihrer Seele spürte. Also, wie ging es jetzt weiter? Am Ende wusste sie nicht einmal, ob Brends überhaupt eine Seele hatte.

Gewiss, er hatte altmodische, elegante Manieren, wenn er Mischka nicht gerade fest gegen eine Wand drückte und einen erotischen Angriff auf ihre Nervenenden unternahm. Jetzt stellte er ihre Reisetasche auf dem Gehweg ab und öffnete ihr mit einer lässigen Drehung des Handgelenks die Autotür.

»Steig ein«, sagte er angespannt. »Wir haben einen langen Weg vor uns.« Er blickte zum Himmel auf, der sich langsam verfinsterte. »Ich will so weit wie möglich kommen, bevor es wirklich dunkel ist.«

Ihm einen Tritt zu versetzen, hätte ihr wahrscheinlich nur verstauchte Zehen eingebracht. Es hätte ihm gewiss keine Lektionen in Sachen Sensibilität erteilt. Sie ließ sich in den Wagen gleiten, und das teure Polster gab sanft unter ihrem Gewicht nach. Niemand konnte ihrem gefallenen Engel vorwerfen, sich unters gemeine Volk zu mischen. Offenbar hatte er beschlossen, dass er sich, wenn er schon flügellos leben musste, auf andere Weise schadlos halten wollte.

Sie wollte Informationen, daher hinderte sie ihn daran, die Tür zu schließen. Galantes Benehmen konnte da warten. »Du weißt, wo wir hinfahren? Du weißt, wo Pell hingegangen ist?«

»Ja.« Er nickte knapp, gab aber keine Einzelheiten preis. Informationen aus ihm herauszuholen, war schlichtweg unmöglich, dachte sie, während sie ihm zusah, wie er um den Wagen herum zur Fahrerseite ging.

Es würde ganz bestimmt eine lange Fahrt werden.

Jede Menge Zeit zu entscheiden, ob Brends tatsächlich ein seelenloses Ungeheuer war – oder ob sie die Chance eines Lebens ergreifen und ihm ihr Herz schenken konnte.

Es wäre ein verdammtes Pech, wenn Mischka den Handel bereute.

Nicht, dass Brends wirklich erwartet hätte, sie würde ihn *ihnen* vorziehen, dem mustergültigen Paar mittleren Alters, das missbilligend zusah, wie er Mischkas Gepäck in den SUV lud und sich bereit machte, mit einem Teil ihrer Familie davonzufahren.

Er hatte stets einen fairen Preis für alles bezahlt, was er sich nahm – und mehr denn je wollte er den verdammten Abtrünnigen. Die Flügel. Auf den Flügeln stand *Michael* geschrieben. Und er hatte seine fast unsterbliche Lebensspanne dem Ziel gewidmet herauszufinden, wie er Michael zu Fall bringen konnte. Der Abtrünnige war vielleicht genau das, was er dazu brauchte.

Er würde diese Spur nicht aufgeben. Er konnte es nicht. Also musste er alles Notwendige tun, auch wenn es bedeutete, seine Bündnispartnerin unter Druck so weit zu bringen, dass sie M City mit ihm verließ.

Folgendes war nötig: Er musste Mischka, eindeutig in seiner Obhut, fortbringen und dazu ein hinreichendes Spektakel veranstalten, um die Aufmerksamkeit des Abtrünnigen zu erregen. Dann würde er ihnen folgen. Er würde also auch die Stadt verlassen, und daher würden keine menschlichen Zivilpersonen Schaden davontragen, genau, wie Zer ihn angewiesen hatte.

Was keine Wahl zwischen zwei schlechten Möglichkeiten bedeuten musste. Mischka würde lernen, Befehle entgegenzunehmen, gewiss, aber er würde sie beschützen, ganz gleich, was geschah. Wichtig war sie selbst als Köder. Sie würde Hushais Mörder zu ihm führen.

Er würde sie beschützen.

Er war jetzt um den Wagen herumgegangen und stieg ein. Er konnte es nicht ertragen, nicht in ihrer Nähe zu sein. Die getönten Fenster würden sie abschirmen.

Er drehte sich zu ihr und zog sie zu sich. Er hätte sie eindringlicher warnen sollen, aber er war egoistisch, und auch jetzt war seine innere Bestie eifersüchtig, denn selbst nach der vergangenen Nacht gehörte sie ihm nicht. Er passte nicht in das allzu makellose Heiligtum von Mischkas Wohnung. Passte beim besten Willen nicht hinein.

Also würde er nehmen, was er bekam.

Er ließ die Lippen über die zarte Haut ihres Kinns gleiten und kostete sie, jede Bewegung eine wohlüberlegte intime öffentliche Besitzergreifung. Er beherrschte sie durch das sinnliche Versprechen, das in dem heißen Necken seiner Zunge auf dieser trotzigen Wölbung lag.

Sie würde ihm nichts *geben.* Nicht hier. Also würde er schmeicheln. Würde sie so weit bringen zu *wollen.*

Er legte ihr eine Hand um den Nacken und zog sie näher zu sich.

»Brends, nicht …« Er wollte nicht die Gründe hören, warum sie einander nicht berühren sollten. Warum ihm die süße Hitze ihres Körpers, der sich an den seinen presste, entgehen sollte. Also neigte er den Kopf und hob ihr Kinn an. Legte seine Finger fest um ihren Kiefer und drückte ihren Mund auf, sodass seine Zunge hineingleiten konnte.

Er brauchte diesen Kontakt.

Brauchte mehr.

Ihre Hände, die an seinen Armen hinaufwanderten, waren köstlich warm und beruhigend solide und verankerten ihn in dieser Welt. Diese kleinen Hände bedrängten ihn, dichter heranzurücken, und er wusste, dass er nahe daran war, sich selbst in ihr zu verlieren.

Gott, schmeckte sie gut!

Also, wer hielt hier wen? Er vergrub seine Hand in ihren Pferdeschwanz und benutzte ihn als Hebel, um ihren Kopf zu einem tieferen Kuss zurückzuziehen. Seine Zunge streichelte ihren Gaumen, spielte mit ihrer Zunge. Drang tiefer ein.

Sein Kuss war ein Zeichen der Besitzergreifung, und sie wussten es beide.

Er zog ihr den Stoff der Bluse von der Haut. Sie versteckte sich unter all diesen Schichten.

Sie sog die Luft ein. Scharf. »Nicht«, flüsterte sie und wich zurück. »Nicht hier.«

Doch. Hier. Er würde ihr nicht erlauben, sich zu verstecken, nicht jetzt. Niemals. Ein Teil von ihm wollte sie hier nehmen, wollte sie entblößen, aber er würde sie verlieren, wenn er das jetzt tat.

Sie war nicht bereit für diese Spiele, und er hatte ihr nur Vergnügen versprochen.

»Öffne dich.« Er drückte besitzergreifend mit dem Daumen ihren Mund auf und ließ ihn über die Unterlippe wandern, die er in der letzten Nacht geküsst hatte. Gott, wie er ihren Geschmack liebte!

»Ich bin nicht in der Stimmung für Spielchen, Brends.« Sie funkelte ihn an. »Ich will meine Cousine finden. Jetzt.«

Ihr Zorn über seine Befehle war nicht unerwartet. Und da war der sinnliche Kitzel, sie zu beherrschen, ihr zu zeigen, welche köstlichen Wonnen eine Unterwerfung bringen konnte. Er liebkoste die üppige Wölbung ihrer Unterlippe mit dem Daumen und glitt in die feuchte Hitze ihres Mundes.

»Lass mich herein«, verlangte er, ohne den Blick von ihren Augen abzuwenden.

Sie musterte ihn argwöhnisch und riss das Kinn zurück. »Hände runter.«

»Hände *rauf«*, knurrte er, umfasste ihre Taille und zerrte sie auf seinen Schoß. Als sie seine Lenden berührte, sorgte die weiche Wärme ihres Körpers dafür, dass er fast auf der Stelle kam.

Er beachtete den Fuß nicht, der – *hart* – auf dem seinen landete. Er trug nicht umsonst lederne Cowboystiefel.

»Ich will dich feucht«, hörte er sich knurren.

Sie legte den Kopf in den Nacken, der auf seine Schulter knallte, und entblößte dadurch die köstliche Säule ihrer Kehle. Er ließ einen Finger über die bleiche Haut gleiten. Und sie fühlte sich genauso weich an – genauso unmöglich *süß* – wie in der vergangenen Nacht.

»Nicht hier«, sagte sie und schlug ihn weg.

»Was ist? Angst, dass die Nachbarn es missbilligen? Erträgst du den Gedanken nicht, dass einer von *uns* dich berührt, dich kostet?«

»Es hat nichts damit zu tun, was du bist.«

Er glaubte ihr keine Sekunde. »Ich kapiere schon, Baby. Im großen Plan der Dinge bist du ein Renoir und ich bin Straßenmalerei. Halte mich bei Laune.« Sie wirkte geschockt, und er konnte nicht erkennen, ob das daran lag, dass er es im Wagen treiben wollte, während andere in der Nähe waren, oder weil er sie mit einem Renoir verglichen hatte. Wirklich, sie war nicht die Einzige mit Bildung, selbst wenn ihre Geschmäcker verschieden waren.

»So denke ich nicht von dir. Von uns.«

»Mehr«, sagte er gedehnt und lehnte sich in dem Sitz zurück.

»Wir kommen aus zwei vollkommen verschiedenen Welten, Brends, und das müssen wir beide akzeptieren.«

Das klang ein wenig nach Selbsthilfegruppe, stimmte aber trotzdem. »Baby, du hast ja keine Ahnung.«

»Dann klär mich auf!«, fuhr sie ihn an. »Lass mich nicht im Dunkeln sitzen.«

»Na schön«, grollte er. »Du willst wissen, was mir durch den Kopf geht, wenn ich dich ansehe? Ich werde es dir sagen. Noch lieber wäre es mir, wenn *du mir* sagen würdest, welche Gedanken dir durch deinen herrlichen kleinen Kopf gehen, wenn du mich anstarrst und jammerst, dass ich dich nicht mag, dass ich deine Art nicht mag. Maß dir nicht an, Prinzessin«, er ließ den Kosenamen so obszön klingen, wie ihm zumute war, »das Denken für mich zu übernehmen. Du magst Dämonen nicht. Offensichtlich glaubst du, dass wir im Unrecht sind. ›Verdammt in alle Ewigkeit‹«, fügte er spöttisch hinzu, »und das ganze Gewäsch. Schön. Du hast wahrscheinlich ein Anrecht auf deine engstirnigen kleinen Ansichten, und offen gesagt, ich bin nicht so sehr daran interessiert, dass ich mir die Mühe mit dem Versuch geben würde, dich vom Gegenteil zu überzeugen. Letzte Nacht war ich in so vieler Hinsicht in dir, Baby. Ich habe gesehen, was du versteckst.«

»Komm mir nicht in die Quere«, sagte sie gepresst. »Und bleib aus meinem Kopf raus.«

»Hindere mich doch daran, wenn du kannst! Du kannst es

nämlich nicht. Außerdem hat es dir gefallen.« Er neigte wieder den Kopf zu ihr herab.

»Wir müssen Pell finden«, fauchte sie. »Das ist meine Angelegenheit, meine Familie, und da habe ich das Sagen.«

»Nein.« Er verschränkte die Arme vor der Brust und starrte sie an. »Nein, du hast nicht das Sagen. Du bist in das Herz des Dämonenreiches gekommen, in meinen Club. Das ist meine verdammte Stadt. Meine Brüder werden dich bei lebendigem Leib zum Frühstück verspeisen, und das auch nur, *falls* der Abtrünnige dich nicht als Erster erwischt. Du weißt rein gar nichts darüber, wie meine Stadt wirklich funktioniert, und du kannst nicht lange genug leben, um es zu lernen. Nicht ohne mich.«

Sie schüttelte den Kopf, dann schnellte sie vor und biss ihn in die Lippe. Ihr Trotz schmeckte genauso gut wie ihre Unterwerfung in der vergangenen Nacht.

»Du tust, was ich sage, wenn ich es sage, *Dushka.*«

Sie kämpften in einem Krieg; sie wusste es nur noch nicht. Er konnte – würde – den köstlichen Geschmack ihrer Seele nicht verlieren, die feurige Intelligenz, diese Sturheit, die sie dazu trieb, sich an die Regeln zu klammern. Sie brauchte einen unartigen Jungen, und sie brauchte *ihn*.

Sie war einsam, weil man einsam war, wenn man die gute Tochter zu sein hatte.

Also wollte sie seiner Arroganz einen Dämpfer versetzen. Er hatte gewusst, dass sie stark war. Unabhängig. Sie würde niemals die kleine Frau sein – würde es gar nicht sein wollen. Und er wollte es auch nicht, denn dann wäre sie nicht mehr diejenige, die sie war. Aber das bedeutete nicht, dass er nicht aufhören würde, sie aus ihrer Kuschelecke herauszudrängen. Er wollte diese Intimität; sie wollte gelassene, kühle Disziplin. Sie war gefasst, und sowohl die Bestie als auch der Mann wollten ihren Geist knacken und in ihren Kopf gelangen.

Also schön. Er würde mitspielen. Für den Moment …

Er rutschte auf den Fahrersitz zurück und fuhr los. Während sie M City hinter sich ließen, verschwanden die zu hohen Gebäude schnell in ihrer Vergangenheit, und er warf ihr das schmale Buch zu, das er in ihrem Nachttisch gefunden hatte.

Er würde ihr Stoff zum Nachdenken geben. Verdammt wollte er sein, wenn er es nicht tat.

»Ich habe dir dein Buch mitgebracht.« Er hatte es sich wieder von ihrem Nachttisch geschnappt, als er vorhin in ihrer Wohnung gewesen war. Ein urtümliches Vergnügen flackerte in ihm auf. Sie hatte es noch einmal gelesen, nachdem er es ihr beim ersten Mal zurückgegeben hatte. Sie hatte sich dafür entschieden, sein *Lesezeichen* auf Seite dreiundfünfzig stecken zu lassen.

»Mein Buch?« Sie errötete.

»Ja. Markiert an noch einigen anderen Stellen.« Es würde gewiss nicht lange dauern, bis sie nachsah. Ihre köstliche Neugier würde sie nicht warten lassen. Sie würde sehen wollen, worüber er fantasiert hatte. Was er anbot. »Seite dreiundfünfzig.«

Ihre Finger wanderten zaghaft über die Flottille von Klebezetteln, die er von ihrem Schreibtisch hatte mitgehen lassen. »Unter anderem.« Ja, er war also voller Fantasien hinsichtlich der Frau neben ihm, und keine davon wurde der echten Frau aus Fleisch und Blut gerecht. Sie war besser. Einfach und perfekt. Mischka. Trotz aller Schwächen. Er runzelte die Stirn, als sie das Buch in ihre Tasche steckte.

Er hatte versprochen, dass er ihre Fantasien wahr werden ließe.

Verdammt, er würde seine Versprechen halten. Jedes einzelne Versprechen, selbst wenn er sich nicht länger sicher war, ob er es wollte. Als er versprochen hatte, sie gehen zu lassen, wenn sie Pell fanden, hatte er nicht in Erwägung gezogen, dass er vielleicht noch nicht genug von ihr gehabt hätte.

Ihr Geschmack machte süchtig.

Und sie würde mordsmäßig sauer auf ihn sein. Vielleicht hätte er ihr die Wahrheit über Dathan und Pell sagen sollen, dass er nämlich die ganze Zeit über gewusst hatte, wo sie waren. Es ihr nicht zu sagen war ein Fehler. Das erkannte er jetzt. Vielleicht hatte er es auf irgendeiner Ebene immer schon erkannt. Zwar machte es das Bündnis zwischen ihnen nicht zunichte, aber er hatte sich von etwas – von jemand – Wichtigem abgeschnitten, als er sie angelogen hatte.

In ihren Augen wurde er dadurch zu einem Bastard von epischen Ausmaßen. Es gefiel ihm nicht, wie er sich deswegen fühlte. Er zwang seine Hände, entspannt auf dem Lenkrad zu liegen, sodass der SUV stetig in Bewegung blieb. Gefühle sollten keine Rolle spielen.

Sollten.

Aber er hatte Angst, dass sie es doch taten. Nun, verdammt. Es war viel zu spät, um Buße zu tun. Und es gab nur einen Weg zu seiner Frau, der bisher funktioniert hatte.

Also würde er sie verführen. Wiederum.

Sie rutschte neben ihm nervös auf ihrem Sitz hin und her. »Brends …« Jetzt kam es. Sie wollte sich direkt an die Arbeit machen, wollte die Kontrolle an sich reißen.

Und das würde er ihr nicht erlauben.

»Du hast, was du wolltest. Jetzt bin ich an der Reihe.« Ja. Sie würde ihn zurückstoßen.

»Habe ich das?« Er musterte unbarmherzig ihr Gesicht. »Habe ich bekommen, was ich wollte, Baby?«

»Eine Seele.« Selbst er konnte den leicht bitteren Unterton heraushören. »Signiert, versiegelt und geliefert.«

»Stimmt«, sagte er. »Was das betrifft.«

»Du kannst die Regeln jetzt nicht ändern.« Panik machte sie herrlich atemlos.

»Ich ändere sie nicht. Ich verdeutliche sie. Jetzt, da du ein Teil meiner Welt bist, musst du verstehen, was das bedeutet.«

Sie beäugte ihn vorsichtig. Kluge Frau. »Ich war der Meinung, du hättest das gestern Nacht ziemlich deutlich erklärt.«

Nein. Er hatte es nur teilweise erklärt. Vielleicht wäre es gut, die Regeln ihrer Beziehung herauszumeißeln. Dann würde sie verstehen, wo sie waren und worin ihre Rolle bestehen würde.

Ja, das würde funktionieren.

»Du bist meine Bündnispartnerin.«

»Ich war gestern Nacht dabei.«

»Was bedeutet, dass ich dich beschütze. Unter allen Umständen. Auch vor dir selbst. Ich habe das Sagen.«

»Was soll das heißen?« Er hörte sie deutlich etwas über den Mist von wegen Alphamännchen murmeln.

»Du hast meinen Preis gezahlt. Ich gebe dir, was du willst, aber ich entscheide, wann und wie. Nicht du.«

»Das ist eine Partnerschaft, Brends.«

»Das ist Sex«, konterte er, zum Teil nur deswegen, um sie auf die Palme zu bringen. Teufel, er wusste, dass jetzt nicht die richtige Zeit für schonungslose Offenheit war. Sie hatte nicht akzeptiert, was sie getan hatte. Wie sie sich gefühlt hatte. Nicht so richtig. »Du wolltest heißen, herrlichen, lustvollen, hemmungslosen Sex. Du wolltest eine Chance, das unartige Mädchen zu sein. Du wolltest mich für dich, Mischka. Nicht für Pell.«

Ihr Körper sagte ihm mehr als Worte. Sie hatte sich absichtlich in einen weiblichen Panzer gehüllt: schlichte Bluejeans, dicker Pullover. Flache Stiefel. Nichts zu Ungewöhnliches und nichts Verführerisches. Ja, sie hatte ihm die nackte, in Leder gehüllte Orgie des G2 erspart, und das machte ihn heißer, als er es jemals gewesen war. Er würde nicht zu dem zurückkehren, was er zuvor gehabt hatte.

Was, genau genommen, gar nichts gewesen war. Verdammt, man brauchte kein Neurochirurg zu sein, um zu wissen, dass das Beste, was ihm seit einer Ewigkeit passiert war, das Klopfen ihres Fußes war, als sie ihm einen total verärgerten Blick zuschoss.

Ihr Pech, dass ihr Zorn ihn nur umso heißer machte, denn es bedeutete, dass er ihr unter die Haut ging.

Dass er ihr etwas *bedeutete.*

»Du bist der Verführer in diesem Bild«, beschuldigte sie ihn.

Nein. Sie hatte ihn verführt. Mit dieser Wärme, dem Leben dieser Seele, diesem Stück von ihr, das sie verborgen hielt. Er zuckte lässig die Achseln, weil er ihr unmöglich sagen konnte, wie wichtig das für ihn war. Teufel, er verstand es selbst nicht. »Wenn das Bündnis den Sex für dich leichter macht, soll's mir recht sein. Du tust, was du tun musst. Aber ich bin für dich da. Um dir zu geben, was du willst.«

Wenn sie Pell wollte, würde sie Pell bekommen. Er würde dafür sorgen. Verdammt, er hatte es geschworen, aber es steckte noch mehr dahinter. Es war, als gäbe es emotionale Bande, die seine Seele immer fester an ihre knüpften. Zum ersten Mal seit seinem Sturz machte es ihm nichts aus. Zum ersten Mal wollte er nicht gegen die Ungerechtigkeit des Ganzen toben oder die Schachfiguren in seinem komplizierten Rachespiel bewegen.

Er empfand einen gottverdammten *Frieden.* Sie war ihm unter die Haut gegangen, hatte etwas mit ihm gemacht.

Also würde er sie verführen, wenn das nötig war, um an diesem Gefühl festzuhalten. Er würde sie nicht gehen lassen. Er konnte es nicht.

Das war richtig.

Sie würde lernen, mit ihm zu leben, weil sie es musste. Bei

diesem Gedanken umspielte ein Lächeln seine Mundwinkel. Wie weit konnte er sie heute treiben? »Wenn ich du wäre« – er hob ihre Hand an seine Lippen, sodass seine Zunge die süße Haut ihrer Knöchel kosten konnte –, »würde ich mir Sorgen machen, dass ich zu viel bezahlt habe.«

Er ließ das Schweigen den SUV ausfüllen, bis er der Versuchung nicht länger widerstehen konnte, und er sah erneut zu seiner Partnerin hinüber. Sie war eingeschlafen, als sei ihr Gespräch bloß ein vorübergehendes Echozeichen auf ihrem emotionalen Radar gewesen. Ihr Atem ging sanft, und Traumgedanken rankten sich von ihr zu ihm. Sie entspannte sich, wenn sie schlief. Die elegante, disziplinierte Pose war vollkommen verschwunden. Sie hatte sich zu einer Kugel zusammengerollt und war eingeschlafen.

Er hatte keinerlei Grund, dagegen Protest einzulegen. Denn ja, er hatte sie gestern Nacht wach gehalten. In ihrem Bett war nicht viel geschlafen worden. Trotzdem, jetzt konnte er sie ansehen. Konnte den dunklen Kranz von Wimpern mit den Augen trinken, die auf der bleichen Haut ihres Gesichtes ruhten. Er griff nach ihrer Hand. Er wollte sie spüren.

Während er die weiche Haut ihrer Hand genoss, fuhr er weiter, trank das glatte Band der Straße und das leisere Schnurren des Motors in sich hinein. Nichts, niemand lebte hier draußen. Die Landschaft, wenn man M City verließ und auf die Steppen zufuhr, bestand lediglich aus dichten Wäldern und gelegentlich einer Ruinenstadt.

Und aus Stille. Nicht das geringste Geräusch – außer dem leisen Hauch von Mischkas Atem und dem Flüstern der Reifen auf dem Pflaster.

Allein ihre Nähe war beruhigend. Der Durst, begriff er mit einiger Überraschung, war eher ein angenehmer Schmerz als eine wütende Gier.

Friede, befand er, war ein seltsames Gefühl. Und Psychoanalyse ätzend. Stattdessen gestattete er sich, einfach zu fahren, während seine Finger sanft über die nackte Haut ihres Handgelenks strichen und einen Augenblick auskosteten, der unmöglich ewig andauern konnte.

17

Die Landschaft war eine Erfahrung für sich. Mit den Hochgeschwindigkeitszügen, deren Bau ein ehrgeiziger Präsident vor einigen Jahrzehnten genehmigt hatte, benötigte man jetzt nur noch einen einzigen Tag, um M City zu erreichen. Da die meisten Passagiere Karten für ein Privatabteil lösten, mussten sie nicht mit den anderen kommunizieren. Das Zugpersonal hängte die Abteile an oder kuppelte sie ab, wenn der Zug in den Bahnhof einfuhr. Für sein Geld erwarb man eine Box aus Glas und Stahl von etwa anderthalb mal zwei Metern, mit zwei Liegen und einem kleinen, verglasten Bullauge, durch das man die vorbeifliegende Landschaft betrachten konnte.

Bequem. Effizient. Zugegeben, eine Spur zu steril.

Gerade jetzt wäre Mischka eine solche Sterilität lieb gewesen. Sie war aus einem Nickerchen erwacht, beunruhigt durch schockierend sinnliche Träume. Und Brends zu beobachten, wie er den SUV lenkte, trug nicht das Geringste dazu bei, ihr Blut abzukühlen. Seine massigen Hände umspielten das Lenkrad des Wagens ebenso sinnlich und effizient, wie er in der vergangenen Nacht mit ihrem Körper gespielt hatte. Männliche Macht. Als er den Wagen durch ein besonders großes Schlagloch in der Straße lenkte, rutschte die Manschette seines Hemds hoch, und es zeigte sich ein Anflug der schwarzen Wirbel um sein Handgelenk. Niemand war mehr für den Unterhalt dieser Straßen zuständig.

Das GPS war verstummt, als sie M City vor sechs Stunden hinter sich gelassen hatten. Es war unmöglich, die Straße hier draußen zu verlieren, einen Katzensprung von der Stadt entfernt, obwohl sie den Verdacht hatte, dass man alle möglichen anderen Dinge hier verlieren konnte. Angefangen mit dem Leben. Zum Glück für ihren Seelenfrieden war der SUV wie ein Panzer gebaut. Das verstärkte, kugelsichere Glas der Scheiben bot ein wenig Sicherheit. Brends ging keine Risiken ein.

Sie schon.

Irgendetwas hatte an ihr genagt, seit sie die Stadt hinter sich gelassen hatten. Etwas, über das sie nicht allzu genau nachgedacht hatte. *Du hast überhaupt nicht nachgedacht,* nörgelte eine kleine Stimme in ihrem Kopf. *Du warst zu sehr damit beschäftigt, deine Böse-Mädchen-Slips anzuprobieren. Oder sie zu verlieren.* Woher hatte Brends gewusst, in welche Richtung sie fahren mussten? Er hatte nicht gezögert. Nachdem er seinen massigen Körper hinter das Lenkrad des Wagens geschoben hatte, hatte er ein Ziel in das GPS eingetippt. Ohne zu zögern. Sicher, er konnte einen Schuss ins Blaue abgegeben haben, aber ihre Instinkte sagten ihr, dass Brends Duranov nie etwas tat, ohne dafür einen sehr guten Grund zu haben.

Sie ging die Bilder durch, die er ihr gereicht hatte. Irgendjemand hatte sich irgendwo Zugang zu einem besonders gut positionierten Spionagesatelliten verschafft. Die Fotos waren gestochen scharf, voller Schwarz-weiß-Details. Pell. Ein unbekannter Dämon. Hochgewachsen und dunkel wie die übrigen, aber er hielt seinen Körper schützend zwischen ihre Cousine und die Straße, während er ihr in einen SUV half. Das war keine gewaltsame Entführung. Leider konnte sie an dem Foto nicht erkennen, ob sie ein Bündnis eingegangen waren, aber ihre Körpersprache schrie die Intimität hinaus. Das war kein One-Night-Stand gewesen, auf den Pell sich eingelassen hatte, um ihre Familie zu verärgern und ihre Worte zu unterstreichen. Wer immer der Mann war, er bedeutete ihr etwas.

Verdammt.

»Sie kannten einander schon, bevor Pell verschwand.« Auf einmal war sie sich dessen sicher.

Brends drehte den Kopf, im Blick Unbehagen, bevor er seine Aufmerksamkeit wieder auf das silberne Band der Straße vor ihnen richtete. »Ja.« Das Eingeständnis schien ihn nicht im Mindesten zu berühren. Und es war so sicher wie das Amen in der Kirche keine Blitzmeldung. »Pell ist regelmäßig in den Club gekommen. Sie und Dathan sind Freunde geworden.«

»Freunde.« Sie haderte mit diesem Wort, es kam ihr plump vor. Und es drückte todsicher nicht die Tiefe des Gefühls aus, das das Foto vermittelt hatte. War Freundschaft mit einem Paranormalen überhaupt möglich? Hatte Pell etwas an dem unbekannten Mann gefunden, dem sie vertraute? »Sie hat nie von Dathan gesprochen.« Niemals.

Seine Hände auf dem Lenkrad spannten sich beinahe unmerklich an. »Vielleicht hat sie sich entschlossen, es dir nicht zu erzählen. Vielleicht wusste sie nicht, wie sie es dir erzählen sollte.« Sein Tonfall stellte klar, dass er wusste, wie eine solche Enthüllung aufgenommen worden wäre. »Wir haben das doch schon früher besprochen. Deine Cousine ist eine erwachsene Frau, klug genug zu wissen, worauf sie sich einlässt, und ihre eigenen Entscheidungen zu treffen. Sie braucht dich nicht, damit du sie für sie triffst.«

Die Furcht war inzwischen eine vertraute Gefährtin. Wenn Pell sie nicht brauchte, hatte Mischka nichts mehr zu bieten. Der Gedanke war ihr unerträglich, noch weitere Familienmitglieder zu verlieren. Sie schluckte. »Pell weiß, dass ich sie liebe.«

»Was bedeutet, dass du ihren Liebhaber mit offenen Armen willkommen heißt?«, fragte er geringschätzig. »Überleg doch mal, Baby. Ich habe dich über Paranormale reden hören. Wir sind nicht gut genug für dich. Wir sind Tiere, keine Menschen.«

Das hatte sie nicht gesagt, oder? Obwohl sie es, zugegeben, wahrscheinlich gedacht hatte. Brends war kein Tier. Ungezähmt, ja. Wild, absolut. Aber seit der Nacht, in der sie ihm das erste Mal begegnet war, hatte sie nicht den Fehler begangen, in ihm weniger zu sehen als einen Menschen. Er war mehr. So viel mehr.

»Woher weißt du, wohin du fahren musst?« Sie deutete auf das stumme GPS. »Du hast ein Ziel eingegeben. Du hattest ein Ziel im Sinn.«

Sie hasste sein vernichtendes Schweigen.

»Ich bringe dich zu Pell.« Er ließ die Straße keine Sekunde aus den Augen. »Du hast mich darum gebeten, dich zu Pell zu bringen, und genau das tue ich. Du kannst an meinen Methoden herummäkeln, so viel du willst, aber du bekommst, was du möchtest.«

Den Teufel tat sie. »Woher weißt du, wo sie ist?«

Für einen Moment schwieg er. Schließlich sagte er: »Weil ich Dathan mit ihr aus der Stadt geschickt habe. Ich habe gewusst, dass du ihr folgen würdest. Und unser Abtrünniger wird euch beiden folgen.«

Unglaube kämpfte mit dem Gefühl, verraten worden zu sein. Und mit Zorn. Sie entschied sich für den Zorn und hieß die heiße, vertraute Flut von Gefühlen willkommen. Er hatte sie hereingelegt!

»War es das wert, Brends?«

»Nein«, sagte er kalt. »Was gestern Nacht geschah, hatte nichts mit Dathan und Pell zu tun. Es hatte etwas mit *uns* zu tun, Mischka.«

»Es gibt kein ›uns‹!« Unmöglich. Nicht nach seinem Verrat.

»Vertrau mir.« Sein Körper war trügerisch entspannt, aber er behielt die Straße die ganze Zeit über im Blick.

»Nicht klug, Brends«, erwiderte sie kühl.

Selbst sie wusste, dass sie angespannt war, reizbar. Er war zu nah, bedrängte sie zu sehr. Ihr Bündnis war eine dunkle Gegenwart in ihrem Hinterkopf, ein Schatten, der sie beobachtete. Zu intim. Zu nah. Er hielt sich zurück, versuchte, ihr nicht zu nahe zu kommen. Ihr Verstand wusste das, aber sie wollte trotzdem auf ihn einschlagen.

Als die Ballons ihnen fröhlich von der Tankstelle am Straßenrand zuwinkten und wild im heftigen Fahrtwind des Wagens hüpften, trat er leicht auf die Bremse. Die Ballons waren gut sichtbar an einigen Büschen befestigt und sollten absichtlich Aufmerksamkeit erregen. Brends trat die Bremse bis zum Anschlag durch und brachte den SUV schnell und plötzlich zum Stehen. Sechzig Zentimeter weiter, und er hätte es verfehlt.

Die Menschenfrau war zierlich und schlank und hatte die großen braunen Augen, die in den meisten Männern den Wunsch weckten, sie zu beschützen – bis sie den Funken Humor in ihren Tiefen entdeckten. Im Gegensatz zu den meisten der Frauen, die Eilor in M City gefunden hatte, war ihre Haut weder geisterhaft bleich noch übertrieben gebräunt – den schwachen goldenen Schimmer hatte sie sich rechtmäßig verdient durch irgendeinen Freiluftsport. Vielleicht joggte sie. Sie war gewiss über den Parkplatz gesprintet, wo er sie schnell genug gefunden hatte. Ein Jammer, dass er keine Zeit hatte, sie freizulassen und erneut einzufangen. Er hatte etwas übrig für ein nettes Katz-und-Maus-Spiel, vor allem, wenn kein Zweifel an seinem Ausgang bestand.

Unglücklicherweise lag Eilor in seinem Zeitplan zurück. Ihm

war nicht danach, so zu enden wie dieser kleine Mensch, mit dem Cuthah gespielt hatte. Also musste er seine Mission vollenden. Erfolgreich.

Pelinor Arden und Mischka Baran. Töte eine. Bring mir die andere.

Am Ende war es so furchtbar einfach.

Der glänzende schwarze SUV war in der Landschaft aufgefallen wie eine Neonzielscheibe. Der Gefallene darin wusste zweifellos, dass Eilor ihnen auf der Fährte war, was bedeutete, dass der Krieger seine eigenen Gründe hatte, die Verfolgungsjagd in diese Richtung zu führen. Für den Moment war Eilor bereit, seinen Wünschen entgegenzukommen. Seine beiden Zielpersonen waren jetzt draußen auf dem Land. Sie waren leichte Beute, genauso, wie er es gern bei seinen Frauen hatte – und die beiden großen Krieger, die sie bewachten, konnten nichts zur Rettung ihrer Partnerinnen tun.

Geradeso, wie niemand etwas zur Rettung der Frau tun konnte, die in mehrere Meter silberfarbenes Klebeband neben ihm eingewickelt war. Sie war lediglich ein Appetithäppchen – und ein Memo an seine Verfolger. Er hatte sich nicht einmal die Mühe gegeben, nach einer weiteren von *ihnen* zu suchen. Seine Verfolger verstanden die Verbindung zwischen seinen Zielpersonen nicht, und das war am besten so. Also war diese Frau lediglich ein glücklicher Zufall.

Für ihn natürlich. Nicht für sie.

»Und nun, *Bébé«*, sagte er, während er zielstrebig auf sie zukam, »sind nur noch wir beide hier, Darling. Ich glaube, es wird Zeit, dass du deinen Zweck erfüllst, meinst du nicht auch?«

Die Frau wimmerte.

Es dauerte nicht lange, da schnitt die Klinge durch Fleisch, und die Frau hörte auf zu schreien.

Es war mindestens ein Jahrzehnt vergangen, seit der letzte Tankwagen die Tankstelle angefahren hatte. Der Ort stank nach Vernachlässigung und nach etwas eher Chemischem. Die Zeit hatte dem ungewöhnlichen Ort eine postapokalyptische Patina verliehen. Die verdreckten Fenster des kleinen Ladens hinderten Brends daran hineinzuschauen, aber es sickerte ein frischer Gestank heraus. Der Gestank nach Tod. Tod in jüngster Zeit. Der grelle Kupfergestank von Blut traf ihn heftig, aber noch ohne jeglichen Hauch von Verwesung. Der Bastard war noch hier.

Kein Hinterhalt, befand er, aber trotzdem eine Falle. Draußen klebte Blut auf einer Benzinpumpe. Und dann sah er die weibliche Leiche wie Müll auf dem rissigen Asphalt liegen.

Der Abtrünnige drehte seinen Jägern eine lange Nase.

Die Tür zur Damentoilette stand weit offen, eine dunkle Höhle, die ihn zum Nachschauen einlud. Ja, als würde er dieses Angebot des Abtrünnigen annehmen.

»Oh mein Gott!«, sagte Mischka neben ihm, und ja, sie hatte eine Hand nach der Türklinke ausgestreckt, während sie mit der anderen nach ihrem Sicherheitsgurt griff. Er würde sie jetzt nicht verlieren.

»Bleib hier!«, brüllte er.

Sie hörte nicht auf ihn, und er fragte sich, wann er angefangen hatte, dieses Wunder zu erwarten. »Wir müssen ihr helfen«, sagte seine Bündnispartnerin stattdessen, und der Gurt klickte und löste sich. Meine Güte! Er verriegelte die Türen, als er aus dem Wagen stieg und die Toilette betrat, aber er wusste, dass Schlösser Mischka nicht für lange aufhalten würden. Sie würde die Willkommensnachricht des Abtrünnigen sehen, und er hätte alles darum gegeben, das zu verhindern. Die tote Frau war wahrscheinlich eine einheimische menschliche Verweigerin gewesen. Jetzt war sie einfach nur tot. Das Blut an den

Wänden war frisch; als Brends es berührte, war sein Finger anschließend rot. Verdammt! Der Bastard war gar nicht *hinter* ihnen. Er war *vor* ihnen.

Und zwar nicht weit.

Er hörte Schritte auf dem Kies knirschen. Zorn und Furcht tobten in ihm.

»Steig wieder in den verdammten Wagen!«, fauchte er Mischka an. Im Geiste verprügelte er sie. Er musste sie in Sicherheit bringen. Erst nachdem er wusste, dass ihr nichts geschehen würde, konnte er tun, was hier getan werden musste. Er verschloss ihren Geist, hob sie hoch und setzte sie behutsam wieder in den SUV. Sie würde keinen Muskel rühren können, bevor er es zuließ, und jetzt wussten sie es beide.

Sie blinzelte, sobald sie die Kontrolle über ihren Körper an ihn verlor, und er hätte schwören können, dass er die Entrüstung in ihren Hexenaugen erkennen konnte. Ja, sie mochte noch immer keine Befehle entgegennehmen. Sie würde es überwinden. Oder lernen, sich damit abzufinden. Er beschützte sie, verdammt noch mal.

»Lass mich los. Sofort.«

Er musterte sie kühl. »Nein. Nicht jetzt.«

»Du Bastard!« Da war nichts mehr von seiner Eisprinzessin. Ihre Augen blitzten in einem köstlichen Feuer, und für einen Moment verspürte er keinen sehnlicheren Wunsch, als die ergötzlichen Möglichkeiten der Situation zu nutzen. Fakt war, dass er sie gefesselt hatte. Außerstande, sich zu bewegen, und seiner sinnlichen Barmherzigkeit ausgeliefert. Ja, es gab alle möglichen Dinge, die er ihr gern zeigen würde.

Was für ein Jammer, dass die Pflicht rief! »Ich komme zurück, Baby«, knurrte er. »Dann werde ich mich um dich kümmern. Du kannst so wütend werden, wie du möchtest.« Er drückte ihr einen heißen, harten Kuss auf den Mund.

Er zog die Tür des SUV zu und verriegelte sie obendrein, nicht, weil diese Schlösser irgendetwas abhalten würden, sondern weil es seine Worte unterstrich. Er wollte sie in Sicherheit wissen, wollte wissen, dass niemand – *nichts* – an sie herankam, aber diese Art von Sicherheit war ein Luxus, den er sich nicht leisten konnte. Er brauchte sie hier.

Er schätzte im Kopf die Chancen ab und rief seine Brüder an, tippte den Notfallcode in das Handy und fauchte schnelle Befehle in die Sprechmuschel. Der Abtrünnige wusste, dass sie hier waren, es hatte also keinen Sinn zu versuchen, sich bedeckt zu halten.

Er musterte die Tankstelle, und verdammt, ja, er zögerte. Er hatte hier einen Job zu erledigen, und es spielte keine Rolle, dass ihm das Jonglieren nicht gefiel. Er konnte Mischka nicht an erste Stelle setzen, denn das wäre ein Luxus, den er sich nicht leisten konnte. Mischka allein im SUV war nicht gut, aber seine Brüder waren zwei Minuten entfernt. Er hatte schon früher Abtrünnige aufgespürt und exekutiert. Das jetzt war nichts anderes, und er hatte einen verdammten Job zu erledigen, ob es ihm nun gefiel oder nicht.

Es spielte keine Rolle, dass heute nicht sein Tag war.

Einen Fluch murmelnd riss er die Tür der Tankstelle auf und trat ein. Taxierte den Laden, suchte nach einem Ansatzpunkt, von wo aus er starten konnte – und fand nichts. Der Laden war wie jeder andere Gemischtwarenladen eingerichtet, was gut zur Situation passte. Die war ebenso gemischt. Eine verstaubte Kasse und eine Theke mit Kunststoffbelag. Rollen mit abgelaufenen Lotterielosen und Regale mit muffigem Tabak. Vielleicht ein Dutzend Gänge mit den Überresten abgepackter Snacks und längst nicht mehr funktionierender Getränkekühler. Was hier passiert sein mochte, es war schnell passiert. Die menschlichen Besitzer waren schon lange fort, aber sie hatten ihre Waren zurückgelassen. Vielleicht ein Störfall in der Nuklearfabrik, befand er. Oder vielleicht war es ihnen auch bloß scheißegal gewesen, nachdem der menschliche Verkehrsfluss vor einigen Jahrzehnten versiegt war; sie hatten keine Lust gehabt, eine halbe Tonne Twinkies mitzunehmen, als sie dort hingingen, wo Menschen immer hingingen, wenn sie mit Sack und Pack wegzogen.

Er hätte auch nicht länger gewartet.

Brends griff nach einer Klinge, holte tief Luft und konzentrierte sich. Scheißdreck, der Gestank nach Blut war hier noch viel intensiver. Der Bastard musste mit der Schnippelei hier drin angefangen haben und dann nach draußen gegangen sein.

Das Aufblitzen von Stahl im Gang war alles, was Brends als Warnung erhielt.

Eilor kam auf ihn zu wie eine Dampfmaschine mit Vollgas. Der Bastard wartete nicht auf Vorstellungen oder Bedenken. Meine Güte. Ihm sollte es recht sein. Es war nicht so, als hätte Brends vorgehabt, Eilor seine Rechte vorzulesen und ihn zurück nach M City zu schleifen.

Jedenfalls nicht lebendig.

Mit einem leisen Knurren wehrte Brends den Angriff ab. Ihre Arme verschränkten sich ineinander; sie waren beide gleich stark. Dann begriff Brends, dass die Waffe seines Gegners keine gewöhnliche, von Menschen hergestellte Klinge war. Teufel, nein. Der Bastard hatte ein Flammenschwert. Macht flackerte an dem Stahl entlang. In einer Minute würde Eilor genug Macht haben, um die Klinge ganz in Feuer zu tauchen, und dann würde die Hölle losbrechen.

Angreifen. Zurückfallen. Der vertraute Rhythmus des Kampfes erfüllte ihn mit frischer Energie. Gott, er hatte vergessen, wie gut es sich anfühlte. Während er seinen Gegner in dem engen Raum des Ladens umkreiste, schätzte er die Lage ein. Bis Eilor dieses verdammte Schwert ganz aufgeladen hatte, waren sie gleich stark. Zu gleich. Beide waren Mitglied der Herrschaften gewesen, geschaffen für den Kampf.

Er hatte es seit Jahrtausenden nicht mehr mit einem Gegner mit Flammenschwert zu tun gehabt. Niemand, der nicht von Engelsblut war, konnte diese Schwerter ziehen – geschweige denn, sie mit der nötigen Macht erfüllen, um tödliche Flammen über die ganze Länge züngeln zu lassen. Verdammt. Wenn er noch einen weiteren Beweis gebraucht hätte, dass dieser Abtrünnige ein Insiderjob war, dann hatte er ihn jetzt.

Eilor flog durch den Raum auf ihn zu, fest entschlossen, Brends den Kopf abzuschlagen.

»Kein Interesse, du Arschloch«, sagte er und schwang die eigene Klinge. Er mochte kein Engelsfeuer zur Verfügung haben, aber drei Jahrtausende Praxis erwiesen sich als nützlich. Wenn er sein Ziel traf, gab es einen Abtrünnigen weniger, der ihm zu schaffen machte. Leider hatte der Abtrünnige superschnelle Reflexe. Er rollte sich ab und glitt unter dem Bogen, den Brends' Klinge beschrieb, hindurch, sodass das Schwert das Glasfenster der Ladenfront traf – statt Sehnen und Haut.

Glas splitterte in einem tödlichen Regen auf den Boden. Nur Pech, dass einige geringfügigere Schnittwunden den Job nicht erledigen würden. Brends setzte Eilor nach, durchquerte den Laden mit wenigen schnellen Schritten. Ihre Füße waren die ersten Abdrücke auf dem dicken Teppich jahrzehntealten Staubs, der die Linoleumplatten bedeckte.

Eilor schälte sich aus dem neuen Eingang des Ladens und brachte den Rückweg rascher hinter sich, als Brends es für möglich gehalten hätte. Verdammt, der Bastard war schnell! Ihm blieb kaum Zeit, mit dem Arm zu blocken und seinen Gegner von sich wegzustoßen. Eilor landete schwer auf einigen ausgestellten Limonadenflaschen, und süße Flüssigkeit umfloss ihn.

Vielleicht würde er besiegt am Boden liegen bleiben.

»Also, mehr bringst du nicht zustande?«, fragte sein Gegner herausfordernd.

Oder auch nicht.

Eilor war wieder auf den Beinen und stürmte auf ihn zu. Brends verfluchte die Enge der Tankstelle, die den Kampf so erschwerte, aber er konnte den Bastard nicht loseisen und nach draußen jagen. Wenn er tatsächlich herauskam, würde sein Team sich um die Angelegenheit kümmern. Das war Sinn und Zweck von Verstärkung. Er blockte einen weiteren Hieb ab.

Der nächste Hieb traf genau ins Ziel, und er hörte das Knacken, als es seinen Kopf zurückriss, bevor der sengende Schmerz diesen in eine Trommel verwandelte. Scheiße. Taumelnd hielt er sich an der Theke fest. Das dunkle Summen der Macht von Eilor hätte ihn warnen sollen, und jetzt stieg von dem Abtrünnigen tatsächlich Rauch auf. Teufel. Das war nicht gut.

In seinem Ohrstöpsel knisterte es. »Kriegst du das geregelt oder brauchst du Hilfe?«

»Brauchst du Hilfe, *Bébé?«*, höhnte der Abtrünnige. »Kannst du einen einzigen Bösewicht nicht allein zur Strecke bringen?« Ja, die Umrisse des Abtrünnigen qualmten ganz eindeutig, ein orangefarbener Schein, der den Raum erhellte. Das Schwert fing Feuer, als die ersten Mitglieder des Verstärkungsteams durch die Vordertür kamen.

»Scheiße.« Sein Team lief in eine Situation, die er nicht unter Kontrolle hatte. »Er hat Engelsfeuer. Lasst euch zurückfallen, verdammt! Lasst euch *zurückfallen.«*

Er war bereits in Bewegung und versuchte, die Konfrontation zu vermeiden, die er wie einen schlimmen Zugunfall kommen sah. Für Eilor gab es jedoch kein Halten, und die Mitglieder des Teams verstanden nicht, womit sie es zu tun hatten.

Die feurige Schneide von Eilors Schwert durchschnitt den ersten Krieger, der durch die Tür kam, wie ein Messer die Butter, was die schier ausweglose Situation deutlich machte. Nael taumelte fluchend zurück. »Ich geh mir jetzt holen, wofür ich gekommen bin«, gurrte Eilor.

Kalter Zorn jagte durch Brends' Adern und blendete alle bis auf die urtümlichsten Instinkte aus. Das waren seine *Brüder*. Kein Vieh, das man niedermetzeln konnte. Sein Gesichtsfeld nahm eine rötliche Färbung an. Rot wie die Farbe des Blutes, das auf der Feuerklinge klebte. Da war ein Hauch von Kupfergeschmack in der Luft, aber das falsche Arschloch blutete.

Er sprang vor und ließ der Bestie die Zügel schießen, ließ seinem Zorn freien Lauf. Das war die Furcht, noch jemanden zu verlieren, der ihm etwas bedeutete. Er kam zu spät, um seinen Bruder zu retten, aber er würde den Abtrünnigen nicht entkommen lassen. Nicht schon wieder. Sein Körper traf seinen Gegner mit voller Wucht, und seine Klinge schnitt durch Fleisch.

Punkt eins für ihn. Durch einen immer tiefer werdenden Tunnel hörte er, während die Bestie sich in ihm erhob und der Mann verschwand, den anderen Mann leise vor Schmerz knurren; außerdem murmelte er: »Glück gehabt, Bastard.«

Brends' Füße rutschten weg – das uralte, schwarz-weiße Linoleum war glitschig unter seinen Stiefelabsätzen. Blut? Cola? Er wusste es nicht, und es war ihm auch scheißegal.

Seine Beute entzog sich ihm, entfloh durch das zersplitterte Schaufenster, und da war nichts – Gott verdammt noch mal, nichts! –, was er dagegen tun konnte.

Brends sah zu, wie sein Team die Beweisstücke für die Forensik zum Rücktransport nach M City zusammenpackte. Während das Adrenalin im Blut sich allmählich abbaute, gab es nur eine Antwort auf die verkorkste Aktion des Tages, und sie lag nicht in dem allzu vorsichtigen Prozess, Blut und Hautproben zu sammeln.

Die Techniker der Dämonen waren aus M City herbeigeflogen und sammelten emsig Proben, arbeiteten sich durch Haut und Blut, als hätten sie vergrabene Schätze gefunden. Was zum Teufel hatten sie denn erwartet?

Das tote Mädchen hatte nicht auf der Liste gestanden. Brends war sich so sicher gewesen, dass er das Motiv des Abtrünnigen verstand. Dass er voraussagen konnte, was Eilor als Nächstes tun würde. Warum also hatte er diese Sache so übel vermasselt?

»Sie war ein Wegwerfartikel.« Brends war sich plötzlich ganz sicher, als fielen die einzelnen Puzzleteilchen an ihren Platz, während Mischka noch immer in einem Nebel der Verwirrung befangen war. »Dieser Mord war eine persönliche Neckerei, ein ›Ätsch Bätsch!‹ für uns alle. Er weiß, dass wir ihm auf der Spur sind. Er *wollte,* dass ich diese Leiche finde.«

»Aber sie passt nicht in das Muster«, machte Nael geltend. Irgendjemand hatte ihn zusammengeflickt, der weiße Verband war eine deutlich sich abhebende Erinnerung auf seiner dunklen Haut.

»Es spielt keine Rolle, dass sie ohne Belang war.« Mischkas Stimme klang sicher. Wie auch immer dieses letzte Opfer hier sein Ende gefunden hatte, es zählte – verzweifelt – für jemanden, irgendwo.

»Ja.« Nael zuckte unbehaglich die Achseln, obwohl er eindeutig mit ihr fühlte.

»Sie steht nicht auf der Liste.« Brends warf das Papier hin. »Warum stehen diese Namen auf dieser Liste?«

»Weil sie miteinander verwandt sind?« Nael klang jetzt interessiert, und selbst Zer hatte in seinem Auf und Ab innegehalten.

»Entfernt«, bestätigte Brends. Mischka kannte außer Pell keine der Frauen auf dieser Liste – oder hatte auch nur von ihnen gehört. Sie hatte ihnen das gesagt, und er hatte die Bedeutung ihrer Worte übersehen.

»Warum also *diese* Ahnenreihe?«

»Könnte ein verrückter Zufall sein.« Nael zuckte die Achseln, aber das träge Rollen seiner Schultern passte nicht zu dem scharfen Ausdruck in seinen Augen.

»Oder es könnte eine Rolle spielen.« Zer nickte langsam.

»Sag mir, Liebes«, begann Brends und wandte sich an Mischka, »wie stehst du zu einem kleinen DNA-Test?«

Mischka entschied sich für das Badezimmer des Ladens, während Brends' Team den Tatort vorn reinigte. Weniger sauber, aber mehr Privatsphäre. Konnten sie das tote Mädchen identifizieren, oder würden Freunde und Familie nie erfahren, was hier draußen geschehen war? Vielleicht würde die junge Frau einfach aus ihrem Leben verschwunden sein, und damit hatte es sich, ganz gleich, wie viele Male ihre Familie laut nach ihrem Schicksal fragen mochte. Oder vielleicht waren sie gar nicht in der Nähe. Vielleicht würde sich überhaupt niemand für sie interessieren, und das war das traurigste Szenario, das sie sich vorstellen konnte.

Gesetze über genetische Selbstbestimmung hinderten die Bewohner von M City daran, rundheraus zu fragen, ob eine Person menschlich war oder nicht. Wenn man sich nicht sicher war und es eine Rolle spielte – eine große Rolle –, konnte man gewisse Dinge unternehmen.

Wie private DNA-Tests.

Sie stellte den weißen Pappkarton mit dem DNA-Test auf

den Rand des Waschbeckens. M City hatte dafür Kliniken. Hier draußen jedoch hatte sie eine Tankstellentoilette, die seit mindestens zwei Jahrzehnten nicht gesäubert worden war.

Wahrscheinlich drei.

Sie schindete Zeit, und sie wusste es. Es reichte, mit der Spitze des Tupfers über ihre Unterlippe zu fahren; die Ergebnisse auf dem Plastikstab abzulesen, war etwas ganz anderes. Brends hätte den Test nicht vorgeschlagen, wenn er nicht geglaubt hätte, dass der Vorschlag Vorteile hatte.

»Hätte schlimmer kommen können«, meinte er von der Tür aus. »Zum Beispiel, dass du darauf hättest pinkeln müssen.«

Richtig. Sie warf ihm einen Blick zu. »Denk nicht einmal daran«, warnte sie ihn.

Bevor sie den Mut verlieren konnte, sah sie auf den kleinen Stab hinab. Zwei dunkle Riegel und eine Reihe kleinerer Punkte und Kringel – die Details. Zwei Riegel. Sie brauchte die zerknitterte Anweisung nicht zu entfalten, um Brends' träges Lächeln zu interpretieren.

»Nein«, sagte sie und sagte es dann noch einmal, denn wirklich, ein Mal konnte unmöglich genug sein. »Nein. Das ist ausgeschlossen.«

»Nun, verdammt, Baby.« Er nahm ihr mit seinen starken Händen den Plastikstab ab. »Du hast mir etwas vorenthalten.«

Teufel, nein, hatte sie nicht. Vielleicht hatte sie beim Test etwas falsch gemacht. Schließlich sollte das verdammte Ding sie beruhigen, dass sie unmöglich ein Gen für rheumatische Arthritis oder Schuppenflechte geerbt haben konnte. Der Test sollte ihr sagen, wer ihr Daddy war. Nicht, dass sie irgendwo, irgendwie mit einem Familienmitglied gestraft war, das nicht menschlich gewesen war.

Das würde sie unmöglich ihrer Tante und ihrem Onkel erklären können.

Es sei denn, sie wussten es bereits. Aber das bezweifelte sie stark.

Sie wollte hinauslaufen und ein anderes Set holen. Den Test noch einmal machen. Stattdessen entschied sie sich dafür, die Gebrauchsanweisung zu zerknittern und kräftig zu fluchen.

Genealogie sollte einem sagen, dass seine Vorfahren Franzosen waren. Oder Schotten. Oder Koreaner. Irgendetwas Menschliches. Mischka konnte nicht erklären, was sie empfand. Unmöglich. Sie war an diesem Morgen aufgestanden und hatte gewusst, wer – *was* – sie war, aber sie würde nicht genauso zu Bett gehen. Das schwummrige Gefühl in der Magengrube war ihr jedoch bekannt. So als verfehle man beim Treppensteigen eine Stufe oder warte darauf, Neuigkeiten von der Person gegenüber zu erfahren. Gute Neuigkeiten. Oder schlechte Neuigkeiten. In der Luft lag das gleiche schwere Gefühl, als wisse Brends, dass der Sturm ausbrechen würde, als sei es ihm jedoch recht.

Sie musste hier raus. Musste irgendwohin gehen, wo sie nachdenken konnte. Sie konnte nicht zum Teil paranormal sein. Das war nicht die Person, die sie *war.* Paranormale hatten ihre Eltern getötet – gewiss hätten sie das nicht getan, wenn ihre Eltern zu *ihnen* gehört hätten?

Brends beobachtete sie natürlich. »Versteck dich nicht vor mir.«

Sie schüttelte den Kopf. »Ich verstecke mich nicht.«

Er musterte sie. »Noch nicht. Aber du willst es tun. Du denkst darüber nach, Baby.«

Natürlich. Zum Teufel mit ihm, er hatte ihr gerade – so ganz nebenbei – ein lebensveränderndes Detail geliefert, so, als habe er sie gefragt, welche Art von Pizza sie bevorzuge. Was glaubte er denn, wie sie reagieren würde? Menschen und Paranormale sollten sich nicht miteinander vermischen. Eine solche genetische Mischung war angeblich unmöglich. Es gab keine Fälle, die ihr bekannt waren. Warum zum Teufel musste sie die Erste dieser Art sein?

Sie hatte etwas Besonderes sein wollen. Sie hatte *dazugehören* wollen. Beim nächsten Mal würde sie sich konkreter ausdrücken. Denn sie konnte auf gar keinen Fall paranormal sein.

»Der ist kaputt.« Das musste es sein.

Brends verschränkte die Arme vor der Brust, und ihr Blick folgte dem sexy Sog dieses Kaschmirpullovers. Nein. Sie wollte es nicht bemerken. Sie hatte eine genetische Krise, keinen hormonellen Zusammenbruch.

»Hol ein anderes Set!«, befahl sie.

Sie konzentrierte sich auf das erotische Zucken seines Mundes, als er sich von der Wand abstieß. »Natürlich«, sagte er. »Was immer du willst.«

»Sei nicht so herablassend.« Logisch gedacht wusste sie, dass ein anderes Set keinen Unterschied bedeuten würde. Aber was, falls doch? Sie kämpfte gegen die Panik an. Sie würde sich zusammenreißen.

Er musterte sie neugierig. »Na schön. Dann willkommen im Club, Baby. Du bist eine von uns.«

»Hast du es gewusst?«

Er schüttelte langsam den Kopf. »Nein, aber es hat keine Rolle für mich gespielt.«

Er schob seine Hand in die dicke Masse von Haaren an ihrem Nacken und rieb den harten Knoten der Anspannung weg, während die Finger seiner freien Hand die undeutbaren Säulen von Punkten nachzeichneten, als sie nach der Gebrauchsanweisung des Sets griff. Die Antwort war irgendwo hier drin. Sie blätterte in den Seiten, und er starrte die Markierungen auf dem Papier an. Jemand klopfte ein Mal an die Tür, ein harter

Trommelwirbel, aber Brends schickte den Betreffenden mit einem gemurmelten »Später!« weg.

Ihr sollte es recht sein. Sie war noch nicht bereit, diese Neuigkeit zu verbreiten.

»Wie gut sind deine Bibelkenntnisse?« Bei dieser Frage sah sie ihn überrascht an. Das war nicht unbedingt die Frage, die sie jetzt erwartet hatte. Ganz und gar nicht.

Sie gab keine Antwort, und er trat die Tür auf und zog sie hinaus.

Mischkas Ahnenreihe führte in einer direkten Linie zurück zu Jakob. Sie war mit Menschen verwandt, die Jahrzehnte damit verbracht hatten, im Exil durch eine Wüste zu wandern, bis sie endlich nach Hause zurückgekehrt waren. Er warf ihr einen Blick zu, schätzte diese hohen patrizierhaften Wangenknochen ab. Ja, sie hatte einen biblischen Patriarchen in ihrem Familienstammbaum, und das konnte kein Zufall sein. Die genetischen Marker schrien: *Sieh mich an*, selbst während ihr Blick sich abkühlte. Die Eisprinzessin war zurückgekehrt, und ihr gefiel die Neuigkeit nicht, die er überbringen musste.

Verdammtes Pech.

Was Bibelforscher nicht wussten, war, dass es zu Anfang dreizehn Stämme gegeben hatte. Ein Stamm hatte sich von den anderen abgespalten, hatte sich sozusagen unerlaubt von der Truppe entfernt. Seine Mitglieder waren aus den Unterlagen gelöscht worden, vom Antlitz der Erde getilgt, als hätten sie nie existiert. Und doch hatten sie existiert.

Existierten immer noch.

Wenn er recht hatte, war dieser verlorene Stamm gar nicht verloren. Er durchlebte nur eine höllische Diaspora. Warum sollte Eilor Jagd auf diese Ahnenreihe machen?

»Ich würde gern weitere Tests machen«, sagte er zu Zer,

»aber die genetischen Marker sind vorhanden. Verwässert, aber vorhanden. Ihre Ahnenreihe geht zurück auf den dreizehnten Stamm.«

»Der verlorene Stamm? Verdammt!« Fluchend schlug Zer gegen die Wand.

Er hatte nicht gelogen, dachte Brends.

Brends hatte nicht gewusst, dass Mischka Baran nicht ganz und gar menschlich war. Als er sie das erste Mal entdeckt hatte, hatte es nicht die geringste Rolle gespielt. Er hatte damals gewusst, dass er sie bekommen würde, dass er alles in seiner Macht Stehende tun würde, um sie zu der Seinen zu machen.

Aber es spielte verdammt sicher *jetzt* eine Rolle. Primitive Besitzgier rang mit dunkler Freude. Ja. Sie war sein, bis hin zu ihren genetischen Markern.

Er hatte andere Bündnispartnerinnen gehabt, hatte andere Frauen genommen. Er hatte diese Frauen benutzt, selbst während er ihnen Vergnügen bereitet hatte. Jetzt jedoch waren ihre Gesichter ein blasser Nebel, unwichtige Pausen in jahrtausendealten Erinnerungen. Diese Frau, die vor sich hinbrummelnd neben ihm auf und ab ging, zählte.

Mischka Baran zählte.

Er war ein selbstsüchtiger Mistkerl, weil sie völlig bestürzt war, er hingegen nichts gegen die wilde Freude tun konnte, die ihn durchfuhr. *Sein.* Mischka Baran war sein, und das verdammte Pappkartonset, in das sie so viel Zuversicht gesetzt hatte, hatte es nur bestätigt.

Kalte, harte Fakten banden sie an ihn.

»Das ist also der Grund, warum er hinter mir her ist«, erklärte sie. »Es ist also kein Zufall.«

»Nein.« Er zwang sich, die Hände an seinen Seiten zu entspannen. Sie benötigte keinen weiteren Beweis dafür, wie schlimm die ganze Situation war. Er würde sie beschützen. Sie musste es nicht wissen. »Das ist es wahrscheinlich nicht.«

Sie hielt in ihrem Auf und Ab inne und sah ihn dann an, und er begriff, worin sein Problem wirklich bestand. Scheiße. Er hatte Angst davor, sie zu verlieren. Das war natürlich, sagte er sich. Sie hatten ein Bündnis geschmiedet, und man brauchte kein Genie zu sein, um herauszufinden, dass er besitzergreifend war. Es immer gewesen war. Er würde diese Sache durchdenken und tun müssen, was er eben tun musste.

Ihre nächsten Worte überraschten ihn jedoch. »Benutze mich!«, sagte sie. »Wie du es vorhin vorgeschlagen hast. Als Köder.« Sie leckte sich die Lippen, als sie die Worte sprach, und die Geste verriet ihre Nervosität. Sie wusste, was sie von ihm verlangte. Es bestand die Möglichkeit – vielleicht eine nicht einmal kleine Möglichkeit –, dass Brends zu ihrer Rettung nicht schnell genug herbeieilen könnte. Sie wäre mit dem Abtrünnigen allein. Und er erkannte, dass diese Vorstellung ihr eine Scheißangst einjagte.

Er strich mit einer Hand an ihrem Arm hinauf, kostete die süße Hitze ihrer Haut aus. Wie konnte er sie so aufs Spiel setzen? Sie bitten, das Risiko einzugehen?

Weil du keinen anderen Plan hast.

Keinen jedenfalls, der funktionieren würde. Wenn sie seine Regeln befolgte, würde sie ausreichend sicher sein.

Zer beobachtete sie ausdruckslos, während die beiden Dämonen das tote Mädchen vorsichtig in einen Leichensack gleiten ließen. Das schwarze Nylon rahmte die bleiche Haut ein, sodass Eilors Opfer regelrecht wie ein Relief wirkte. Bei dieser hatte er sich keine Zeit genommen, sondern sie nur ritsch-ratsch aufgeschnitten, was jedoch wegen des Mangels an Gefühl umso schauerlicher wirkte. Das tote Mädchen war lediglich ein Punkt auf einer Liste abzuarbeitender Dinge, ein Mittel zum Zweck.

Jeder urtümliche Instinkt, den Brends besaß, knurrte bei dem Gedanken daran, dass Mischka so enden könnte wie dieses Mädchen.

Er setzte Zer über den Plan in Kenntnis, der sich in seinem Geist herausbildete. »Wir gehen vorne raus, und Eilor wird uns folgen. Er will Mischka, und er will ihre Cousine. Wir verschaffen ihm eine Gelegenheit, und er wird sie nutzen.«

»Aber unter unserer Kontrolle.« Zer nickte.

Theoretisch. »Ja«, sagte Brends. »Ich kann dafür sorgen, dass es sich so entwickelt, wie es sich entwickeln soll. Niemand wird Schaden davontragen.«

»Köder.« Zer sah Mischka an. »Ihr habt darüber gesprochen?«

»Sie sollte wählen«, wandte er ein. »Das sollte ihre Entscheidung sein.«

»Sie ist deine Bündnispartnerin«, bemerkte Zer, während er mit seinen starken Händen den Leichensack zuzog und den Beweis von Eilors Verbrechen verbarg. »Es gibt nur eine Entscheidung, die sie treffen kann.«

Sie war nicht seine Marionette, selbst wenn er stark genug war, sie zum Gehorsam zu zwingen. Es gab Regeln – zu ihrem eigenen Schutz –, aber die endgültige Entscheidung musste bei ihr liegen. Wenn sie jetzt umkehren wollte, würde er einen anderen Weg finden, sie zu ihrer Cousine zu bringen.

»He, hört auf, über mich zu reden, als wäre ich gar nicht da«, fauchte sie.

Zer hob den Leichensack mühelos hoch und drehte sich zu ihr um. »Du willst etwas sagen?«

»Falls es etwas gibt, das wir zusammen tun können, um Eilor aufzuhalten, will ich, dass wir es tun. Niemand verdient einen solchen Schmerz, eine solche Angst, ein solches Entsetzen.«

»Das Rechte tun?« Zer senkte den Blick auf den Leichensack.

»Ja«, sagte sie leise, und dann fügte sie ein wenig lauter hinzu, weil aus irgendeinem Grund ihre Kehle wie zugeschnürt war: »Ja. Das ist es.«

»Gut.«

»Du weichst nicht von meiner Seite«, warf Brends ein. Sie konnte zickig sein, so viel sie wollte, aber er würde sie nicht wieder aus den Augen lassen. Sie war menschlich, und das bedeutete zerbrechlich.

»Ist dieses Verhalten typisch für einen Abtrünnigen?«, fragte sie. »Ich will die Wahrheit wissen, Brends.«

»Nein, ist es nicht.« Warum ihr nicht die Wahrheit sagen? Vielleicht würde sie beim nächsten Mal – und er war davon überzeugt, dass es ein nächstes Mal geben würde – zuhören. Sie war der Situation nicht gewachsen, und irgendwie musste er sie dazu bringen, diese unbequeme Wahrheit einzusehen. »Ich habe noch nie einen Abtrünnigen gesehen, der so war wie der hier. Er ist gewalttätig, ja, aber sie sind alle gewalttätig.«

Sie senkte den Kopf bei dieser Wahrheit, und der dunkle Vorhang ihres Haares glitt nach vorn und sperrte ihn aus. Ja, sie wusste, was er meinte. Dass ein paar Menschen hier und da nicht das Problem waren. Seine Art hatte ihre Art über Jahrhunderte hinweg wie entbehrliche Ware behandelt, also war das nicht wirklich das Thema, und sie war zu klug, um das nicht zu wissen.

Allerdings hängte sie sich hartnäckig an die Verfolgung dessen, was sie für die Wahrheit hielt. Das musste er ihr lassen.

»Also, was macht Eilor anders?«

»Unser Abtrünniger hat Flügel. Als Michael uns aus seinem Himmel geworfen hat, hat er uns diese Flügel genommen«, erklärte er. »Dieser Abtrünnige hat sie irgendwie zurückerhalten. Aber wie? Die gibt's nicht mal eben so im Supermarkt. Ich kenne niemanden, dem es gelungen ist, sie zurückzubekommen. Niemals.«

Sie waren den Reservaten zu nahe, um das Risiko einzugehen, nach dem Abtrünnigen zu suchen; nicht jetzt, da die Nacht so schnell hereinbrach. Am besten war es, irgendwo einen Unterschlupf zu suchen und auf den Morgen zu warten. Und je länger Brends Mischka in ihrem neuen Basislager festhalten konnte, desto länger konnte er ihre Sicherheit gewährleisten. Das Lager war ein diszipliniertes Durcheinander, und Teammitglieder kamen und gingen. Genug Augen, um den Job zu erledigen und jederzeit zu wissen, wo seine Partnerin war. Als Brends jedoch vorgeschlagen hatte, schlafen zu gehen, hatte Mischka sich zu einem kühlen Achselzucken entschieden. »Wie du meinst. Du bist der Boss.«

Ja, sie war immer noch sauer wegen seines kleinen Tricks mit der Reglosigkeit. Trotzdem, er beobachtete sie, während sie schlief, denn nichts und niemand würde an ihm vorbei an sie herankommen.

Rastlos wälzte sie sich von einer Seite zur anderen, brummelte im Schlaf vor sich hin und entblößte die verletzliche Wölbung ihres Rückgrats, während er an ihrem Bett stand. Diese ganze menschliche Zerbrechlichkeit und Wärme. Verdammt. Wem machte er etwas vor? Er saß in der Tinte. Auf keinen Fall würde er diese Frau verlassen – und ihm blieben im äußersten Fall dreißig Tage. Dummer Judas, der er war, hatte er für Tage verkauft, was er für eine Ewigkeit hätte erwerben sollen.

Er ging vom Bett weg. Er würde sie beschützen. Mochte geschehen, was wolle. Und das ging am besten über das Bündnis. Verdammt, war er nicht nobel? Michael sollte die Türen des Himmels weit aufreißen, weil er ein Kandidat für einen

Heiligenschein war. Ungeachtet dessen, dass sein Schwanz ein Eigenleben hatte, wenn er in ihrer Nähe war.

Dieses Bündnis drehte sich nicht um Sex.

Nicht *nur* um Sex, gestand er sich ein.

Er hatte Menschen jahrhundertelang kommen und gehen sehen, während sie emsig ihren Angelegenheiten nachgingen, aber diese hier gehen zu lassen, war absolut nicht möglich. Nicht mehr. Sie hatte ihn auf den Geschmack gebracht, und jetzt hätte er seine Seele für eine Sekunde verkauft. Verdammt!

Also hatte er versucht, seine neue emotionale Verbindung zu vergessen. Selbst Zer war aufgefallen, wie abwesend Brends oft wirkte. Er bekam Mischka nicht aus dem Kopf – oder aus dem Herzen. Er probierte den Gedanken, ob er passte. Nicht nur der Sex, sondern noch etwas mehr.

Sex war schlichter.

Brends nahm sich, was er wollte, gab seinen Partnerinnen, worüber sie fantasierten. Menschliche Frauen waren köstlich klar, warm und stimmgewaltig, wenn es darum ging zu äußern, was sie wollten. Diese heiße Haut, das atemlose Stöhnen, die süße, feuchte Sahne – das war alles gut. Diese Dinge verstand er. Dazu war er geschaffen worden, dazu war er verurteilt worden. Er reizte. Er verführte. Er beherrschte.

Er schob den uralten Vorhang beiseite und starrte hinaus in die Nacht. So weit entfernt von M City war das Niemandsland, das sich zwischen den Städten erstreckte, dunkel. Hier war nur der schwache magische Nebel, der die schmale Mondsichel umgab. Ohne künstliche Beleuchtung gleich welcher Art waren die Sterne unheimlich hell, ansonsten gab es nur eine dicke, schwarze Decke aus Dunkelheit.

Ja, auch das war ein neues Gefühl. Er hatte in der Dunkelheit nie mehr gesehen als ein bequemes Werkzeug, eine weitere

Waffe in seinem Arsenal, weil es im Schutz der Dunkelheit viele Methoden gab, einen anderen zu töten.

Plötzlich war ein Rascheln hinter ihm, beinahe unhörbar, aber er wusste Bescheid.

»Geh ins Bett.« Er drehte sich nicht um. Teufel, er wusste immer, wann sie in der Nähe war, und bei diesem augenblicklichen, sinnlichen Wissen wurde sein Blut heiß und sein Schwanz dick. Ihre Seele rief nach seiner eigenen verdammten Seele, ein Sirenengesang von willkommen heißendem Licht und Wärme. Er wollte nicht so empfinden.

Wie Sex war Dunkelheit schlichter.

Er ließ andere an der Begrenzung patrouillieren, die er früher am Abend festgelegt hatte. Für den Moment war sie sicher genug, befand er und widerstand dem Drang, sich umzudrehen und sie in die Arme zu nehmen. Sie war zornig, rief er sich ins Gedächtnis zurück. Intimität wäre ihr nicht willkommen, nicht jetzt, wo er sie hingehalten hatte.

»Kommst du ins Bett?« Also streckte sie die Hand nach ihm aus, trotz ihres Streites. Er hatte getan, was richtig war – er hatte sie *beschützt* –, warum also hatte er das Gefühl, als würde er sie von sich stoßen? Was spielte es schon für eine Rolle, wenn er nie zuvor so empfunden hatte – verdammt, er hatte jahrtausendelang gar nichts *empfunden*. Er hatte von geborgten Gefühlen gelebt, und keines von ihnen, *keines*, hatte ihn auf das hier vorbereitet. Er befand sich am Rand eines unbekannten Abgrunds, und er verlor niemals – niemals – die Kontrolle. Er würde auch nicht jetzt damit anfangen.

»Nein«, knurrte er. »Geh zurück.« Er sollte diese Begrenzung ein weiteres Mal überprüfen. Nichts und niemand kam an Mischka Baran heran.

»Ah, ja.« Trotzdem ging sie nicht, sondern stand da mit ihren nackten Füßen auf dem hölzernen Boden. Es war zu kalt für sie, um barfuß zu sein. Er sollte sie in die Arme nehmen und zu der behaglichen Wärme des Bettes zurückbringen. Aber er tat es nicht. »Brends.« Ihre Stimme war zögernd. »Ist alles okay?«

Nein. Es war definitiv *nicht* alles okay. Sie hatte seine Welt auf den Kopf gestellt und glaubte jetzt, Worte würden alles wiedergutmachen. Stattdessen griff er sich ärgerlich in den Nacken. Dieser verdammte Juckreiz. Es fühlte sich an, als würde sich etwas unter seine Haut graben. Verdammte freie Natur.

»Geh ins Bett, Liebes.« Er konnte das dunkle Versprechen seiner eigenen Stimme hören. Sie wussten beide, was geschehen würde, wenn er seinen Begierden endlich nachgab und mit ihr ging.

Er mochte die Dunkelheit. Es gab weniger Spiegel, weniger Lichter – weniger Spiegelbilder. Sein Gesicht war eine lebende Erinnerung an seinen Sturz. Als ob er die visuelle Erinnerung gebraucht hätte! Er hatte ein Glücksspiel gewagt – und verloren. Zum Teufel mit Michael! Er hatte sich seinen Weg selbst gewählt, und dank Mischka Baran und dem Killer auf ihrer Fährte war er einen Schritt näher daran zurückzugewinnen, was er verloren hatte.

Stunden später, als er nicht länger gegen sein Verlangen ankämpfen konnte, in ihrer Nähe zu sein, und vor ihrem Bett stand, begrüßte ihn der sanfte Rhythmus ihres Atems. Sie schlief.

Lautlos schlüpfte er aus seinen Kleidern und ließ das schwere Gewicht des Staubmantels und seiner Stiefel auf den Boden gleiten. Die Staubwolke, die er aufwühlte, sprach klarer als Worte von der Verlassenheit des Sommerhauses, in dem sie ihr Basislager errichtet hatten. Niemand, weder menschlich noch nichtmenschlich, war seit Jahren hier gewesen. Sie waren die Ersten.

Nichtsdestoweniger behielt er seine Waffen in Reichweite; die Landschaft rings umher wirkte still, aber er hatte nicht so lange überlebt, ohne vorsichtig zu sein. Als er sich neben seine Partnerin legte, verlagerte sie sich etwas wegen seines Gewichts. Er rückte sie zurecht und drückte sie an seine Seite. Einen Arm über sie gelegt, frei, nach der Waffe zu greifen, wenn nötig. Als Letztes schob er die Klinge unter das Kissen.

Er träumte vom Engelssturz.

Die Schlacht war vorüber.

Brends flog durch den Himmel, und, oh Gott, jeder Zentimeter von ihm schmerzte. Schmerz war sein neuer bester Freund, ein scharfes, rohes Brennen, das nicht nachließ, wenn er die Augen schloss. Die Luft bog und faltete sich um ihn herum, kräuselte sich, während er flog, aber er wusste, dass die Welt sich nicht verändert hatte.

Er *hatte sich verändert.*

Wenn er Glück hatte, würde er das versteckte Basislager in den Bergen erreichen, aber das stetige Tropfen von Blut an seiner Seite war eine Warnung. Er beschleunigte das Tempo. Zeit war ein Luxus, den er sich nicht länger leisten konnte.

Wie konnte man verlieren, wenn man im Recht war? Zer hatte nicht gelogen; Brends wusste das mit Bestimmtheit. Sein Bruder war ehrlich. Kämpfe gegen Michael und das, wofür Michael steht, und setz dich ein für eine bessere Zukunft deiner Familie, der Ehefrauen und Kinder deiner Brüder. Er konnte diesen Ruf nicht überhören, nicht nach dem, was seiner Schwester widerfahren war. Als er sie das letzte Mal gesehen hatte, bevor er sie in Begleitung dieses Ungeheuers weggeschickt hatte, hatte sie ihn mit diesen bernsteinfarbenen Augen angesehen, die sie von ihrer Mutter geerbt hatte, und sie hatte ihn schwören lassen, dass er keine unnötigen Risiken eingehen würde. Vielleicht war sie hellsichtig gewesen, oder vielleicht war es nur das, was Schwestern zu Brüdern sagten, wenn sie zu einem Rendezvous ausgingen. Aber der Schwertstreich, den er in seiner Seite empfangen hatte, war jetzt ein Hohn auf diesen Schwur.

Zum Teufel mit aller Vorsicht, befand er, wenn ihre ganze Lebensart auf dem Spiel stand. Da war ein Verräter in ihren Reihen, also verteidigte er. So einfach war das.

Der allzu weit entfernte Berg vor ihm kippte scharf weg, und die Schwerkraft tat das Übrige und riss seinen Körper abrupt in die Tiefe.

Er verblutete, erkannte er auf irgendeiner benommenen Ebene, weil selbst sein fast unsterblicher Körper dieses unbarmherzige Ausbreiten von Rot nicht auf ewig aushalten würde.

Ein letzter Flügelschlag, und er rollte schwer vom Himmel, stürzte auf den unbekannten, fremden Boden unter ihm zu. Erde. Nein. Er lebte im Himmel. Er lebte in dieser goldenen Landschaft, aber die dramatischen Berge und Wolken seines Heimatlandes verblassten schnell über ihm, und Furcht stieg in dem geheimen Ort seiner Seele auf, der Frieden begehrte, keine blutigen, tödlichen Schlachten. Dem Teil, der nur in die Berge zurückkehren wollte und zu den anderen Engeln, die sich dort versteckten, um sich zu schützen, während Brends und Zer und die anderen losmarschierten, um die Welt von Michael zu befreien, weil es einige Ungeheuer gab sowie einige Verbrechen, für die man zahlen musste.

Brends' Magen rebellierte. Fliegen war unmöglich. Seine Flügel waren nutzlos, bleierne Gewichte auf seinem nackten Rücken. Er spürte sie, konnte sie aber nicht entfalten.

Als schließlich der qualvolle Schmerz durch ihn hindurchschoss, schrie er. Überall ringsumher schrien andere gefallene Engel, heulten ihr eigenes Entsetzen heraus.

Seine Flügel waren fort. Abgerissen wie von einer unsicht-

baren riesigen Hand. Wie eine Amputation brannte der Schmerz in seinem Körper. Die Landschaft war überschwemmt vom roten Blut der Tausenden von Engeln, die fielen. Andere rollten genauso hilflos wie er durch den Himmel. Tausende und Abertausende. Er war noch nie zuvor hilflos gewesen und hieß das Gefühl auch jetzt nicht willkommen. Dann nahm er die letzten Überreste seiner Kontrolle zusammen und kämpfte darum, den Sturz zu verlangsamen, um das Kommando über seinen plötzlich schweren, sperrigen Körper zurückzugewinnen. Wie machten Menschen das? Wie lebten sie mit ihren unbeholfenen, flügellosen Körpern?

Da waren Tausende von Engeln, einige bloß kleine Punkte in der Luft, andere näher und groß genug, dass Brends die Verzweiflung sehen konnte, den Zorn, der ihnen auch ins Gesicht geschrieben stand. Sie hatten wirklich verloren. Die Neuigkeit zerschmetterte ihn.

Michaels Stimme erfüllte die Luft. Der Boden rauschte schneller heran. »Ihr habt gegen den Himmel gekämpft. Ihr habt verloren, und jetzt zahlt ihr. Keiner von euch darf in den Himmel zurückkehren. Ihr seid verstoßen. Eure Gesichter verdunkeln sich und eure Gestalten dehnen sich aus und zeichnen euch als Dämonen, die Gefallenen, sodass die Menschen erkennen können, welche von uns Engel sind und welche nicht. Ihr werdet Dämonen sein, verdammt zu einem unsterblichen Leben der Buße, bis ihr eure Seelenverwandten findet, eure fehlenden Hälften. Eure verlorenen Seelen.«

Er konnte nur denken: Aber ich habe nichts Unrechtes getan. Das warst *du*.

Der Traum-Zer fing seinen Blick auf. »Erinnere dich«, flüsterte er heiser. »Erinnere dich daran, wofür wir kämpfen.« Brends beobachtete hilflos, wie sein kühner, tapferer, grimmiger Anführer auf dem Boden aufschlug. Der Engel, der sie gegen

Michaels Tyrannei aufgewiegelt hatte, als sie entdeckt hatten, dass Michael Brends' Schwester vergewaltigt und grausam ausgeweidet hatte.

Hilflos. Aber nicht für immer. Halb verwandelt – halb golden und herrlich und halb dunkel und schwarz – kämpfte Brends gegen die Transformation und seinen Sturz, bis er landete – hart. Da verschwand der Himmel über ihm und verbarg sich vor seinen Augen, während das Licht verblasste.

18

Fremde Betten waren ätzend. Nach einer rastlosen Stunde, in der sie Brends beobachtet hatte, der unermüdlich vor ihrem Fenster auf und ab gegangen war, hatte der Schlaf schließlich gesiegt. Brends konnte seine Probleme verarbeiten oder auch nicht, aber es wäre töricht gewesen, die ganze Nacht darauf zu warten, zu welcher Entscheidung er kommen würde. Vielleicht wäre es morgen besser.

Vielleicht käme Mischka sich morgen nicht so roh vor.

Zu schade, dass der Albtraum, der ihr einen Besuch abstattete, das Memo nicht bekommen hatte.

Ihr Traumkörper war groß und stark. Sie flog, und die Luft vibrierte bei jedem machtvollen Flügelschlag. Ein silbern geflügelter weiblicher Engel, das Gesicht beinahe unheilig in der schieren Vollkommenheit seiner Symmetrie, kreischte stumm, als sich die unbekannte Klinge in ihrer rechten Hand hob und dann herabfiel. Ein dunkelrotes Band erschien um seinen Hals, und dann fiel sein Kopf grauenerregend zu Boden, und ein blutiger Stumpf blieb zurück, ein blitzender Vorwurf.

Und dann fiel sie. Ihr Körper war ein totes Gewicht, das durch die Luft herabsank. Warum fiel sie? Warum fühlte es sich so an, als sei ihr Körper entzweigerissen worden? Sie hatte noch nie zuvor davon geträumt zu fallen, aber jetzt konnte sie nicht aufhören. Und sie wusste, dass es schlimm war. Sie war so stark, aber das Blut erstickte sie, und der Boden kam rasend schnell näher. Sie kannte diese harte Oberfläche.

Sie war schon früher gefallen.

Sie war schon früher auf diese *Weise gefallen.*

Sie kämpfte gegen die Fänge des Schlafes an, aber der Boden hob sich ihr immer weiter entgegen, und sie konnte dem unausweichlichen Aufprall unmöglich entgehen. Konnte man im Schlaf sterben? Bruchstücke von Bildern blitzten an ihren Augen vorbei. Sie hielt sie fest zusammengepresst, denn wirklich, sie musste den Aufprall nicht sehen. Dunkle Bilder von Gewalt und höhnischen Gesichtern. Ein erhobenes Schwert, das in Flammen aufging. Die herbe Melodie einer unbekannten Sprache.

Es war wichtig, das Geschehen auseinanderzusortieren. Die Bilder waren dunkel, höhnisch. Jemand hatte jemanden getötet, der ihr sehr viel bedeutete. Michael. Der Zorn war plötzlich, gewiss. Ihr Traum-Ich glaubte der Anschuldigung. Michael war schuldig.

Das war nicht ihr Traum. Mit einer großen Anstrengung riss sie sich aus dem Schlaf und setzte sich im Bett auf.

Neben ihr schlief Brends.

Träumte.

Sein Körper zuckte, und die rasche Bewegung seiner Augenlider und das heftige Heben und Senken der Brust verrieten ihn.

Sie konnte diesen Traum nicht abschütteln. Mischka wusste genau, dass Brends nicht beabsichtigt hatte, dass sie seine Träume beobachtete. Vielleicht wusste er nicht, wozu das Bündnis imstande war. Und vielleicht beobachtete er auch ihre Träume. Dieser Gedanke verursachte ihr Unbehagen. Privatsphäre war wichtig. Privatsphäre war *gut.*

Dennoch war es nach wie vor ein ziemlich gutes Gefühl, hier neben Brends zu liegen und ihn im Schlaf zu beobachten. Sie dachte für eine Minute darüber nach. Hier zu sein, war mehr als ein gutes Gefühl. Er atmete jetzt gleichmäßiger, tief und ruhig. Vielleicht träumte er von etwas Besserem.

Es sollte ihr nicht so viel bedeuten.

Sie stützte sich auf dem Ellbogen ab und sah auf Brends hinab. Er war ihr Geliebter. Irgendwie schien das unwirklicher zu sein als alles andere. Ein Anflug von Erheiterung brachte sie zum Lächeln. Anscheinend tat sie es mit Stil, wenn sie schon beschloss, die Nacht mit jemandem zu verbringen. Ein zauberhafter, über zwei Meter großer gefallener Engel in einem Luxussommerhaus am See. Keine schäbigen Motels für sie.

Brends' dunkles Haar ergoss sich über die Kissen und seine nackten Schultern. Ein Teil von ihr wollte die seidigen Strähnen durch ihre Finger gleiten lassen und dann den faszinierenden Schatten seines Schlüsselbeins erkunden. Wollte die dunkle Haut kosten und sehen, ob Sünde tatsächlich einen Geschmack hatte.

Sex im Kopf. Nicht gut. Anscheinend reichte eine Nacht in den dekadenten ägyptischen Baumwolllaken (fünfhundert Fäden pro Zoll) des Mannes, und sie war bereit, ihre Beziehung auf eine ganz neue Ebene zu stellen. Sie hatten ein Bündnis geschmiedet, aber sie hatten nur eine Dreißig-Tage-Zukunft. Nicht eine Für-immer-Zukunft.

Brends hatte ziemlich deutlich gemacht, dass er nicht der Typ war, der glücklich bis ans Ende aller Tage mit jemandem zusammenlebte. Also war es mehr als dumm, irgendetwas in das hineinzuinterpretieren, was zwischen ihnen vorgefallen war.

Vielleicht geschah so etwas ganz automatisch bei einem Bündnis. Vielleicht geschah es jedem.

Ja, und wem machte sie etwas vor?

Am Ende würde er auf dem Weg zur Tür über ihr ganzes Herz hinwegtrampeln. Er öffnete die Augen, und diese boshaften dunklen Wimpern hoben sich sinnlich, und seine Finger strichen sanft über ihre nackte Haut. »Komm her, Baby«, flüsterte er, als hätte er die ganze Zeit über gewusst, dass sie ihn beobachtete und versuchte, das Rätsel zu lösen, das Brends Duranov war. Als könne er direkt durch ihre Seele sehen. Sie spürte seinen Hunger, und sie wollte nichts mehr, als diesen schrecklichen Hunger zu stillen.

19

Brends erwachte, und er war im Himmel. Oder so nah daran, wie es einer der Gefallenen jemals sein konnte. Mischka beugte sich in einem durchsichtigen weißen Hemdchen über ihn. Gott, ja! Angesichts der dunklen Schatten ihrer Brustwarzen lief ihm das Wasser im Mund zusammen. Sein Schwanz war härter als je zuvor.

Sie war perfekt.

»Zeig sie mir!«, flüsterte sie.

Er legte ihr eine Hand in den Nacken und zog ihr Gesicht zu seinem herunter. Sie roch so gut. Warm und feminin. »Ich werde dir alles zeigen, was du willst, Baby.« Und er meinte es ernst. Was sie auch wollte, er würde es liefern.

Was sie dann sagte, hätte er als Allerletztes von ihr erwartet. »Zeig mir deine Bestie!«, verlangte sie. »Diese Seite von dir, die« – sie zögerte – »herauskam, als wir das letzte Mädchen fanden.«

Ja, da hatte er die Fassung verloren, hatte sie vollkommen verloren. Er hatte sich verwandelt und die Bestie zum Spielen hinausgelassen. Und er war viel zu nah daran gewesen, die Kontrolle vollends zu verlieren. Er war sich nicht sicher, ob seine Brüder ihn hätten beruhigen können, wäre Mischka nicht da gewesen. Sie hatte getan, was die anderen Dämonen nicht tun konnten, sie hatte die Bestie ebenso besänftigt wie den Mann, bis er selbst wieder die Kontrolle zurückerlangt hatte.

Warum zum Teufel wollte sie also eine Wiederholung? »Nein«, antwortete er.

Ihre Augen wurden schmal. »Was ist daraus geworden, dass du meine Wünsche erfüllen willst, Brends?«

Hier ging es gar nicht um Sex, oder? Sie konnte unmöglich seine Bestie in ihrem Körper wollen. Auf ihr. Also musste es sich bei dieser Bitte um etwas ganz anderes drehen.

Er musste nur noch dahinterkommen.

Außerdem führte er hier das Kommando, nicht wahr? Wenn er es eben verhindern konnte, würde sie diese Seite von ihm auf keinen Fall zu Gesicht bekommen.

Einen Moment lang sah sie ihn still mit dunklen Augen an, dann wälzte sie sich herüber und setzte sich rittlings auf ihn. Ihre Schenkel teilten sich, und, Gott, sie war unter diesem Hemdchen unanständig nackt. Er erstarrte. Heißes, feuchtes weibliches Fleisch presste sich gegen ihn.

»Ich will dich sehen«, sagte sie noch einmal. »Diese Bestie, sie ist ein Teil von dir. Also will ich sie sehen.«

Er hasste die Bestie. Sie war kein Teil von ihm, den er anerkennen wollte. Vielleicht konnten seine Brüder sich mit dieser dunklen Seite ihrer Kriegerinstinkte abfinden, aber dieser Teil von ihm gehörte nicht hierher, nicht in dieses Bett. Nicht zu ihr. Mischka bedeutete ihm etwas, daher würde er sie vor dieser dunklen Gewalt beschützen. Sie konnte nicht wissen, was sie von ihm verlangte, oder sie würde schnell genug ihre Meinung ändern.

Er hatte früher am Nachmittag den Ausdruck auf ihrem Gesicht gesehen. Wenn der Mann sich nicht erinnerte, so erinnerte sich die Bestie umso mehr. Das Bild hatte sich wahrscheinlich in seine Netzhäute eingebrannt. Entsetzen. Antipathie. Aber kein Schock. Diese Gewalt hatte sie nicht überrascht. Sie hatte sie von ihm erwartet. Was die Sache tatsächlich nur umso schlimmer machte. Sie hatte vermutet, wozu er fähig war, und er, er hatte ihre Vermutung bloß bestätigt.

Live und in Technicolor.

Er schauderte, aber dieses ganze Fleisch, diese ganze *Mischka* kam zu ihm.

»Tu's!«, sagte sie mit einer harten, bösen Stimme, bei deren Klang sein Schwanz verräterisch zuckte. Also glaubte sie zu wissen, was sie wollte. Na schön. Er würde es ihr geben, und sie würde begreifen, wie sehr sie sich geirrt hatte. Dann würde er sich zurückverwandeln, die Bestie wegstecken, und sie würde nie wieder fragen.

Und es würde vorbei sein – ein für alle Mal. Ja, die Erinnerung würde immer zwischen ihnen stehen, aber sie würde diesen Fehler nie wieder begehen, sich etwas von ihm zeigen zu lassen. Er brauchte nur zu beweisen, dass er die verderbte Bestie war, für die ihn die ganze Welt hielt.

»Na schön«, knurrte er an ihrer Kehle. »Du willst mich sehen, Mischka, du sollst mich sehen. Vergiss nur nicht, dass es deine Idee war.«

Als sie nickte, ohne zu zögern, konnte er ihre Augen nicht sehen, und Gott, er wollte sie sehen. Es war besser, die Sache hinter sich zu bringen. Je früher er die Bestie zum Spielen hinausließ, desto früher wäre es erledigt. Er hatte die Kontrolle.

Er verwandelte sich.

Dies war die Dunkelheit, die Brends Duranov verurteilt hatte. Doch als sie ihm in die Augen schaute, sah Mischka nur den Mann.

Er hatte ihr zuvor eine höllische Angst eingejagt, weil sie nicht vorbereitet gewesen war. Jetzt konnte sie sich konzentrieren. Ihn als den und das sehen, was er war.

Der Mann war fort, so vollständig verzehrt von der Bestie, in die er sich verwandelt hatte, dass es fast so schien, als hätte Brends niemals existiert.

Die silbernen Augen brannten in Lust und roher Hitze. Lust. Auf Gewalt. Auf das Dunkle. Auf *sie.*

Sein anderes Ich, seine verwandelte Gestalt, war größer, härter. Dunkler. Die schiere Macht seiner breiten Schultern, während er sich vom Bett hochstemmte, überwältigte sie; seine Arme verhedderten sich in den Laken, die zerrissen, als seine Muskeln sich machtvoll zusammenzogen. Seine Haut verdunkelte sich weiter, während er sich aufsetzte. Sie zielstrebig an sich zog. Sie konnte nirgendwohin rennen, rief sie sich ins Gedächtnis zurück. Sie konnte sich nirgendwo verstecken.

Du hast es so gewollt.

Die Mordlust zerstörte die zivilisierte Fassade. Die rohe Macht blieb, aber die Tünche der Zivilisation war mit seiner menschlichen Gestalt verschwunden. Voll verwandelt war er eine über zwei Meter große, tödliche Macht. Grausame Nägel mit silbernen Spitzen, die immer mehr wuchsen, während sie hilflos darauf starrte.

Nicht hilflos. Denn sie wusste, ihr Brends war immer noch da drin. Er hatte geschworen, dass er ihr niemals wehtun würde.

Seine silbernen Augen glühten, als sie sich auf ihren Körper konzentrierten, und ein wildes Geheul entriss sich seiner Kehle.

Sich die Lippen leckend fiel der Dämon über sie her, warf sie auf den Rücken und hielt sie unbarmherzig fest, während er Zutritt verlangte. Er hatte sie gewarnt, dass seine Art nicht fühlen könne, dass sie es aber wollte. Verzweifelt. Jetzt trank er von ihrer Seele, als habe er einen unstillbaren Durst, saugte sie in einem emotionalen Mahlstrom in sich auf.

Sie war gefangen in all dieser Hitze und Kraft, aber es machte ihr keine Angst. Es war heiß. Dunkel. Sie hörte das raue Rasseln seines Atems, während er um die Beherrschung rang, während er immer noch darum kämpfte, seinem Hunger nicht nachzugeben. Ihre Seele nicht so völlig zu nehmen, wie er ihren Körper genommen hatte. Seine Bestie hatte Angst, ihr wehzutun.

Sie strich ihm mit der Hand über den Rücken. Die Muskeln zuckten unter ihrer Berührung, und Brends begrub das Gesicht an ihrer Kehle, leckte einen heißen, boshaften Pfad auf ihre Haut.

»Es gefällt mir. Mir gefällt, was du mit mir machst, Brends.« Gott, wann war ihre Stimme so heiser geworden?

Sein Kinn verkrampfte sich, aber sein Schwanz war *da*, pochte zwischen ihnen. Hart. Voller Verlangen. Aber er zwang sich ihr nicht auf. Sog nur ihren Duft in seine Lungen, wieder und wieder. Sie hätte stundenlang das Gleiche tun können. Er roch so verdammt gut.

»Lass es uns wieder tun«, erbot sie sich, strich mit den Händen über seine Schultern und kratzte vorsichtig über die empfindliche Haut. Er knurrte. Gut. Ihm gefiel ihre Berührung. Er sehnte sich danach.

»Ja«, keuchte er. »Wir werden alles tun, Baby. Ich kann nicht länger warten.«

Er warnte sie, und es war ihr egal. Er würde ihr nicht wehtun. Sie ließ ihre Hände über seinen Körper wandern, seinen Rücken hinab und über die glatte Wölbung seiner Rippen. Umfasste seine Arschbacken mit ihren feuchten Händen. Gott, er hatte einen großartigen Hintern.

Er hob den Kopf und beobachtete sie. Seine Bestie beobachtete sie. »Sei dir sicher, Baby. Verdammt sicher.«

Sie war sich sicher. »Gott, Brends.« Sie war unmöglich feucht. Er war fremdartig, exotisch. Höllisch sexy. Er hielt sich im Zaum, und ein Teil von ihr wollte ihn dazu bringen, die Beherrschung zu verlieren. »Du bist wunderbar.«

Die einzige Antwort ihrer Bestie war ein leises, gutturales Geräusch, das so klang, als sei es ihr aus der Kehle gerissen worden. Brends war noch immer da drin, immer noch bei ihr. Davon war sie überzeugt.

Sie wand sich unter ihm, zog sich unbeholfen das Hemd über den Kopf. Als sie ihn zwischen ihren Hüften hatte, hielt sie inne, um sein heißes Gewicht auszukosten. Schlang die Beine um seine Taille, öffnete sich. Mit einem heiseren Laut schob er die Spitze dieses gewaltigen Schwanzes in sie hinein. Und zögerte.

Vielleicht würde er sie umbringen.

»Jetzt«, verlangte sie. »Ich will dich, Brends. Das bist immer noch du.«

Sie hob ihre Hüften an und genoss die pralle, heiße Länge seines Schwanzes. Oh Gott. In süßer Ekstase schmolz ihr Fleisch um das seine, verband sie beide auf die elementarste Art und Weise.

Sie wiegte sich ein Mal gegen ihn. Zwei Mal. Neckend.

»Gib's mir, Brends!« Sie starrte zu ihm auf und fuhr ihm mit den Händen durchs Haar. »Ich will es. Ich will dich.«

»Es gibt kein Zurück«, sagte er und legte los. Er stieß tief und fest in ihr Innerstes, trieb mit jedem Stoß die Wonne durch ihren Körper. Sein gewaltiger Leib erbebte ein Mal, zwei Mal, drohend über ihrem aufragend.

Ihr Orgasmus traf sie unerwartet, wälzte sich unbeherrschbar durch sie hindurch, drückte ihren Körper an seinen. »Oh Gott, Brends ...« Mehr ertrug sie nicht mehr. Da war einfach zu viel Wonne. Zu viel Hitze. Gefühle, Ekstase, Wärme, Ehrfurcht ergossen sich in einer Flut in ihr.

Sie spürte, wie er diese Gefühle trank, während sein Körper immer noch bebend auf ihrem lag, während ein heiserer Laut der Wonne sich seiner Kehle entrang. *Mein.* Bis an die Grenzen des Möglichen in ihr vergraben, bewegte er sich tief in ihr, gehörte er ganz ihr. Er gehörte niemandem außer ihr.

All ihre Sorgen um Pell, den Abtrünnigen, die Furcht vor dem Unbekannten – all das ließ sie in diesem Moment los. Sie schlang die Arme um ihn und ließ los, lebte im Augenblick und weigerte sich, an die Zukunft zu denken. Sie würde genießen, was sie hatte.

Die Bestie zog sich langsam zurück und erlaubte dem Mann, die Kontrolle wiederzugewinnen. Er hatte ihr nicht wehgetan, sagte Brends sich. *Ich habe ihr nicht wehgetan.*

Seine erste Reaktion war wilde Loyalität und dann noch wildere Freude. Er brauchte sich nicht vor ihr zu verstecken. Sie hatte beide Seiten von ihm akzeptiert, und der wilde, feurige Geschmack ihrer Seele spiegelte diese Akzeptanz wider.

»*Dushka*«, hauchte er. »Meine Seele.«

Er konnte sie beherrschen, konnte ihr genau zeigen, was sie brauchte und wie. Er konnte ihr Freude schenken, bis sie vor lauter Lust schrie. Er war immer noch hart und tief in ihr, aber wichtiger war, dass er sich ihres Geistes bewusst war. Er wusste, dass sie die simple Tatsache erregte, dass er größer war, stärker. Härter. Bewusst schenkte er ihr das Gewicht seines großen Körpers und drückte sie in die Matratze. Gott, sie liebte seine dominante Seite, den Teil, der darauf bestand, dass sie jede einzelne Berührung genoss. Jeden boshaften Geschmack von Freude. Seine unverhohlene Forderung nach sexueller Aufrichtigkeit. Sie konnte sich nicht vor ihm verstecken, und sie liebte jeden verkommenen Augenblick.

Sein böses Mädchen.

Er war zur Dominanz erschaffen. Hatte Jahrtausende damit verbracht, seine kämpferischen Fähigkeiten zu schärfen und der Krieger zu werden, der er sein musste. Jetzt jedoch, als er über ihr Band Mischkas Wonne spürte, als er ihr Entzücken und ihre katzenhafte Befriedigung trank, wusste er, dass er das alles für sie tat. Seine Welt schob sich ineinander, bis sie Sonne und Sterne war, das notwendige Zentrum seines Universums.

»Du wirst noch einmal für mich kommen, Baby. Ich bin noch nicht fertig mit dir«, sagte er in die salzig-glitschige Haut ihrer Kehle. »Berühre dich!«, befahl er. »Seite dreiundfünfzig, genau wie du fantasiert hast.« Er wusste, was sie brauchte, was sie wollte. Heute Nacht würde er seiner Bündnispartnerin genau das geben, was sie sich schon so lange ersehnt hatte. Sinnliche Beherrschung. Ekstase. Als wüsste sie, was er dachte, stockte ihr der Atem, und ihre Brustwarzen erblühten zu gierigen kleinen Knospen unter der dünnen Seide ihres BHs.

Meine Güte, wie er ihre Wäsche liebte!

»Brüste zuerst«, sagte er, als sie zögerte. Sie wollte es. Sie begehrte die kleine Berührung von Haut auf Haut wie eine sinnliche Katze. Ihr Fleisch färbte sich rosig, und er sog scharf die Luft ein, sog den süßen Duft ihrer Erregung tief in seine Lungen. Sie zögerte, aber dann tat sie, was er verlangt hatte. Ihre eigenen Hände streichelten über die seidigen Kurven in dem sündigen kleinen Halbschalen-BH. Die zarte Seide war trügerisch rosafarben. Beinahe unschuldig, aber nicht ganz. Spitzengesäumte Öffnungen stellten ihre Brustwarzen zur Schau. Ihre Hände hielten inne, als sie die angespannten kleinen Gipfel ihrer Nippel erreichte.

»Oh ja, Baby.« Mit einem Finger zeichnete er ein sinnliches Muster auf ihre nackte Haut. Er öffnete seine Sinne, schmeckte den heißen, langsamen Schmerz durch ihr Band. Köstlich. Seine Finger folgten dem Pfad, den ihre genommen hatten. Ein härteres, verruchteres maskulines Echo ihrer eigenen Berührung. Ihre Finger fuhren wieder über ihre Brustwarzen, und sie seufzte.

»Härter«, befahl er.

»Genau so.« Er zupfte an ihren Brustwarzen, und der grelle

Ausbruch einer Mischung aus Schmerz und Wonne schoss ihr direkt ins Mark. Ließ sie aus gierigem Verlangen nach ihm weinen. Denn seine harte Hitze trieb sie über den Rand.

»Jetzt du!«, sagte er.

Nein. Sie wollte ihn, keine Spielchen.

Er umfasste ihren Hintern und grub die Fingerspitzen gierig in ihr weiches Fleisch. »Tu es!«, wiederholte er.

Er war stärker. Er war derjenige, der die Kontrolle hatte, und dieser Gedanke machte sie nur umso feuchter. Oh Gott. Wonne. Er hatte ihr Wonne versprochen, und sie hatte keinerlei Zweifel, dass er sein Versprechen einhalten würde. Heute Nacht. Genau jetzt.

Er hielt nicht inne mit dem kleinen, niederträchtigen Streicheln ihrer anderen Öffnung. »Ich kann dich nehmen, wie immer du willst.« Diese Finger drückten sich sanft in ihr Fleisch, und ein dunkles Beben fuhr zischelnd über ihre Nervenenden, durchnässten sie. »Aber ich will es wissen«, murmelte er. »Was willst du? Worüber fantasierst du, wenn du nachts allein bist, Baby?«

Über das, dachte sie. *Ich fantasiere über das hier.* Gott. Er war groß und hart, und es gab nichts, was sie tun konnte, um ihn aufzuhalten oder zu verhindern, dass die Ekstase kam.

Seine Finger drückten zu, neckten. Ihre ganze Welt urtümlicher Gefühle konzentrierte sich auf ein einziges kleines Nervenbündel und seine gemeinen Finger. So dicht davor. Der Orgasmus zitterte knapp außerhalb ihrer Reichweite.

»Sag es mir«, knurrte er. »Sag mir genau, was du willst, und ich werde es dir geben. Du brauchst es mir nur zu sagen.«

Seine massigen Schultern verdeckten das Licht, stießen sie in eine Welt primitiver Gefühle. Sein würziger Duft und das unartige Flüstern von Haut auf Haut. Ihre Welt verschwamm in Wonne um sie herum, aber sie konnte die verdammten Worte nicht sagen. Konnte sich immer noch nicht dazu überwinden zuzugeben, dass sie mehr wollte. Mehr brauchte. Seine Finger, die sich in ihren Hintern bohrten. Ihn. Sie brauchte *ihn.*

»Oder willst du, dass ich es tue?« Sie spürte, wie sich sein Geist an ihren drückte, wie er sich an ihren mentalen Barrieren vorbeischob und tief in sie eindrang. Wie er die Kontrolle übernahm. Sein träges, hartes Lächeln war alles, was er ihr an Warnung gab.

Er berührte ihren Hintern zuerst, strich gierig darüber hinweg und drang dann ein. Neckte ihre Öffnung. Zeichnete ein Muster über das geile Fleisch. Sie wollte sich bewegen, wollte die Beine spreizen und verlangen, dass er sie berührte, dass er sie ganz berührte, aber er erlaubte ihr nicht, sich zu rühren. Er spielte »Folge dem Anführer«, und das leuchtende Pulsieren ihrer Muskeln sagte ihr nur allzu deutlich, wie sehr sie dieses Spiel genoss.

Sein dunkles Kichern machte sie noch feuchter. Gott, er war dominant, und das machte sie an. »Du magst das«, sagte er. »Magst du das?«

Die harte Fingerspitze streichelte ihre Spalte von unten nach oben. »Mich? Wenn ich dich berühre, hier?« Er umkreiste ihre angeschwollene Klitoris.

Gott, sie würde bersten, würde auf seinen Fingerspitzen kommen. Sie hatte keine Kontrolle. War so verdammt gierig nach seiner Berührung.

Sie wimmerte hilflos.

»Ja«, sagte er. »Dir gefällt das, Mischka.« Befriedigung erfüllte seine Stimme. »Sehen wir mal, ob dir das hier noch mehr gefällt. Ich werde die Finger in dich hineinsenken«, warnte er sie. »Gleich jetzt. Und ich werde dich dazu bringen, sie zu reiten, bis du kommst. Und es gibt nichts, was du tun kannst, um mich daran zu hindern. Du kannst bloß den Ritt genießen.«

Gott, und ob sie das würde! Der Atem stockte ihr, eingehüllt in das sinnliche Gewebe, das er wob.

Keine Raffinesse. Nur rohe Hitze und Sex, das erotische, saftige Geräusch, als er sie streichelte. Sie hatte einen gefallenen Engel eingeladen, ihr Liebhaber zu sein – und er konnte nichts anderes sein als das, was er war.

»Spreiz die Beine weiter.« Köstlich hilflos unter seiner Kontrolle tat ihr Körper, was er verlangte, und ihre Beine öffneten sich.

Ein weiteres sinnliches Streicheln über ihre äußeren Falten, dann glitten seine Finger in ihr glitschiges Zentrum. »Ja«, sagte er. »Du willst das.«

So nah. Sie war so nah dran. Er hörte nicht auf, schob die Finger tiefer hinein. »Genau so?«

Ihr Körper reagierte auf einer primitiven Ebene, schwelgte in seiner Beherrschung, seinem sinnlichen Versprechen, sich um sie zu kümmern. Sich um alle ihre Bedürfnisse zu kümmern.

»Du willst mehr, Baby? Du willst, dass ich dich weit spreize und deine Klitoris ablecke?« Seine Stimme war ein leises, schnarrendes Versprechen.

»Tu es«, keuchte sie und ließ los.

Er knurrte seine Zustimmung.

»Öffne dich«, verlangte er. »Du wirst heute Nacht genau das bekommen, was du brauchst, meine Mischka.«

Er glitt herunter und drückte ihre Beine mit den Schultern weit auseinander, schlüpfte von hinten zwischen ihre Schenkel, sodass seine Zunge über ihre äußeren Schamlippen schoss, zwischen ihre sahnigen Lippen eintauchte, um die Süße zu erkunden. Mit Zeige- und Mittelfinger erzeugte er eine köstliche Reibung, bewegte sich tief in ihr heißes Fleisch hinein.

Sie ritt ihn hilflos, die Ekstase schoss mitten durch sie hindurch.

»Du kommst noch nicht«, warnte er sie. Aber Gott, sie konnte es nicht verhindern. Konnte sich nicht zurückhalten. Der kurze, harte Schlag auf ihren Hintern riss sie köstlich vorwärts, während sie ihre Klitoris gegen seinen Daumen rieb. Oh Gott, sie war so *verdorben*. Der Gedanke machte sie noch feuchter. Und er wusste es.

Na schön. Sie würde so verdorben sein, wie es ihr nur möglich war. So böse wie er. Sie schob die Finger in ihr eigenes feuchtes Geschlecht und spreizte sich. »Küss mich«, sagte sie, und es war ein Schock für sie selbst. »Küss mich hier.« Sein wonnevolles Knurren war alles, was sie an Vorwarnung bekam.

Mischka öffnete sich für ihn wie eine süße, feuchte Blume, bis Brends trunken von ihrem Geschmack war. Nicht zu viel, ermahnte er sich. Aber er spürte kein Erschrecken, keine Vorsicht, als er schließlich an ihrem Körper hinaufglitt und seinen Schwanz tief in sie hineinstieß. Mischka gab sich hin, ohne etwas zurückzuhalten.

Bevor er sich daran hindern konnte, knurrte er die Worte gegen die schweißglatte Haut ihrer Kehle, während er kam. »Ich liebe dich.«

Sie starrte voller Schreck zu ihm auf, ihre Seele in ihren Augen. Kein Widerstand. Nur Wärme und Liebe und Akzeptanz.

Sein Körper explodierte vor Ekstase und Schmerz, als der Höhepunkt durch ihn hindurchschoss, seine Eier krampften sich zusammen, während er sich tief in sie hineinrammte und sie ihn ganz in sich aufnahm. Er konnte unmöglich noch weiter kommen, und die Gefühle, die in ihm loderten, ergossen sich aus ihm. Zuerst dachte er, das schmerzhafte Reißen von Haut auf seinem Rücken sei ein psychisches Echo der Gefühle, die sein Herz und seine Seele zerrissen. Dann dehnten sich seine Schultern.

»Brends.« Ihre Augen sagten ihm, dass mit ihm eindeutig etwas nicht stimmte. »Bist du in Ordnung?«

Eine weitere Zuckung fegte durch ihn hindurch. Gott, da stimmte wirklich etwas nicht. Er wälzte sich auf die Seite. Streckte eine Hand aus, um Mischka zu beruhigen. Zu seiner Überraschung zitterte seine Hand.

»Verflucht!« Er krümmte sich. Sie streichelte ihm das Kinn, aber er war verloren in dem Schmerz, als würde ihn ein unsichtbares Wesen bei lebendigem Leib häuten. Das hatte er vor drei Jahrtausenden schon einmal erlebt. Er wollte und brauchte keine Wiederholung.

Er stieß sich vom Bett hoch, taumelte zum Fenster hinüber, riss den Vorhang beiseite, tastete nach der Tür. Seine Hand glitt an der Wand hinab, während sein Blut unter einem anderen, heftigeren Krampf in seinen Ohren toste.

Er hörte wieder ihre Stimme hinter sich. Er konnte sie nicht beschützen. Brauchte Nael dafür. Er konnte sie nicht allein lassen.

Haut pellte sich von seinem Rücken, und der Schmerz loderte erneut auf.

Etwas Mächtiges schob sich langsam durch seine Haut und riss sie auf.

Mischkas Stimme erklang irgendwo hinter ihm, aber er war verloren in dem roten Nebel. »Verdammt«, stöhnte er. »Verschwinde von hier, Mischka.« Das war nicht seine Bestie. Das war etwas anderes.

Er presste die Kiefer aufeinander und krallte die Finger um das Fenstersims, als würde das Holz ihn an seiner geistigen Gesundheit verankern, die ihm zu entgleiten drohte.

Stur wie immer ließ sie sich nicht beirren. Ihre kühle Hand auf seinem Arm war ein kleines Stück vom Himmel, aber er fuhr herum und drängte sie zur Tür, in Sicherheit. Der nächste

Krampf zwang ihn in die Knie. Liebe Güte, er war hilflos, und trotz seiner Entschlossenheit, sie zu beschützen, konnte er hier nichts weiter tun, als tief und leise zu stöhnen.

Sie strich ihm über den Rücken und zuckte dann zurück. Flügel drangen durch seine Haut. Groß. Machtvoll. Schwarz.

Die Flügel entfalteten sich. Bedächtig bewegte er Muskeln und Sehnen. Die Flügel schlugen ein Mal. Zwei Mal.

Er öffnete den Mund, und nichts kam heraus.

Also begnügte er sich damit, ins Badezimmer zu stolpern und sich anzustarren. Flügel. Er hatte seine gottverdammten Flügel zurück.

Der Schock des Wiedererkennens und der Freude war ein weiteres Gefühl, das er nie mehr zu spüren erwartet hatte.

»Ich bin wieder ganz.« Er strich mit einer Hand über die weichen Federn, und da war es wieder, dieses unvertraute Zittern. Er hatte geglaubt, seine Flügel wären für immer fort. Aber sie waren zurück. Er konnte nach Hause gehen. *Nach Hause.*

Er schloss die Augen und lehnte die Stirn gegen die kühle, glatte Oberfläche des Spiegels. Das bedeutete, dass Mischka seine Seelenverwandte war.

Sie trat hinter ihn, berührte ihn an der Schulter. Mied die Flügel. »Brends …«

Ja, was konnte sie sagen? Dann sagte sie das eine, was er nicht erwartet hatte. »Deine Flügel sind wunderschön.« Die wilde Freude auf ihrem Gesicht ließ sich nicht falsch deuten. »Du bist wunderschön. Ich hatte nicht …« Sie gestikulierte, sprachlos, aber niemals hilflos. »Ich hatte nicht begriffen, was fehlte.« Ein Lächeln erhellte ihre Züge, und es war der Sonnenaufgang für sein ganzes Universum.

Er hatte auch nicht gewusst, was ihm fehlte.

Er streckte sich, und seine Flügel erfüllten den kleinen Raum, ragten über sie beide hinaus. So perfekt, als seien sie niemals fort gewesen. Instinktiv wusste er, dass er ganz war. Endlich. Sein Spiegelbild erwiderte seinen Blick, als er die Arme um die Frau legte, die er liebte, sein Gesicht an ihrem Hals begrub und ein- und ausatmete. Mit ihr war er wieder ganz.

Brends war größer als zuvor. Härter. Seine breiten Schultern füllten einen leeren Raum, von dessen Existenz sie nichts gewusst hatte. Begehren durchzuckte sie. Ja, er war stark. Und er konnte sie mit einer Hand festhalten.

Und er roch gut. In der Luft lag der reiche, cremige Geruch seiner Haut, und sie wusste nicht, ob sie sich zurücklehnen und die Flügel anstarren oder ihn von Kopf bis Fuß ablecken wollte. Flügel zuerst, befand sie. Dunkel und gefiedert, ragten sie aus seinem Rücken, als seien sie immer dort gewesen.

Er legte die Hände um ihre Handgelenke und hielt sie fest. »Geh nicht«, sagte er. »Bleib bei mir.«

Als sie zog, ließ er los. Statt jedoch aufzustehen, strich sie mit der Hand über seinen Rücken, senkte die Finger in die dicken Federn. »Sie sind so weich.«

Die Federn wogten unter ihren tastenden Fingern, badeten sie mit einer sinnlichen Hitze. *Das ist ein Teil von ihm.* Sie legte die andere Hand um seinen Hals und zog seinen Kopf zu sich.

»Küss mich«, verlangte sie. Er kam ihrem Wunsch nach und bedeckte ihren Mund mit dem seinem. Er knabberte an ihrer Unterlippe, verlangte und fand Zutritt. Seine Zunge strich zart über das feuchte Fleisch der Innenseite ihrer Lippe, saugte mit einer glitschigen, feuchten Hitze an ihrer Haut. Gott, war er sündig!

Er löste sich von ihr, ohne ihr Wimmern des Protestes zu beachten. Sie hatte noch nicht *genug* von ihm gehabt. »Dir wird das gefallen«, versprach er. Er ließ die Lippen über die Haut ihrer Kehle gleiten, und sie beobachtete dieses vertraute, harte Gesicht und den muskulösen Körper. Die Flügel waren anders, aber sie waren nicht fremd. Sie waren ein Teil von ihm.

»Du willst, dass ich aufhöre?« Dunkle, brennende Augen bohrten sich in ihre. »Oder willst du, dass ich mehr von dir berühre?« Sie krallte die Finger in seine Flügel. Zaghaft strich sie darüber. Er stöhnte, ein genüssliches Geräusch der Wonne.

Er war keine Bestie, sondern etwas – jemand – Anderweltliches. Ein Krieger, erschaffen zu beschützen. Sie stellte fest, dass sie ihn berühren, ihn schmecken wollte. Dass sie diesen Teil von ihm so intim kennenlernen wollte, wie er ihren Körper kennengelernt hatte. Ihr Blick wanderte zurück zu seinem, und er erstarrte, reglos wie ein Raubtier, als befürchte er, dass eine unerwartete Bewegung seinerseits sie dazu treiben würde, fluchtartig aus ihrem Bett zu springen und das Bündnis, das sie zusammenhielt, im Stich zu lassen.

Der Ausdruck dunkler Konzentration auf seinem Gesicht ließ sie zögern. Konnte sie damit fertigwerden?

»Ich bin immer noch derselbe, Baby.« Seine Augen erkundeten ihr Gesicht, und sie wusste nicht, wonach er suchte. »Ich habe mich nicht verändert.«

War sie bereit dazu? Er hatte Flügel. Große, starke, üppige Flügel. Diese Flügel waren unerwartet fremd, aber gleichzeitig unerwartet schön. Er sah nicht aus wie jene Engel auf den Bildern, die sie gesehen hatte. Also spielte es nicht wirklich eine Rolle, oder? Wenn sie mit seiner Bestie fertigwerden konnte, konnte sie gewiss auch mit dieser Seite von ihm fertigwerden. Sie hatte keine Lust mehr, vor dem wegzulaufen, was sie wollte.

Sie wollte Brends Duranov, und in diesem Moment gehörte er ihr.

Ganz ihr.

»Du bist dunkel«, sagte sie, und diesmal streckte sie die Hand zur Berührung aus, weil sie wissen musste, wie diese Flügel sich anfühlten.

Er zögerte, seine Flügel zittrig vor Anspannung. »Das kann kein Spiel mehr sein, Baby. Wenn du das nicht willst« – *wenn du mich nicht willst,* hing zwischen ihnen in der Luft –, »sag es mir jetzt, geradeheraus.«

Sie ließ eine Hand über die heiße, harte Haut seiner Schulter wandern. Diese Haut brannte unter ihren tastenden Fingerspitzen.

»Und du wirst mich verlassen.« Sie ließ die Finger langsam und neugierig in diese Flügel gleiten, entdeckte dabei eine sinnliche Offenbarung. Sie konnte nicht genug davon bekommen, ihn zu berühren. Ihre sexuelle Reaktion auf diese Seite von ihm war eine Überraschung. Eine sehr, sehr schöne Überraschung.

»Ja.« Er stöhnte. »Oh, verdammt, Baby, das fühlt sich gut an.«

Das tat es. Besser noch, sie wusste, dass er sich darüber im Klaren war, dass *sie* diejenige war, die ihn berührte. *Ihre* Akzeptanz bedeutete ihm etwas.

»Es gefällt dir, wenn ich deine Flügel berühre.« Was, wenn sie ihn küsste?, fragte sie sich, während sie einen erotischen Pfad vom Schulterblatt zum Hals nachzeichnete und die Beine um seine Taille schlang.

Er umfasste ihre Hüfte, hob sie an.

»Ich komme herein«, warnte er, und ein Blitz flüssiger Hitze schoss durch sie hindurch. Das schwere Gewicht seines Schwanzes wölbte sich ihr entgegen, so gierig nach ihr, wie sie es nach ihm war.

Als der glatte Kopf ihre glitschigen Falten teilte, verlor sie sich in der köstlichen Ekstase, während er langsam und prall in sie hineinglitt.

Was er auch war, wer er auch war, sie wollte ihn nach wie vor.

Hinterher, hoffnungslos verheddert in den Laken, faltete Brends die Flügel langsam zusammen, und sie waren wie eine dunkle Tätowierung auf der goldenen Haut seines Rückens. Mischka lag auf seiner Brust und genoss die stille Zufriedenheit in vollen Zügen. Das stetige Schlagen seines Herzens unter ihrer Wange war felsenfest. Wie er. Für einen Moment ließ sie ihre Wimpern an der heißen, glitschigen Haut flattern. »Schmetterlingsküsse.«

Sie spürte sein Lächeln mehr, als dass sie es sah.

Die Welt draußen wartete darauf hereinzukommen, und sie wollte nicht, dass sie es tat.

»Ich muss gehen, Baby«, sagte er, und sie wälzte sich von seiner Brust, bevor er sie wegschieben konnte. Sie wäre gern länger geblieben.

Die Muskeln seines Bauches spannten sich an, als er sich reckte, sich das Baumwoll-T-Shirt über den Kopf zog und nach den Stiefeln suchte, die halb unter dem Bett lagen. Sein Staubmantel war ein dunkler Teich formlosen Leders, aber das Glitzern der Waffen war nicht zu übersehen. Er hatte nicht die Geduld gehabt, seine Kleidung auf seine gewohnt diszipliniert Weise abzulegen, und das freute sie auf einer primitiven Ebene.

Sie hatte jeden Teil von ihm ebenso genommen, wie er es mit ihr getan hatte.

»Geh nicht«, sagte sie. Er sollte nicht gehen, sollte nicht ihr Bett verlassen, denn er würde diesem Abtrünnigen folgen, und es bestanden gute Chancen, dass er nicht zurückkam.

»Ich muss.« Er strich ihr besitzergreifend über den Arm. »Das hier – die Flügel – verändert alles. Ich kann nicht *nicht* gehen, Baby. Wenn ich Gestaltwechseln kann, wenn ich auch nur die Hälfte der Macht besitze, die ich früher hatte, werden die Karten neu gemischt, und das wissen wir beide.«

»Soll jemand anders gehen«, bettelte sie. »Warum ist es so wichtig?« Weil es wichtig war. Und er wollte nicht zulassen, dass jemand anders das tat, was er ebenso gut tun konnte. Sie wusste es. Aber sie hatte fragen müssen, denn in der letzten Stunde war alles anders geworden, und sie hatte nicht verstanden, welches Risiko sie einging, wenn er in den Kampf zog.

Als er jedoch nicht nach seinen Waffen griff, wusste sie, dass ihre Zeit nicht abgelaufen war.

Noch nicht.

Die Dolche machten sich über sie lustig, denn sie erinnerten daran, dass sie diejenige war, die beschlossen hatte, es mit einem trainierten Kämpfer aufzunehmen. Sie hatte gewusst, wer und was er war, und nichts konnte ihn ändern.

Sie wollte ihn jedoch nicht ändern, wollte ihn nur beschützen.

Wenn er fortging, zog er in eine Schlacht. In dieser Hinsicht gab sie sich keinen Illusionen hin. Er war ein Krieger. Es war das, was er tat. Der harte Kuss, den er ihr auf den Mund drückte, zerstreute ihre Sorgen schneller, als seine Worte es taten.

»Ich habe sie in einer Nacht wie dieser gefunden.«

»Wen? Wen hast du gefunden?«

»Meinen Zwilling«, sagte er und griff nach dem Stapel Kleider. »Mein Herr hat uns beide mit meiner Geburtsmutter gezeugt. Nicht ungewöhnlich.« Er zuckte die Achseln. »Aber wir haben uns immer nahegestanden. Sie bedeutete mir etwas.« Sein verschlossenes Gesicht sagte, dass dieser unbekannte Engel mehr getan hatte, als ihm etwas zu bedeuten.

»Und sie ist gestorben.«

»Nein«, sagte er grimmig. »Sie wurde ermordet. Von *Michael.*«

Vielleicht war es seine Schuld gewesen. Esrene hatte ihre eigenen Entscheidungen treffen wollen, aber er war der Erstgeborene, und diese paar Sekunden machten ihn zum Beschützer. Esrene hatte das gewusst, es akzeptiert. Als Michael angedeutet hatte, dass er an ihr interessiert war, hatte Brends ihr gesagt, dass eine Paarung für ihn völlig in Ordnung sei.

Er hatte sein Mädchen einem Ungeheuer anvertraut und die Wahrheit erst erkannt, als Michael dagestanden hatte, über *ihr.*

Er würde diese Erinnerung niemals vergessen.

»Du hast sie getötet.« Seine Hand war zu seinem Flammenschwert gefahren, aber das war eine reine Gewohnheit gewesen. Mitgliedern der Herrschaften war es verboten, ihre Waffen gegen die Erzengel zu erheben. Michaels erschöpfte, unendlich weiße Augen hatten ihn verhöhnt, hatten sein Vertrauen verhöhnt.

»Ja.« Michael hatte nicht gequält oder auch nur befriedigt geklungen. Lediglich kalt. Sehr, sehr kalt und distanziert. »Das habe ich, Brends.«

Von dieser Seite hätte Brends niemals Verrat erwartet. Nachdem die ersten Todesfälle die friedliche Ruhe des Himmels zerstört hatten, hatte Brends nicht gewusst, was er denken sollte. Herrschaften beschützten. Sie waren die Cowboys des Himmels und bewachten seine erste Grenzlinie. Er war ein verdammter Beschützer – und doch hatte er diese Gefahr nicht entdeckt.

»Wie hast du das tun können?«, hatte er gefragt. Michael war ihr Anführer. Ihr allerbester.

»Ich weiß es nicht.« Zum ersten Mal hatte Michaels eisige Fassade gebebt. Hatte Risse bekommen. Er hatte kurz Verwirrung gezeigt und auf das Messer in seiner Hand gestarrt.

»Finde es heraus!«, hatte Brends geknurrt, während das Verlangen nach Rache in seinem Blut gekocht hatte. »Und lass es mich wissen, denn du hast gerade dein eigenes Todesurteil unterzeichnet.«

Michael hatte geseufzt und den Kopf geschüttelt. »Brends …«, hatte er angesetzt, aber Brends war nicht länger bereit gewesen zuzuhören.

»Sie war mein Zwilling!«, hatte er gerufen. »Und ich habe sie dir anvertraut. Wie hast du das bloß tun können?«

Wie hast du mir das antun können?

Er hatte das Schwert gezogen und sich auf den älteren Engel gestürzt.

»Brends«, hatte Michael es noch einmal versucht und war dem ersten Hieb ausgewichen. »Tu das nicht. Hör mir zu.«

»Hast du sie getötet?« Er starrte seinen Mentor an und spürte eisigen Hass, der sein Herz gefrieren ließ. Wenn Michael ein kaltblütiger Killer war, was war dann mit ihm?

»Ja«, hatte Michael geseufzt. »Ich nehme an, man könnte sagen, dass ich es getan habe. Oder«, hatte Michael traurig hinzugefügt und Brends mit diesen allzu vertrauten Augen angesehen, »du hast es getan.«

»Michael hat sie getötet.«

»*Ich* habe sie getötet«, sagte er. »Ich habe sie zu ihm geschickt. In den Tod. Ich habe sie mit einem Ungeheuer gepaart, und sie ist hingegangen.«

»Nein«, widersprach sie. »Es war nicht deine Schuld.«

»Keine Sorge.« Er schlüpfte in den ledernen Staubmantel. »Alles wird gut, Baby.« Sie hasste den wegwerfenden Tonfall in seiner Stimme. Sie wollte keine Plattitüden hören. Nein, sie wollte die *Wahrheit*.

»Brends, sag mir, womit wir es hier zu tun haben.«

»Abtrünnige sind nicht so kompliziert, wie du dir vorstellst.« Er zuckte die Achseln, ein träges Rollen seiner Schultern. »Sie haben keine höheren kognitiven und vernünftigen Fähigkeiten, Mischka«, entgegnete er geduldig. »Sie sind Bestien. Nicht mehr.«

Sie hatte in die Enge getriebene Tiere gesehen. Und sie hatte Eilor von Angesicht zu Angesicht gegenübergestanden. Der Mann mochte zum Abtrünnigen geworden sein, aber er war nicht dumm. Es war nicht so, als locke man einen tollwütigen Hund in die Falle, und sie sagte das auch.

»Aber genauso ist es.« Brends schüttelte den Kopf. »Vertrau mir, Baby.«

Weil er so zuversichtlich war, dass nichts danebengehen konnte, eskalierte ihre Furcht auf irrationale Weise. Es war die drohende Gewalt, nicht wahr? Es konnte ihr doch unmöglich etwas ausmachen, ob die Flügel ihres gefallenen Engels angesengt wurden?

»Bleib hier«, sagte sie. »Bleib bei mir. Es muss eine andere Möglichkeit geben, Eilor aufzuhalten. Wir könnten uns gemeinsam etwas überlegen.«

Er seufzte, kam einen Schritt auf sie zu und zog sie in eine harte Umarmung. Als er seinen heißen, starken Körper an ihren drückte, wollte sie sich um ihn winden wie eine Katze auf einem sonnigen Fleckchen. Es gefiel ihr zu sehr, begriff sie. Sie bewunderte seine Hitze, das beruhigende Gewicht.

»Ich werde zurückkommen, *Dushka«*, versprach er. »Ich werde immer zu dir zurückkommen.«

Seine Lippen fanden in der Dunkelheit die ihren. Zart knabberte er an ihrem Mund, gab wortlose Versprechen auf Wonne ab. Flammen leckten an ihrer Haut, und sie war plötzlich ganz feucht.

Nun, zum Teufel.

Sie wusste genau, dass er seine Worte ernst meinte, oder glaubte, dass er sie ernst meinte. Das war schließlich das Problem. Wie konnte er etwas garantieren? Insbesondere, wenn dieser verdammte Psychopath von einem Killer draußen in der Dunkelheit auf ihn wartete?

Absolut unmöglich.

Er trat von ihr weg, schlug den Kragen seines Mantels hoch und ging zur Tür. »Sieht so aus, als würde es Regen geben«, bemerkte er schließlich und sah hinauf in den pflaumenblauen Himmel. »Ein Sturm zieht auf.«

20

Er ging nicht, trotz seiner Worte, aber der Regen kam, rauschte durch den dicken Teppich aus Grün, der das Seehaus einhüllte. Die stechenden Tropfen waren kühl, aber berauschend. Vielleicht gehörte es zum elementaren Wesen der Engel: Sie hatten eine intime Verbindung zur Natur, zu dem wechselhaften Wetter und den Winden. Zuerst regnete es in kleinen Tröpfchen; noch bevor Brends die schützende Hülle des Hauses verließ, konnte er das Trommeln gewaltigen Regens hören, der immer näherrückte.

Durch ihr Band sah Mischka Bilder von Brends, blitzartige Erinnerungen, bruchstückhafte Augenblicke aus längst vergangenen Jahrzehnten. Ein Sommerhäuschen. Aristokratische Teepartys in der luxuriösen, einschläfernden Hitze des Sommers. Seiten von alten Romanen und noch älteren Werken tanzten durch seinen Kopf. Er hatte diese Jahrzehnte genossen, obwohl er verborgen hatte, wer und was er war. Hier auf der Veranda waren sie durch das zierliche Gitterwerk größtenteils vor dem Regen geschützt, und es war so, als stünden sie unter einem gigantischen Wasserfall. Das Wasser rann und tröpfelte, wand sich seinen Weg vom Himmel herab. Mit dem Wasser kamen die Düfte: zerquetschtes Gras, der erdige Geruch von nassem Boden und ein ganz leiser Hauch von Tieren. Keine Straßen, keine Gebäude, kein menschlicher Gestank. Er hatte vergessen, wie viel wohler er sich hier draußen fühlte, selbst im Freien, abseits der künstlichen Lichter und Farben von M City.

Sie genoss es, sich mit ihm zusammen zu erinnern und dieses kleine Stück von ihm zu ihren eigenen Erinnerungen zu machen.

Er zog den schweren Lederstaubmantel wieder aus, in den er gerade hineingeschlüpft war, und verstaute ihn unter einer Bank. Er würde die Wärme des Mantels erst sehr viel später benötigen. Seine schweren Cowboystiefel kamen als Nächstes, bis er nur noch in Baumwoll-T-Shirt und Hosen dastand. Wind peitschte ihm das Haar ums Gesicht.

Er zögerte, dann nahm er das lederne Halfter für seine beiden Wurfmesser ab. Stählern. Tödlich scharf fingen die geschwungenen Kanten der Klingen das Licht auf. Seine Hände fuhren über die Sammlung. Die Werkzeuge seines Gewerbes. Sie hatte von ihrer Existenz gewusst. Hatte den Grund dafür verstanden. Aber sie zu sehen, war etwas anderes. Sie strich mit dem Finger über eine scharfe Kante und achtete nicht auf den grellen Schmerz. Er kämpfte. Er verteidigte.

Er würde sie beschützen.

So viele Waffen. So viele Arten zu verletzen.

Und zu verteidigen.

Während sie unentschlossen zögerte, trat er von der Veranda. Hier fühlte er sich wohler, hier im wilden, ungezähmten Wetter des freien Landes, denn dem Regen in der Stadt fehlte die rohe Leidenschaft dieses wilden Ansturms. Ganz kurz nach seinem Fall war es ihm beinahe so erschienen, als könne er in das Antlitz des Sturms hinauffliegen, der auf die Berge einhieb, und die heulende Luft würde ihn nach oben saugen und ihn zurück in den Himmel katapultieren, wo er nicht länger fliegen konnte. Der Wind presste den feuchten Stoff an seinen Körper, und da warf er den Kopf zurück.

Niemand würde ihn zähmen. Nicht Michael. Nicht sie.

Durch ihr Band speiste sie ihn mit ihrer Ehrfurcht und, ja, mit ihrer Erregung. Ließ ihn wissen, welche Gefühle er in ihr weckte. Was der Anblick des durchweichten Stoffs, der sich an straffe, männliche Brustwarzen schmiegte, mit ihr machte, wie sehr sie sich wünschte, diese starken Arme und Beine zu berühren. Regentropfen verschwanden in einer quälenden Prozession unter dem Stoff seines Shirts und zeichneten feuchte Pfade auf seine goldene Haut.

Heidnisch. Ungezähmt.

Er gehörte ihr.

»Komm heraus zu mir«, sagte er, ohne die Augen zu öffnen. »Tanz mit mir.« Er streckte seine große Hand nach ihr aus, und sie ergriff sie, ließ sich von ihm hinaus aus dem Schutz der Veranda und hinein in die Nässe des Regens ziehen.

»Spürst du das?« Sein Gesicht spannte sich an, und er legte den Kopf in den Nacken. »Dafür leben wir, Mischka. Für Augenblicke wie diesen.«

Die dunklen Umrisse der neuen Tinte auf seinem Rücken waren eine machtvolle Erinnerung, als er sich von ihr abwandte. Er war fremd, aber auch wieder nicht. Hart, mächtig. Und ja, sie wollte ihn. Die Muskeln seines Rückens bewegten sich, als sei ihr Blick eine körperliche Berührung, die er spüren konnte. Vielleicht konnte er es tatsächlich. Sie hätte tausend Jahre leben und dieses Band zwischen ihnen nicht zur Gänze verstehen können.

Vielleicht war es aber auch nicht so wichtig, es zu verstehen. Es zu spüren war viel wichtiger.

Der kalte Biss des Regens war belebend. Ihre Brustwarzen richteten sich verlangend unter ihrer Bluse auf. Entzückt erlaubte sie ihm, sie an sich zu ziehen, und sie tanzten sacht auf der Stelle zu imaginärer Musik. Der Regen fiel unaufhörlich, und ihre Kleider klebten langsam an ihren Beinen.

»Es ist wunderschön«, flüsterte sie. Lauter zu sprechen, wäre ihr wie Blasphemie erschienen.

»Ja«, stimmte er zu. Er zog sie an sich, bis sie still in dem trommelnden Regen ruhte. Das Stechen der Tropfen auf Schultern und Köpfen, zwischen ihren Körpern, war seltsam einschläfernd. Sie atmete ein und sog seinen warmen, erdigen Duft tief in ihre Lungen.

Sie war nicht überrascht, als er den Kopf langsam zu ihrem herabsenkte und seine Lippen sanft auf ihre drückte. Der einfache Druck dieser Lippen wärmte sie, ein heißer Kontrast zu dem kalten Regenwasser, das sie beide durchnässte. In der Ferne grollte Donner, und Regen rauschte in einem stetigen Säuseln über den nackten Fels. Lippen bewegten sich auf ihren, sanft, langsam. *Ja,* dachte sie. *Wie perfekt.* Sie schwelgte in ihrer eigenen Stille, versank in den Augenblick, in ihn. Die ungewohnte Passivität war wie der Gruß eines geliebten Freundes nach langer Abwesenheit. Langsam, süß, intim. Seine Lippen wanderten über ihre, erkundeten sie mit kleinen Küssen, wie sanfte Bienenstiche, fest und zart. Allein in einem Kokon aus Nässe.

Sie schauderte und drückte den Rücken durch, bis sich ihre Brüste an ihn pressten. Seine Hände lagen locker auf ihren Schultern, und er ließ den Daumen über die empfindliche Haut ihres Schlüsselbeins kreisen, ein schwerer, willkommener Druck, der sie am Boden verankerte. Brends fühlte sich gut an. So wie man sich an einem feuchten Tag vor einem warmen Feuer zusammenrollte, oder wie eine Tasse dampfenden, zuckersüßen Kakaos. Sündige Freuden. Sie sollten etwas Praktisches mit ihrer Zeit tun; sie sollten den nächsten Schritt des Killers ermitteln, die Landschaft nach ungewöhnlicher Paranormalität auskundschaften, sich auf morgen vorbereiten. Stattdessen stahlen sie Augenblicke.

»Ja«, sagte er, als hätte er ihre Gedanken gelesen. »Zeit für uns. Nur für uns.«

Wie viele Generationen von Teenagern aus M City hatten sich wohl hier heraufgeschlichen und sich in dem Regen geliebt, der sie durchnässte, während sie zu den gedämpften Lichtern der Stadt zurückblickten, Bäume und Sommerpavillon im Rücken? Als sie ihren Rücken an seine Brust lehnte und die Hüften zurückdrückte, stieß seine pralle, schwere Erektion gegen sie.

»Ich will dich jetzt.« Sie griff hinter sich und zog an den nassen Falten seiner Kleidung. »Ich will, dass du mich jetzt ausfüllst.«

»Ja.« Er half ihr beim Ausziehen. Es fühlte sich intimer an, unbeholfen an dem durchweichten Stoff zu zerren und zu ziehen und miteinander über die unerwartete Schwere des Stoffs und ihre vereinte Ungeschicklichkeit zu lachen.

Er drückte ihr eine Reihe von Küssen auf, von der zarten Haut hinter ihrem Ohr bis zu ihrem Schlüsselbein, und verfolgte die kalt gewordene Haut mit der Zunge, bis sie sich ungeduldig wand.

Er glitt hinab und spreizte ihre Beine mit den Schultern, dann schlüpfte er zwischen ihre Schenkel, sodass er mit der Zunge über ihre äußeren Schamlippen lecken konnte. Dann tauchte er zwischen die sahnigen Lippen ein und erkundete die durchweichte Süße. Mit Zeige- und Mittelfinger erzeugte er eine köstliche Reibung, bewegte sich wieder und wieder über ihr erhitztes Fleisch.

»Jetzt«, verlangte sie. »Komm jetzt in mich hinein.« Sein Band mit ihr war ein süßes Summen in seinem Hinterkopf, ein überempfindliches Bewusstsein des Mahlstroms von Gefühlen, der durch ihren Körper rauschte.

Ja, dachte er. *Du sollst mich so wollen, wie ich dich will.*

Sein Penis stieß gegen ihre Leiste, flehte um Zutritt und glitt dann in flachen Stößen in diese sanfte Wiege von Haut hinein und wieder heraus, bis ihre Beine sich öffneten. Süße Sahne machte ihre Schamlippen geschmeidig.

»Jetzt!«, befahl sie abermals.

»Ja«, hauchte er, schob ihren Slip zur Seite und drang in sie ein. Sie presste ihn fest an sich, ein heißer, glitschiger Druck, der die Lust aus ihm herausmelkte. Süßer Druck baute sich tief in ihm auf. Er strich mit der Hand über ihren Bauch, durch den feuchten Stoff ihres Slips. Der Schock des nassen Stoffs auf ihrer erhitzten Klitoris erfüllte ihn mit einem Hochgefühl. Genau jetzt, genau hier wollte sie ihn, wenn auch nur so. Er nutzte seinen Vorteil aus und zeichnete kleine Kreise auf ihr heißes Fleisch, eine Echo seines stetigen Stoßens.

»Ich schenke dir Wonne«, murmelte er an ihrem Hals. Sein Haar fiel in langen Wellen um ihr Gesicht, verstrickte sich mit ihrem eigenen. Sie drückte gegen ihn, suchte dieselbe Erfüllung. Die prallen, endlosen Ströme seines Samens füllten sie und rannen über ihre Schenkel.

Seine Stimme brach, als sich der Orgasmus über sie beide hinwegwälzte, und er hauchte kleine, unvertraute Worte der Ekstase und des Lobes auf ihre Haut.

Wenn nur die Welt nicht auf sie gewartet hätte.

»Versteck dich hier«, stöhnte er und hörte ihre stumme Zustimmung.

Sie wollte auch nicht gehen. Wollte nicht, dass die wirkliche Welt mit ihren echten Verpflichtungen störte. Dies waren gestohlene Augenblicke, und ja, sie wussten es beide.

21

Zer klappte sein Handy auf. Es gefiel ihm nicht, Brends zu stören, aber sie hatten einen Notfall, und die Pflicht stand schließlich an erster Stelle. Zornig drückte er auf die Kurzwahltaste und schritt bereits zu der Karawane von SUVs, die darauf warteten loszufahren. Wie erwartet antwortete Brends, bevor Zer seinen Hintern auf den Fahrersitz gepflanzt hatte.

»Wir haben einen Notfall.« Mit einer Hand lenkte er den SUV, der mit genug schweren Panzerplatten verstärkt war, um einem kleinem Mörserangriff standzuhalten. Sein Team reihte sich ein.

»Wir haben unseren Abtrünnigen entdeckt.« Am anderen Ende der Leitung fluchte Brends. »Setz deinen Arsch in Bewegung«, fuhr er fort. »Er hat Dathan festgenagelt.«

Er klappte das Handy zu und warf es auf den leeren Beifahrersitz. Hinter ihm lud Nael ein kleines Arsenal an Waffen ein, die vom Schwarzmarkt stammten.

Ein kaltes Lächeln breitete sich auf seinem Gesicht aus.

Showtime.

Weit unter Eilor schoss der SUV über den verlassenen Highway.

Der Gefallene hatte den Köder geschluckt. Das war das offenkundige Problem an Ritterlichkeit. Sie brachte einen königlich in die Bredouille. Wenn er den Bastard jetzt zur Strecke brachte, hätte er allerdings nur die Hälfte seines Ziels erreicht. Denn Mischka Baran wäre eine tote Frau, wenn ihr Bündnispartner den Löffel abgab. So funktionierte das Band. Auf der anderen Seite bekam sie Unsterblichkeit auf dem sprichwörtlich silbernen Tablett serviert, wenn ihr Partner weiteratmete.

Kein wirklich schlechter Deal, alles in allem.

Zu ihrem Pech würde er diesen Partner töten.

Doch zuerst würde er sich von Brends entdecken lassen.

Die Bestie aus ihrer Höhle locken. Weg von seiner Geliebten.

Vorsicht war besser als Nachsicht. Das war Dathans Motto. Ein Scharfschützengewehr mit großer Reichweite war in einer Notlage am besten, aber man musste ein verdammt guter Schütze sein. Ganz zu schweigen von schnell. Genug Salven schnell genug abgefeuert, und man konnte den Abtrünnigen ausreichend lange für den tödlichen Schuss festsetzen.

Er würde sämtliche seiner Fähigkeiten benötigen, wenn er lebend hier herauskommen wollte. Irgendwann während der Nacht waren er und Pell entdeckt worden. Und jetzt waren sie von einem Rudel seelendurstiger Bestien aus dem Reservat umzingelt.

Er warf seinen ersten Dolch nach der Kreatur. Die Klinge prallte von der zähen Haut des Abtrünnigen ab und hinterließ einen kleinen Kratzer, aber die Bestie kam nach wie vor auf ihn zu. Aus der Nähe war der Geruch überwältigend, der ranzige Gestank eines Körpers, der in Blut getaucht worden war, bevor man ihn zum Trocknen in der heißen Sonne draußen liegen gelassen hatte. Neben diesem Bastard wirkte der Gestank aus einem Leichenschauhaus wie ein Lufterfrischer, Kiefernduft, aber er kam weiterhin näher.

»Die zweite Klinge ist die mit dem Zauber, stimmt's?« Dathan zielte.

Pell war zum Glück genau da, wo er sie zurückgelassen hatte, nämlich im Jeep. Er hoffte nur, dass sie sich auch den Rest seiner Anweisungen zu Herzen genommen hatte. Wenn ihm die Rückkehr nicht gelang, sollte sie mit quietschenden Reifen losfahren – bis nach M City – und keineswegs anhalten. Ein schwarzer SUV jagte über die Straße auf ihn zu. Die Kavallerie.

Als der nächste Abtrünnige durch die Mauer stieg, begrüßte ihn Dathan mit einem schnellen Hieb seiner Klinge. Die scharfe Kante schnitt glatt durch die Kehle und vergrub sich in einen Rückgratknorpel. Eine Drehung. Ein Abtrünniger weniger. Leider, leider waren da noch mehr. Viel mehr.

Dathan lieferte ihnen einen höllischen Kampf – aber die Chancen standen schlecht für ihn.

Es war Zeit zur Evakuierung ihrer Damen, und zwar dalli, dalli. Auf keinen Fall würde Brends Mischka mitten in einen Schusswechsel hineinlaufen lassen. So sehr er sich auch wünschte, dass sie blieb, so sehr wollte er sie auch beschützen. Und bei ihm würde sie nicht sicher sein.

Er nahm sich einen letzten Moment, um ihr Band zu genießen, um ihren Geschmack zu genießen. Adrenalin und Sorge. Um ihn. Du liebe Güte!

Er zögerte nicht. Er wollte sie verzweifelt – und das Richtige wäre gewesen, sie aufzugeben. Um sie zu beschützen. Dazu musste er die Bedingungen ihres Bündnisses erfüllen, und das bedeutete, dass er sie zu Pell bringen musste.

Brends trat so brutal auf die Bremse, dass seine Zähne aufeinanderschlugen.

Er war draußen, bevor der Wagen richtig zum Halten gekommen war. »Rutsch rüber.« Er deutete mit einer Drehung des Handgelenks auf den Fahrersitz. Der Ausdruck auf seinem Gesicht lud nicht zu Diskussionen ein, daher gehorchte Mischka.

Dathan und Pell hockten hinter ihrem eigenen Wagen, und Dathan feuerte Salven aus einer Waffe ab, während Pell einen leeren Clip nachlud. Sie waren halb von der Straße heruntergefahren, aber dann hatte das Leben sich anscheinend in Form eines stetigen Rinnsals von dunklen Schatten eingemischt, die aus einem Riss in der Mauer glitten. Mischka brauchte keine der Gefallenen zu sein, um zu wissen, dass die Bresche groß war. Sehr groß.

»Steig ein.« Dathan stieß Pell praktisch in das Innere des SUV. Ohne auch nur ein »Hallo, wie geht's?« ging er davon und zog ein Messer aus seinem ledernen Staubmantel.

Oh mein Gott. Pell! Ihr Blick begegnete dem ihrer Cousine, und sie *spürte* die Wucht dieses Blickes. Etwas zerbrach, und sie sah Brends taumeln. Für einen Moment machte er den Eindruck, als sei er getroffen worden, und dann war da wieder dieser harte, kalte Ausdruck in seinen Augen. »Ich habe meinen Teil unseres Handels eingehalten. Du hast deinen erfüllt. Du kannst jetzt gehen.«

Er war fertig mit ihr. Einfach so.

Sie hatte ihre Cousine zurück, sie hatte ihren Preis gezahlt, und jetzt waren ihre Angelegenheiten mit Brends erledigt. Aus und vorbei. Sie konnte gehen.

Warum also zögerte sie immer noch? Er hatte niemals erkennen lassen, dass ihre Beziehung länger andauern sollte als ihr Bündnis. Wenn sie bliebe, gestand sie sich ein, würde das nur mit heißem Sex und einem gebrochenen Herzen enden.

Und Brends sah nicht besonders sentimental aus.

»Geh!«, fauchte er. »Fahr wie der Teufel und halte nicht an. Die Verstärkung ist zwei Meilen entfernt und kommt näher. Sie werden die Grenze halten, bis du durch bist.«

Die Geräusche des Kampfes rückten näher, und das Aufblitzen von Feuer rechts von ihr war ein ernsthafter Alarmruf. Ein hochgewachsener, breitschultriger Mann mit dunklen Gesichtszügen schritt durch die tiefer werdenden Schatten. Keiner von ihnen, befand Mischka. Eine Welle dunkler Bedrohung ging von ihm aus, und seine Schultern dehnten sich, als er eine Klinge zog. Teufel, nein. Sie war nicht so dumm, sich mit solchen Leuten einzulassen.

»Ich gehe«, sagte sie. Aber Brends war bereits fort, um diesen Unbekannten abzufangen. Ja, ein Teil von ihr wollte schreien und rennen wie der Teufel, aber ein anderer Teil – dieser Teil wollte bleiben und ihm Rückendeckung geben.

»Schnall dich an.« Sie wartete nicht darauf, dass Pell gehorchte, sondern legte den Rückwärtsgang des SUV ein, während Dathan die Tür zuschlug und hinter dem Fremden herstolzierte, der gerade in den Schatten verschwunden war. Es folgte ein Moment, um das glatte Schnurren des Motors zu würdigen, das geschmeidige Einrasten des Getriebes erst in den Rückwärtsgang, dann in den ersten. Daraufhin verengte ihre Welt sich auf den barmherzig leeren Teil der Straße und die schimmernde Wand vor ihr.

»Warte.« Pell streckte die Hand nach dem Türgriff aus, und Mischka schlug auf die Verriegelung auf ihrer Seite. Ihre Cousine würde jetzt nirgendwohin gehen. »Wohin zum Teufel verschwindet er und gibt mich ab wie ein Päckchen?« Als der Türgriff nicht nachgab, drehte sie sich um und funkelte Mischka böse an. »Mach die Tür auf, Mischka. Du hältst mich hier nicht fest.«

Sie würde sie festhalten, bis sie schnell wie der Teufel aus diesem Reservat verschwunden waren. »Denk doch mal logisch, Pell.«

Ihre Cousine schnaubte unelegant. »Du bist die Logische. Du bist diejenige, die nach den Regeln spielt. Und sieh dir an, wohin es dich gebracht hat – knietief in die paranormale

Scheiße. Und du hast doch geschworen, du würdest dich um keinen Preis darauf einlassen.«

Stimmte. Und sie wurde damit fertig, nicht wahr? Warum hielten alle sie für so starr, so unfähig, sich zu ändern? Brends war da anders gewesen, und schon bei der kurzen Erinnerung an seine uneleganten Neckereien und unartigen Berührungen errötete sie in einer köstlichen Hitze. Er weckte in ihr den Wunsch, anders zu sein, zu etwas vorzudringen.

Trotzdem, einerseits konnte man aus alten Gewohnheiten ausbrechen – und dann konnte man sich andererseits so verhalten, dass es einen umbrachte. Die Logik sagte, dass es Selbstmord war, sich in den Kampf zu stürzen, der hinter ihnen tobte. Die Klugen lebten, um an einem anderen Tag zu kämpfen. »Wir können nichts weiter tun. Nicht *dort.«* Würde Pell jetzt überhaupt auf sie hören? »Gehst du zurück, ist unsere einzige Option die, Kanonenfutter zu werden.«

Pell ließ den Türgriff in Ruhe und lümmelte sich in ihren Sitz. »Ich bin nicht hilflos, Mischka. Irgendetwas muss ich tun können.«

»Du hast es bereits getan.«

Pell warf ihr einen schnellen Blick zu. »Wie bitte?«

»Du hast es bereits getan«, wiederholte sie. »Du warst der Köder, den *sie* brauchten. Warum bist du hierhergekommen?«

Pell funkelte sie an, und ihr vertrautes Gesicht war voller Ungläubigkeit. »Ich habe darum *gebeten,* hierherzukommen. Ich habe Dathan gebeten, mich irgendwo in Sicherheit zu bringen.«

»Weil unser Abtrünniger heiß auf deinen Arsch war.« Und ja, ihrer aller Ärsche standen jetzt auf dem Spiel, daher sollte ihre Cousine aufhören, den Jammerlappen zu spielen. Sie sollte den Mund halten und zur Abwechslung einmal *zuhören.* »Also, warum hast du dich nicht in M City verschanzt? Oder an einem

Dutzend anderer gut bewachter, strategischer Orte? In diesem verdammten Dämonenclub, dem G2?«

»Du fluchst.« Pell beäugte sie, als sei ihr ein zweiter Kopf gewachsen.

»Teufel, ja, das tu ich.« Und es war ein so gutes Gefühl. Sie verstand jetzt, warum Brends es so oft tat. Unverblümt und auf den Punkt gebracht. »Dein Gefallener spielt mit dir. Hast du wirklich vorgeschlagen, den ganzen Weg hier herauszufahren, nur ihr zwei, wie eine riesige Zielscheibe? Denn das ist nicht wirklich die einfachste – oder beste – Methode, um dich zu beschützen, stimmt's, Pell?«

Pells Augen wurden schmal. »Nun.« Sie verschränkte die Arme vor der Brust. »Genau wie in alten Zeiten. Ich vermassle es, und du kommst herbeigaloppiert und rettest mich.«

»Du hast es nicht vermasselt. Du hast eine Entscheidung getroffen«, gab sie zu. »Und ich habe eine Entscheidung getroffen, als ich beschloss, dass du es wert bist, dir zu folgen.«

»Na ja.« Pell musterte ihre Cousine. »Das ist peinlich. Du bist mit Brends hier herausgekommen. Sie tun nichts umsonst.«

»Offene Türen einrennen.« Aber es war nicht schlecht gewesen, Brends' Preis zu bezahlen. Sein Preis war überhaupt nicht schlecht gewesen.

»Ich hätte nicht gedacht, dass du es tun würdest.«

»Mich mit einem der Gefallenen zu verbünden?«

»Ja.« Es folgte ein kurzes Schweigen und dann ein vertrauter Seitenblick. »Also, spuck's aus. Wie ist er so?«

Mischka schüttelte den Kopf. »Wir rennen um unser Leben, und du willst über unser Liebesleben reden?«

Dieses vertraute, schelmische Grinsen breitete sich auf Pells Gesicht aus. Oh ja, sie würde jeden der Gefallenen töten – jeden Mann –, der die Absicht hatte, diesen Geist auszureißen und darauf herumzutrampeln. »Willst du über die Landschaft diskutieren? Rezepte tauschen? Ich schätze, es gilt das Motto: Gefahr erkannt, Gefahr gebannt, stimmt's? Da gibt's jede Menge, was sie uns nicht sagen wollen. Das müssen wir dann eben selbst ausknobeln. Wenn wir uns gegen sie verbünden, schätze ich, stehen die Chancen besser.«

»Wofür? Sie um den kleinen Finger zu wickeln?«

»Das auch.« Pell zog eine Augenbraue hoch. »Aber eigentlich habe ich das ganz ernst gemeint. Wie sieht es mit dir aus?«

Wie sah es mit ihr aus? Oh ja, ihr Schlachtplan war genauso ehrgeizig wie der von Pell. Sie strebte ein Geständnis unsterblicher Liebe von einem beinahe unsterblichen Mann an, der so sexy war wie die Sünde und genauso halsstarrig wie sie. Standen die Chancen gut? Sie wusste es nicht, und sie konnte hier nur auf einen furchterregenden Sinneswandel hoffen.

»Ich auch.« Es war ein gutes Gefühl, die Worte laut auszusprechen, sich einzugestehen, was sie wollte. Es fühlte sich richtig an.

»Geht es Mom und Dad gut? Wissen sie Bescheid?«

Wie fasste man in Worte, dass man nicht nur heißen, fabelhaften Sex hatte, sondern, oh ja, dass man die fehlende Hälfte seiner Seele gefunden hatte und wie der Teufel gerannt war, weil ein mörderischer Irrer einem auf den Fersen war?

Mischka schüttelte den Kopf. »Sie wissen es. Und es gefällt ihnen nicht.«

»Aber sie werden dir trotzdem erlauben, ihn zum Essen mit nach Hause zu bringen«, vermutete Pell. »Also, wie ist er so?«

Reden war mehr als peinlich, aber sie versuchten es beide. Zu viel war geschehen, um einfach da weiterzumachen, wo sie aufgehört hatten. Außerdem wusste Mischka wirklich nicht genau, ob sie diesen Weg einschlagen sollte. Trotzdem, sie musste hören, dass es Pell gut ging, dass ihre Cousine, selbst wenn sie aus einem Impuls heraus ein Bündnis mit Dathan geschlossen hatte, diese Entscheidung nicht bereute. Sie musste den Handel nicht bereuen, weil, wirklich, warum nicht die Regeln in den Wind schießen? Sie genoss diese Überlegung. Vielleicht brauchte sie Brends nicht zu verlieren. Jetzt nicht, niemals.

Pell starrte sie an, was bedeutete, dass Mischka auf eine Frage nicht reagiert hatte. Verdammt. Sie fuhr sich mit der Hand durchs Haar und drückte die andere fester auf das Lenkrad.

»Geht's dir gut?«, wiederholte Pell ihre Frage, und Mischka wandte den Blick lange genug von der Straße ab, um ihre Cousine von der Seite anzusehen. Sie war vierhundert Meilen von zu Hause entfernt, verbündet mit einem gefallenen Engel, und ein abtrünniger Engel war ihnen auf den Fersen. Es bestand also nicht die entfernteste Möglichkeit, dass es ihr gut gehen könnte.

»Sag du es mir!«, antwortete sie stattdessen. »Geht's dir gut?«

»Ja. Blöde Frage. Schon gut.« Pell lehnte sich in ihrem Sitz zurück und schlug die Beine übereinander. »Höfliches Geplauder hilft hier nicht weiter. Weißt du, was da hinten los ist?«

Pell hatte nicht gefragt? Hatte nicht *verlangt*, es zu erfahren? Brends war im Rückspiegel nicht länger zu sehen. Sein großer Körper war verschwunden, aber das Gefühl von Verlust war noch größer. Jede Sekunde brachte sie weiter von ihm weg, und wenn sie jetzt schon so angespannt war, wie würde sie sich dann erst fühlen, wenn sie M City erreichten? Er hatte gesagt, ihr Bündnis würde enden, wenn er sie zu Pell gebracht hatte, daher würden diese Gefühle wahrscheinlich verblassen, aber es fiel schwer, es zu glauben. Wie konnte es einfach so vorüber sein? Wie konnte er sie gehen lassen?

»Du willst wirklich fortgehen?«, fragte sie und lenkte den SUV an den Straßenrand. »Ich meine, da du es ernst meinst und so.«

Pell musterte sie. Vielleicht war sie nicht so entspannt, wie sie wirkte. Sie strich mit den Fingern über den Stoff des Sicherheitsgurtes. »Nein«, sagte sie schließlich. »Natürlich nicht.«

»Also, warum gehst du dann?« Vielleicht würde Pells Antwort ihr helfen, ihren eigenen inneren Konflikt besser zu verstehen. Vielleicht gab es einen wirklich *guten* Grund, warum sie den SUV wenden und direkt in das Zentrum eines Kampfes Paranormaler fahren wollte, von denen einer ihr bestimmt einen Tritt in den Arsch versetzen würde.

Pell richtete jetzt ihre volle Aufmerksamkeit auf den Gurt. »Dathan wollte, dass ich gehe«, sagte sie, als wäre das eine Erklärung. Seit wann hatte Pell angefangen, Befehle von einem Dämon entgegenzunehmen? Teufel, seit wann *tat* sie das? Der SUV wurde langsamer, die Landschaft auf der anderen Seite des kugelsicheren Glases war kein konturloser Nebel mehr.

»Zurück?«, fragte Mischka, und Pell sah ihr in die Augen. Nickte.

»Zurück«, stimmte sie zu. »Vielleicht mache ich einen Fehler, aber das Bündnis fühlt sich richtig an. Er fühlt sich richtig an. Dathan ist der erste Mann, der mir begegnet ist, der solche Gefühle in mir weckt.«

»Heißer Sex?«, fragte Mischka leichthin, aber sie musste sicher sein, dass Dathan mehr war als nur ein Liebhaber. Sie suchte auf der Straße nach einer geeigneten Stelle zum Wenden. Dann konnten sie zurückfahren und den Kampf an der Mauer unterstützen. Oder beobachten, befand sie. Manchmal schadete es mehr, als dass es half, wenn man sich einmischte.

»Mehr als das.« Pell schüttelte den Kopf. »Er ist keiner meiner Fehler, Mischka. Mein Fehler war, nicht früher begriffen zu haben, wer er war. Er war immer da, aber ich habe es nicht gesehen. Obwohl«, fuhr sie fort und warf ihrer Cousine einen kurzen Blick zu, »das eine Menge Fehler sind, mit denen man leben kann. Ich weiß auch nicht so genau, ob er stubenrein ist.«

Vielleicht hatte ihre Cousine recht. Sie hoffte es, denn der Ausdruck auf Pells Gesicht zeigte, dass sie sich bis über beide Ohren in Dathan verliebt hatte, Fehler hin, Fehler her. Die Vorstellung von einer Beziehung zwischen den beiden schien ihr jetzt nicht mehr so fremd. Vielleicht lag es daran, dass sie selbst ein wenig mit dem Paranormalen gespielt hatte. Oder weil sie selbst nicht ganz menschlich war. Schnell setzte sie ihre Cousine über den DNA-Test ins Bild und genoss den Schock, den Pell nicht ganz verbergen konnte.

»Du bist nicht menschlich«, wiederholte Pell, als müsse sie die Idee erst verdauen. »Nicht hundertprozentig«, räumte sie ein. »Wow. Aber du hasst Paranormale, Mischka. Das hast du immer getan.«

»Menschen verändern sich«, sagte sie schlicht, als könne sie mit drei Worten zusammenfassen, was geschehen war, seit sie auf der Suche nach Pell Brends' Club betreten hatte. Aber sie hatte sich verändert. »Die Chancen stehen wirklich gut, Pell, dass du auch nicht zu hundert Prozent menschlich bist.«

»Und das ist der Grund, warum der Abtrünnige Jagd auf mich macht.« Pell nickte. »Nun, das ergibt einen Sinn.«

Wirklich? Mischka war sich da nicht so sicher, aber nichts war mehr dasselbe, seit Brends Pell in den SUV verfrachtet hatte und diese Verbindung zwischen ihnen – das Band – gerissen war wie ein zu straff gezogenes Gummiband. »Sag du mir, was das bedeutet.« Sie schob den Ärmel ihres Pullovers an ihrem Arm hinauf, wo die schwarzen Male direkt vor ihren Augen verblassten. *Sieh nicht hin.* Ruckartig wandte sie den Blick wieder der Straße zu.

»Oh, wow.« Neugier funkelte in Pells Augen. »Was hast du getan, Mischka?«

»Nichts, was du nicht auch getan hast«, bemerkte sie. Zeit, festzustellen, wie schnell der SUV fliegen konnte.

»Nun, ja, aber du bist nicht ich, nicht wahr? Ich meine …« Offensichtlich hatte Pell eine ziemlich genaue Vorstellung davon, wie diese letzte Feststellung geklungen haben musste, und erwog einen verbalen strategischen Rückzug. »Du bist die gute Tochter. Wenn du auf einen kleinen Rollentausch aus gewesen wärst, hätte ich eine Vorwarnung gebrauchen können.«

»Hab vergessen, dir das Memo zu schicken.« Ein träges Lächeln breitete sich auf Mischkas Gesicht aus. »Außerdem weiß ich nicht so genau, ob du von Hause aus dazu in der Lage bist.«

»Dathan würde dir recht geben«, sagte Pell. Sie blies sich eine widerspenstige Haarlocke aus dem Gesicht. »Also.« Sie lümmelte sich in ihren Sitz. »Wie habt ihr beiden zueinandergefunden?«

»Im Club. Genau wie du und Dathan.«

»He, ich habe ihn schon vorher gekannt«, sagte Pell tugendhaft. »Das war kein One-Night-Stand. Dathan und ich kennen einander seit Jahren. Und er hat die ganze Zeit gewartet …« Sie konnte die Sache wohl immer noch nicht recht glauben. Wenn er ähnlich wie Brends war, schätzte Mischka, war er stur genug gewesen, um Pell nicht aufzugeben.

»Du hättest es mir erzählen sollen, Pell. Das mit deinem Stalker.«

»Vielleicht.« Ihr Blick wanderte zum Fenster hinaus. »Aber du hättest nichts tun können, und es hätte dich nur nervös gemacht.«

»Und ich hätte mich gefragt, was ich als Nächstes tun würde«, bemerkte sie. »Das wäre eine gute Information gewesen.«

»Ich hab's nicht gewusst.«

»Aber jetzt weißt du es.«

»Genau wie du. Aber es erscheint sinnvoll. Wir sind verwandt, Mischka.«

Mischka streckte die Hand aus. Nicht die Art von Berührung, die sie normalerweise initiierte, aber heute Nacht brauchte sie – wollte sie – den Kontakt. »Freunde?« Finger legten sich um ihre.

»Ich hatte ja keine Ahnung«, sagte die Stimme von der Seite, »wie sentimental du bist, *Bébé.*«

22

Pest oder Cholera.

Oder in diesem Fall ein abtrünniger Dämon, der sie töten wollte, oder die Mauer des Reservats. Wenn sie das Gaspedal rasch genug durchtrat, flehte Mischkas panisches Gehirn, würde sie alle gegen die Wand fahren. Das Problem war: Selbst wenn sie sich und Pell tötete, wüsste sie nicht, ob ein simpler Autounfall einen fast unsterblichen Mann töten würde. Ganz abgesehen davon, dass sie selbst nicht sterben wollte.

Waffe, Waffe, Waffe, intonierte ihr Geist, und sie nahm die Hände vom Lenkrad und griff nach der Waffe unter dem Sitz neben ihr.

Pell zerrte am Türgriff und fluchte kreischend. »Mach die verdammte Tür auf, Mischka!«

Die Sicherheitsverriegelung. Sie hatte sie mit einem Ungeheuer eingeschlossen.

Zu spät. Eilor schlug Pell mit seiner massigen Faust auf den Kopf. Ihr Schädel prallte von dem Sicherheitsglas ab, und sie sackte seitlich in ihrem Sitz zusammen.

Mischka versuchte, die Waffe in die Richtung ihres Erzfeindes herumzuschwenken, und sie verdrehte sich unbeholfen im Sitz, während sie zugleich eine Hand auf dem Lenkrad behielt.

»Nein, nein, mein kleines Kaninchen«, gurrte er. Zu klein. Zu spät. Seine dunklen Hände fanden einen bestimmten Punkt an der Seite ihres Halses. Er hatte sich nicht einmal die Mühe gegeben, sie zu schlagen. Die Waffe glitt ihr nutzlos aus den

Fingern, und ihr Fuß rutschte vom Gaspedal, während der grelle Schmerz hinter ihren Augen erblühte.

Zu klein. Zu spät.

Die verblassenden Male auf ihren Handgelenken verhöhnten sie. Sie konnte nicht einmal ihren gefallenen Engel herbeirufen, weil er sie freigelassen hatte. Zu ihrem Schutz.

Dummer, nutzloser Plan. Primitive Instinkte, von deren Existenz sie nichts gewusst hatte, warnten sie, dass das Schicksal nicht die Absicht hatte, zweite Chancen zu verteilen. Sie war allein mit ihrer Cousine und einem wahnsinnigen Dämon. Sie konnte einen Weg hinausfinden – oder sie konnte sterben.

Der SUV kam knirschend zum Stehen.

Es war zutiefst befriedigend, die Hände um den Hals der Frau zu legen. Außerdem wusste Eilor, dass er ihren Gefährten zwei Meilen hinter sich gelassen hatte, wo er Kugeln auf einige verstreute Abtrünnige abfeuerte, die Eilor aus dem Reservat gelockt hatte. Nur eine kleine Bresche in ihrer kostbaren Mauer, ein dünner Splitter freien Raumes, den die vor Durst wahnsinnigen Abtrünnigen schnell benutzt hatten. Sie konnten die beiden Frauen riechen, die Eilor ganz für sich hatte.

Frischfleisch.

Er war versucht, sie beide zu töten. Ihm bliebe vielleicht die Zeit dazu.

Aber Cuthah wartete im Himmel auf ihn. Ganz zu schweigen von Cuthahs Drohungen. Und seinen Versprechen. Eilor wollte diese Erlösung, und er wollte definitiv seine Flügel behalten. Das bedeutete also, dass er sich für den Augenblick benehmen und die Abmachung einhalten musste, die er mit Cuthah geschlossen hatte. Töte eine. Spar die andere auf.

Er spannte die Flügel in dem kleinen Raum des SUV, und die dunkle Tätowierung auf seinem Rücken kräuselte sich.

Die Verwandlung jetzt wäre ein Fehler gewesen. Er musste warten.

Eilor ließ seine Beute auf den Vordersitz fallen und drückte die Schlösser auf, die sie nicht hatte erreichen können. Er kostete die süße Hitze der Frau aus, die auf dem Fahrersitz gefangen war. Das metallische Klicken verkündete den Sieg.

Ob die Dämonen wussten, dass er ihre Frauen hatte?

Er riss die Tür auf seiner Seite auf, schritt um den Wagen herum und öffnete die Beifahrertür. Die braunhaarige Frau fiel zu Boden. Er fing sie nicht auf, denn obwohl sie von ihrem Aufprall nichts mitbekam, bemerkte er ihn sehr wohl. Ihm gefiel, wie der Kies sich in dieses zarte Fleisch bohrte, ihm gefielen die grausamen Abdrücke, die weiß wurden und dann rot, als ihr Blut hervorschoss und die Schnittwunden ausfüllte.

Menschen waren so herrlich zerbrechlich.

Dann holte er die Nylonschnüre heraus, die er mitgebracht hatte, und fesselte sie an Händen und Füßen. Danach war sie schlaff und warm und atmete in flachen Zügen. Der Schatten einer purpurnen Prellung kroch über ihre Schläfe. Er strich ihr Haar über das Mal und überlegte, ob er es bereute, sie geschlagen zu haben, aber wirklich, sie hatte ihm keine Wahl gelassen. Sie wollte nicht mit ihm kommen, hatte ihn monatelang hinter sich herrennen lassen. Sie gehörte jetzt einem der Gefallenen. Er konnte den Mann überall an ihr riechen, und – er schob die dünne Baumwolle ihrer Ärmel hoch – sie war von dem Mann ebenfalls markiert worden. Wirklich Pech für sie.

Er würde sie töten, beschloss er, denn eine von ihnen musste er töten. Aber noch nicht sofort.

Er warf sie auf den Rücksitz und ging zu seiner anderen Beute, holte sie hinter dem Lenkrad hervor. Schnell, weil er hier auf der leeren Straße sehr exponiert war, griff er nach weiteren Schnüren. Irgendwann würden die Gefallenen wissen, dass sie überlistet worden waren, und sie würden sich zurückziehen. Natürlich wäre er bis dahin längst fort. Zurück im Himmel, wo er hingehörte.

Und *sie* würden niemals in den Himmel zurückkommen, oder?

Er wiegte die schwarzhaarige Frau in den Armen und machte kurzen Prozess mit ihren Händen und Knöcheln. Er setzte sie auf den Beifahrersitz und schnallte sie an. Sie würde ihm jetzt nicht mehr entkommen.

Er ließ sich auf den Fahrersitz fallen und legte den Gang ein. Sie waren beide sein, und sobald er Cuthah gerufen hatte, wäre der Himmel ebenfalls sein.

Der dumpfe Stich von Schmerz, der durch Mischkas Stirn zuckte, war schlimmer als jeder Montagmorgenwecker. Der Klammergriff des Bastards hatte sie böse hereingelegt.

Eine schnelle Überprüfung der Schnüre bewies nur, dass seine Fähigkeiten im Verknoten die ihren bei Weitem übertrafen. Schnell würde sie nirgendwohin kommen, im Gegensatz zu dem SUV. Die Straße summte unter den Reifen, und mit jeder verstreichenden Sekunde spürte sie, wie das Band weiter verblasste. Brends hatte beschlossen, sie zu beschützen, indem er sie von sich stieß, hatte stattdessen aber den einzigen Rettungsanker abgeschnitten, den sie besaß. Ironie des Schicksals, dass sie Tage mit dem Kampf darum verbracht hatte, ihn so weit zu bringen anzuerkennen, dass sie *menschlich* war, zu leugnen, dass sie irgendwelches paranormale Blut in sich hatte – aber jetzt hätte sie diese unheilige Seite ihrer DNA begrüßt, wenn sie ihr einen Vorteil verschafft hätte.

Ja, vielleicht hätte sie Brends deutlicher machen sollen, dass sie ihm nicht länger die Schuld an seinen Vorfahren gab. Denn offensichtlich machten Taten den Mann. Und das fleischgewordene Böse, das neben ihr saß und eine leicht unmelodische Version der »Schlachthymne der Republik« summte, war eindeutig der Paranormale, um den sie sich hätte Sorgen machen sollen.

Ohne die Augen zu öffnen, ließ sie die Finger über die Knoten gleiten und suchte ein loses Ende. Einen Ausweg.

»Die kriegst du nicht auf.« Eilor wandte den Blick nicht von der Straße ab, aber er wusste offensichtlich, dass sie wach war. Okay. Sie wollte nicht wissen, woher er das wusste, aber sie öffnete die Augen und zuckte zusammen bei dem matten nachmittäglichen Sonnenlicht, das durch die Windschutzscheibe fiel. Sie fuhren nach Westen, denn der dunkle Schatten der Mauer glitt am Fenster auf der Beifahrerseite vorbei. »Und du solltest wissen, *Bébé,* dass ich nur eine von euch brauche. Wenn du mir Scherereien machst, schlitze ich dir die Kehle auf.«

Das war überzeugend.

Aufzugeben kam ihr falsch vor, daher zog sie ein weiteres Mal an den Knoten, aber ja, diese Schnüre gaben nicht nach. Eilor hatte die Schlingen so verknotet, dass es selbst die Fähigkeiten eines Pfadfinders überstiegen hätte, sich daraus zu befreien.

Das schloss eine dramatische Flucht aus, aber es kam ohnehin nicht infrage, Pell hier draußen zu lassen. Also, welche Möglichkeiten blieben ihr? Nach einer halben Drehung ihres Kopfes kehrten die Schmerzen mit Macht zurück, und sie sah Pell, die verschnürt auf dem Rücksitz lag. Ihre flache Atmung war beruhigend, aber es bedeutete auch, dass Mischka eine Rettung aus dieser Richtung ausschließen konnte.

»Du Hurensohn«, sagte sie, weil die einzige Waffe, die ihr noch blieb, Worte waren. »Du hast uns hier herausgelockt und ein Loch in diese Mauer gesprengt, um uns abzulenken.«

»Stimmt so ziemlich.« Er zog diese massigen Schultern hoch. »Nicht zu glamourös, *Bébé,* aber effektiv.«

»Warum?« Ihre Gedanken rasten. Sie saß hier in dem SUV fest, aber vielleicht konnte sie trotzdem noch Kontakt zu Brends aufnehmen. Sie würde jedoch nicht viel Zeit haben. Das Band entglitt ihr, verblasste mit jedem Tintenmal um ihre Handgelenke.

»Ich habe angenommen, du hättest es inzwischen herausgefunden.« Er lenkte den SUV mit einer harten Drehung seiner Handgelenke von der Straße weg und kam knirschend zum Stehen, um Haaresbreite vor der Mauer des Reservats. »Ende der Reise, *Bébé.* Da ist jemand, der dich gern kennenlernen würde.«

»Du bist ein Abtrünniger«, sagte sie. »Das weiß ich.«

»Alles leeres Gerede.« Er beäugte sie kalt. »Du nennst mich abtrünnig. Ich nenne mich klug.«

Er stieg aus, bevor ihr eine Erwiderung einfallen wollte, und kam um den Wagen herum. Als er Pell herauszog und sie zu Boden warf, zuckte Mischka zusammen. Und hoffte. War da nicht ein Flackern von Augenlidern? Konnte Pell zu sich kommen? Sie wusste nicht, was es ihr nutzen würde, aber vielleicht konnte Pell Dathan erreichen. Sie waren schließlich immer noch verbündet. Sie hingegen wollte sich zusammenrollen und heulen, weil Brends sie verlassen hatte, weil er nicht einmal einen Blick zurück für sie erübrigt hatte, aber das war ein Luxus, den sie sich nicht leisten konnte.

»Schwach«, bemerkte sie, weil er jetzt zu ihr zurückkam. *Da musst du noch was drauflegen*, tadelte sie sich. *Reizen wir den mörderischen Irren doch ein bisschen.* Warum nicht? Er hatte alle Vorteile auf seiner Seite.

»Nein.« Er streckte die Hand nach dem Türgriff aus, und sie konnte nichts tun, um ihn daran zu hindern. Er roch falsch. Als sei er bereits tot und verwese von innen nach außen. »In nur wenigen Minuten werde ich wieder im Himmel sein, wo ich hingehöre. Du bist das Ticket, und ich kassiere.«

Brends' Flügel waren wiedergekommen, als sie sich geliebt hatten. Gott, sie hoffte, dass Eilor sie nicht für das Ticket zu seinen Flügeln hielt. *Du kannst eine Vergewaltigung überleben,* rief sie sich ins Gedächtnis. *Es ist sein Messer, auf das du achten musst.* »Du meinst, ich kann dir Flügel geben?«

»Nein.« Abscheu verzerrte kurz sein Gesicht. »Nichts in der Art, *Bébé.* Sobald ich begriffen hatte, dass es keinen Sinn ergab, sich gegen diesen verdammten Durst nach Seelen zu wehren, sobald ich meine erste Seele leer getrunken hatte, wurde ein Preis auf meinen Kopf ausgesetzt. Eure Dämonen hätten mich vor Jahrzehnten in die Reservate geschickt, aber ich habe stattdessen einen anderen Arbeitgeber gefunden.«

»Einen, der nichts gegen ein wenig Mord und Chaos einzuwenden hat.«

Sein Lächeln war träge und grausam. »Einen, der darauf bestanden hat, *Bébé.* Ihr Menschen seid so hilflose Lämmer, wenn es um eure Politik geht. Der Himmel ist der Ort, wo die echte Macht zu Hause ist. Es gibt eine Splittergruppe von Engeln, die« – er zuckte die Achseln – »sagen wir mal, langfristig nicht daran interessiert sind, den Status quo aufrechtzuerhalten. Sie würden gern eine Umstrukturierung vornehmen, und sie haben meine Fähigkeiten erkannt.«

»Du hast diese anderen Frauen getötet!«

»Ja.« Die Anschuldigung schien ihn nicht zu stören. Nein, er wirkte entzückt. Er hörte auf, sie zu beschwatzen, zerrte sie aus dem SUV und warf sie neben Pell auf den Boden. Sexistischer Bastard. Leider brachte seine Bewegung sie auf Augenhöhe mit der Klinge, die er um seine Taille trug.

Er hatte sich nicht die Mühe gemacht, sie nach seinem letzten Opfer zu säubern. »Ich werde einen kleinen Anruf bei meinem Boss tätigen, *Bébé.* Er wartet darauf, dich kennenzulernen.« Sein Körper verströmte Zuversicht, als er zu der schimmernden Mauer des Reservats hinüberschritt und die oberste Staubschicht wegwischte. Wer hätte gedacht, dass die Inkarnation des Bösen eine saubere Unterlage benötigte? Er zeichnete mit einer Hand ein Symbol auf die Oberfläche der Mauer.

»Keine Telepathie?« Als hätte sie gewusst, wie man seinen bösen Herrn rief.

»Halt den Mund.« Er trat in ihre Richtung aus und machte sich wieder daran, Siegel auf die steinerne Mauer zu zeichnen.

Bitte, Gott, mach, dass Brends uns findet. Schnell. Sie verspürte nur ein kriechendes Gefühl von Wachheit, während sie die Zeichen betrachtete, die Eilor auf die glühende Oberfläche der Reservatsmauer zeichnete. »Kein Handy?«

Die Oberfläche flackerte, verblasste. Teufel, das konnte nicht gut sein, oder? Der Schild war unten, so viel war klar. Schlimmer noch, vermutlich war Eilor nahe daran, seinen »E. T.-Anruf nach Hause« zu beenden, weil etwas klickte und düster summte, und dann erlosch der Schild, und sie starrte auf einen steinernen Bogen.

Die Tür war noch verschlossen, aber sie spürte die Macht, die sie verströmte. Es hätte sie nicht überrascht zu erfahren, dass ihr die Haare zu Berge standen oder dass die Luft zischeln würde, wenn sie den Fels berührte, auf den Eilor seine Siegel gezeichnet hatte. Seine Symbole hatten eine teuflische Strömung durch den Fels geschickt.

»Willkommen«, sagte Eilor mit einer sarkastischen Verbeugung, »am Ende der Straße, *Bébé.*«

Es sah aus wie ein uraltes Grabmal direkt aus einer Geschichte der Bibel, eingeschnitten in den lebenden Stein des turmhohen Felsens. Die ursprünglichen Erbauer hatten den Raum mit einer schweren Schiebetür aus Stein versiegelt, die entlang einer schmalen Schiene zur Seite glitt. Sie wusste nicht, ob sie etwas draußen halten wollten – oder drinnen.

So oder so, Mischka war klar, dass ihr nicht gefallen würde, was als Nächstes geschah.

Nachdem Eilor seine Siegel gezeichnet hatte, folgte ein Moment ominöser Stille, und dann glühten die Ränder in einem Neonblau und glitten sanft auseinander. Beinahe enttäuschend, befand sie – bis die dunkle, stille Luft, die Jahrtausende auf einen Ausgang gewartet hatte, um ihre Beine wehte.

Zuerst war die Gestalt, die aus dem mitternachtsschwarzen Tunnel auftauchte, lediglich ein Flüstern von Geräusch und Licht, wie Nägel, die über Kreide kratzten, nur viel, viel unangenehmer. Mischka war noch nie jemandem begegnet wie ihm. Die feurige Lichtsäule schmerzte, wenn man sie direkt ansah, sodass sie gezwungen war, den Blick abzuwenden oder das Risiko einzugehen zu erblinden. Doch Eilors grimmiger Blick war unmissverständlich. Ebenso wie der Hunger und das Begehren, die ihm ins Gesicht geschrieben standen. Ganz zu schweigen von einem schwachen Anflug von Furcht. Dieser Anflug von Furcht war das Schlimmste – alles, was Eilor Angst machte, musste böser sein, als sie es sich vorstellen konnte.

»Ich habe dir beide Frauen gebracht«, knurrte Eilor. Seine Messerhand zuckte, und sie konnte den Blick nicht davon abwenden. Sie konnte sich vielleicht über Pell werfen. Sie konnte Eilor vielleicht zu Fall bringen, wenn sie einen Fuß hinter sein Knie bekam. Vielleicht. Aber sie würde nur eine einzige Chance haben.

»Habe ich dir nicht gesagt, du sollst eine töten und mir eine bringen?« Die Säule hielt inne, eine Gestalt kristallisierte sich heraus und zog einen männlichen Körper aus den feurigen Molekülen.

»Ja.« Eilor ließ den Flammenengel keine Sekunde aus den Augen. Denn es *war* ein Engel, der dort stand. Mischka erkannte jetzt die Flügel, deren Spitzen über den oberen Rand des Durchgangs strichen. »Das hast du.« Zum ersten Mal klang er beinah unsicher. »Aber sie sind beide böse. Sie haben beide bei den Gefallenen gelegen.«

Entzückend. Eilor arbeitete nicht nur für die Bösen, er war auch auf einem moralischen Rachefeldzug. Der Flammenengel machte einen weiteren Schritt auf die Türschwelle zu. Mischka war sich nicht sicher, was passieren würde, wenn der Flammenengel diese Linie überschritt. Sie würde Pell zurückziehen, beschloss sie. Das war so ziemlich der einzige Plan, den sie im Moment hatte.

»Töte eine«, wiederholte der Flammenengel. »Und bring mir eine lebendig. Sehr einfache Anweisungen, Eilor. Ich glaube, ich habe mich ziemlich deutlich ausgedrückt. Du behältst deine Flügel nicht, mein Eilor«, fügte der Flammenengel mit einer kalten, harten Stimme hinzu, »bis du die Arbeit, die ich dir aufgetragen habe, nicht vollendet hast.«

Eilor begann zu protestieren, aber da war ein Unterton von Unsicherheit in seiner Stimme.

»Bist du mir treu, mein Eilor?« Der Flammenengel setzte ihm jetzt härter zu.

»Das bin ich«, murmelte Eilor.

»Nicht besonders willig«, sagte der andere, und Mischka verursachte diese kühle, amüsierte Stimme eine Gänsehaut. Eilors neuer Gefährte *scherte* sich nicht darum, dass Eilor alles andere als erfreut war. Er scherte sich nicht im Mindesten darum und machte sich keine Sorgen.

Teufel, was für eine Art von Macht hatte *er*?

Das feurige Gesicht wandte sich zu ihr. »Bring mir diese. Töte die andere. Sofort.«

Eilors lässiges Achselzucken begleitete das Herausziehen der Klinge. Sie begann ihren grausamen Schwung nach unten.

Jetzt, jetzt, jetzt!, schrie ihr Verstand, und sie stürzte los und griff Pells Knöchel. Sie zog ihre Cousine gerade rechtzeitig unter der Klinge weg. Endlich öffnete Pell blinzelnd die Augen. Mischka konnte sehen, wie sich ein Schrei formte und ihrer Kehle entrinnen wollte.

Eilor knurrte, ein leises, bestialisches Geräusch, das keinen Zweifel ließ. Sie hatte die Bestie verärgert.

Sein Fuß traf ihren Körper, und ein scharfer Schmerz durchzuckte ihre Rippen. Plötzlich kämpfte sie um jeden Atemzug. Gott, tat das weh! Hatte er ihr eine Rippe gebrochen?

Hinter ihr knirschten Reifen auf Kies, und eine Tür schlug zu.

Der Flammenengel trat zurück in die Dunkelheit und hob einen Arm. Der Arm glühte, und lebendige Haut formte sich neu, bildete eine tödliche Klinge, die vor Hitze glühte.

23

Brends rannte sofort los, kaum dass er den Boden berührt hatte. Er hatte bereits seine Waffen gezogen, bevor er aus dem SUV ausgestiegen war. Mischka Baran war nicht tot, noch nicht, und er war entschlossen, dass es dabei bleiben sollte. Während ihr Band verblasst war und die Fäden, die seine Seele an ihre banden, einer nach dem anderen gerissen waren, hatten ihre Gefühle ihn überwältigt. Angst. Zorn. Ein primitiver Beschützerinstinkt. Und Bedauern. Er würde den Mann töten, der seine Seelenverwandte so weit gebracht hatte, das alles fühlen zu müssen.

Er sprintete auf das zu, was einst die gut abgeschirmte Mauer des Reservats gewesen war. Jetzt war da ein blutiges Loch in dem Schild, das überhaupt nicht ins Reservat hineinführte. Nein, es führte hinauf. Direkt in den Himmel. Eilor hatte ein Tor zwischen den Reichen heraufbeschworen und stand im Begriff, auf die andere Seite hinüberzugehen. Wenn er beide Füße über die Schwelle bekam – und wenn es ihm gelang, entweder eine oder beide seiner Gefangenen mitzunehmen –, war es vorbei. Die Rückkehr von Brends' Flügeln mochte bedeuten, dass er einen vollen Pardon erhalten hatte, oder sie konnte absolut gar nichts bedeuten. Das aber durch das Überschreiten dieser Linie herausfinden zu wollen, wäre ziemlich fatal gewesen.

Wenn er nicht erlöst war, würde er tot sein.

Und Mischka verloren.

Also ja, er riskierte es nicht, es sei denn, dem Bastard gelang der Übertritt. Und die Chancen dafür standen anscheinend immer besser.

Brends entdeckte ein Flackern von heißem, leuchtendem Licht, als etwas – nein, jemand – sich durch den Gang nach oben zurückzog. Schön. Er würde sich später um die Gesellschaft kümmern, denn Eilor arbeitete offensichtlich nicht allein, und er war nicht bereit darauf zu wetten, dass ihr unsichtbarer Beobachter auch der Strippenzieher war.

Eilor drehte sich um, und Brends erhaschte einen ersten Blick auf den massiven Körper und die rohe Macht, auf deren Entfesselung der Abtrünnige nur wartete. Eilors Gesicht war eine Maske der Wildheit.

»Nun, Brends«, zischte er. »Wie nett von dir, zu uns zu stoßen. Wir wollten gerade einen kleinen Ausflug machen.«

»In den Himmel?« Irgendjemand im Himmel war auf Eilors Seite. Wirklich, wirklich auf Eilors Seite. Brends wog seine Möglichkeiten ab.

»Nun, ja. Genau dort wollten wir hin. Zu schade, dass du dich uns nicht anschließen kannst.«

Der Abtrünnige setzte seinen Stiefel absichtlich auf Mischkas Brust. Sie zerrte an seinem Knöchel, aber der Bastard hatte ihr die Hände gefesselt. Das flache Heben und Senken ihrer Brust verschaffte Brends selbst ein wenig Spielraum zum Atmen. Ja, sie und ihre Cousine lebten noch, aber seine Instinkte brüllten ihm zu, er solle sie von dort wegschaffen. Sofort.

»Was willst du?«

»Von dir?« Eilors provozierendes Lächeln war ein einziger Hohn. »Im Moment gar nichts. Ich habe, was ich wollte, vielen Dank. Du hast gedacht, du könntest sie als Köder benutzen, aber jetzt hat der Fisch den Wurm, und dir bleibt bloß die Geschichte von einem, der dir vom Haken gegangen ist.« Er strich in gespielter Sorge mit einer Hand über die glatte Haut von Mischkas Gesicht. »Und ich weiß deine Unterstützung zu schätzen, Brends Duranov. Überaus rücksichtsvoll von dir. Leider brauche ich heute nur eine Frau. Das heißt, lebend.« Sein Gesicht war eine Travestie des Bedauerns. »Das zwingt mich zu wählen, verstehst du? Welche soll ich behalten und welche töten?«

Optionen. Es gab keine, soweit Brends erkennen konnte. Er musste ihre Partnerinnen von dem Abtrünnigen wegbekommen. Dathan und die anderen Gefallenen waren zwei Minuten hinter ihm, aber diese zwei Minuten waren zwei Minuten zu viel. Der Bastard war zu nah. Ein Schlag, und der Abtrünnige gab ihnen den Rest. Pells Gesicht war zu bleich. Wie hart hatte der Bastard sie geschlagen? Den SUV leer vorzufinden, war ein Albtraum gewesen, den er nicht abschütteln konnte.

»Irgendwelche Vorschläge für mich, Krieger? Möchtest du wählen? Die Gefährtin deines Bruders – oder deine?«

Der Abtrünnige bot nicht an, eine der Frauen am Leben zu lassen. Das wusste Brends. Nein, was Eilor vorschlug, war lediglich ein Aufschub der Hinrichtung – und zweifellos eine lebendige Verurteilung zur Hölle. Brends wusste, ohne zu fragen, wie Mischka sich entscheiden würde. Ja, sie würde ihr Leben binnen eines Herzschlages für das ihrer Cousine geben. Das machte Brends' Entscheidungen nur umso komplizierter. Auf keinen Fall würde er Mischka sagen, dass er ihre Cousine hatte sterben lassen.

Also, wie bekam er ihre Partnerinnen in die Hände, verdammt? Oder wie konnte er den Abtrünnigen zwingen zurückzuweichen?

»Ich habe nicht den ganzen Tag Zeit«, sagte der Abtrünnige gedehnt. »Wirklich, Brends, ich muss mich an einen Zeitplan halten, und es war bisher ein schrecklich ausgefüllter Tag für mich. Wähle, oder ich werde für dich wählen.« Er hob

Mischkas Haar an und atmete den Duft ein. »Sie ist wirklich viel zu hübsch zum Sterben, meinst du nicht auch? Möchtest du sie vor mir retten?«

Weder Klingen noch Waffen wären schnell genug, um Eilor den Kopf abzuschlagen, also musste er ihn dazu bringen, seine Last abzulegen und zu kämpfen.

»Brends«, schnurrte Eilor. »Immer eilst du zur Rettung herbei. Niemals hältst du inne und überlegst.« Er schüttelte spöttisch den Kopf. »Das wird dich eines Tages noch umbringen.«

Brends hatte die Risiken vor langer Zeit akzeptiert. Leider hatte Eilors Besitzer den Engel mit einem mächtigen Talisman ausgestattet. Der Bastard hatte nicht nur ein paar Flügel, die sich von Spitze zu Spitze über eine Spanne von mehr als drei Metern erstreckten, sondern er war auch echt muskulös.

»Dir gefällt diese Gestalt?« Eilor zeigte mit einer höhnischen Geste auf seinen Körper. »Denn ich kann auch andere annehmen. Bessere.« Er hielt inne. »Mächtigere.«

Er verwandelte sich geschmeidig, und die Flügel rissen sich aus seinem Rücken, als sein Leib wuchs, wie von Steroiden aufgebläht.

Brends zog eine Klinge; er wusste, dass die Zeit zum Reden vorüber war. Er konnte es sich nicht leisten, zuzuhören. Oder überrascht zu werden. Eilors Gestalt flackerte, verwandelte sich in eine erstklassige Waffe. Sein neuer Körper war eine gut und gern zweieinhalb Meter große, Speichel speiende Bedrohung, die sich auf beiden Beinen hin- und herwiegte, während er den besten Winkel für einen Angriff erwog. Tödliche Klauen bogen sich, die mächtigen Flügel pulsierten langsam auf und ab. Die Bestie hatte einen Mund voller rasiermesserscharfer Zähne, neben denen ein Barrakuda ein süßes kleines Häschen gewesen wäre.

Mit der rechten Hand umfasste Brends den Griff seiner

Klinge fester. Mit der linken Hand ergriff er eine zweite Klinge. Kehle. Lenden. Gesicht. Er musste diesen Bastard gerade lange genug außer Gefecht setzen, um sich das Flammenschwert zu schnappen und ihn zu enthaupten.

Er schob sich mit dem linken Bein hoch und sprang von der Ferse ab. Seine Klinge schoss mit tödlicher Genauigkeit auf Eilor zu.

Scheiße. Eilor blockte, und die Klinge glitt harmlos von den schweren Flügeln ab. Scheiße. Die Haut des Bastards war fast so undurchlässig wie eine kugelsichere Weste.

»Was Besseres kriegst du nicht zustande?« Eilor leckte sich die Lippen und griff nach seiner eigenen Klinge.

Brends zog die nächste Klinge, wohl wissend, dass ein ganzes Arsenal nicht genügen würde, um diesen speziellen Abtrünnigen zu töten. Eilor hatte übernatürliche Kraft und verfügte über Geiseln. Brends konnte sich um das eine kümmern – oder um das andere. Aber nicht um beides, und dieses Wissen zerriss ihn. Er war völlig in den Hintern gekniffen. Jetzt ging's ums Ganze, aber er würde niemanden opfern. Konnte sich nicht dazu überwinden, Mischka Baran loszulassen.

Und wenn er sie losließ, wenn er dem Abtrünnigen erlaubte, ihr die Kehle durchzuschneiden, würde er genug Zeit gewinnen, um den Bastard auszuweiden. Da musste man nicht lange überlegen, oder? Das war die Gelegenheit, auf die er dreitausend Jahre gewartet hatte: die Chance, mit absoluter Gewissheit zu beweisen, dass der Killer, den Michael bestrafen wollte, im Himmel zu suchen war, nicht unter den Gefallenen.

Mischka … oder seine Brüder?

Er würde wählen müssen. So oder so, überlegte er, würde er als Verlierer aus der Sache hervorgehen.

Zum Teufel damit! Er rettete seine Frau. Er überlegte, dass sie ohnehin mehr wert sein musste, als sie alle zusammen. Gewiss war sie mehr wert als er. Vielleicht würden die Jungs es verstehen, oder vielleicht auch nicht.

Das primitive Verlangen, seine Partnerin zu beschützen, weckte seit Langem schlafende Nervenenden. Und seine Bestie, die gefallene Hälfte seiner selbst, mit der er so viele Jahrtausende zu leben verurteilt gewesen war? Die Bestie hieß es gut.

Die Tätowierung auf seinem Rücken kräuselte sich, die Haut juckte in einem eigenen Leben.

»Tu es!«, sagte Mischka, und er konnte erkennen, dass sie es ernst meinte. »Du tust, was du tun musst, Brends.« Ihr Blick flackerte zu ihrer Cousine hinüber, und er spürte, dass sie *genau* wusste, wozu sie ihm die Erlaubnis gab. »Uns wird schon nichts geschehen.«

»Allerdings nicht.« Es spielte keine Rolle, wie hoch der Preis war, befand er. Mischka und ihre Cousine würden gehen, wenn das alles vorüber war. Sie hätten dann die Möglichkeit, sich zu entscheiden. Und sie wären in der Lage, Entscheidungen zu treffen. Aber liebe Güte, zuerst musste er diesen Bastard töten, der seine Frau bedrohte.

Er würde nicht noch eine Frau sterben lassen, die ihm etwas bedeutete. Nicht auf seiner Wache. Nicht noch einmal. Selbst wenn sie nicht länger seine Partnerin war, liebte er sie verdammt noch mal zu sehr, um sie so zu verlieren. Er würde ihr erlauben, ihn zu verlassen, und wenn es ihn umbrachte, aber sie würde weggehen, weil es ihre Entscheidung war, und nicht, weil der verrückte Bastard, der gegen ihn kämpfte, beschlossen hatte, sie als Schachfigur zu benutzen.

Sein Ohrstöpsel fauchte Befehle und Flüche. Zer. Sein Herr würde nicht mehr rechtzeitig eintreffen, und was sein Herr tun konnte, das konnte er mindestens ebenso gut. Er brauchte nur diese verdammten Flügel wiederzufinden. Er bleckte die Zähne und rückte vor.

»Verarsch mich nicht«, sagte er. »Oder die meinen. Nie wieder. Kapiert?«

Explosionsartig legte er los, entfesselte die Furcht einflößende, rohe, urtümliche Macht, die ihn von innen auffraß. Die Ränder seines Körpers verschwammen, als er auf Eilor zustürzte. Er packte ihn an den Unterarmen und trieb den anderen Mann zurück. Schlug ihn gegen den steinernen Eingang der Höhle. Eine Kaskade scharfer Steine prasselte herab unter nicht enden wollenden Flüchen. Eilor fluchte ein Mal und griff an, und das Flammenschwert schoss blitzend und mit tödlicher Entschlossenheit auf Brends zu.

»Verschwinde von hier, Mischka!«, brüllte Brends. Es gelang ihm, sich zwischen sie und Eilor zu manövrieren.

Dann hob er die Klinge wieder, drehte die Schneide zu Eilors Hals und hieb mit tödlicher Wucht darauf ein. Die Schneide traf, und Haut platzte auf, aber er wusste, dass er den Bastard lediglich angekratzt hatte. Er war nicht einmal nah daran gewesen, seinen Gegner zu enthaupten.

»Verwandle dich!«, verlangte Mischka hinter ihm. »Verwandle dich jetzt, Brends.«

Er wollte nicht. Wusste nicht, ob er an seiner Menschlichkeit festhalten konnte, an seinen Gefühlen. Er wollte es. Und er wollte sie beschützen, rief er sich ins Gedächtnis zurück. Was auch geschah, Mischka Baran kam an erster Stelle. Immer. Er schob die unwillkommenen Gefühle beiseite und griff in sich hinein nach dieser Macht, die sie in der vergangenen Nacht angezapft hatte.

Scheiße. Für einen Moment hatte er es, die Verwandlung schimmerte auf seiner Haut, zupfte an seinen Nervenenden. Dann passierte plötzlich gar nichts mehr.

Eilor krachte in ihn hinein, stieß ihn zurück, und er landete schwer auf der steinernen Seite der Barriere. Ein gedämpftes

Aufjaulen sagte ihm, dass er Mischka mitgerissen hatte. Eilor zog abermals sein verdammtes Flammenschwert und rückte heran. Brends rappelte sich auf, denn er wusste, dass er sich nicht auf dem Boden liegend töten lassen würde.

»Ich kann mich nicht verwandeln«, knurrte er.

»Doch«, verlangte sie. »Du kannst es. Scheiße, tu es *jetzt,* Brends!« Es war ein köstlicher Schock, seinen Lieblingsfluch aus ihrem Mund zu hören. Er hatte zwei, vielleicht drei Sekunden, bevor Eilor ihn erreichte.

Er drückte ihr einen heißen, harten Kuss auf die Lippen und traf seine Entscheidung. »Wenn ich angreife, rennst du weg«, knurrte er. »Und, Mischka? Renn richtig schnell. Zer ist fast hier. Du und Pell, ihr geht zu ihm und er wird euch von hier wegbringen.« Er konnte den SUV jetzt sehen, der die höchste Stelle der Straße erklomm. Die Geräusche des Kampfes hatten ein Feuer unter dem Hintern seines Herrn entfacht.

»Ich gehe nicht.«

»Teufel, du wirst gehen.« Eilor kam jetzt wie ein Güterzug aus der Hölle auf sie zu.

»Nein. Verwandle dich, Brends! Ich weiß, dass du es kannst. Scheiße. Ich verliere nicht. Nicht jetzt.« Er hatte einen Moment Zeit, um sich zu fragen, was sie so verdammt dringend wollte, und dann jagte sie ihm einen gewaltigen Schrecken ein. Sie ließ sämtliche mentalen Barrieren fallen und öffnete ihm ihren Geist. Ganz süßes Vertrauen und weibliche Stärke. Heilige Scheiße! Sie war weit offen, und er erstarrte. Trank sie.

Aber er konnte nichts gegen die Verwandlung tun, konnte nicht gegen die Flügel ankämpfen, die durch die rohe Haut seines Rückens schossen. Mit einem kehligen Aufstöhnen gab er der Macht nach, die sich durch seinen Körper wälzte, die von den Stahlkappen seiner Stiefel aufzuckte wie ein verrückter paranormaler Orgasmus. Verdammt. Es tat weh, und es fühlte sich richtig an, und er hieß es willkommen.

Es war nicht die Zeit, sich Sorgen zu machen.

Mischka duckte sich weg, als die Macht aus ihm hervorschoss, und warf sich die Arme über den Kopf.

Engelsfeuer schoss seine Arme hinab.

Teufel, ja.

Kies knirschte. Die Kavallerie war eingetroffen. Vielleicht, nur vielleicht, hatte er jetzt eine verdammte Chance.

Dathan kam aus dem SUV an der Spitze gesprungen, als hätte der Bruder Feuer unterm Hintern. Nicht weiter überraschend – Brends vermutete, dass Dathan Pell Schutz versprochen hatte, und sie benötigte im Moment verdammt noch mal einigen Schutz. Nein, was ihm eine Scheißangst einjagte, waren die Flügel.

Sobald sein Bruder aus dem SUV heraus war, wechselte er die Gestalt und Flügel schossen aus seinem Rücken.

Pell war seine Seelenverwandte. Natürlich. Aber Brends hatte nicht allzu viel Zeit, um über die Konsequenzen nachzudenken, denn Dathan stürzte sich sogleich auf Eilor. Er wusste nur, dass Dathan verdammt groß war, und zusammen hatten sie vielleicht eine Chance.

Er hob seine Klinge und stürzte sich ins Getümmel.

Sein erster Hieb schnitt Eilor das Gesicht auf. Rote Tropfen spritzten zu Boden.

Dathan gab ihm Rückendeckung und arbeitete sich zu den Frauen vor.

Eilors nächster Hieb traf seine Klinge, und die Schockwellen durchfuhren direkt seinen Körper. Brends antwortete mit einem gut gezielten Tritt, und Eilors linker Arm flog laut knackend nach hinten.

Brends gestattete sich einen Blick auf ihre Frauen. Genau dort, wo er sie zurückgelassen hatte, mehr oder weniger. Auf Mischkas bleichem Gesicht stand jede Menge Trauer geschrieben, denn sie wusste jetzt offensichtlich, was er wirklich war. Ein kaltblütiger Killer. Es war nicht seine Schuld, wenn sie die Wächter des Himmels romantisiert hatte, aber ein Teil von ihm beklagte diesen Verlust der Unschuld.

Dathans Klinge schnitt durch Leder, und Eilor heulte auf. Jetzt strömte Blut an seiner Seite herab, aber der Abtrünnige war immer noch auf den Beinen. Und dann ließ er das Flammenschwert fallen. Ohne zu zögern, wälzte Mischka sich herum und griff nach der Waffe.

Sie schloss die Finger um den Griff und stürzte sich auf den Abtrünnigen wie ein Hund auf einen Knochen. Dann hob sie das Flammenschwert, bohrte es tief in Eilors Kehle und trieb die scharfe Kante mit jeder Unze Kraft hinein, die sie aufbringen konnte. Teufel, für Halbheiten hatte sie wahrlich nichts übrig.

Eilors wütendes Gebrüll hörte auf wie abgeschnitten, als er sich an die Kehle griff und die klaffenden Ränder umklammert hielt. Sie hatte ihn aufgerissen, war aber nicht stark genug, um die Sache zu Ende zu bringen. Brends jedoch schon.

Ohne den Blick von den Augen seines Gegners abzuwenden, schloss Brends seine Hände um Mischkas, riss die Klinge durch die Haut des Abtrünnigen und aus Eilors Nacken wieder heraus. Mit einem allzu leisen Klicken glitt die rasiermesserscharfe Schneide zwischen die von Blut glitschigen Knorpel des Rückgrates und durchtrennte den letzten Knochen.

Spiel.

Satz.

Sieg.

24

Mit einem tiefen Atemzug beäugte Brends das Team, das auf der anderen Seite der Schwelle wartete. Du liebe Güte, jetzt wussten sie alle Bescheid. Da war ein helles Aufleuchten von Schmerz, als er sein Gewicht verlagerte, unsicher, was er tun sollte. Er spürte eine gesteigerte Kraft. Macht. Er rollte die Schultern und hörte das scharfe Knacken seiner Flügel – seiner *Flügel* –, die den kleinen Aufwind einfingen. Für seine Brüder würde jetzt alles anders werden. Unbedingt. Warum also er? Warum nicht die anderen? Er hatte niemals etwas getan, um diese Chance zu verdienen.

Hinter ihm nahm Dathan Pell in die Arme und führte sie zu dem SUV zurück. Warum also zögerte Brends?

Die Tür zum Himmel stand offen, und er hatte ein lange ausstehendes Treffen mit Michael. Außerdem flog der unsichtbare Beobachter bereits zum Tor hinauf. Brends erhaschte einen Blick auf dunkle Flügel und den scharfen Geschmack von Macht. Wer auch immer Eilor darauf angesetzt hatte, ihre Seelenverwandten zu ermorden, er hatte Macht. Und zwar gewaltig viel.

Überraschend war allerdings die Stille hinter ihm. Keine Rufe mehr, kein Schlachtenlärm. Nur diese unheimliche Stille, während seine Brüder ihn anstarrten, als warteten sie darauf, dass er eine Entscheidung traf. Er knurrte. Ihm entging irgendetwas.

Er wollte folgen, und Scheiße, was hielt ihn da zurück? Er hatte für diesen Augenblick gelebt, hatte drei Jahrtausende lang für die Rache gelebt, geatmet und geschlafen, und jetzt wurde ihm das alles mal eben so überreicht. Von Mischka Baran, die draußen vor dem Tor stand.

Er blickte zurück. Pell hatte die Hände um den Hals ihres Retters geschlungen, aber wenn das Liebkosungen sein sollten, die sie ihm ins Gesicht schrie, würde Brends seine Flügel hergeben.

Das Gefühl seiner Flügel erschütterte seine Welt. Er flog den Gang hinauf, obwohl er gedacht hatte, dass er nie wieder fliegen würde. Das schwere Schlagen der mächtigen Flügel sollte ihm nicht so viel bedeuten, nur dass er es, verdammt, vermisst hatte. Die Luft um ihn her vibrierte und zitterte, als feierten die Elemente selbst mit ihm in einem primitiven Kriegstanz. Er war wieder ganz.

Das Tor öffnete sich vor ihm, und er erinnerte sich an das flüssige, goldene Licht, das kurz schimmerte und flackerte, als der Beobachter hindurchschoss. Der Himmel. Einen Flügelschlag entfernt.

Es konnte eine Falle bedeuten.

Oder das Zuhause. Ohne Mischka Baran, denn sie konnte die Schwelle erst überschreiten, wenn sie tot war. Sie mochte zum Teil Engel sein, aber sie war auch zum Teil Mensch – und dieser Teil von ihr durfte die Schwelle nicht überschreiten, solange ihr Herz noch schlug und sie Sauerstoff in ihre Lungen sog. Und verdammt sollte er sein, wenn er ohne sie zurückkehren wollte!

Scheiße.

Das war nicht gut.

Er hielt inne, drehte sich halb um und war unsicher, ob er weitergehen sollte oder nicht. Er wappnete sich und sah Zer an, der immer noch auf der anderen Seite der Schwelle stand. Er konnte auch nicht hinübergehen, konnte sich nicht an diesem Kampf beteiligen, und es sah so aus, als würde es ihn umbringen. Sein Herr hatte seine eigene Erlösung noch nicht gefunden. Scheiße.

»Bedenken?« Flügel raschelten, als der Beobachter innehielt. Zurückkehrte. Der Mann war bleich und silbrig, beinahe so, als betrachte Brends etwas Durchsichtiges und keinen Mann aus Fleisch und Blut. Vernarbt, aber immer noch breitschultrig, und das dunkle Haar hing ihm bis ins Kreuz herunter. Die starken Bizepse und Waden waren gestreift von Narben und Furchen. Das Fleisch des Mannes war voller Dellen. Dort waren ihm Brocken aus dem Körper gerissen worden, und jetzt waren die Wunden geheilt. Es war jedoch nicht die Straßenkarte von Narben, die Brends' Blick festhielt. Nein, es waren die Augen des Mannes: hart, silbern und vollkommen leblos.

Cuthah. Brends erkannte den Bastard von seinen Tagen als Mitglied der Herrschaften. Etwas wirklich Schlimmes musste mit Cuthah geschehen sein, denn Engel bekamen fast niemals Narben.

Brends streckte eine Hand durch den Schleier. Die flüssige Hitze umspülte ihn. Es war eine köstliche Wonne, die seine Nervenenden erkannten, die sie willkommen hießen. Er konnte passieren. Es würde ihn nicht umbringen. Widerstrebend zog er sich zurück.

»Hast du mich erkannt, Brends? Von *früher?* Ich habe dich fallen sehen, habe dich schreien hören.« Cuthahs Gelächter hallte spöttisch von der anderen Seite des Schleiers herüber, während er seine großen Hände um die Klinge legte. Die silbernen Armbänder glitzerten, aber davon abgesehen war der Bastard bis auf ein weißes Lendentuch nackt. Und das verdammte Flammenschwert. »Michael hat Gewalt nie gemocht, nicht wahr? Immer ein Mann, der zu seinem Wort steht, dein Erzengel, und so schnell damit bei der Hand, einen kleinen Dialog der Gewalt vorzuziehen. Wenn es nach mir gegangen wäre, hätte ich mir nicht die Mühe mit einem Engelssturz gemacht.«

»Du hättest den Befehl gegeben, uns zu töten.«

»Natürlich.« Cuthah zuckte geringschätzig die Achseln. »Aber Michael, der nun mal Michael ist, hat einen Olivenzweig angeboten. Er hat darauf bestanden, dass ihr Gefallenen eine Chance auf Erlösung erhalten solltet.« Er lächelte kalt. »Und eine Chance, ein für alle Mal umzukommen, wenn der Seelendurst die Oberhand über euch gewinnt. Wie hast du dich in letzter Zeit gefühlt, Brends? Nachdem sich dieses kleine Problem für dich in Luft aufgelöst hatte?«

»Worauf willst du hinaus?« Er erstickte an der eisigen Wut. *Kontrolle,* rief er sich ins Gedächtnis. *Atme. Ein. Aus.* Er könnte Cuthah töten, und dieses Problem wäre gelöst.

»Worauf ich hinauswill?« Cuthahs Blick flackerte an Brends vorbei. »Nun, darauf, dass Michael es nicht vermocht hat, über die Dynamik des Seelendurstes nachzudenken.«

Große Überraschung, dass Michael an seiner Aufgabe gescheitert war. Wieder einmal.

»Ja«, fuhr Cuthah fort. »Michael und du … nun, zusammen habt ihr mir eine gebrauchsfertige Armee von Durstgetriebenen in diesen Reservaten geliefert, alle säuberlich auf einem Haufen und auf meinen Ruf wartend.«

»Du planst eine Revolte.« Verdammt. Cuthah predigte einen Aufruhr der schlimmsten Sorte. Wenn Brends noch Mitglied der Herrschaften gewesen wäre, hätte er den Engel zu einem kleinen Stelldichein mit den Erzengeln geschleppt. Aber er gehörte nicht mehr dazu, und er konnte es sich nicht leisten, das zu vergessen. Er war ein Gefallener. Er umfasste den Griff seiner Klinge fester. Die Bastarde hatten ihn hereingelegt, hatten die anderen Herrschaften hereingelegt, und sie waren untergegangen.

»Eine Revolte? Nein.« Cuthah schüttelte den Kopf. »Größer als das, Brends. Ich werde meine Armee sehr bald einsetzen, verstehst du, und diese peinliche, barbarische Welt von dir ist nur ein Sprungbrett.«

»Du hast Zer hereingelegt. Du wirst uns allen die Schuld in die Schuhe schieben.«

Cuthah hielt in seinem Rückzug inne. »Ja«, gab er zu, »aber dieser Plan hat sich als viel zu einfach entpuppt. Ich hatte die größeren Verästelungen nicht in Betracht gezogen. Beschuldige Zer und deine Bande einer Handvoll Gewaltverbrechen. Das löst doch garantiert Michaels Beschützerinstinkte aus?« Er zuckte beiläufig die Achseln. »Es war effektiv, aber dann verstand ich, dass ich mehr haben konnte als nur die Herrschaften.« Seine Augen glühten. »Ich konnte den himmlischen Thron selbst haben, wenn ich es nur gut genug plante.«

»Du bist die erste Verteidigungslinie losgeworden.« Was sonst noch hatte Cuthah geplant?

»Ja. Und zwar dauerhaft, wie sich herausstellt. Als Michael den Eid leistete, war ich zuerst besorgt, ich gebe es zu. Einer oder mehr von den Gefallenen hätten eine Seelenverwandte finden, sich verlieben und die Flügel zurückbekommen können. Also habe ich es verhindert. Habe mich abgesichert.«

»Ich werde dich kriegen«, versprach Brends, und er meinte jedes Wort ernst. »Dich und Michael.«

»Wirklich? Du und welche Armee? Nein«, sagte Cuthah, als Brends sich umschaute. »Nicht die. Sie haben keine Seelenverwandten. Sie können mich nicht anrühren.«

»Vielleicht noch nicht.« Aber das bedeutete nicht, dass es nicht andere Seelenverwandte für seine Brüder dort draußen gab.

»Niemals«, erwiderte Cuthah, und er klang zuversichtlich. »Glaubst du tatsächlich, dass Eilor willkürlich Frauen aufs

Korn genommen hat? Ich habe ihm Namen gegeben. Ich habe ihn bewaffnet. Und dann habe ich ihn losgelassen, sodass er mit ihnen machen konnte, was man mit deinem Zwilling gemacht hat. Ziemlich poetische Gerechtigkeit, wenn ich das selber so sagen darf.« Cuthah hielt am Rand des Tores inne. Brends konnte die vertraute Landschaft seines Zuhauses direkt hinter den Rändern der immer noch *schlagenden* Flügel des anderen erkennen. »Natürlich könntest du gleich jetzt über diese Schwelle treten. Du könntest nach Hause zurückkehren.« Und dann schob er den Riegel vor, als ob es Brends eigentlich gar nichts bedeuten sollte. »Natürlich müsstest du deine Brüder zurücklassen. Sie haben keine Eintrittskarten.« Er deutete auf die stille Gruppe von Kriegern, die vor dem Tor stand und Mischka Baran vor allem beschützte, was sonst noch hindurchkommen konnte.

Er verließ keinen seiner Brüder. Nicht jetzt, nachdem sie endlich wieder etwas Hoffnung schöpfen konnten. Kein Bruder sollte noch seine Frau verlieren. Schlimmer jedoch war der Schmerz über das Wissen, dass sie bereits Seelenverwandte verloren hatten. Welcher der Brüder, die heute an seiner Seite gekämpft hatten, wäre vielleicht erlöst worden, wenn sie schneller gehandelt hätten, wenn sie Cuthahs Verschwörung früher aufgedeckt hätten?

»Ich habe lange Zeit darauf hingearbeitet, Brends. Ich konnte dir jetzt wirklich nicht erlauben, es zu verderben.«

»Was willst du?«

Cuthah beäugte ihn. »Sagen wir, dass ich eine Gelegenheit gesehen habe, voranzukommen. Einen Schritt näher an den himmlischen Thron heran.«

»Das wird dir nicht gelingen.«

»Das ist mir bereits gelungen. Ich lebe hier, im Himmel, und du – nun ja, du lebst unten. Mit flügellosen, hilflosen Menschen. Du bist genauso unvollkommen wie sie. Engel, Brends, sind vollkommen. Wir tolerieren keine Mängel. Ich wollte dich weghaben, Brends, und Michael hat mir die Möglichkeit, dich ins Exil zu schicken, auf einem silbernen Tablett gereicht. Er war so schnell bereit, das Schlimmste von dir zu denken. Ich frage mich, woran das liegt?«

»Ich habe es vor langer Zeit aufgegeben, mir um Michael Sorgen zu machen.« Lüge.

»Stimmt, obwohl du dir vielleicht ein klein wenig mehr Sorgen hättest machen sollen. Er war derjenige, der beschlossen hat, euch in die Verbannung zu schicken. Oh, ich wollte etwas Dauerhafteres. Eine Bestrafung, die nicht nur ein Warnschuss für den Rest des Himmels gewesen wäre, sondern etwas ziemlich Dauerhaftes. Stattdessen hat er für ein Exil plädiert und es bekommen. Wirklich ein Jammer. Es bedeutete, dass ich euch nicht gehen lassen konnte. Nein, ich musste dafür sorgen, dass für euch absolut keine Möglichkeit zur Rückkehr bestand.«

»Warum? Warum war das so wichtig?«

»Die Wahrheit?« Cuthah lächelte langsam, während er sich durch das Tor zurückzog und hinaus in den Himmel trat. »Nun, weil ihr befleckt wart, Brends. Einige der Herrschaften waren befleckt, durch und durch. Ihr seid unvollkommen.«

Was für eine Neuigkeit! Das hatte er seit dem Fall gewusst.

»Ihr konntet *fühlen«*, fuhr Cuthah fort.

Brends schüttelte verständnislos den Kopf. »Alle Engel können fühlen.«

»Nein«, gab Cuthah zurück. »Die meisten Engel können nicht fühlen. Oh, unsere Art glaubt, dass sie durchaus *fühlt.* Wir bestehen darauf. Wir haben so lange in unserem perfekten kleinen Elysium gelebt und das Gute gegen das Böse verteidigt, dass wir keine Vorstellung mehr davon haben, was böse ist. Wie es sich *anfühlt.* Wir haben alles Schlechte, Dunkle und Böse in Gedanken und Absicht aus uns herausgezüchtet, und das, Brends, ist unsere Achillesferse. Das Dunkle ist jetzt auf ein Virus reduziert, das unsere Art verseucht. Michael und seinesgleichen haben keine Ahnung, wie sie mit der Flut von Gefühlen umgehen sollen. Keine Ahnung, wem sie die Schuld daran geben sollen.«

»Du hast es ihnen gezeigt«, vermutete Brends. Cuthahs Worte hatten eine schreckliche Logik. Er hatte es ihnen gezeigt. Und indem er es ihnen gezeigt hatte, hatte er sie direkt dorthin geführt, wo er sie haben wollte.

»Ja.« Cuthah lächelte träge. »Ich *habe* es ihnen gezeigt. Ich habe ihnen gezeigt, dass diese hässlicheren, dunkleren Gefühle ein genetischer Makel waren. Eine Krankheit der Seele, so unheilbar, dass nur die radikalste Chirurgie sie kurieren konnte.«

»Indem du den Herrschaften eine Reihe von Morden in die Schuhe geschoben hast.«

»Ja«, stimmte Cuthah zu. »Und nachdem Michael euch bestraft hatte, war es wirklich ziemlich einfach, die Situation im Auge zu behalten. Ich wusste nämlich bereits, wie ich eure Seelenverwandten finden konnte. Ich kannte den genetischen Marker, der sie identifizierte, und schließlich habe ich die unablässigen Datenströme angezapft, die die Bewohner der Welt unten enger zusammenhalten, als sie sich hätten erträumen können. Ich konnte sie finden. Ich brauchte nur Zeit, und Zeit hatte ich in Hülle und Fülle.«

»Michael hat nie gefragt?«

Cuthah warf ihm einen mitleidigen Blick zu. »Wer, meinst du, hat Michael Bericht erstattet? Vor zwei Jahrtausenden hat Michael dich ein zweites Mal aufgegeben. Er ist abgetaucht. War auch besser so«, fügte er nachdenklich hinzu. »Ich war seine ständigen Fragen leid. War irgendeiner der Gefallenen erlöst worden? Und wie lange hatte es für den Erlösten gedauert, seine Seelenverwandte zu finden und sich zu verlieben? Denn ich sagte ihm jedes Mal die Wahrheit. Keiner der Gefallenen war erlöst worden. Es gab keine Seelenverwandten.«

»Ich werde zurückkommen.« Brends zeigte mit dem Daumen über seine Schulter. »Und ich werde eine Armee haben.« Jetzt hatte er die nötigen Werkzeuge für eine Rückkehr. Und er hatte den Willen, überlegte er grimmig. Aber nicht heute. Er würde später seine Gefühle sortieren, aber gerade jetzt war der Anblick von Pell in Dathans Armen alles, was er an Beweis brauchte, dass sie Erfolg haben konnten – Erfolg haben *würden*.

Gerade jetzt war sein Platz immer noch auf Erden, daher drehte er sich um und ging zurück.

25

Seine Frau tat alles, um ihn zu foltern. Die dünnen Träger des dürftigen Cocktailkleidchens, das sie quasi nicht trug, glitten weiter an ihren Armen herab. Als sie scharf einatmete, rutschte das sinnliche Fetzchen schwarzer Seide, das ein Mieder sein sollte, völlig nach unten. Der dunkle Schatten einer Brustwarze spähte über das edle Material hinweg.

Eine Berührung von Brends' Daumen, und diese süße Frucht war sein.

»Es könnte Vorteile haben«, flüsterte Mischka ihm ins Ohr, während sie ihn auf sein Bett drückte. »Einander zu behalten.«

Eine Woche war vergangen, seit sie Eilor getötet und Cuthah vertrieben hatten. Nach Brends' Rückkehr durch das Portal flog ihm eine ganz andere Art von Scheiße förmlich um die Ohren. Zer überfiel ihn mit Fragen zu den Seelenverwandten, die Brends und Dathan gefunden hatten, und diese Fragen sorgten dafür, dass Brends keine Zeit allein mit Mischka hatte. *Seiner Seelenverwandten.* Allein bei dem Wort wurde ihm ganz warm ums Herz.

Das Kleidchen rutschte mühelos auf ihre Hüfte hinab. Sie beobachtete seinen Blick und verstand offensichtlich, dass er die Vorstellung genoss. »Du hast mir versprochen, *sämtliche* Fantasien von mir wahr werden zu lassen, Brends.« Ihre Worte schossen direkt in seinen praller werdenden Schwanz, eine verbale Neckerei, die in ihm sofort den Wunsch erweckte, sie hart und heiß zu nehmen.

Verdammt, ja!

Sie setzte sich mit gespreizten Beinen auf ihn, presste sich gegen sein angespanntes Fleisch. Daran konnte er sich bestimmt gewöhnen, befand er. Aber zuerst musste er sie davon überzeugen, ihn zu nehmen. Auf Dauer. Leider bedeutete das, eine Zurückhaltung zu zeigen, die gerade im Moment wenig willkommen war.

Vorsichtig schob er sie von seinem Körper. »Zurückhaltung, Baby«, schalt er sie. »Wir sollten reden«, fügte er tugendhaft hinzu. Aber, zum Teufel, er wollte nicht reden. Er wollte sie in den Armen halten, wollte ihr mit seinem Körper huldigen, bis absolut kein Zweifel mehr daran bestand, wie sehr er sie vermisst hatte.

Ich meine das ernst!

Statt ihm für seine ritterliche Geste zu danken, neckte sie ihn weiter.

Sie setzte sich wieder auf ihn.

»Ich habe dich für den großen, bösen Verführer gehalten.« Ihr heiseres Geflüster schoss direkt in seinen pulsierenden Schwanz.

Haut an Haut mit ihr zu sein, machte unaussprechliche Dinge mit seiner Libido, und er war sich ziemlich sicher, dass sie genau verstand, wie erregend er ihre Nähe fand. Das breite Grinsen auf ihrem Gesicht verriet es ihm – genau wie die gewaltige Erektion, die er jetzt zur Schau stellte. Ihr Haar umfloss sie beide wie ein mitternachtsfarbener Vorhang, das weiche Streicheln der wilden Strähnen war eine erotische Folter auf seiner heißen Haut. Stöhnend vergrub er die Hände in ihrem Haar. Sie roch nach Schokolade und Zimt. Kühl und doch würzig. Einladend. Wie der Duft der Frau selbst.

Furchtlos. Anspruchslos. Höllisch sexy. Sie nahm sich, was sie wollte – und sie gab. Sie hielt nichts zurück. Bei dem erotischen Gemurmel, das sie von sich gab, während sie ein sinnliches Muster über seine Kehle leckte, zuckte sein Schwanz.

Kann nicht kommen. Noch nicht.

Er nahm das alles absolut ernst, selbst wenn sie es nicht wusste. Sie ließ die Hände mit einer lüsternen Vertrautheit über seinen Körper wandern, die er schockierend erregend fand.

Hände streichelten ihn unter dem Hemd, zupften daran. »Runter damit!«, knurrte sie. »Ich habe dich vermisst, Brends.«

Er zog das Hemd mit einer langsamen Bewegung aus und ergötzte sich daran, wie sie ihn hungrig mit ihrem Blick musterte, wie ihre Augen über die wie gemeißelten Ebenen seines Unterleibes wanderten. Ihre kleinen Finger fanden die straffen Kreise seiner Brustwarzen und zupften neckend daran. Ein leises Stöhnen entrang sich seiner Kehle.

»Verführ mich weiter!«, grollte er und schob ihr Kleid über die Wölbung ihrer Rippen. »Ich sehe doch, dass du mich vermisst hast.« Mit einem schwachen Grinsen zappelte sie sich aus dem Stoff frei, warf ihn hinter sich in den Schatten.

Angesichts ihres BHs bekam er einen trockenen Mund vor Gier. Wie sündig! Schwarzer Satin umhüllte ihre Haut, formte das Fleisch zu seinem Genuss. Schwarze Spitzenträger. Der Schatten einer Brustwarze lugte aus dem Körbchen, was ihn schier in den Wahnsinn trieb.

Ihre Finger glitten lockend und liebkosend über ihre eigene Haut. »Gefällt dir, was du siehst?«, fragte sie mit kehliger Stimme. Er nickte benommen. Ein solcher Schatz überstieg seine geheimsten Fantasien. Sie nahm seine Hände und führte sie zu der kleinen Kunststoffschließe, die die beiden Teile zusammenhielt. »Sieh zu und lerne«, meinte sie.

Sie nahm seine Fingerspitzen und streichelte damit über die harten Knospen ihrer eigenen Brustwarzen. Als sie stöhnte und ihre Lider sich flatternd schlossen, überlegte er, dass ihr gefiel, was sie tat. Sie ritt ihn langsam, heiß, fordernd. Er schnippte mit den Fingern, der BH öffnete sich, und ihre Brüste quollen in seine Hände.

Sie stöhnte. »Mehr, Brends.«

Er schlang eine Hand um ihren Hals und zog ihren Kopf zu einem heißen Kuss herunter. Seine Zunge stieß kühn zwischen ihre Lippen, streichelte und leckte ihren Mund, der ihn so sehr faszinierte. Er wusste niemals, was sie als Nächstes sagen oder tun würde, dachte er erheitert. Sie war eine Schatztruhe voller Überraschungen. Wie würde sie reagieren, wenn er sie befingerte? Würde sie stöhnen? Er konnte den süßen, heißen Duft ihrer Erregung riechen, der sich mit seinem eigenen mischte. Es fühlte sich richtig an. Sie waren einander vollkommen ebenbürtig.

Er schob seinen harten Schenkel weiter zwischen ihre Beine, und sie öffnete sie, schmolz mit einem leisen Aufstöhnen um ihn herum, und sie ritt die Muskeln in einem Rausch flüssiger Hitze. Geduld, rief er sich ins Gedächtnis. Er hatte einen Plan. Alle Vernunft löste sich in der weiß glühenden Leidenschaft auf, die zwischen ihnen loderte.

Seine nächste Entdeckung ließ ihn an ihrem Hals aufkeuchen.

Ihr Höschen war tropfnass. Sich in dieses heiße, feuchte Fleisch zu bohren, war besser als jedes Jenseits.

Sein Bauch war eine Aneinanderreihung zart geschnittener Wölbungen, und die steifen, braunen Brustwarzen flehten förmlich um die Berührung ihrer Zunge. Wer hätte gedacht, dass sie so schwach werden würde, wenn sie sich einem so prächtigen Exemplar von einem männlichen Leib gegenübersah?

Brends' schwerer Schenkel presste sich gegen ihre pulsierende Öffnung, und Mischka unterdrückte einen Aufschrei der Lust. Es hatte keinen Sinn, sein Ego zu streicheln. Nicht, dachte sie mit einem boshaften Lächeln, wenn sie etwas anderes streicheln konnte.

Sie strich von seinen Schultern hinab über seinen glatten Bauch und schlang die Finger um seinen erigierten Schwanz. Ganz glatte und seidige Härte. Feuchte Lusttropfen klebten an der Spitze und weckten in ihr den Wunsch, diese ganze heiße, salzige Haut abzulecken. Vielleicht täte sie es später. Wenn er sehr, sehr brav war.

»Hexe«, stöhnte er und drängte sich gegen ihre Hände.

»Gierig«, flüsterte sie zurück.

»Etwas in der Art«, murmelte er und streichelte sie besitzergreifend mit den Fingern zwischen den Beinen. Selbst durch ihren Slip war es so, als hätte er ein erotisches Feuerwerk entzündet. Funken der Wonne tanzten hinter ihren Augen, und sie spreizte die Beine weiter. »Gut«, sagte er dunkel.

Statt ihr das Höschen herunterzureißen und zur Sache zu kommen, glitten seine Finger über ihren Hintern, tauchten ein zwischen den Pobacken und tiefer hinab, bis sie auf ihr lagen und sie boshaft durch den Stoff rieben. Sie stöhnte einen kleinen Protest. Er konnte nicht erkennen, ob sie mehr oder weniger von dem Gefühl wollte, und beschloss, ihr mehr zu geben. Sie hatte recht. Er war gierig. Er war nicht bereit, den erotischen Bann zu brechen, der sie beide im Griff hatte.

Er beobachtete ihr Gesicht, um ihre Reaktion abzuschätzen. Überschwemmt von der reinen Freude, am Leben zu sein, mit dieser Frau, die über ihm lag und ihm ihre Lust und ihren Körper anvertraute. Bedächtig zeichnete er kleine Kreise um ihre harte Klitoris. Streichelnd erprobte er, wie bereit sie war. Dann ließ er den Kopf fallen und küsste sie, simulierte mit der Zunge, was sein Schwanz sich verzweifelt zu tun wünschte. Fuhr damit in die heiße, hitzige Tiefe hinab und kam wieder herauf.

»Oh nein«, tadelte sie ihn und befreite ihren Mund. »Diesmal bin ich an der Reihe. Sehen wir mal, ob wir dich dazu bringen können, die Kontrolle zu verlieren«, sagte sie. Sie warf ihm einen unartigen Blick unter ihren Wimpern zu, und das Letzte, was er sah, war ihr schelmisches Grinsen, als sie an seiner Brust herabrutschte.

Mit warmen Händen liebkoste sie die schweren Eier, zog mit boshaften Fingern kleine Kreise über das pralle Fleisch, wog es in der Hand. Der sanfte Sog und dann die erotische Erlösung trieben ihn in den Wahnsinn. Das Gefühl ihres Atems auf seinem Bauch war die letzte Warnung; heiß und feucht saugte etwas an seinem erigierten Schwanz, und seine Welt explodierte in tausend Splitter dunkelroter Leidenschaft.

Nach einer kleinen Ewigkeit tauchte er wieder an der Oberfläche auf, nur um sie sagen zu hören: »Ich glaube nicht, dass ich jemals genug von dir haben werde, Brends.«

Er wollte sie nicht in seine Welt zwingen. Sie *musste* ihn aus freien Stücken akzeptieren. Musste ihn ganz akzeptieren, das Gute und das Böse. »Eine Ewigkeit«, warnte er.

»Eine Ewigkeit von *dem hier«,* konterte sie, schlang die Finger um seinen Schwanz und streichelte ihn. Ihn zu berühren war so verdammt richtig. »Ganz zu schweigen davon, dass ich dich bekomme. Dich ganz. Sag mir, was ich dabei zu verlieren hätte, Brends, denn ich kann es nicht erkennen.«

Er musste sie warnen, musste sie wissen lassen, worauf sie sich einließ. »Die Sache zwischen Michael und mir ist noch nicht ausgestanden. Wir haben Kämpfe auszutragen.« Einen Krieg zu gewinnen. Cuthah war lediglich die Spitze eines sehr dunklen Eisberges. Er konnte ihr keine Sicherheit versprechen, selbst wenn er ihr seine Liebe versprechen konnte. War das genug? »Du kannst nicht gehen, Baby. Niemals. Also sei dir sicher. Sei dir verdammt sicher.« Seine Seele war in seinen Augen, in seiner Stimme. Er hatte sich noch nie zuvor so nackt gefühlt. Es gefiel ihm nicht, gefiel ihm überhaupt nicht, aber verdammt, wenn es das nicht wert war! Wenn es sich nicht richtig anfühlte. Eine Welle der Wonne schoss direkt in seinen Schwanz, als sie ihre freie Hand auf die dunkle Tätowierung seiner Flügel legte.

»Ich bin mir sicher, ganz sicher.« Ihr unartiges Gelächter umgab ihn, während sie ihn aufs Bett drückte. »Alles, was ich brauche, bist du. Ich liebe dich, Brends Duranov. Verbünde dich mit mir«, verlangte sie und umfasste seinen Kopf mit beiden Händen. Sie senkte ihren Mund auf seinen hinab.

Konnte man vor Lust sterben? Vor schierer, von Herzen kommender Freude? Denn der Geschmack ihres Mundes war besser als jede verdammte himmlische Ambrosia. »Einverstanden, Baby.« Er lächelte zu ihr empor. »Nenn mir deinen Gefallen.«

Hinter ihm öffnete sich die Tür und schloss sich wieder mit einem leisen Flüstern, als Zer in den Raum glitt, um ihr neues Bündnis zu bezeugen.

»Liebe mich, Brends.« Der grimmige Ausdruck von Konzentration in ihren Augen verblüffte ihn. »Liebe mich für immer, so wie ich dich liebe.«

»Von ganzem Herzen«, stimmte er zu. »Ich liebe dich.«

Auf ihren Handgelenken erschienen die dunkelsten Tintenwirbel.

Er musste den Blick nicht senken, um die dunklen Bänder auf ihren Handgelenken zu sehen oder das sündhafte Lächeln zu spüren, das sich auf seinem Gesicht breitmachte. Mischka Baran war tief in sein Herz und seine Seele eintätowiert.

Er war gefallen – und hatte den Himmel gefunden.

Danksagung

Es erscheint unfair, dass nur der Name des Autors auf dem Cover eines Buchs erscheint, obwohl doch so viele andere eine wichtige Rolle spielen, bis ein Buch geschrieben (und wieder umgeschrieben) und endlich auf dem Markt und beim Leser ist: meine wunderbare Agentin Roberta Brown, die erstaunlichen Lektoren bei Dorchester, meine Familie, Zoe, Ethan und Louis. Ein Buch ist wirklich das Ergebnis einer gemeinsamen Anstrengung, und ich weiß jeden Einzelnen von euch zu würdigen.

Besonderer Dank geht an Jen, die keine Ahnung hatte, dass sie unser Frauenwochenende damit verbringen würde, Briefumschläge zuzukleben, und an Beth, die die gesamte psychologische Fakultät der Duke-Universität in gespannte Erwartung auf den »erotischen Dämonenroman« (ja, das ist dieses Buch) versetzt hat. An Marge, die meine Bücher immer mit dem Cover nach vorn vor die anderen in die Regale stellt, und schließlich an die kleine Armee von Leuten, die von meiner Schwiegermutter unter Druck gesetzt wurden, mein erstes Buch zu kaufen und zu lesen. Roger David Lee – du bist klasse, und ich würde dich gern kennenlernen.